VANESSA GIESE

Die Frau, die den Himmel eroberte

Roman

Insel Verlag

Erste Auflage 2021

Satz: Dörlemann Satz, Lemförde
Druck: CPI books GmbH, Leck
Printed in Germany
ISBN 978-3-458-17935-1

Die Frau,
die den Himmel eroberte

PROLOG

Hier oben bin ich mir am nächsten. Was ich denke, was ich fühle, es fügt sich alles zu einem Ganzen, wenn ich in der Luft bin. Der Korb ist mir eine Heimat, mehr als jede meiner Wohnungen es je war.

Es war lange an der Zeit, die letzte Auffahrt anzutreten. Es ist eine Reise ohne Passagiere und ohne Publikum. Die Luft ist kühl in der Höhe, nicht zu vergleichen mit der Hitze Berlins. Der Ballon gleitet lautlos. Ich sehe über den Korbrand hinab, erkenne das Hallesche Tor, den Tiergarten. Häuserblöcke reihen sich aneinander und ineinander, wie Schachteln sind sie gestapelt. Die Wahrzeichen der Stadt, die herrschaftlichen Bauten, die Schlösser und Boulevards, das Tor und die Säulen hingegen sind aus der Luft kaum zu erkennen.

Das hat mich immer am meisten fasziniert: Was unten von Bedeutung ist, ist hier oben ohne Belang. Stattdessen gibt mir die Welt ihre Persönlichkeit preis, entblößen sich Städte und Landschaften und zeigen mir ihre Seele. Wer die Welt einmal von oben gesehen hat, kehrt nie wieder in dieselbe zurück. Vor dem Aufstieg denkt man, man sei ein Wissender, man steigt in den Himmel hinauf und entdeckt plötzlich die Zusammenhänge des Lebens, in denen wir schlafen und erwachen, lieben und sterben. Als Suchender kehrt man auf die Erde zurück und ist fortan immer im Verlangen nach dem vollständigen Bild, nach dem Woher und dem Wohin. Nicht nur die Welt ist nach einer Fahrt in meinem Korb eine andere, auch der Mensch.

Die Stadt ist ein gefräßiger Moloch, der Dörfer, Wälder und Seelen verschlingt. Sie breitet sich unter mir aus mit all ihrem Gestank, mit dem Geruch von Werkshallen und Hinterhöfen, Schweiß und Fäkalien, der schwer zwischen den Häusern liegt. Hier oben jedoch, im klaren Himmel, bin ich frei von den Ausdünstungen und frei von der Begrenztheit.

Bevor ich der Freiheit begegnete, dachte ich, wenn ich ihr gegenüberstünde, würde sie mich blenden und erleuchten, gleich einer Offenbarung. Tatsächlich aber schlich sie langsam in mein Leben, leise wie ein aufsteigender Ballon. Ebenso das Gefühl, die Kontrolle über das Leben zu haben. Auch das spüre ich hier oben mehr als an jedem anderen Ort. Dabei ist es paradox: Nirgendwo sonst als in der Luft bin ich ausgelieferter – dem Wetter, den Vögeln, den Strömungen. Gleichzeitig habe ich, an diesem Platz unter dem Ballon, die größte Kontrolle, die ein Mensch haben kann: Ich könnte mein Leben jederzeit freudvoll beenden. Ein schwungvolles Abstoßen vom Rand des Korbes, und ich falle hinab. Die Möglichkeit, jederzeit sterben zu können, hat mir viele Male das Leben gerettet.

Wir alle gelangen im Leben an den Punkt, an dem plötzlich nicht mehr alles möglich ist, an dem es an der Zeit ist, Abschied zu nehmen von Träumen, von Plänen und von den Taten der Vergangenheit. Dennoch ist es nicht vorbei. Es ist niemals vorbei, nicht einmal im Angesicht des Endes.

TEIL 1

REINICKENDORF

Mein Schlafzimmer geht auf den Hof hinaus und liegt, obwohl es Juli ist und draußen der Sommer die Straßen erhitzt, ab dem späten Vormittag im Schatten. Lediglich morgens streift das Sonnenlicht mein Bett, bevor es tagsüber ums Haus wandert. Bisher hat mich das nicht gestört. Nun aber, da ich ausschließlich in diesem Raum lebe, drückt es mir aufs Gemüt. Hinzu kommen die Schmerzen, die meinen Körper bis ins Innerste beherrschen, die mal bohren, mal hämmern, mal hell in meine Knochen schneiden, anderntags dumpf meine Gedärme durchwühlen. Mein Körper löst sich auf, meine Kräfte schwinden. Ich wünschte, das Dämmerlicht des Zimmers würde mich in sich aufnehmen und forttragen in eine Welt jenseits des Verstandes. Doch stattdessen schlage ich jeden Morgen von Neuem die Augen auf, kaltschweißig und mit kurzem Atem, weil ich die Schmerzen nicht mehr wegträumen kann.

Als ich heute Morgen erwachte, sah ich klar und hell die Staubkörner im Sonnenlicht tanzen. Der Kleiderschrank, sonst nur ein Schemen, der unter meiner Pein rhythmisch pulsierte, war ein fester Korpus. Ich schnaufte tief und verspürte keinen Schmerz. Ich drehte den Kopf zum Fenster und fühlte keinen Schwindel. Für den Gesunden ist es selbstverständlich zu atmen, zu sehen, Appetit zu haben; Fähigkeiten, die nichts bedeuten, solange sie nur Beiwerk zum Dasein sind und nicht das Dasein selbst. Ich jedoch fühlte eine Welle der Euphorie, stemmte meine Ellbogen in die Matratze und setzte mich auf.

Ich besitze nichts mehr, und doch bin ich reicher als jemals zuvor. Denn niemals war ich mehr ich selbst als jetzt, während mein Leben sich dem Ende zuneigt. Viele Jahre lang bin ich über den Kontinent gereist, bin in den Himmel emporgestiegen und wieder hinabgefallen. Aber ich bin immer nur auf der Erde gelandet, nie bei mir selbst. Erst jetzt, nachdem ich seit Monaten meine Wohnung nicht verlassen habe, erreiche ich, was mir lange verwehrt blieb: Frieden und Einklang mit mir selbst.

Träumen – meine liebste Beschäftigung in diesen Tagen. Seit einigen Wochen passiert es mir immer öfter, dass Stunden mir vorkommen wie Minuten. Wer mich sieht, mag denken, ich vegetiere. Tatsächlich befinde ich mich in einer Zwischenwelt, die nicht dem Leben und nicht dem Tod gehört; ein Vorhandensein, in dem Zeit und Raum nichts bedeuten und in dem mein Träumen ein neues, altes Leben für mich erschafft. Meine Vergangenheit ist mein Hier und Jetzt.

Damals, als ich zur Welt kam, und später, als meine Mutter einen Mann heiratete, der zunächst nicht mein Vater war, es dann aber wurde, wohnten wir noch nicht in Berlin, wo ich nun auf dem Sterbebett liege. Wir lebten an unterschiedlichen Adressen in Darmstadt und Frankfurt am Main. Für mich war der Ort einerlei und auch die Umzüge machten mir wenig aus: Ich nahm die Gegebenheiten, wie sie waren, und machte das Beste daraus. Das gilt auch für die übrigen Umstände. Denn wir waren arm. Mein Vater verdingte sich als Tagelöhner, meine Mutter übte ebenfalls verschiedene Tätigkeiten aus, um etwas Geld zu verdienen. Sie nahm mich oft in den Arm, wenn wir abends im Bett lagen und wenn die Glut im Herd erloschen war, und drückte mich an sich. Wenn wir Spaziergänge machten, ritt ich auf den Schultern meines Vaters.

Vater lehrte mich, dass Freiheit zuallererst ein Gefühl ist;

etwas, das aus einem selbst heraus erwächst. Unbeschwert machte ich mir die Welt zu eigen. Wenn ich tagsüber allein war, streunte ich durch die Straßen und Höfe und spielte mit Kameradinnen. Wir sprangen Seil oder hopsten durch Reifen und Kästchen. In meiner Fantasie war ich erst eine furchtlose Reiterin, später eine berühmte Artistin. Ich jagte durch Höfe, über Wiesen und Mauern, ich turnte auf Bäumen und spannte mir Hochseile. Einmal überraschte Mutter mich, als ich mich, barfuß und mit gerafften Röcken, auf einen Strick hinaufzog, den ich zwischen zwei Teppichstangen geknotet hatte. Ich wollte es den Tänzerinnen in ihren gerüschten Kostümen nachtun, die in Manegen und auf Jahrmärkten auftraten. Mutter packte mich am Fuß und wies mich an, sofort zurück auf den Boden zu springen – weder sei ich ein Vogel noch auf besondere Weise von Gott gesegnet. Sie sollte sich irren. Doch zunächst bekam ich eine Woche Stubenarrest.

In der Volksschule lernte ich eifrig. Das Zusammensetzen von Buchstaben und Zahlen bereitete mir Freude. Im Anschluss begann ich eine Ausbildung als Schneiderin in einer Werkstatt für feine Damenbekleidung. Das war ein neuer Lebensabschnitt, nicht nur, was den Tagesablauf anging, sondern auch, was meine Idee von der Welt betraf. Mit einem Mal war ich eine Frau, die aufrecht zu sitzen und untertänig ihren Dienst zu verrichten hatte. Es war verboten, Fragen zu stellen, die nichts mit meinen Aufgaben zu tun hatten. Warum lagerte der Lehrherr die Stoffe nicht nach Farben oder Mustern? Wieso entwarf er keine eigenen Schnitte, sondern folgte nur bestehenden, bereits Jahre alten Vorlagen? Ich wurde über Wochen täglich zurechtgewiesen, nicht so frech und vorlaut zu sein, bis ich begriff, was von mir erwartet wurde: arbeiten und still zu sein, sonst nichts.

In der Lehre gab es noch eine zweite Sache, die für mich neu war: der Umgang mit wohlhabenden Kundinnen. Denn in meinem Leben existierten Wohlhabende bisher so, wie es Bäume und Steine gab: Sie waren vorhanden, aber sie stellten eine andere Lebensform dar, etwas, das neben mir existierte, aber mit meinem Dasein nichts gemein hatte. Jetzt aber erlebte ich sie als Teil meines Lebens. Ich nähte Blusen und Röcke, Kleider, Mieder und Korsagen für Kundinnen, die sich, selbst wenn sie meine Dienste wiederkehrend in Anspruch nahmen, nur selten an meinen Namen erinnerten. Zwölf Stunden am Tag saß ich bei spärlicher Beleuchtung über Stoffe gebeugt auf einem Schemel und mühte mich ab für feine Damen, die mich keines Blickes würdigten und denen ich nichts bedeutete. Trotz allen Widerwillens und obwohl der Inhaber des Geschäfts mich fortwährend triezte und wegen Nichtigkeiten ermahnte, war ich fleißig. Bis ich eines Tages meinen Dienst bei ihm quittierte.

Die Begegnung, die mich zur Kündigung veranlasste und mein Leben in eine andere Richtung lenkte, ist der Anfang der Geschichte, die ich nun, da ich überraschend wieder zu Kräften gekommen bin, erzählen möchte. Meine liebe Freundin Hanna wird mich besuchen, und ich bin begierig, ihr meine Geschichten zu überlassen. Sie ist eine junge Fliegerin, wilder, als ich es damals war, und sie hat mich zu ihrem Idol auserkoren. Vor vier Wochen erhielt ich einen Brief von ihr:

Geschätztes Fräulein Paulus,
Ende Mai, nach meiner Reise nach Lissabon, werde ich für einen Zeitraum von rund zwei Wochen in Berlin weilen und meine einstigen Kameraden vom Flugplatz Staaken besuchen. Es wäre mir eine außerordentliche Freude,

Sie zu sehen und mich mit Ihnen bei einer Tasse Kaffee über das Leben auszutauschen.

Das Schreiben ging noch weiter. Aber ich erinnere keine Einzelheiten. Mein Gedächtnis verlässt mich mittlerweile bei Kleinigkeiten des Alltags. Während ich Daten und Begebenheiten der Vergangenheit fehlerfrei wiedergeben kann, begegnen mir die Informationen der Gegenwart kurz und verschwinden dann.

»Fräulein Paulus, Sie sind ansprechbar!«, ruft Hanna nun, während sie ins Zimmer stürmt. Sie ist ein reizendes junges Ding von gerade einmal einem Meter fünfundfünfzig und doch mutig wie ein Soldat. Mit energischem Schwung legt sie einen Strauß Wildblumen auf das Fußende meines Bettes. »Man sagte mir, ich müsse Glück haben, um Sie wach anzutreffen. Aber dass es so schwierig ist!«

Ich versuche, mich aufzusetzen. Meine Arme zittern, aber mich hat der Ehrgeiz gepackt zu erzählen. Seltsam, welche Distanz das Alter zwischen die unterschiedlichen Varianten des Ichs schiebt. Es ist, als schaue ich auf die Abenteuer einer anderen. Oder ist es nicht das Leben, sondern vielmehr der Tod, der mir den notwendigen Abstand zu mir selbst gewährt?

Mit belegter Stimme frage ich Hanna: »Waren Sie in den letzten Tagen schon einmal hier?«

»Schon *einmal*?« Sie hat eine Vase gefunden und steckt die Blumen hinein. »Ich habe in den vergangenen Tagen viermal versucht, Sie wach anzutreffen. Aber Sie haben immer geschlafen, als ich vorbeischaute. Bald reise ich schon wieder zurück nach Darmstadt. Die Arbeit ruft.«

»Gehen Sie wieder auf eine Expedition?«

»Ich werde ein Wasserflugzeug testen. Ich bin doch jetzt

als Einfliegerin am Deutschen Institut für Segelflug. Ich hatte es Ihnen geschrieben.« Sie hält inne. »Entschuldigen Sie bitte. Das sollte nicht vorwurfsvoll klingen.«

»Ich bin verwirrt. Waren Sie nicht zuletzt in Südamerika?« Soweit ich mich erinnere, hat Hanna, nachdem sie als erste Frau den Rekord im Segelfliegen aufgestellt hat, eine Expedition auf den südlichen amerikanischen Kontinent unternommen, um ... ja, warum doch gleich? Ich muss bereits umnachtet sein.

»Das ist schon ein Jahr her. Seither bin ich in Griesheim. Ich erprobe Motorflugzeuge und Segelkisten. Wenn es einen Absturz gab, bin ich zur Stelle und teste, woran es gelegen hat.« Sie legt ihre Handtasche auf mein Nachtschränkchen. »Es gibt ständig Neuerungen. Die Konstruktionen werden immer komplexer. Ich wünschte, Sie könnten sich das einmal ansehen – wie ich die Flugkisten zum ersten Mal nach oben bringe und nach Fehlern in der Maschine suche. Es kann so vieles zum Absturz führen, selbst wenn die Konstruktion wohlbedacht ist! Ich taste mich schrittweise an die brenzligen Situationen heran. Es ist aufregend, und ich muss sehr konzentriert sein. Haben Sie auch die Erfahrung gemacht, dass derjenige das Fliegen am besten erlernt, der versteht, sich gut zu konzentrieren?«

Sie plappert in einem fort. Während sie spricht, gestikuliert sie ausufernd. Das Aufsteigen ihrer Flugkiste untermalt sie mit Schwüngen ihres Unterarms, und wenn sie vom Ziehen der Seilwinde spricht, ballt sie eine Faust und bewegt ruckartig die Hand. Ich erkenne mich in ihren rosigen Wangen und ihren leuchtenden Augen wieder. Ich sehe ihre Unerfahrenheit und ihre Abenteuerlust – Eigenschaften, die gut miteinander auskommen, solange der Verstand wach ist. Ist es so, dass man diejenigen Menschen am meisten mag, die einem am ähnlichsten sind? Oder meine ich nur, Ähnlichkeit zu erkennen, weil ich tief in mir den Wunsch empfinde, eine Kameradin zu haben?

»Ich bewundere Ihr Schaffen«, sagt Hanna. »Damals muss alles noch viel schwieriger gewesen sein als heutzutage.« Sie scheint ein Wirbelwind zu sein, auch mit Worten.

»Berichten Sie mir bitte von Ihrer Flugtätigkeit«, ermuntere ich sie. »Ich möchte wissen, wie es heute ist, in der Luft zu sein – mit all der Technik.«

Ihr Blick wird weich. »Es ist wunderbar«, sagt sie. »Ich sitze in dieser fliegenden Kiste und trotzdem ist es, als gäbe es sie nicht. Als sei ich ganz allein dort oben. Verstehen Sie, was ich meine? Ich lebe ein anderes Leben, wenn ich in der Luft bin.«

»Das verstehe ich nur zu gut.«

»Ich steige in das Flugzeug, und sobald ich hinaufgezogen werde, werde ich zu einer anderen. Es scheint alles von mir abzufallen, was auf der Erde von Bedeutung ist. Ich habe das Gefühl, als sei ich Gott so nah wie nirgends sonst. Es gibt nichts Kleines mehr und nichts Kleinliches, keine Namen, keine Stellung und keinen Beruf. Nur noch Demut vor dem Leben und der Welt.« Sie blickt mich an und nimmt meine Hand. »Aber was erzähle ich Ihnen das. Sie kennen es alles. Sie waren ja selbst dort oben.«

»Ich bin nur in einem Ballon gefahren. Nicht in einer dieser modernen Flugmaschinen.«

»Sie haben auch ein Motorflugzeug geflogen, oder nicht?«

»Nur unter Anleitung.«

Sie lehnt sich in ihrem Stuhl zurück. Sie wirkt älter als die dreiundzwanzig Jahre, die sie alt ist. Nicht ihrer äußeren Erscheinung wegen – ihre Haut ist makellos, ihre Figur ist gerade erst aus der eines Mädchens herausgewachsen. Ihre Augen allerdings sind älter als ihr Gesicht, so ernst und erhaben ist ihr Blick. Habe ich auch so geschaut, als ich zwanzig war? Ich war drei Jahre jünger, als Hanna jetzt ist, als ich Hermann kennenlernte – und nur ein Jahr älter, als ich das erste Mal mit ihm in die Tiefe sprang.

»Wie lange«, frage ich, »waren Sie in der Luft? Bei Ihrem Rekordflug, meine ich.«

»Elfeinhalb Stunden.«

»Unvorstellbar.«

Natürlich war ich zu meinen besten Zeiten mehrere Stunden mit dem Ballon in der Luft. Ich habe Landschaften durchquert, habe Städte und Dörfer hinter mir gelassen und bin kilometerweit entfernt von meinem Startplatz niedergegangen. Allerdings war ich beileibe keine elf Stunden unterwegs gewesen. Zudem war das Fahren im Ballon ein Schleichen im Vergleich zum Tempo und zur Lautstärke, mit der die heutigen Motorflieger die Lüfte erobern.

»Früher war alles langsamer«, sage ich. »Und leiser.«

»Das Motorfliegen ist tatsächlich ein herrlicher Triumph über die Natur. Ein Rausch der Geschwindigkeit in einem unendlichen Raum. Doch ich mag auch weiterhin das Segelfliegen sehr gern. Es ist ein Sieg des Geistes. Wenn Sie in einer dieser Kisten sitzen und sich Meter um Meter von der Natur erkämpfen, werden Sie langsam eins mit ihr.«

»Wie halten Sie diese Segelkisten oben im Himmel?«, frage ich. »Ohne Motor. Wie ich gelesen habe, macht das die Luft selbst.«

Sie hält ihren Unterarm vor ihren Körper, die Hand schräg nach unten. »Eigentlich falle ich. Genauso wie Sie damals. Bin ich einmal mit der Kiste oben, falle ich nur noch nach unten. Der Trick ist, dass ich mich in Luftmassen bewege, die schneller aufsteigen, als ich nach unten falle.«

»Das ist faszinierend.«

»Ich mache es wie die Vögel, wenn sie am Berghang die Aufwinde suchen. Mit dem Höhenruder steuere ich das Flugzeug um die Querachse. Damit beeinflusse ich die Geschwindigkeit.« Sie hält die Hand leicht nach oben. »Mit dem Querruder sorge ich für eine Rotation um die Längsachse. Dadurch bekommt eine Tragfläche mehr Auftrieb als die andere. So lenke ich.«

Ich sage: »Hermann und ich hatten immer darauf gehofft, dass wir unsere Ballons eines Tages lenken können. Nur, weil sie mit dem Wind fahren, ohne dass man Einfluss nehmen kann, bin ich überhaupt zur Luftfahrt gekommen.«

»Hermann war ihr Mann, nicht wahr?«

»Mein Mann, mein Förderer und mein Vertrauter. Möchten Sie die Geschichte hören, wie ich ihn kennenlernte?«

Sie hält inne. »Natürlich!«, ruft sie und beugt den Oberkörper vor, als erwarte sie den Beginn eines Theaterstücks. »Ich möchte alles hören. Wie Sie ihn kennengelernt haben. Und wie Sie gemeinsam in die Luft gestiegen sind. Stimmt es, dass Ihr Geliebter in Ihrem Garten gelandet ist, als sei er ein Geschenk des Himmels gewesen?«

Ich lachte. »Lassen Sie mich erzählen. Aber unterbrechen Sie mich nicht. Ich bin in einem Alter, in dem ich dann vergesse, was ich sagen wollte.«

»Ganz gewiss nicht.« Sie legt ihr Kinn in die Hände und blickt mich voller Erwartung an.

WIE ALLES BEGANN

Meine erste Begegnung mit der Luftfahrt hatte ich in Wiesbaden. 1889 begleitete ich meine Mutter zu einer Kur. Mutter litt an Melancholie, und der Magen schmerzte ihr. Zwei Jahre zuvor war mein Vater gestorben. Wir wohnten in einer Pension, die sich in einer der zahlreichen neu erbauten Villen befand. Von außen war das Haus herrschaftlich. Innen jedoch war es weniger geräumig – zumindest für einfache Gäste, wie Mutter und ich es waren. Gemeinsam bewohnten wir ein Zimmer im Parterre, gleich rechts vom Eingang neben der Abstellkammer. Der Raum war eng, dunkel und schlecht durchlüftet, denn er besaß nur ein einziges Fenster. Sonne hatten wir nie, und Durchzug war nicht möglich. Wir machten jedoch das Beste aus der Situation, hielten streng Ordnung, verstauten alles, was wir nicht unmittelbar brauchten, und verschafften uns so etwas Platz.

Das einzig Luxuriöse an unserem Quartier war der Vorgarten: Während der rückwärtige Hain mit seinem gepflegten Rasen, den Rosen und dem Teich den Hausbesitzern vorbehalten war, durften wir den Bereich vor dem Haus nach Belieben nutzen. Die Gastgeber hatten uns zwei Liegestühle, einen Tisch und einen Sonnenschirm dort platziert. Am Nachmittag kam die warme Junisonne ums Haus herum und beschien unseren Freisitz. Oft genug dösten wir ein und mussten ein unterhaltsames Bild abgegeben: die Körper erschlafft und die Münder aufgeklappt.

Der Arzt hatte Mutter ausgedehnte Gänge an der frischen Luft verordnet. Das Umhergehen sollte ihren Kreislauf anregen und ihre steifen Muskeln lockern. Schon nach wenigen Tagen hatten wir alle Örtlichkeiten, die Wiesbaden entlang der Kureinrichtungen zu bieten hat, durchschritten: den Kurpark und die Anlagen entlang des Salzbachs, die Gegend rund um das neue Staatstheater und die breite Wilhelmstraße mit ihren Geschäften. Doch das Flanieren war von Schwierigkeiten begleitet. Die innere Reinigung, der Mutter sich unterzog, sorgte für stete Unterbrechungen und führte uns auf jedem Weg unweigerlich zu einem »Cabinet der Nothwendigkeit«, das überall in der Kuranlage zu finden war. Ein übler Gestank stieg von dem Ort auf, und ich hielt mich stets fern.

Auf einem unserer Gänge fragte Mutter: »Magst du morgen Abend zum Ball ins Kurhaus gehen? Vielleicht finden wir dort eine angenehme Gesellschaft für dich.«

Wir nickten einem entgegenkommenden Ehepaar zu, dem wir heute schon zum dritten Mal begegneten. »Ich möchte morgen Abend gern in den Kurpark«, antwortete ich. »Dort steigt gegen sechs ein Aerostateur mit dem Luftballon auf.«

Mutter seufzte. »Die Hoffnung, dass du einmal eine Dame werden wirst, muss ich wohl begraben. Kein vernünftiges Mädchen schlägt einen Ball aus, um sich Schausteller anzugucken.«

»Man kann auch Dame sein, ohne sich für Balzveranstaltungen zu interessieren«, erwiderte ich knapp. Ich wusste, dass auch sie lieber an der frischen Luft war und einem Akrobaten zusah, als in stickigen Ballsälen zwischen Parfümwolken zu sitzen und Konversation zu betreiben – zumal ihr beständig Übelkeit zusetzte.

»Bitte, Mutter«, bohrte ich weiter. »Es werden jede Menge Leute auf der Straße sein. Wenn der liebe Gott möchte, dass ich jemanden kennenlerne, wird es so oder so passieren.«

»Lass uns umdrehen«, sagte sie, beschleunigte ihre Schritte und zog mich, die ich sie eigentlich stützen sollte, nun beinahe hinter sich her in Richtung der Kuranlagen.

»Es ist also abgemacht?«

»Meinetwegen.«

So machten wir uns am nächsten Tag zum Kurpark auf, um den Luftfahrer Hermann Lattemann aufsteigen und in die Tiefe stürzen zu sehen. Mehr als einen Kilometer wollte er in den Himmel auffahren, um dann abzuspringen. Wir zwängten uns in unsere Korsetts, und ich wählte einen breitkrempigen Hut, mit dem ich, vor der Sonne geschützt, gut in den Himmel schauen konnte. Dann machten wir uns auf den Weg zum Park. Je näher wir dem Kurhaus kamen, desto dichter wurde das Gedränge auf dem schmalen Weg. Buben und Halbwüchsige wuselten zwischen uns hindurch, und auch die Erwachsenen schubsten und rempelten. Alle wollten dem Spektakel von einem guten Platz aus beiwohnen.

Als wir den Park erreichten, hatte sich schon eine gehörige Menge versammelt. Wo kamen nur all die Menschen her? Freilich war es auch tagsüber voll in Wiesbadens Straßen, nicht zuletzt wegen des Kurbetriebs. Doch so viele Leute hatte ich noch nie auf einem Haufen gesehen. Womöglich versteckte sich die Hälfte von ihnen gewöhnlich in den Cabinets und verrichtete Notwendigkeiten.

»Kannst du den Ballon sehen? Wo genau wird er aufsteigen?«, fragte mich Mutter und stellte sich auf ihre Zehenspitzen, um über die Köpfe und Hüte hinwegzuschauen.

Eine Dame, die neben uns stand und aus einer der Henkelflaschen Heilwasser trank, sagte: »Dort drüben.« Sie deutete auf die andere Seite des Teiches, wo eine bunte Hülle aus der Menge ragte. »Dort vor dem Kurhaus, wo keine Bäume stehen, wird er aufsteigen. Der Ballon wird bereits befüllt.«

Wir bedankten uns und versuchten, den Teich zu umrunden. Ich wollte unbedingt näher herankommen und nahm Mutter, die weniger enthusiastisch war, an die Hand. Überall waren Menschen, die plauderten, flanierten oder herumstanden und die Gehwege versperrten. Betuchte Herrschaften führten Bedienstete mit, die sich um das leibliche Wohl und um den Nachwuchs kümmerten. Die Hausmädchen eilten eifrig zwischen ihren Dienstherren und den Imbisswagen hin und her.

Nach ungefähr zweihundert Metern, auf denen ich zahlreiche Leute anrempelte und mehrmals rüde zurechtgewiesen wurde, blieb Mutter stehen, zog mich unwirsch zu sich und sagte: »Lass uns hierbleiben. Spätestens wenn er aufsteigt, werden wir genug von ihm sehen. Schau, hier haben wir einen guten Platz.«

Sie hatte recht. Wir standen am seitlichen Ufer des kleinen Sees. Vor uns befanden sich nur niedrige Büsche. Eine bessere Sicht hatte man nur, wenn man in einem der Ruderboote auf dem Wasser trieb.

»Hat die Uhr schon sechs geschlagen?«, fragte ich Mutter.

Ein Herr neben mir zückte seine Taschenuhr und sagte: »Bereits vor acht Minuten. Ich denke, es wird gleich losgehen. Wohnen Sie zum ersten Mal einer solchen Vorführung bei?«

Ich musterte ihn. Er war etwas älter als ich, trug ein Fernglas um den Hals und hatte einen sorgfältig mit der Brennschere gezwirbelten Schnurrbart.

»In Frankfurt habe ich zufällig einen Aufstieg aus der Ferne beobachten können«, sagte ich. »Meine Mutter und ich waren in der Nähe des Zoos, um Bekannte zu besuchen. Wir hielten uns zu weit entfernt auf, um wirklich etwas von dem Spektakel mitzubekommen. Der Luftfahrer war nur ein winziger Punkt am Himmel.«

»Dann werden Sie jetzt mehr sehen.« Er legte die Hand auf die Brust und deutete eine Verbeugung an. »Wenn ich mich vorstellen darf: Georg Hoffmann, Actionarius hier aus Wiesbaden.«

»Katharina Paulus«, sagte ich und machte einen Knicks. »Und das ist meine Mutter Maria Paulus.«

Mutter nickte. Er lächelte mich an. »Käme es Ihnen gelegen, wenn ich während der Vorstellung an Ihrer Seite bliebe? Es läuft mannigfaltig Gesindel hier herum, das das Gedränge ausnutzt, um die Leute ihrer Habseligkeiten zu entledigen.«

»Es wäre uns eine außerordentliche Freude, wenn Sie uns Gesellschaft leisten würden«, antwortete Mutter an meiner Stelle.

»Haben Sie schon etwas getrunken?«, fragte Georg. »Oder darf ich Sie auf ein Getränk einladen?«

Mutter antwortete, dass sie ausreichend getrunken habe, und ergänzte eilfertig: »Aber ich besorge euch gern eine Erfrischung. Dann müsst ihr euer Gespräch nicht unterbrechen.«

»Dann erlauben Sie mir, Sie einzuladen.« Georg holte Münzen hervor und gab sie Mutter. Eigentlich schickte es sich nicht, dass er sie die Getränke für uns holen ließ. Doch sie verschwand ebenso selbstverständlich wie eilfertig in Richtung der Verkaufsstände. Im selben Moment ging ein Raunen durch die Menge.

»Schauen Sie«, sagte Georg und deutete geradeaus in Richtung des großen, weißen Kurhauses.

Mein Blick folgte seinem ausgestreckten Arm. Vor dem Gebäude erhob sich eine bunte Stoffhülle. Eine Kapelle spielte Blasmusik. Ein Ansager sprach etwas durch ein Megafon, das ich jedoch nicht verstand.

»Man sagt, er steigt über einen Kilometer hoch in die Luft«, sagte ich.

»Das kann sehr gut sein«, entgegnete Georg. »Als ich das letzte Mal zusah, verschwand der Ballon in den Wolken. Wir dachten, Lattemann würde nicht zurückkommen. Doch einige Minuten später fiel er an seinem Schirm zurück auf die Erde. Sie können sich nicht vorstellen, wie die Menge klatschte, als er plötzlich aus dem Dunst auftauchte. Leider habe ich nicht alles im Detail beobachten können. Ich musste auf meine kleine Nichte achtgeben.«

»Haben Sie auch eigene Kinder?«, fragte ich und maßregelte mich innerlich sofort für diese Direktheit. Es schickte sich nicht, Fremde nach derartigen Privatheiten zu fragen, aber wie oft war meine Neugierde schneller als meine Manieren.

Georg war ohne Zweifel einige Jahre älter als ich. Sein Haar hatte sich bereits gelichtet. Bis zu seinem vierzigsten Geburtstag würde der obere Teil seines Kopfes kahl sein.

»Das war mir bislang nicht vergönnt«, antwortete er. »Meine Frau starb, bevor sie mir ein Kind schenken konnte. Ich bin Witwer.«

»Das tut mir leid.«

»Ich bin darüber hinweg. Ich denke noch oft an sie, allerdings nicht mehr in Trauer, sondern in Dankbarkeit. Und Sie? Sind Sie in festen Händen?«

Ich schaute mich um, in der Hoffnung, dass Mutter mit den Getränken kommen möge. Aber sie ließ sich Zeit.

»Ich bin ledig«, sagte ich knapp.

»Umso besser, dass Sie hier im Park jetzt männliche Begleitung haben.«

Wir schwiegen und sahen zu, wie der Ballon in die Luft

stieg. Georg Hoffmann reichte mir sein Fernglas. Ich sah suchend hindurch und fand den Aerostateur. Er war ein schlanker Mann mit einem Backenbart. Ich erkannte Seile, die das Trapez, auf dem er stand, mit dem Ballon verbanden. Mit beiden Händen hielt sich Lattemann an ihnen fest.

Ich inspizierte die weitere Konstruktion. Der Körper des Luftschiffers steckte in einem Geschirr, das über ihm in Schnüren mündete. Die Schnüre endeten wiederum in einem langen Stück Stoff, das am Ballon befestigt war. Das musste der Fallschirm sein, der sich, wenn er sprang, lösen und über dem Luftfahrer entfalten würde. Lattemann hob eine Hand und winkte. Gemeinsam mit den anderen Zuschauern winkte ich zurück.

Georg erklärte: »Der Ballon steigt auf, weil die erwärmte Luft in ihm leichter ist als außen herum. Erst, wenn sie in der Höhe allmählich abkühlt, sinkt er wieder. Wussten Sie, dass das Militär Ballons für die Aufklärung nutzt?«

Ich antwortete nicht, denn Lattemann stieg immer weiter in die Höhe. Inzwischen konnte ich sein Gesicht auch durch das Fernglas nicht mehr erkennen. Plötzlich schaukelte er auf seinem Trapez, hob ein Bein und machte Anstalten, als wolle er für einen Sprung in die Tiefe Anlauf nehmen. Einige Damen im Publikum kreischten, und auch tiefere Stimmen raunten. Wie musste die Welt von dort oben aussehen? So hoch, wie er bereits schwebte, konnte er bestimmt über die Häuser hinwegblicken. Ob er die Stadtgrenzen sah? Konnte er bis nach Mainz schauen, vielleicht sogar bis Darmstadt?

»... als Feldluftschiffer. Doch daraus ist nichts geworden.«

»Bitte?« Ich hatte nicht zugehört. »Entschuldigung. Was haben Sie gesagt?«

»Ich sagte, mein Bruder hat sich als Feldluftschiffer beim Heer beworben. Doch daraus ist nichts geworden. Der Arzt hat festgestellt, dass seine Sehkraft zu schlecht ist. Nun leitet er gemeinsam mit mir unser Familiengeschäft.«

Wann kam Mutter endlich wieder? Der Ballon war ohne Fernglas nur mehr fingernagelgroß im Himmel zu erkennen. Sie verpasste das meiste.

Plötzlich: ein Schrei aus vielen hundert Kehlen! Etwas Längliches fiel vom Ballon herab.

»Er ist gesprungen!«, rief Georg und entriss mir das Glas.

Mein Herz schlug heftig. Aufregung steckte in meinem Hals und löste sich mit einem leisen Kieksen. Ich hielt die Hände vor den Mund und kniff die Augen zusammen, um schärfer zu sehen. Stoff entfaltete sich über dem Aerostateur. Lattemann trudelte. Konnte er bestimmen, wohin er flog? Oder war er den Launen des Windes ausgeliefert?

»Beim letzten Mal dauerte es fast zwei Stunden, bis die Kutsche ihn eingesammelt und zurückgebracht hat«, sagte Georg Hoffmann. »Ich denke, heute wird es genauso sein. Sehen Sie nur, wie weit er abtreibt.«

Tatsächlich. Lattemann pendelte durch die Luft, sein Körper zwar gestreckt, anscheinend aber ohne Einfluss darauf, wohin der Wind ihn trug. Hier unten auf der Erde bewegte sich kaum ein Lüftchen, aber dort oben musste ein gehöriger Wind gehen. Der Aerostateur trieb über unsere Köpfe hinweg, bis er hinter den Dächern und Baumwipfeln verschwand.

»Die Kutsche wird ihn einsammeln«, sagte mein Begleiter. »Als Sie noch nicht da waren, meinte der Wetterkundler, dass Lattemann vermutlich nicht im Park landen würde. Es gebe in diesen Tagen eine Weströmung, die ihn bis über die Stadtgrenzen hinaustragen kann. Offenbar versteht der Mann etwas von seiner Kunst.«

Ich war ein wenig pikiert, dass er mir das Fernglas gerade im spannendsten Moment der Vorstellung entrissen hatte. Gern hätte ich den kühnen Luftschiffer am Schirm hängen sehen.

»Glauben Sie, Herr Actionarius, dass eine Frau ebensolche Kunststücke vollbringen kann wie dieser Hermann Lattemann?«, fragte ich.

Georg Hoffmann blinzelte verwirrt. Die Frage brachte ihn offensichtlich aus dem Konzept. »Wieso sollte sie das tun?«

»Weil sie Lust dazu hat.«

»Nun ja, es ist allgemein bekannt, dass Damen aus ihren Launen heraus zu einigem fähig sind. Ich bezweifle jedoch, dass es eine Frau gibt, die den Wagemut und die Kühnheit eines Lattemann besitzt. Selbst viele Herren können sich nicht vorstellen, sich aus einem Ballon zu stürzen. Warum sollte ausgerechnet eine Frau das wollen?«

»Sie würden also nicht hinabspringen?«, fragte ich.

»Gott bewahre. Bei allem Respekt für die Courage von Herrn Lattemann – es bedarf schon einer gewissen Narrheit, sich vom Himmel auf die Erde zu stürzen, als sei man ein Vogel.«

»Ich würde es tun.«

Er zog eine Augenbraue hoch. »Haben Sie des Öfteren solche Anwandlungen?«

»Als Kind wollte ich Akrobatin werden und habe auf einem Seil in unserem Hof geübt.«

»Eine Freundin meines Vaters ist vor einigen Wochen vom Balkon gestürzt. Jetzt liegt sie in einer Heilanstalt. Ich kann Ihnen nicht empfehlen, es ihr nachzutun. Die Dame wird verkrüppelt bleiben. Ihr Gatte überlegt, die Scheidung einzureichen.«

In diesem Moment kam Mutter mit den Getränken.

»Habt ihr das gesehen? Wie er wohl wieder zurückkommt? Fährt ihm eine Kutsche hinterher?«

Sie überreichte uns die beiden Gläser mit Limonade und übergab Georg die verbliebenen Münzen.

»Das tut sie wohl«, sagte Georg. »Der Kutscher sitzt auf dem Bock, und daneben hockt ein Gehilfe, der in den Himmel schaut und ihm sagt, wo er den Gaul hinlenken soll.« Er erhob sein Glas. »Haben Sie vielen Dank für die Limonade. Auf Sie beide. Und dass wir heute hier beisammen sind.«

Er sah mir in die Augen, als wir uns zuprosteten. Ich senkte rasch den Blick.

»Warten wir, bis Herr Lattemann wieder eintrifft, oder wollen wir noch in ein Café gehen?«, fragte Mutter und gab sich sogleich selbst die Antwort, indem sie vorschlug: »Möchten Sie uns begleiten, Herr Actionarius?«

»Es wäre mir ein Vergnügen.«

Zwei Tage später saßen Mutter und ich im Vorgarten unserer Pension. Wir hatten es uns mit einer Limonade gemütlich gemacht. Mutter arbeitete an ihrem Stickrahmen. Sie bemühte sich nach Kräften, mich zu Handarbeiten und häuslichen Verrichtungen anzuregen. Aber mit Nadel und Faden beschäftigte ich mich schon mehr als genug. Ich war Näherin und arbeitete in einem Atelier für Damenkonfektion. Allerdings stellte mich die Arbeit dort nicht zufrieden. Nachts, wenn ich in unserer kleinen Wohnung auf dem Küchensofa lag, wenn es still und kalt war und ich nicht schlafen konnte, erinnerte ich mich an den Traum meiner Kindheit, berühmt zu werden. Tagsüber hingegen, im Licht meiner Pflichten, war der Gedanke wieder fort. Nur eine innere Unruhe blieb und wuchs in mir.

»Was ist los mit dir, Kätchen?«, hatte Mutter mich gefragt, kurz bevor wir zur Kur aufgebrochen waren. »Du wirkst so unausgeglichen in letzter Zeit.«

»Ich langweile mich«, antwortete ich.

»Hat Meister Weber nicht genug Aufträge?«

»Das ist es nicht. Es ist das tägliche Einerlei.«

»Das Leben ist nun einmal ein Einerlei. Was erwartest du denn?«

Ich zuckte mit den Schultern. »Mehr, als zwölf Stunden am Tag immer das Gleiche zu tun.«

»Du sagst doch, die Schnitte verändern sich.«

»Schon. Aber ich mache nur nach, was es bereits gibt. Ich schaffe nichts Neues. Die Veränderungen sind minimal.«

»Möchtest du etwa Modeschöpferin werden?«

Wieder zuckte ich mit den Schultern. Ich fühlte mich leer. »Dazu fehlen mir die Ideen«, sagte ich.

Mutter seufzte. Regen schlug an die Fenster. Ich setzte mich auf das Sofa und ordnete die Falten meines Rockes. Der Stoff war rauer und gröber als der, den ich für die Kleider der Fabrikantengattinnen nutzte. Aber er war besser als jener der Arbeiterinnen und Bäuerinnen.

Nach einer Weile fragte ich: »Wer sagt eigentlich, dass Frauen immer nur Röcke tragen müssen? Beinkleider wären viel praktischer.«

Mutter hielt inne. »Hast du jemals eine Frau in einer Hose gesehen? Soll sie etwa auch breitbeinig auf einem Pferd sitzen wie ein Kerl?«

»Es könnte eine weite Hose sein. Eine, die aussieht wie ein Rock, aber dennoch zwei getrennte Beine hat.«

»Wofür soll das gut sein?«

»Man könnte darin besser laufen. Müsste nicht immer den Stoff anheben, wenn man Stufen steigt. Und im Sommer …«

»Es reicht.« Sie legte den Kopf in den Nacken und drehte ihn. Sie war ständig verspannt. Dann sah sie mich an. »Was sollen diese Flausen, Kätchen? Wir haben genug damit zu tun, unser Auskommen zu verdienen. Schau dir an, wie gut wir es hinkriegen, ohne Mann und ohne Unterstützung. Wir sollten stolz und dankbar dafür sein, dass der Herrgott uns das Geschick und den Willen gegeben hat, für uns selbst zu sorgen. Es ziemt sich nicht, nach anderem zu streben.«

Ich stand vom Sofa auf und blickte mit verschränkten Armen aus dem Fenster. Ein Rest Helligkeit hing noch in der Luft. Der Mond, eine schmale Sichel, stand hoch neben dem Kirchturm.

»Ich kann mir nicht vorstellen, noch vierzig Jahre so zu leben, wie ich jetzt lebe, tagein, tagaus«, sagte ich.

»Du wirst einen Mann kennenlernen. Kinder bekommen. Du wirst einen eigenen Haushalt haben. Vielleicht einen großen Haushalt, wenn dein Zukünftiger eine gute Anstellung hat. Dann könnt ihr euch eine Haushälterin leisten. Jemanden, der dir hilft. Dann hast du Zeit für Ausflüge …«

»Das meine ich nicht.«

»Aber was denn dann?« Mutters Tonfall war ungehalten. »Ich verstehe dich nicht. Was möchtest du, Käte!?«

Ich drehte mich zu ihr um. »Mehr!« Auch ich war jetzt lauter geworden. »Ich möchte etwas wagen! Nicht nur einen Haushalt führen. Keine Kleider für reiche Damen nähen.«

»Jetzt reicht es!« Sie schlug mit der Hand auf die Tischplatte. »Ich habe dich nicht aufgezogen, damit du undankbar bist! Was würde Vater bloß von dir denken! Eine Tochter, die nicht ihren Verpflichtungen nachkommen möchte!«

Mutter sah kurz an die Decke und massierte sich ihren Nacken. Wütend und zugleich traurig sah sie mich an. »Weißt du, Kätchen, diesen Traum hatte ich auch. Den hat jeder, wenn er jung ist. Doch so ist das Leben nicht. Das Leben ist Arbeit, nichts als Arbeit. Wenn du nach Glück strebst, dann suche es in einem gottgefälligen Leben.«

Ich glaubte ihr, dass ihre Ideen vom Leben einmal anders gewesen waren, dass sie viel erwartet und wenig bekommen hatte. Ich konnte sogar verstehen, dass sie den Glauben daran, noch etwas Besonderes zu erleben, aufgegeben hatte. Aber wenigstens für mich konnte sie doch Hoffnung haben. Umso glücklicher war ich nun darüber, dass ich mir in den kommenden Tagen Kurzweil verschaffen konnte. Im Kurpark sollte ein Konzert stattfinden. Mehr noch reizte mich ein Schwimmwettbewerb, der am Rhein stattfinden sollte und bei dem es sicherlich einiges zu sehen gab.

Die Sonne lugte nur noch knapp über die Baumwipfel. Es war kühl geworden an unserem Sitzplatz. Trotzdem wollte ich so lange wie möglich die Abendluft genießen, bevor wir uns in unsere stickige, kleine Kammer zurückzogen. Ich ging ins Haus, um unsere Strickjacken zu holen. Als ich gerade meinen Koffer unter dem Bett hervorzog, in dem ich die wärmere Kleidung verstaut hielt, tat es draußen einen Schlag. Er wurde begleitet von einer tiefen Stimme, die übelste Flüche ausstieß. Ich hörte, dass Mutter etwas rief, konnte jedoch nicht verstehen, was es war.

»Oje, oje!« Ich hörte ihre Schritte im Flur. Da kam sie auch schon ins Zimmer gerannt. »Kätchen! Du ahnst nicht, wer in unserem Vorgarten gelandet ist!«

»Ist der Heiland zur Erde hinabgefahren?«

»Der Lattemann!«

»Der Lattemann? Oh mein Gott! Sieht er gut aus?«

»Ich hoffe vor allem, dass er unverletzt ist! Ich traue mich nicht nachzusehen.«

Ich ließ die Kleidung, wo sie war, raffte meinen Rock und eilte mit Mutter hinaus. Dort stand der Aerostateur unter dem Apfelbaum, eingehüllt in Berge von Stoff. Mit energischen Bewegungen versuchte er, sich des Kladderadatschs zu entledigen.

»Hallo?«, fragte ich den Stoffberg. »Geht es Ihnen gut?« Ich stand in sicherer Entfernung vor ihm, um nicht von seinen fuchtelnden Armen erwischt zu werden.

»So weit, so gut«, rief Lattemann, boxte noch einmal gegen den Stoff, stieß seinen Kopf hervor und blickte mich an. Seine Augen waren groß und freundlich und bewegten sich leicht, als untersuche er mit ihnen meine Wangen, meinen Mund und meine Stirn. Sofort durchfuhr mich ein Beben, gefolgt von einer Hitze, die meinen Körper ergriff.

Ich schluckte und sagte: »Sie sind also …?«

»Lattemann. Carl Christoph Hermann Lattemann. Sehr angenehm.«

»… wohlauf?«

Wir lachten.

»Entschuldigen Sie«, antwortete er, »dass ich so forsch und unverblümt frage, aber haben Sie einen Abort? Ich war eine Weile in der Luft, die Vorbereitungen dauern immer ungemein lange und wenn ich erst einmal in der Kleidung stecke … wenn es Ihnen nichts ausmacht … vielleicht …?«

»Haben Sie zu viel Heilwasser getrunken?«

»So kann man es sagen.«

Wieder lachten wir. Mir war heiß und ich zitterte – ein Zustand, den ich nur von einem heftigen Schnupfen kannte.

Der Aerostateur entledigte sich seines Schirms, entstieg dem Stoff und löste die Gurte. Er folgte der Richtung meines ausgestreckten Arms und marschierte zur Rückseite des Hauses. Im selben Moment kam Mutter mit Limonade.

»Er ist wirklich stattlich«, sagte sie leise, während sie die Gläser auf den Tisch stellte. »Das hat man aus der Ferne gar nicht gesehen.«

Ich stand noch immer da und blickte auf die Ecke, hinter der er verschwunden war.

»Du bist angetan, nicht wahr, Kätchen?«

Angetan? Ich war wie berauscht. Nicht nur, dass der berühmte Luftschiffer Lattemann in unserem Vorgarten gelandet war: Er war auch noch ein freundlicher Mann, obwohl er sich gut Allüren hätte leisten können. Und er musste auf die Toilette – wie profan!

»Komm her, mein Kind, und setz dich. Sonst schaut es noch aus, als wolltest du beobachten, was er auf dem Lokus treibt.«

Mutter hatte recht. Ich musste mich zusammenreißen. Sonst dachte Lattemann noch, ich hätte nicht alle Tassen im Schrank. Ich setzte mich in meinen Liegestuhl und nippte an meiner Limonade. Der Luftkünstler auf unserem Abort. Welch ein Irrsinn!

Da kam er auch schon wieder um die Ecke gestiefelt, ließ sich mit größter Selbstverständlichkeit in den Stuhl fallen und deutete auf die Limonade. »Ist die für mich?«

»Lassen Sie es sich schmecken«, sagte Mutter. »Ein Familienrezept.«

Er griff nach dem Glas und stürzte den Inhalt mit großen Schlucken hinunter. »Hervorragend!«

»Sie haben wohl ziemlichen Durst!«, staunte Mutter. »Soll ich noch etwas holen?«

»Wenn es Ihnen nichts ausmacht, gnädige Frau …«

Mutter ergriff das Glas und verschwand im Haus.

Lattemann lehnte sich auf seinem Stuhl zurück, streckte

die Arme in die Höhe und reckte sich erst zur einen, dann zur anderen Seite.

»Ein bisschen verrenkt habe ich mich schon«, sagte er. Er wand den Oberkörper, drehte ihn und ließ die Arme kreisen. »Ach, es wird sich schon richten.«

»Passiert es Ihnen öfter, dass Sie abstürzen?«

»Entschuldigen Sie, dass ich das Thema wechsle, aber: Wie heißen Sie eigentlich? Von einer Frau, die mich so charmant rettet und versorgt, würde ich gern den Namen wissen.«

Wieder stieg Hitze in mir auf. Auf den Armen hatte ich allerdings eine Gänsehaut. Seltsamerweise spürte ich eine freundliche Verbundenheit, die mich mit Wohlgefühl erfüllte.

»Katharina Paulus«, sagte ich. »Wer mich kennt, nennt mich Käte.«

»Ich bin Hermann, und ich würde mich freuen, wenn wir direkt zum Du übergingen. Ich bin kein sehr formeller Mensch, und wenn das Schicksal zwei Menschen so zusammenführt, sollten Sie sich in der Sprache nicht fern sein, oder?«

»Gewiss nicht ... Hermann.« Herrgott, hilf! Mein Gesicht glühte. Ich stand völlig neben mir.

Mutter kam mit dem zweiten Glas Limonade, und Hermann leerte es direkt wieder zur Hälfte. »Ein Familienrezept, sagen Sie? Ich habe noch nie eine so hervorragende Limonade getrunken. Welche Zutaten sorgen für diesen famosen Geschmack?«

»Oh, die Zubereitung ist nicht der Rede wert«, wehrte Mutter ab, jedoch sichtlich erfreut über seine Nachfrage. »Nur Früchte, Wasser und Zucker. Und Minze. Sie gibt den besonderen Pfiff. Sie brauchen dicke Minzblätter. Die machen es aus.«

»Minze! Das ist es. Ich kam nicht drauf.«

Lattemann musste gut zehn Jahre älter sein als ich, aber er wirkte frisch und tatkräftig. Sein Gesicht hatte feine, schmale Züge. Seine Nase war vielleicht ein bisschen zu spitz. Ein üppiger Backenbart bedeckte große Teile seiner Wangen und vereinigte sich über der Oberlippe zu einem buschigen Schnauzer. Nur sein Kinn und seine Lippen waren frei. Dichte Brauen gaben seiner Mimik ein besonderes Gewicht.

»Ihr seid für einen Kuraufenthalt in Wiesbaden, nehme ich an. Woher kommt ihr?«, fragte er.

Ich erzählte von unserer Herkunft und auch, dass ich Näherin war. Er fragte nach Geschwistern und nach den Umständen, unter denen ich arbeitete. Zuerst zögerte ich, diese Informationen preiszugeben, schließlich war er ein Fremder und eigentlich ging es ihn nichts an. Doch er fragte freundlich, und es lag ehrliches Interesse in seinem Blick. Er erkundigte sich nach den Aufgaben, die ich im Atelier hatte, welche Schnitte ich gut fand und auch danach, wie wir lebten und was uns bewegte. Er ermunterte mich mit kräftigem Nicken, und ich erzählte ihm sogar von Vaters Tod und dass wir seither allein waren.

»Das muss ein harter Einschnitt für dich gewesen sein, den Vater zu verlieren.«

»Er war ein sehr besonderer Mensch«, sagte ich. »Er hat viel gearbeitet und war immer um uns besorgt. Jedem, den er kannte, hat er geholfen.«

»Dann muss er wirklich ein guter Mensch gewesen sein.«

»Nur die Besten holt der Herrgott früh zu sich«, sagte Mutter. »Wie ist das denn mit Ihnen? Haben Sie keine Angst, dass Sie bei der Ausübung Ihrer Kunst das Zeitliche segnen könnten? Was Sie tun, ist schließlich nicht ungefährlich.«

»Das werde ich oft gefragt und natürlich habe ich Angst. Wenn ein Mann sagt, er sei furchtlos, so ist das immer gelogen.«

Das beeindruckte mich. Ich war mir zwar ziemlich sicher, dass ein Mensch, der sich aus dem Himmel auf die Erde stürzte, Angst haben musste. Ich hatte jedoch nicht damit gerechnet, dass jemand wie Lattemann es zugeben würde, vor allem nicht gegenüber zwei Damen, die ihn wie Schafe anhimmelten.

»Ich halte es für fatal«, fuhr er fort, »wenn ein Mann sich seinen Ängsten nicht stellt. Indem ich mir meine Bedenken vergegenwärtige, bleibe ich wachsam und überschätze mich nicht. Falsch verstandenes Heldentum hat schon viele Männer das Leben gekostet.«

»Wie außerordentlich besonders Sie doch sind!«, entfuhr es Mutter. Das war die größte Intimität gegenüber einem fremden Mann, die ich jemals aus ihrem Mund gehört hatte.

»Glauben Sie –«, setzte ich an, doch der Aerostateur unterbrach mich.

»Du«, sagte er. »Wir waren beim Du.«

Wieder spürte ich Hitze in meinem Gesicht aufsteigen. »Glaubst du, dass Frauen das Gleiche tun könnten wie du? Aufsteigen und herunterspringen?«

»Möchtest du mit mir in die Luft gehen?«

»Sofort! Sogar abspringen tät ich!«, entfuhr es mir, und meine Stimme überschlug sich. Ich hielt verschämt die Hand vor den Mund.

Er lachte. »Dann schauen wir mal. Anfang August starte ich in Frankfurt. Da sollte es möglich sein, dass wir uns sehen. Ich würde mich freuen, dich und deine Mutter im Zoo zu treffen. Dort steige ich auf.«

»Das wird kein Problem sein! Da wohnen wir.«

»Ihr wohnt im Zoo?«

Ich lachte. »Zwei Straßen daneben. Wir werden zugegen sein, wenn du in die Luft gehst. Ganz sicher.«

Zurück in Frankfurt holte uns bald der Alltag ein. Ich ging jeden Tag zur Arbeit ins Schneideratelier, um rasch wieder Geld zu verdienen. Meister Weber hatte mir für die Zeit der Kur frei gegeben, aber ein Gehalt hatte ich während meiner Abwesenheit nicht bekommen. Vielmehr hatten wir in Wiesbaden von unserem Ersparten gelebt, weshalb es nun dringlich war, die Reserven wieder aufzufüllen.

Ob der Luftschiffer Lattemann sich daran erinnern würde, was er uns zugesagt hatte? Würden Mutter und ich im Frankfurter Zoo auf der Gästeliste stehen? Einerseits war ich mir sicher, dass er unsere Begegnung nicht vergessen haben konnte. Andererseits traf er in seinem Beruf bestimmt viele Menschen. Vielleicht war die Landung in unserem Vorgarten in Wiesbaden nur eine von zahlreichen Landungen auf fremden Grundstücken gewesen, und er revanchierte sich jedes Mal mit dem Angebot eines kostenlosen Vorstellungsbesuchs. Eine Nachbarin hatte mir zugetragen, dass er vor zwei Wochen in der Pfalz aufgetreten war, wo sie ihren Bruder und ihre Schwägerin besucht und einige Tage Urlaub gemacht hatte. Er sei hinaufgestiegen, bis niemand ihn mehr habe sehen können – und sei dann durch aufziehende Wolken wieder herabgefallen.

»Ein Verrückter«, meinte sie. »Irgendwann wird er wie eine Porzellanschüssel auf der Erde zerschellen.«

Ich trug mich mit dem Gedanken, ihm einen Brief zu schreiben. Seine Adresse hatte ich herausgefunden: Er hatte nicht weit von unserem Zuhause eine Halle gemietet, wahrscheinlich zur Lagerung seiner Ballons und für die Fässer, die er zur Herstellung von Wasserstoff benötigte.

Ich wollte ihm schreiben, wie sehr ich mich auf den Besuch seiner Vorstellung freute – und ihm meine Arbeitskraft anbieten. Sowohl die Hüllen seiner Ballons als auch seine Fallschirme bestanden aus Stoffen, die jemand zuschneiden, verarbeiten und nach seinen Auftritten ausbessern musste. Nach der Landung im Garten hatte der Schirm nicht gut ausgesehen. Ob Lattemann Schneiderinnen und Schneider angestellt hatte? Oder gab er die Arbeiten in Auftrag? Ich hatte mich ein bisschen umgehört, doch nichts herausfinden können. In meinen Tagträumen brachte ich den Brief vorbei, während Hermann gerade in seiner Werkstatt arbeitete. Er blickte auf, sah mich in der Tür stehen und kam lächelnd auf mich zu. »Katharina! Welch eine Freude, dich hier zu sehen!« Er nahm mich in den Arm. »Ich hatte gehofft, dass du irgendwann in der Tür stehen würdest.« Ich übergab ihm den Brief, er studierte ihn und sagte: »Es wäre großartig, wenn du mich unterstützen könntest. Gleich morgen kannst du anfangen. Dann bereitest du die Stoffe vor, mit denen ich im Zoo aufsteige.« Es waren naive, hanebüchene Gedanken. Dennoch hielt mich das Wissen darüber, dass es nie so kommen würde, nicht davon ab, mich an der Idee zu ergötzen.

Das Klingeln der Türglocke, gefolgt von dem Ruf nach meinem Namen, holte mich zurück in die Wirklichkeit. Für einen Moment hoffte ich, Hermann im Laden zu sehen. Doch dort stand nur die spitznasige Dame, die ich gestern vermessen hatte.

»Guten Tag, Frau Kommerzienrat«, begrüßte ich sie. »Wie kann ich Ihnen zu Diensten sein?«

»Ich habe es mir anders überlegt. Ich möchte doch keinen Mantel. Ich möchte ein Kleid.«

Ich dachte an den Stoff, der auf dem großen Tisch im

Atelier lag. »Ich habe bereits begonnen, den Stoff zuzuschneiden«, erwiderte ich.

»Ich bin mir sicher, dass Sie eine andere Verwendung für das Material finden. Vermessen Sie mich bitte für ein Kleid.«

Ich wünschte, Meister Weber wäre hier, um ihr klarzumachen, dass sie den Stoff würde bezahlen müssen. Sie hatte den Mantel mit Unterschrift in Auftrag gegeben. Doch ich sah mich nicht imstande, ihr den Sachverhalt in passenden Worten zu erklären.

»Worauf warten Sie, Fräulein? Holen Sie Ihr Maßband!«, herrschte sie mich an.

Ich war mir sicher, dass sie den Laden mit Absicht zu einer Tageszeit aufsuchte, zu der Meister Weber nicht zugegen war. Ich war wütend über ihre Berechnung und ärgerte mich über meine eigene Sprachlosigkeit.

»Ich werde mit dem Meister Rücksprache halten müssen«, sagte ich vorsichtig.

Aber die Spitznasige reagierte nicht auf meine Worte. Stattdessen sagte sie ausdruckslos: »Legen Sie los. Ich habe wenig Zeit.«

Zwei Tage später – es war Abend und im Herd brannte ein Feuer – saßen Mutter und ich beisammen, als es klopfte. Wir sahen uns an. Wer mochte das sein? Draußen war es bereits dunkel.

»Ich mache auf«, sagte ich und wollte mich erheben. Doch Mutter hielt mich am Arm fest.

»Zu viele Leute wissen, dass hier nur zwei Frauen wohnen. Lass uns die Tür verschlossen halten. Wer etwas von uns will, wird wiederkommen.«

Es klopfte erneut. Die Haare auf meinen Armen richteten sich auf, und Unbehagen stieg in mir auf. Oder war es Aufregung?

»Ich öffne«, sagte ich. »Es ist sicherlich nur eine Nachbarin, die Hilfe braucht.«

Ich ging zur Tür, öffnete sie einen Spalt und stellte meinen Fuß so auf, dass ein Besucher die Tür nicht ohne Weiteres aufstoßen und eindringen konnte.

»Hallo?«, fragte ich ins Dunkel.

Die Gestalt, die draußen stand, war größer als ich. Sie beugte sich herab, und ich sah ihr Gesicht. Reflexhaft hielt ich die Hand vor den Mund. Erstaunen ergriff mich – und Freude.

»Guten Abend, Käte«, sagte Hermann. »Es tut mir sehr leid, dass ich so spät störe. Aber nachdem ich endlich herausgefunden habe, wo ihr wohnt, wollte ich so schnell wie möglich zu euch.«

Ich brauchte einen Moment, um zu verstehen, was mir geschah. Vor meiner Tür stand Carl Hermann Lattemann, der Luftakrobat. Weil er mich gesucht hatte. Mich!

Hermann nahm den Hut ab und beugte den Oberkörper leicht vor, um einzutreten. Ich sollte etwas sagen, aber ich glotzte ihn nur an wie eine Kuh und hielt ihm die Tür auf.

»Ich weiß, dass es nicht schicklich ist, zwei Damen in der Dunkelheit zu Hause aufzusuchen«, sagte er, während er in unsere Küche trat. »Aber ihr habt vielleicht schon gemerkt, dass ich mich nicht sehr um Konventionen schere. Also dachte ich, dass ich einfach vorbeischaue.«

Mutter hatte sich auf ihrem Platz auf der Küchenbank aufgerichtet. »Setzen Sie sich nur. Leider kann ich Ihnen heute keine Limonade anbieten.«

»Wir haben noch etwas Bier«, sagte ich.

»Keine Umstände.« Hermann setzte sich. »Ich freue mich einfach, hier zu sein. Ich bin sehr froh, dass ihr noch wach seid.«

Ich setzte mich zu Mutter auf die Bank. »Sie ... du hast uns gesucht?«, fragte ich.

»Nachdem du gesagt hattest, dass du Schneiderin seist und in der Nähe des Zoos wohnst, bin ich durch die Gassen gestreift, in der Hoffnung, eine von euch zufällig zu treffen. Außerdem habe ich in dem ein oder anderen Laden nach euch gefragt.«

»Dass Sie dafür Zeit haben!«, entfuhr es Mutter.

»Man ist immer nur vielbeschäftigt mit dem, was einem wichtig ist. Und es war mir außerordentlich wichtig, euch wiederzusehen. Vor allem, nachdem ich von einem der Bäckersleute erfahren habe, welch gute Arbeit Käte leistet.«

Das konnte doch alles nicht wahr sein! So etwas passierte nicht im richtigen Leben. Ich biss mir in die Wange, um herauszufinden, ob ich wach war oder träumte.

»Es wirkt vielleicht etwas seltsam auf dich, Käte«, fuhr er fort. »Dieser Auftritt hier am Abend, fast schon in der Nacht. Als wollte ich dir nachstellen. Ich möchte es nicht schönreden: Ein bisschen ist es auch so. Aber du hast mich nachhaltig beeindruckt. Es gibt nicht viele Frauen, die so offenherzig sind, wie du mir erscheinst. Deshalb würde ich dich gern für mich gewinnen. Also für meine Unternehmung.«

Ich spürte, wie Mutter neben mir alle Muskeln anspannte. Sie hob an, etwas zu sagen.

»Natürlich«, sagte Hermann und wandte sich an Mutter, »wird deine Tochter weder etwas Gefährliches noch etwas Unschickliches tun. Ich wünsche lediglich, dass sie mich als Schneiderin bei der Herstellung meiner Ballons unterstützt.«

»Ballons?«, wiederholte Mutter, und ihre Stimme entglitt ihr leicht.

»Der Schneider, der seit vielen Jahren für mich arbeitet,

ist ein alter Mann. Alle Männer, die sich mir als sein möglicher Nachfolger vorstellten und die ich bei mir arbeiten ließ, waren zwar tüchtig, doch es fehlte ihnen an Neugierde und Vorstellungskraft. Sie konnten nichts Neues schaffen. Ich habe das Gefühl, bei Käte ist es anders. Gutes Personal ist schwer zu finden. Gerade in meinem außergewöhnlichen Metier.«

»Meine Tochter hat bereits eine Anstellung.«

»Die ich jederzeit kündigen kann«, warf ich ein.

»Um dich in die Schaustellerei zu stürzen?«

Lattemann hob die Hand. »Meine Damen!« Er wandte sich Mutter zu. »Ich kann versichern, dass ich über gute Einkünfte verfüge. Frage ruhig herum, und du wirst hören, dass es in meiner Werkstatt ordentlich zugeht und die Leute gern für mich arbeiten. Ich zahle zuverlässig.«

»Falls Sie den nächsten Auftritt überleben.« Mutter verschränkte die Arme vor der Brust. Ihre Brauen hatte sie zur Nasenwurzel zusammengezogen.

»Daran«, sagte Hermann zögerlich, »habe ich großes Interesse.«

»Gesetzt den Fall«, sagte ich, »ich wollte es machen: Wann darf ich anfangen?«

»Wenn du magst, zeige ich dir morgen die Werkstatt und wir beginnen mit der Einarbeitung.«

»Nichts da!«, rief Mutter und schlug mit der Hand auf den Tisch. Eine Geste, die ich bislang nur von Vater kannte. »Du gehst morgen zu Meister Weber. Wie jeden Tag. Die Werkstatt von Herrn Lattemann schaust du dir höchstens nach der Arbeit an. Du kannst nicht ohne Sinn und Verstand deine Anstellung kündigen. Wir brauchen dein Einkommen.«

Sie hatte recht. Wir waren auf mein Gehalt angewiesen, und wenn Hermann direkt beim nächsten Auftritt wieder in einem Baum landete, diesmal aber mit dem Kopf voran gegen den Stamm, standen wir mit nichts da. Außerdem war die Frage, ob ich überhaupt konnte, was Lattemann von mir verlangte. Ich hatte bislang nur Kleidung genäht. Die Ansprüche, die aeronautische Konstruktionen an das Schneiderhandwerk stellten, waren sicher ganz andere. Doch ich war wie elektrisiert. Ich könnte dem stickigen Schneideratelier und den spitznasigen Damen entkommen!

Hermann sagte: »Ich verstehe eure Bedenken und möchte ihnen Rechnung tragen.« Er wandte sich mir zu: »Wenn es recht ist, hole ich dich morgen nach der Arbeit an der Schneiderei Weber ab. Keine Sorge, ich werde nicht hereinkommen. Du wirst mich sehen, wenn du aus der Tür trittst.« Er sah zu Mutter, dann wieder zu mir. »Ich mache dich auch mit meinen Angestellten bekannt. Es werden ausreichend andere Menschen in meiner Werkstatt sein. Wir arbeiten immer lange. Du wirst sehen: Ich bin ein redlicher Unternehmer, der sich nur ab und zu mal vom Himmel fallen lässt.«

»Wie soll ich der Dame das jetzt noch in Rechnung stellen?« Schneider Weber stand mir gegenüber am Zuschneidetisch und hielt einen Fetzen Stoff in die Höhe. »Bei einer Auftragsänderung muss dem Kunden die Forderung unverzüglich vorgetragen werden. Nicht erst nach vierundzwanzig Stunden. Ich werde nachsehen, was der Stoff gekostet hat, und das von Ihrem Lohn abziehen. Damit Sie lernen, unternehmerisch zu handeln. Ich fürchte allerdings, dass das von einer dummen Gans wie Ihnen zu viel verlangt ist.«

Schweren Schrittes verließ er die Nähstube.

Ich spürte eine wilde Wut in mir aufsteigen. Was hätte ich tun sollen? Hätte ich eigenständig gehandelt und der

Dame eine Forderung übergeben, hätte mich der Meister für die Überschreitung meiner Kompetenzen gemaßregelt – und die Kundin wäre womöglich künftig dem Laden ferngeblieben. Nun musste ich für den Schaden aufkommen, den ich nicht hatte abwenden können. Wie ich diese Situationen hasste, in denen ich nur verlieren konnte! Nichts brachte mich mehr auf als diese unverschuldete Hilflosigkeit, die ich fühlte. Ein Kloß aus Zorn und Tränen steckte in meinem Hals.

Ich räumte den zerschnittenen Stoff beiseite und verstaute ihn in einer Holzkiste. Wir würden ihn zum Ausstopfen verwenden, für Kissen und kleine Figuren, mit denen wir Kindern eine Freude machten.

Noch eine Sache machte mich wütend: Obwohl ich wusste, dass Meister Weber mich zu Unrecht anging, nährten seine Sätze meine Zweifel. Hatte er vielleicht doch recht, und ich war zu nichts anderem gut, als Knöpfe anzunähen und Säume zu kürzen? Vielleicht war ich gar keine Frau, die Flugballons schneidern und sich in einer Welt behaupten konnte, die fernab der Begrenztheit lag, die mir so sehr auf die Seele drückte.

Den Rest des Tages verbrachte ich schweigend und betriebsam. Ich dachte an die Mädchen, mit denen ich gemeinsam die Volksschule besucht hatte. Gisela war verheiratet und hatte drei Kinder. Auch Frieda hatte einen Mann geehelicht und war nun Mutter von zweien. Martha hatte sich gegen die Ehe entschieden und war Lehrerin geworden. Johanna war im vergangenen Jahr an einer Lungenentzündung gestorben, Minna im Kindbett. Edith, Klara und Auguste waren als Haushälterinnen in die Häuser von Herrschaften gegangen. Mit keiner der Klassenkameradinnen hätte ich tauschen wollen.

Als ich am Abend den Laden verließ, dämmerte es bereits. In den Straßen hing der Duft von Fisch, den die Leute aus dem Main holten und zu Suppe verkochten. Zwei Jungen liefen an mir vorüber die Gasse hoch. Im Wirtshaus an der Ecke versammelten sich die Männer. Hermann Lattemann hatte gesagt, dass er vor dem Atelier auf mich warten würde. Ob er tatsächlich kam? Ich versuchte, meine Hoffnung zu dämpfen, als ich hinter mir Schritte hörte.

»Guten Abend, Käte.«

Ich drehte mich um. Es war Hermann. Er lächelte. Wie warm und freundlich sein Blick war!

»Du bist sicherlich erschöpft«, sagte er.

»Auf mich muss niemand Rücksicht nehmen«, sagte ich, und es klang niedergeschlagener, als ich es war. Aber ich war nicht gut darin, zwanglose Konversation zu betreiben. Niemand hatte es mir beigebracht, und ich hatte es bislang auch nie gebraucht.

»Magst du Trinkschokolade? Ich habe welche in meiner Ballonmanufaktur. Sie wird deine Lebensgeister wecken. Danach zeige ich dir, wofür ich dich und dein Handwerk brauche. Hast du heute Abend noch Zeit und Kraft?«

Ich nickte. Sein Angebot, dass ich für ihn arbeiten sollte, konnte unmöglich ernst gemeint sein – und wenn es das war, hatte es sicherlich einen Haken, dachte ich.

Als Hermann die Tür zu seiner Werkstatt öffnete, eine breite Hoftür, verflogen meine Zweifel, und ich spürte Anspannung. Vor mir lag eine Halle, in der, erleuchtet vom Schein unzähliger Gaslampen, zwei Männer und zwei Frauen an langen Tischen werkelten. Sie arbeiteten gebeugt und konzentriert. Die Geräusche, die leisen Stimmen, das Licht und die Bewegungen der Menschen waren anders als in den Nähstuben, in denen ich bislang gearbeitet hatte. Die Leute hier gingen aufrecht und mit kräftigen Schritten um die Tische herum, sie sprachen miteinander, sachlich und voller Achtung voreinander. In Hörweite diskutierten ein Mann und eine Frau über die Beschaffenheit eines Stoffes und wie er zu nähen sei. Sie tauschten ihre Argumente aus, ohne dass der Mann die Frau belehrte. Er hörte aufmerksam zu und nannte seine Einwände, die jedoch eher die Verwendung des Stoffes als seine Verarbeitung betrafen. Sie unterbrach ihn, und er hörte wieder zu. Ich spürte sogleich, dass eine freundliche Atmosphäre den Raum erfüllte.

Als sie bemerkten, dass wir hereinkamen, ließen sie für einen Moment ihre Arbeit und ihre Gespräche ruhen und sahen mich neugierig an. Vorsichtig hob ich die Hand zu einem schüchternen Gruß. Die Männer lupften ihre Mützen, die Frauen lächelten und nickten mir zu.

»Ich beschäftige in dieser Werkstatt sechs Menschen«, erklärte Hermann. »Ich habe ihnen bereits von dir erzählt. Alwin, der Älteste, ist schon nach Hause gegangen. Er ist der Schneidermeister, von dem ich dir gestern Abend berichtet habe. Ihn plagen Schmerzen im Rücken. Ich habe ihm zwei Tage freigegeben, damit er gesund ist, wenn ich im Zoo aufsteige. Dort möchte ich bald einen neuen Fallschirm ausprobieren.«

»Sind die anderen Leute auch Schneidergesellen?«

»Hinrich und Felix sind Zimmermänner, aber sie üben so gut wie jedes Handwerk aus. In unserem Gewerbe muss man gelehrig und anpassungsfähig sein, denn ich kann nicht für jede Aufgabe einen Fachmann einstellen. Die beiden bauen mir Körbe und Trapeze, bessern die Gestänge aus und erstellen Vorrichtungen, mit denen wir auf unseren Reisen das Material transportieren. Hinrich kennt sich außerdem mit Aeronautik aus. Er hat ein gutes Gefühl dafür, wie viel Gas wir in den Ballon füllen müssen. Felix ist sein Schwiegersohn. Er lernt das Handwerk von ihm.«

Hermann deutete auf eine junge Frau meines Alters. »Das ist Alwins Tochter Grete. Sie hilft ihm beim Zuschnitt, verkauft bei Auftritten die Eintrittskarten und erledigt, was anfällt. Grete und Felix sind seit zwei Jahren verheiratet. Sie haben einen kleinen Sohn.«

»Dann führst du ja fast einen Familienbetrieb«, sagte ich. Das Geschäft eines Luftakrobaten hatte ich mir windiger vorgestellt. Was ich hier sah, war eine saubere Werkshalle, in der gewöhnliche Menschen mit redlicher Arbeit ihr tägliches Brot verdienten.

»Was hast du denn gedacht? Dass wir eine Gruppe Taugenichtse sind, von denen sich einer zuweilen aus den Wolken stürzt?« Seine Worte hätten sich scharf und vorwurfsvoll anhören können. Doch er sprach mit einem freundlichen, neckenden Unterton. Dennoch fühlte ich mich ertappt und genierte mich dafür, dass ich so vorschnell geurteilt hatte.

Hermann ließ mir keine Zeit zu antworten, sondern fuhr fort: »Hinten in der Ecke arbeitet meine Cousine Irma. Sie ist gleichzeitig Alwins Frau und versteht sich ebenso wie er aufs Schneidern. Ihre Aufgabe ist es, meine Kleidung zu entwerfen, sie wetterfest und beständig zu machen. Denn sie ist allerlei Belastungen ausgesetzt. Außerdem enthält sie ungewöhnliche Schlaufen und einige Kniffe, die mir helfen, mich am Ballon festzuhalten. Irma näht auch Polster ein, falls ich mal härter aufschlage.« Er machte eine ausholende Handbewegung. »Damit hast du das aeroakrobatische Unternehmen Lattemann kennengelernt.«

»Wer ist die sechste Person, die für dich arbeitet? Hinrich, Felix und Grete, Alwin und Irma – das sind nur fünf.«

»Du passt gut auf. Das gefällt mir«, sagte er. »Die sechste Person« – er machte eine kurze Pause – »bist du. Wenn du möchtest.«

Ich errötete. »Aber … wofür brauchst du mich? Es sind alle Aufgaben verteilt.«

»Alwin ist ein hervorragender Schneider und begleitet mich seit vielen Jahren. Aber wie ich bereits sagte: Er wird alt. Sein Rücken macht ihm zu schaffen, und er sieht nicht mehr gut. Inzwischen kann er auch bei bestem Licht kaum noch die Nähte erkennen, die er anfertigt. Deshalb ermüdet er schnell. Ich brauche jemanden, der ihn ablöst, der jung ist und Leidenschaft für unsere Unternehmung hat. Jemanden wie dich.«

Jemanden wie mich. Vor einer Stunde noch hatte ich in Meister Webers Schneiderei über dem Kleid einer Dame gesessen. Meine Finger waren steif von der Arbeit des Tages und mein Nacken schmerzte. Ich war bekümmert gewesen über seine Schelte und die Kaltherzigkeit meiner Kolleginnen. Nun stand ich in der Ballonmanufaktur eines Luftschiffers und sollte abenteuerliche Gefährte nähen. Das alles an der Seite eines unkomplizierten und höflichen Mannes.

»Es kommt alles sehr plötzlich«, sagte ich. »Und ich kann immer noch nicht nachvollziehen, wie du dazu kommst, mir Arbeit geben zu wollen. Wo wir uns doch nur einmal begegnet sind.«

Es war mir immer noch ein Rätsel, welche unsichtbare Kraft mich hierhergebracht hatte. In mir rief es: Ja! Ich will! Ich will raus aus dieser erbärmlichen Nähkammer, fort aus einem Leben, das nichts anderes für mich vorgesehen hat als die Gängelei eines Dienstherrn. Das Mädchen, das Seile in den Hof spannte und balancierte, war lebendiger denn je in mir. Aber ging das alles mit rechten Dingen zu?

»Ich hatte dir eine Schokolade versprochen«, sagte Hermann. »Meinst du, du hast noch die Zeit dafür? Oder wartet deine Mutter besorgt zu Hause?« Er deutete auf einen kleinen Raum am Ende der Halle, direkt neben Irmas Arbeitsplatz. »Wenn ich bitten darf? Wir können die Tür auflassen, sodass du jederzeit zurück in die Halle kannst.«

Wir gingen in das Büro, an das sich eine noch kleinere Küche anschloss. Zum ersten Mal, seit wir die Werkstatt betreten hatten, betrachtete ich Hermann mit voller Aufmerksamkeit. Aus der Nähe wirkte er jünger als an jenem Nachmittag in Wiesbaden, an dem er derangiert im Vorgarten niederging. Sein Bart und sein leicht ergrautes Haar ließen ihn robust und erfahren wirken. Aber jetzt, aus nur zwei Armlängen Entfernung und mit ausreichender Zeit für eine ausführliche Begutachtung, sah ich, dass er zwar Falten in den Augenwinkeln hatte, aber dennoch einen jugendlichen Ausdruck besaß, neugierig und schelmenhaft. Sein Blick war warm und voller Zuversicht. Er gehörte zu den Menschen, die, wenn sie vor Publikum stehen, seriös wirken und allein ob ihres Vorhabens Respekt gebieten. Als ich nun allerdings mit ihm sprach, hatte er eine lebendige, aufgeschlossene Mimik, die von Offenherzigkeit und Empfindsamkeit zeugte.

»Unsere Küche ist nur ein Raum mit einem Ofen, einem Waschbecken und einem Schrank. Aber er genügt, um Brote, Aufstrich und Obst zu lagern«, erklärte Hermann, während er die Milch für die Schokolade erwärmte. »Ich verbringe manchmal mehrere Tage am Stück hier. Da ist es gut, ein paar Vorräte zu haben.«

Er blieb neben dem Topf stehen, bis die Milch heiß war. Währenddessen sah ich mich im Raum um. An einer der Wände hing ein Plakat seines Auftritts auf dem Münchner Marienplatz. Die übrigen waren gefüllt mit Zeichnungen von Ballons und einer Konstruktion, die durch einen Ring geteilt war.

»Ist das deine Erfindung?«, fragte ich und deutete auf die Zeichnung.

»Ein Fallschirmballon. Das Gas strömt zunächst in den Ballon hinein, und die Konstruktion steigt auf. Der Stoff, aus dem die Ballonhülle ist, ist allerdings nicht dicht genug, um das Gas zu halten. Wenn ausreichend Gas in die Umgebung entwichen ist, klappt sich der untere Teil des Stoffes, der Teil, der sich unterhalb des Äquatorrings befindet, nach innen. Der Ballon wird zum Fallschirm, und ich gleite zurück zum Boden.« Er gab mir die Tasse mit der Schokolade. »Vorsicht, die Milch ist heiß.«

»Hast du das schon getestet?«

»Nur im Modell«, antwortete er. »Wir müssen die Nahtführung und die Abstände der Fangleinen noch verbessern.«

»Damit du nicht abstürzt.«

Er antwortete nicht, sondern goss sich ein Glas Wasser ein. »Es ist nur deine Mutter, die daran zweifelt, ob du für mich arbeiten solltest?«

Ich schlürfte etwas Trinkschokolade aus dem Becher und wusste keine Antwort.

»Du fragst dich, warum ich dich aufgesucht habe«, sagte Hermann. Ich setzte zu einer Beschwichtigung an, doch er hob die Hand. »Sag bitte nichts, ich möchte es gern erklären. Denn ich habe das Gefühl, dass ich dich eher verschrecke, als dass ich dich für meine Unternehmung gewinne. Als ich bei euch in Wiesbaden landete, in diesem Baum, als du auf mich zutratst und wir danach beisammensaßen, sind mir mehrere Dinge an dir aufgefallen, die mich beeindruckt haben.«

Ich hatte den Luftakrobaten Carl Hermann Lattemann beeindruckt? Wie konnte das sein?

»Da war zuerst deine Körperhaltung«, fuhr er fort. »Du

gehst aufrecht, du hast Spannung in deinem Rücken und einen klaren, fordernden Blick, obwohl du keine Frau von Stand bist. Die meisten Frauen in deinem Alter sind unterwürfige Mädchen, die gut arbeiten, aber keine geistige Kraft haben. Du strahlst Willen und Charakter aus. Zwei Eigenschaften, die ich schätze.«

Ich schluckte. Noch nie hatte jemand so über mich gesprochen.

»Das Zweite, was mir an dir gefällt, sind deine Freundlichkeit und deine Wissbegier. Wir unterhielten uns, und du warst offen und neugierig. Für mein Unternehmen benötige ich Menschen, die etwas wagen und sich nicht schnell zufriedengeben. Wir versuchen Auftritt um Auftritt, das Unmögliche zu schaffen. Das gelingt nur denjenigen, die an das Unmögliche glauben. Ich bin mir sicher, du bist so ein Mensch.«

Hermann traute mir mehr zu, als ich mir selbst zutraute!

Er war immer noch nicht am Ende seiner Rede. »Es gibt viele Leute, die für mich arbeiten wollen, vor allem Männer. Junge Kerle, die das Abenteuer suchen, die aber keine Angst haben. Keine Angst zu haben ist ungesund und schlecht für meine Unternehmung. Du brauchst Angst, um sorgsam zu sein und um den Übermut zu besiegen. Die meisten Menschen, die um eine Anstellung ersuchen, sind außerdem nicht gescheit genug. Sie haben keine Ideen. Ich muss ihnen alles sagen, was sie zu tun haben. Was ich in dir sehe, sind Mut und Tatkraft. Du scheinst mir ernsthaft, aber nicht konservativ zu sein. Und du bist eine Frau. Frauen neigen im Gegensatz zu Männern dazu, auch im Überschwang von Kraft und Größenwahn ihr Gehirn zu benutzen.«

»Die meisten Männer sind der Meinung, dass Gefühle das Denken einer Frau bestimmen, und halten das für hinderlich.«

»Das halte ich für Unsinn. Freilich gibt es Frauen, die Probleme mit der Logik haben. Sie lassen sich von ihren Gefühlen leiten und sind nicht fähig, Schlüsse zu ziehen. Was die Gesellschaft jedoch in ihrer Bewertung vergisst, sind all jene Männer, denen in gleichem Maße die Fähigkeit zum logischen Denken fehlt. Sie leiden an Selbstüberschätzung, stürzen sich kopflos in Gefahren und sind dabei deutlich unbedachter, als eine Frau es je sein könnte. Im Allgemeinen halte ich Frauen für dasjenige Geschlecht, das die größere Chance zum Überleben hat. Frauen sorgen viele Jahre lang für den Nachwuchs. Deshalb sind sie manchmal zu sehr geleitet von Gefühlen, dabei jedoch auch umsichtiger.«

Ich wandte mich noch einmal der Zeichnung des Fallschirmballons zu. Hermann hatte recht: Die Nahtführung war unausgereift. Wenn die Luft in den Schirm griff, war damit zu rechnen, dass der Stoff sich über Gebühr spannte. Nähte, die kreuzweise über den Ballon geführt wurden und in der Spitze der Konstruktion zusammentrafen, taten dies genau am schwächsten Punkt – dort, wo der größte Luftdruck herrschte. Schneiderte man die Spitze allerdings aus einem durchgehenden Stück, würde es dieses Problem nicht geben. Allerdings durfte die Naht auch nicht kreisrund geführt werden, einmal um den Ballon herum. Denn dann würde sich das Problem nur verlagern. Ich musste genauer darüber nachdenken.

»Du denkst schon über die Konstruktion nach?«, fragte Hermann und trat an meine Seite vor die Zeichnung. Sein Arm berührte mich leicht, und ich entfernte mich einen Schritt von ihm.

»Die Nahtführung wird das Entscheidende sein, damit die Konstruktion hält. Und die Naht selbst auch«, sagte ich und deutete auf eine gestrichelte Linie entlang der Rundung des Ballons. »Hier, schau. Hier ist ein Wabenstich eingezeichnet. Er sieht hübsch aus, aber es braucht vielmehr eine haltbare Naht, die dem Luftdruck standhält. Eine Naht, wie man sie für die Innenseiten von Hosen nimmt, wo die Schenkel beleibter Herren fortwährend aneinanderreiben.«

»Genau das ist der Grund, Käte, warum ich dich und niemand anderen in meiner Mannschaft möchte. Du bist kaum eine halbe Stunde hier und machst dir schon über die Nähte an meinem Ballon Gedanken.« Er hielt inne. »Darf ich unseren Austausch als Zusage verstehen?«

Ich verlagerte mein Gewicht und rückte etwas von ihm ab. Ich hatte Feuer gefangen, hörte jedoch gleichzeitig Mutters Stimme in meinem Ohr: »Du kannst nicht einfach ohne Sinn und Verstand eine windige Anstellung annehmen!« Ich war mir selbst suspekt.

»Es ist nicht meine Mutter«, sagte ich. Noch immer hielt ich den Becher mit der Schokolade in den Händen. Auf der Oberfläche hatte sich eine dünne Haut gebildet. »In meiner Kindheit habe ich davon geträumt, eine Frau zu sein, die etwas Besonderes kann. Ich wollte eine berühmte Akrobatin sein und ein Leben leben, das mit weniger Mühsal verbunden ist als das meiner Eltern. Aber träumen davon nicht alle Kinder?«

»Ich erinnere mich nicht mehr an den genauen Zeitpunkt«, sagte Hermann. »Aber ich war sehr früh der Überzeugung, dass ich ein Luftschiffer sein wollte. Wie kann es sein, dass ein Gefährt, das größer ist als der größte Vogel, einfach in den Himmel aufsteigt? Ich war neugierig und wollte Grenzen überwinden.«

»Du giltst als einer der wagemutigsten Männer des Reichs.«

»Dass ich von meinen Ballons abspringe, birgt Risiken. Aber es ist keine Dummheit. Ich bin vielleicht waghalsig, aber diese Waghalsigkeit hat ihren Ursprung in Neugierde, nicht in Tollheit. Das ist der Unterschied, der mich am Leben hält. Was ist aus der kleinen Akrobatin Käte geworden?«

»Sie wurde zur Näherin, legte ihre Träume in eine Kiste, verschloss sie und schob sie unter ihr Bett.«

»Dann wird es Zeit, die Kiste hervorzuholen und zu schauen, ob die Träume noch dort sind.«

Ich arbeitete zunächst nur nach Feierabend für Hermann und ging tagsüber weiterhin in Meister Webers Atelier. Mein Arbeitsgebiet teilte ich mit Alwin. Es war einfach, mit dem alten Mann zusammenzuarbeiten. Bereitwillig gab er seine Erfahrungen an mich weiter. Ich gewann den Eindruck, dass er froh darüber war, entlastet zu werden. Seine Gebrechen und das weichende Augenlicht setzten ihm zu. Folglich übernahm ich schon bald sämtliche Fleißarbeiten und auch solche, bei denen Ausdauer und gute Sehfähigkeit erforderlich waren. Alwin saß unterdessen neben mir, kommentierte meine Arbeit und gab mir auf diese Weise spezielles Schneiderwissen weiter, das sich in keinem Buch fand. Genauso wie Alwin keinerlei Ressentiments mir gegenüber empfand, hatte auch ich keine Bedenken, ihn als den anzuerkennen, der er war: ein großer Meister der Luftfahrtschneiderei.

Ich schlief in jeder freien Minute. Nach mehreren Monaten erschöpfte mich die Doppelbelastung jedoch zunehmend, zumal meine Müdigkeit in Schlaflosigkeit umschlug, ich keine Ruhe mehr fand und kaum noch ein Auge zutat. Ich wurde fahrig und begann, Fehler zu machen, erst tagsüber beim Nähen der Kleider und Röcke, dann abends bei der Arbeit an den Ballons. Die Kiste mit meinen Träumen unter dem Bett hervorzuziehen war schnell gegangen. Danach saß ich jedoch lange mit ihr da, und sie lag schwer auf meinem Schoß. Ich benötigte eine Zeit des Erfahrens und Erspürens, eh ich mich vollends auf den Weg in mein neues Leben machte. Es war eine Zeit, in der ich den Verschluss der Kiste immer wieder öffnete, in der ich den Deckel anhob und schnell wieder schloss, aus Angst, meinen eigenen Sehnsüchten zu begegnen.

Überraschenderweise war es meine Mutter, die mich irgendwann drängte, die Anstellung in der weberschen Werkstatt aufzugeben und mich ganz dem Nähen von Ballons und Fallschirmstoffen zu widmen. »Ich sehe doch, dass es dein Wunsch ist«, sagte sie, während wir in der Adventszeit in der Küche über einem Eintopf saßen. Ich war wieder einmal spät heimgekommen und sehr erschöpft.

Ich nickte, und sie ergänzte: »Er scheint ein redlicher Unternehmer zu sein. Seine Angestellten sind allesamt schickliche Bürger, die fleißig sind und sich um ihre Familien kümmern. Dann geh zu ihm.«

Ich sprang auf und umarmte sie, wobei ich meine Suppenschale umstieß.

»Versprich mir jedoch eins, Kätchen«, sagte Mutter, während sie sich aus meinem Griff befreite. »Du wirst es ihm niemals nachtun und aus einem dieser Luftfahrzeuge abspringen.«

Am Tag darauf kündigte ich bei Meister Weber. Bevor ich zu ihm ging, überfielen mich noch einmal Zweifel. Es war die Angst vor der eigenen Courage, die meine Beine zittern ließ, während ich ihm meinen Entschluss verkündete, zukünftig nicht mehr für ihn zu arbeiten. Aber schon auf dem Weg von Webers Schneiderstube zu Lattemanns Werkstatt fühlte ich mich befreit.

Als ich Hermann verkündete, dass ich ihm ab sofort voll zur Verfügung stand, wurde sein Gesicht weich, er lächelte und es war mir kurz, als wolle er mich umarmen. Ungelenk umfasste er mit den Händen meine Schultern, lächelte und sagte: »Ich hatte gehofft, dass dieser Moment eines Tages kommt. Herzlich willkommen, liebe Käte. Zum zweiten Mal und nun für immer.«

So stand ich nun auf dem Festplatz, ebenso furchtsam wie berauscht von dem Gedanken, dass der Luftfahrer Hermann Lattemann erstmals mit einem Ballon aufsteigen würde, den ich genäht hatte.

»Überprüf noch einmal die Leinen!«, rief ich Felix zu. Ein halbes Jahr war vergangen, seit ich begonnen hatte, für Hermann zu arbeiten – und nur ein Monat, seit ich meine Anstellung als Näherin für Damenkleidung quittiert hatte.

»Alles bestens«, sagte Felix, neben dem Ballonkorb stehend. »Für den Moment sieht es sehr gut aus.«

Der Ballon füllte sich bereits seit zwei Stunden mit Gas. Wir stellten es vor Ort her. Auf der Wiese standen Fässer. In ihnen reagierte Schwefelsäure mit Eisenspänen, so erhielten wir Wasserstoff. Von Reaktionsgefäßen leiteten wir den Wasserstoff durch ein größeres Fass, das ihn kühlte und reinigte. Denn für optimalen Auftrieb war es wichtig, dass das Gas möglichst rein war und die gleiche Temperatur hatte wie die Umgebung, sonst kondensierte es in der Höhe. Der Ballon wurde dann feucht und schwer. Erst nach Kühlung und Reinigung leiteten wir das Gas in den Ballon.

Es machte mir große Freude, mich mit derlei Dingen zu beschäftigen. Endlich keine überheblichen Damen und kein Hinterzimmermief mehr, stattdessen gemeinsames Ausprobieren und Tüfteln. Je mehr ich die Technik des Ballonschneiderns kennenlernte und je mehr ich mich mit dem Fallschirmabspringen beschäftigte, desto mehr sehnte ich den Tag herbei, an dem ich selbst mit einem Ballon aufsteigen und an einem der Schirme auf die Erde hinabgleiten würde.

Jetzt kam Alwin über die Wiese gehinkt und steuerte auf Felix und mich zu. Schnaufend blieb er vor uns stehen.

»Das Wetter«, japste er.

Wir sahen zum Himmel hinauf. Vereinzelte Wölkchen waren dort ins Blau getupft. Bestes Frühlingswetter für den Start in die Saison.

»Was ist mit dem Wetter?«, fragte ich.

»Es ... könnte ... nicht besser sein«, sagte Alwin. Er war immer noch außer Atem.

»Wir schauen gerade noch ein letztes Mal nach den Leinen«, sagte Felix. »Dann können wir das Publikum in den Park lassen.«

Heute war ich zum ersten Mal bei einem Auftritt dabei, dem ersten Auftritt der Saison. Denn im Winter machte Hermann Pause, dann war es zu nass und zu kalt, um aufzusteigen – für das Publikum, das bibbernd auf dem Rasen ausharren musste, ebenso wie für den Aerostateur, der eine gute Sicht und beständiges Wetter benötigte. In den vergangenen Jahren hatte er die Wintermonate in Monaco verbracht, wo er sich bei Sonnenschein und milden Temperaturen auf die nächste Saison vorbereitet und ein gänzlich anderes Leben geführt hatte als das beflissene und arbeitsreiche des Sommers. Mit seiner Freude an Glücksspiel und Vergnügungen hatte er es bis in die Klatschspalten der Gazetten geschafft.

Jetzt war es Ende April, und die Sonne schien erstmals mit Kraft. Schon vor Wochen hatten wir plakatiert:

SAISONERÖFFNUNG

Luftballonauffahrt des Herrn
LATTEMANN
und anschließender Absturz

mit Capelle

Eintrittspreis
50 Pfennig
(Kinder 25 Pfennig)

Wir rechneten mit zehntausend und mehr Zuschauern. Für gewöhnlich war der Aufstiegsplatz schwarz vor Menschen. Hermanns Auffahrten hatten sich in den vergangenen Jahren zu einem begehrten Ereignis entwickelt. Die Leute liebten, wie sich eine technische Konstruktion mit Wagemut und Kurzweil paarte. Neben musikalischen Darbietungen gab es kulinarische Angebote. Herren führten Damen aus, und die Damen ihre Kleider.

Ich genoss es, im Freien zu arbeiten. In tiefen Zügen sog ich die Luft ein, die nach Frühling und neuem Leben roch. In der Mannschaft suchte ich allerdings noch nach meiner Rolle. Drüben in der Werkstatt war sie klar, dort war ich Alwins Assistentin, meine Hände waren seine Hände und meine Augen waren seine Augen. Aber die Vorführung heute war etwas Neues; es war das erste Spektakel, an dem ich als Hausschneiderin des Hermann Lattemann teilnahm. Ich hatte keinerlei Überblick über die Aufgaben, die vor einem Aufstieg erledigt werden mussten. Deshalb stand ich mehr oder weniger tatenlos in der Gegend herum und wartete auf Anweisungen. Dennoch fühlte es sich großartig an, Teil des Ganzen zu sein.

Ich griff nach einem Hocker und stellte ihn neben Alwin. »Setz dich«, sagte ich. »Dann kannst du in Ruhe schauen, ob wir alles richtig machen.«

Er ließ sich brummend darauf fallen. »Hermann kommt gleich«, sagte er, nun wieder bei Atem. »Er spricht noch mit dem Parkdirektor und verhandelt über die nächsten Auftritte.«

»Er wird sicher Erfolg haben«, sagte ich.

»Er ist ein guter Geschäftsmann. So einen wie ihn findet man selten. Er ist einer der besten Männer, die ich kenne. Er hat noch niemals jemanden von uns schlecht behandelt.«

»Meine Mutter hatte erst Vorbehalte gegen ihn.«

»Du hast eine gute Mutter«, sagte Alwin. »Mütter sind immer um ihre Töchter besorgt. Hermann ist vielleicht ein technikbesessener Sonderling, aber auch ein erfolgreicher Kaufmann. Ein Ehrenmann durch und durch. Da kommt er.«

Alwin deutete mit seinem Kinn auf die gegenüberliegende Seite des Startplatzes.

Hermann sah wie immer adrett aus: Er trug ein rotes Hemd und eine weiße Hose. Sein Fliegerkostüm lag eng am Körper. Das musste so sein, damit es nicht zu sehr im Wind hin und her flatterte. Seine Unterschenkel steckten in Lederstiefeln. Das Haar hatte er mit Pomade zurückgekämmt.

»Käte, Alwin, ich habe gute Nachrichten!«, rief er uns im Entgegenkommen zu. »Wenn dieser Auftritt gelingt, haben wir weitere zehn Vorstellungen sicher. Das hat mir der Parkdirektor soeben versprochen.«

»Das ist großartig!«, rief ich, und Alwin nickte anerkennend.

Hermann hatte mir erklärt, dass die Auftritte in Frankfurt, Wiesbaden und Umgebung ein einträgliches Geschäft waren. Wir mussten die Gerätschaften nicht weit transportieren und konnten auf bestehendes Personal zurückgreifen. Wir kannten die Umgebung, waren routiniert in Anreise, Abreise und beim Aufbau, und die Beziehungen zu den Parkdirektoren und den Stadtbediensteten waren freundschaftlich. Oft bot Hermann am Tag vor oder nach einem Absturz Rundfahrten für Kaufleute, Fabrikanten und Würdenträger an, bei denen sie im Korb des Ballons über die Stadt reisten. Für die Herrschaften war solch eine Ballonfahrt ein großes Abenteuer, das ihnen überdies zu dem Ruf verhalf, kühn und furchtlos zu sein.

»Wie weit seid ihr?«, fragte mich Hermann und deutete auf den Ballon.

»Hinrich und Felix sind mit der Befüllung fast fertig. Hinrich spricht noch mit dem Wetterkundler. Grete dürfte auch so weit sein«, antwortete ich.

»Dann können wir die Leute einlassen. Wie spät ist es?«

Alwin ließ seine Taschenuhr aufschnappen und hielt mir das Ziffernblatt hin. »Gleich vier Uhr«, sagte ich.

»Zwei Stunden bis zum Start. Das ist vortrefflich. Dann haben die Menschen noch ausreichend Zeit, sich ihren Platz zu suchen, die wichtigsten Neuigkeiten auszutauschen und sich zu verköstigen, bis es losgeht. Und ich kann mit dem Bürgermeister und den Bankiers parlieren.«

Die Saisoneröffnung war ein voller Erfolg. Hermann ging ohne Zwischenfall in die Luft. Das Publikum raunte, staunte und applaudierte. Als er gerade noch ausreichend zu sehen war, sprang er aus dem Korb und glitt an seinem Schirm zur Erde herab. Es war ein souveränes Schauspiel, das Felix, auf einem Podest stehend, durch eine Flüstertüte kommentierte. In blumigen Worten erklärte er die Technik des Aufstiegs. In dramatischer Übersteigerung beschrieb er die Gefahren.

»Nur ein heftiger Windstoß, meine Damen und Herren, und der Aerostateur wird fortgetrieben in die Wolken, hinauf in den Himmel, wo der Herrgott ihn niemals wieder hinablässt!«

In den kleinsten Dingen, rief er, lauerten Risiken für den Künstler. Singvögel nannte er Richter über Leben und Tod.

»Es braucht nur eine Amsel, ach was, eine Meise in die Konstruktion hineinzufliegen, der Schnabel zuerst, schon entweicht das Gas aus dem Ballon und der große Luftschiffer Hermann Lattemann wird ohne Schirm zur Erde herabfallen, wo sein Körper zwischen Ihnen zerschellt!«

Die Herren raunten. Die Damen kreischten. Ich unterdrückte ein Kichern. Meisen oder Finken waren in Wirklichkeit zu klein, um der Hülle des Ballons etwas anzuhaben: Die Seide war robust und eng gewoben. Man musste schon mit großer Geschwindigkeit einen Backstein hineinwerfen, damit sie riss. Große Vögel waren natürlich ein Risiko, aber kein Habicht suchte die Nähe eines Ballons. Das Problem stellte eher die Luft dar, die, wenn Hermann sprang und der Fallschirm sich blähte, mit voller Wucht von unten in den Stoff griff. Ihre Kraft war weitaus größer als die eines Vogels und zerrte an den Nähten.

Nachdem Hermann wieder am Startplatz angelangt war, versammelte sich die Menge um ihn. Alle wollten ihm die Hand schütteln und ihm zu seiner Leistung gratulieren. Männer wie Frauen glaubten, es bringe ihnen Glück, ihn zu berühren: Man erhoffte sich Ruhm, Reichtum und Manneskraft. So drängten sie an ihn heran, strichen ihm über Ärmel, Schulter und Rücken. Hermann ließ es lächelnd über sich ergehen. Die Kapelle spielte beschwingte Melodien.

Ich stand derweil am Rand und fühlte eine große Erleichterung. Die Stoffe, die ich miteinander vernäht hatte, waren funktionstüchtig und hatten den Belastungen standgehalten.

»Fräulein Paulus, welch eine Überraschung, Sie hier zu treffen. Noch dazu ohne die Begleitung Ihrer Frau Mutter.«

Ich wandte den Kopf in Richtung der Stimme. Neben mir stand ein Mann mit aufwändig gezwirbeltem Schnurrbart. Es war Georg Hoffmann, der Actionarius aus Wiesbaden, dem ich bei Hermanns Auftritt vor nicht ganz einem Jahr begegnet war.

»Herr Actionarius. Die Überraschung ist ganz meinerseits.«

»Ich habe Sie beobachtet, Fräulein Paulus. Da Sie hinter der Absperrung standen, schien es mir zunächst, dass Sie etwas mit dem Spektakel zu tun hätten. Was ich allerdings nicht annehme. Oder sind Sie unter die Schausteller gegangen?«

Hilfesuchend blickte ich mich nach Alwin um. Jemanden aus der Mannschaft an meiner Seite zu haben hätte mir jetzt ein gutes Gefühl verschafft. Doch er war nirgendwo auszumachen.

»Sie haben richtig gesehen«, antwortete ich zögerlich. »Ich arbeite für Lattemann.«

»Welch interessante Wendung«, entgegnete Hoffmann. Sein Tonfall war seltsam süffisant. »Fertigten Sie im vergangenen Jahr nicht noch Mode für die besseren Frankfurter Kreise? Was ist Ihnen widerfahren, dass Sie für einen Luftschiffer arbeiten müssen?«

Woher kam dieser spöttische Unterton? Im vergangenen Jahr hatte der Actionarius den Luftschiffer noch für seine Tapferkeit bewundert.

»Sie scheinen ein falsches Bild von Herrn Lattemann zu haben«, antwortete ich.

»Ach, Sie haben es nicht mitbekommen?«, fragte er. »Dabei hört man es von den Dächern pfeifen, in welchen Bordellen Ihr Dienstherr verkehrt. Er fährt dazu gar in den Süden, wo die Frauen noch schöner und üppiger sein sollen.«

Ich war fassungslos. Was bezweckte er mit diesen Anschuldigungen? Das konnte unmöglich wahr sein.

»Was denken Sie«, fuhr Hoffmann fort, »warum er keine Ehefrau hat? Aber es geht mich nichts an, in welchen Kreisen Sie verkehren. Einen schönen Abend noch, Fräulein Paulus.«

Er zog seinen Hut, verbeugte sich knapp und verschwand in der Menge.

Ich stand wie versteinert und starrte ihm hinterher. Die Geräusche der Menge, die Musik, das Rufen der Backwarenverkäufer, all das war nur ein Rauschen in meinen Ohren. Georgs Worte waren über mich gefahren wie ein Wirbelsturm. Die Freude, die ich angesichts unserer gelungenen Premiere empfunden hatte, war fort. Wäre mir doch nur eine passende Entgegnung eingefallen!

Felix trat auf mich zu. »Du schaust aus, als sei dir der Leibhaftige erschienen.«

Ich wandte meinen Blick von den Menschen ab, zwischen denen Georg verschwunden war, und sah Felix an. Sein freundliches, sommersprossiges Gesicht gab mir sofort ein Gefühl der Zuversicht.

»Da war ... ein Bekannter. Aus Wiesbaden. Als Mutter und ich dort zur Kur waren. Er ...«

»Hat er dich angefasst?«

»Nein. Nur dummes Gerede.«

»Dann komm. Vergiss ihn und lass uns anpacken. Wir haben jetzt eine Menge zu tun. Der Abbau dauert noch einmal fast so lange wie der Aufbau, und es wird gleich dunkel.«

Am nächsten Tag trafen wir uns früh in der Werkstatt. Dort roch es nach Backwaren. Irma war in der Nacht aufgestanden und hatte für uns alle Brot gebacken. Zusammen mit einem Laib Käse lag es auf dem Zuschneidetisch. Alwin schnitt jedem von uns ein großes Stück Käse ab, Irma schenkte uns Kaffee ein, wir setzten uns auf Hocker und Kisten und frühstückten genüsslich. Niemand sprach ein Wort.

Ich hatte in dieser Nacht nicht schlafen können – aus Freude über unseren Erfolg und die Gewissheit, dass ich nun endgültig Teil der Lattemann-Familie war. Aber auch die Worte des Actionarius hatten mich beschäftigt.

Draußen erwachte die Stadt. Die ersten Fuhrwerke rumpelten über das Pflaster. Ein Sonnenstrahl drang durch das Fenster im Werkstatttor und warf Licht auf den Ballon, der fast den gesamten Boden der Werkstatt bedeckte. Der Stoff war an einigen Stellen eingerissen. Abgesehen davon war er erstaunlich wohlerhalten. Und wo war der große Luftschiffer? Hatte er gestern Abend nicht gesagt, er wolle in der Werkstatt übernachten, um sich den Heimweg zu ersparen? Sogleich hatte ich die Worte Georg Hoffmanns im Ohr: Man hört es von den Dächern pfeifen, in welchen Bordellen er verkehrt!

»Möchtest du noch?«, fragte Irma und deutete mit dem Messer auf Brot und Käse.

Ich nickte. Gestern hatte ich den ganzen Tag über kaum etwas gegessen. In der Nacht war ich zu erschöpft und zu verwirrt gewesen, um meinen Hunger zu bemerken. Erst jetzt, im Kreise meiner Kollegen, begann ich, ihn zu spüren.

»Ich hätte gedacht, dass etwas passiert, mit dem wir nicht gerechnet haben«, sagte Felix. »Beim ersten Auftritt des Jahres.«

»Was hätte das sein sollen?«, entgegnete Hinrich.

»Wenn ich das wüsste, wäre es nichts Unvorhergesehenes.«

Irma reichte mir mehr Brot und Käse, und ich biss genüsslich hinein. »Wie war es für dich, Käte?«, fragte sie. »Es war dein erster Auftritt mit uns.«

Ich sagte, dass ich froh gewesen sei, dass ich keinen Fehler gemacht hatte.

»So ging es mir auch bei meinem ersten Mal«, sagte Felix mit halbvollem Mund. »Was hatte ich einen Bammel, dass der Ballon zusammenfällt, während Hermann noch im Korb ist!«

»Wäre er ja auch beinahe«, brummte Alwin. »So ein zerstörtes Gerümpel habe ich danach nie wieder von einer Wiese geklaubt.«

»Was nichts anderes heißt, als dass ich aus meinen Fehlern gelernt habe!«

Wir lachten. Dennoch war Felix rot geworden.

»Ich finde, wir sollten unsere Becher auf Käte erheben«, sagte Irma. »Sie hat meinem Alwin nicht nur eine Menge Arbeit abgenommen und seine müden Knochen geschont. Sie hat auch dem Ballon den letzten Schliff gegeben.«

Die anderen murmelten zustimmend. Die guten Sitten hätten es verlangt, dass ich bescheiden abwinken und »Nicht doch!« sagen sollte. Doch Irma hatte recht: Ich hatte die Konstruktion wesentlich verbessert. Alwins Zuschnitt, seine Nähte und die schöpferische Idee hinter dem Gebilde waren solide gewesen. Aber ich hatte schnell erkannt, dass ihm der gestalterische Geist fehlte. Zudem fehlte es ihm an Wissen über moderne Schneidertechniken. Er hatte vor mehr als zwanzig Jahren sein Handwerk gelernt, ich vor weniger als fünf. Alle erhoben ihre Kaffeebecher, und wir prosteten uns zu.

»Wo ist eigentlich Hermann?«, fragte ich. »Wollte er nicht hier übernachten?«

Georgs Worte nagten an mir, auch wenn ich mir sicher war, dass sie nicht einen Funken Wahrheit enthielten.

»Ich kann mir vorstellen, dass er schon Geschäfte macht«, sagte Hinrich.

»Morgens um sechs?«

»Manche Termine pflegen die Herren in die Früh zu legen. Nicht allen ist es recht, mit Hermann Lattemann gesehen zu werden.«

Ich stutzte und sah Alwin an. »Wer soll das sein?«

»Das Militär ist sehr an seiner Arbeit interessiert.«

Hermann arbeitete mit dem Militär zusammen? Er stellte sich mit Bankiers und Kaufleuten gut. Er hielt Kontakt zu Amtsträgern. Eine Verbindung zur Armee war mir bislang nicht in den Sinn gekommen. Aber jetzt, wo Alwin es sagte, ging mir ein Licht auf. Natürlich war es naheliegend, dass Kaiser und Reichskanzler Interesse an seiner Kunst zeigten. Zwar hatte sich Bismarck in den vergangenen Jahren um Frieden bemüht, aber wer wusste schon, was anstand? Außerdem gab es die Kolonien. Himmelherrgott, wo hatte ich mich nur hineinbegeben! Gestern war ich doch noch eine kleine Schneiderin gewesen.

»Was ist los mit dir, Kätchen?«, fragte Alwin. »Du wirkst nachdenklich.«

»Mir waren derlei Verbindungen bislang nicht bewusst.«

»Es ist nichts Schlechtes, sich mit der Politik gut zu stellen. Man darf sich nur nicht zu sehr mit ihr gemein machen.«

Ich nickte. Welche Geheimnisse steckten noch in diesem Unternehmen und im Menschen Hermann Lattemann? Vor einem halben Jahr hatte ich noch gedacht, der Aerostateur Lattemann sei ein verrückter, aber harmloser Künstler, der lediglich Gefallen daran fand, sich aus der Luft auf die Erde zu werfen. Nach und nach hatte ich erfahren dürfen, dass er ein kluger Techniker, ein umsichtiger Geschäftsmann und – ja, auch das – ein äußerst freundlicher und attraktiver Mann war. Nun stellte sich überdies heraus, dass er Verbindungen in die Politik hatte.

»Wie viele seiner Erfindungen wurden bereits vom Militär genutzt?«, fragte ich.

»So genau wissen wir das nicht«, antwortete Hinrich. »Hermann erzählt nicht viel von diesen Gesprächen.«

»Ich brauche noch einen Kaffee«, sagte ich.

»Aber gern«, entgegnete Irma und goss mir nach.

Am Abend verließ ich die Werkstatt als Letzte und wollte gerade abschließen, als Hermann den Hof betrat. Er war den Tag über unterwegs gewesen, hatte sich mit verschiedenen Gazetten zum Gespräch getroffen und auf dem Empfang der Tischlerinnung eine Rede gehalten. Außerdem hatte er im Zoo den Vertrag für die kommende Saison unterschrieben.

»Du bist noch da?«, fragte er, als er auf mich zutrat. Haare fielen ihm in die Stirn. Sein Blick war warm, aber auch erschöpft.

»Auf dem Weg nach Hause«, sagte ich.

»Ich begleite dich.«

»Danke, aber das ist nicht nötig. Sonst gehe ich auch allein.«

Doch er überhörte meinen Einwand und begleitete mich durch die Gassen in Richtung Main. Ich konnte kaum noch gehen vor Müdigkeit und hatte bohrende Kopfschmerzen. Eine leichte Übelkeit bereitete mir Schwindel. Auch sein Schritt schlurfte. Ich erzählte ihm vom Tag, von den Ausbesserungen am Ballon und anstehenden Arbeiten. Dann schleppten wir uns schweigend durch die matt erleuchtete Dunkelheit bis vor das kleine Haus, in dem Mutter schon das Licht gelöscht hatte.

»Da sind wir«, sagte ich und wandte mich von ihm ab, um in meinen Rocktaschen nach dem Schlüssel zu suchen.

»Ich habe dir viel zu verdanken, Käte«, sagte er plötzlich.

Ich drehte mich zu ihm um und sah ihn an. »Das habe ich sehr gern getan, Hermann.«

Er hob die Hände und legte sie um meinen Kopf. Es war einer dieser Momente, in denen man Sekunden vorher weiß, was passiert. In denen man es verhindern könnte, aber nicht tut. Er küsste mich auf den Scheitel. Seine Hände waren warm auf meiner Haut.

»Ich möchte das schon seit Langem tun«, sagte er.

Hätte ich seine Arme nehmen und ihn wegdrücken müssen? Falls ja, fehlte mir die Kraft dazu. Überdies empfand ich eine freudige Wärme, die nicht nur mein Gesicht, sondern meinen ganzen Körper erfasste, bis hinab in die Zehen. Gleichzeitig überlief mich ein Frösteln. Ich begann zu zittern.

Er ließ mich los. »Du gehörst ins Bett.«

»Ja«, flüsterte ich, bewegte mich aber nicht. In meiner Tasche spürte ich das Metall des Schlüssels. Ich dachte tausend Gedanken und doch keinen einzigen. Er beugte sich vor und sein Mund berührte meine Lippen. Er war weich. Ich roch die Haut seiner Wangen und spürte seinen Atem. Die Erschöpfung betäubte meinen Geist, der sich anfühlte wie in Watte gepackt und gleichzeitig summte wie ein Bienenstock.

Hermann ließ mich los und trat einen Schritt zurück. »Ich weiß nicht, ob es klug ist, was ich gerade tue«, sagte er. »Du bist von mir abhängig. Ich möchte nicht, dass du etwas tust, was du nicht willst.«

»Noch mal, bitte«, sagte ich.

Seine Brauen zogen sich über der Nasenwurzel zusammen. Dann lachte er, so laut, dass ich Angst hatte, Mutter würde erwachen und ihren Kopf durchs Fenster stecken. Er ging auf mich zu und schloss mich in die Arme. »Ach Käte.«

Hermann drückte mich so fest, dass es mir für kurze Zeit den Atem nahm. Er fasste meinen Kopf mit beiden Händen und küsste mich ungestüm auf den Mund. Als seine Zunge zwischen seinen Lippen hervorstieß, erschrak ich kurz. Dann öffnete ich meinen Mund und wagte mich ebenfalls vor.

Abrupt wich Hermann zurück, küsste mich noch einmal mit Schwung auf die Stirn und sah mich an. »Gute Nacht, mein Kätchen. Bevor wir uns morgen wiedersehen, schlaf bitte aus. Ich möchte nicht, dass du vor dem Mittag in der Werkstatt bist.«

Wie, das war es schon?

Da hatte er sich bereits umgedreht und war in der Dunkelheit verschwunden.

Am nächsten Morgen erwachte ich erst, als mir zu warm wurde. Im Herd brannte ein Feuer. Durch die schmutzigen Fenster fiel ein Mut machendes Maisonnenlicht. Ich hatte Mutter spätabends noch einen Zettel auf den Tisch gelegt, dass ich erst am Mittag zur Arbeit musste. Sie hatte mich schlafen lassen. Erstaunlich, dass ich das Quietschen der Ofentür und das Herrichten des Feuers nicht bemerkt hatte.

Ich schob meine Decken beiseite, setzte mich auf die Kante meines Sofas, dehnte und streckte mich. Als ich am Abend zuvor meine Bettstatt hergerichtet hatte, war ich mir sicher gewesen, dass ich angesichts der Ereignisse nicht würde einschlafen können. Doch kaum war mein

Kopf aufs Kissen gesunken, hatte mich eine Schwere ergriffen, der ich nicht entkommen konnte. Jetzt war mein Geist wieder klar. Der Schwindel und die Übelkeit des Abends waren verschwunden. Ich fühlte mich frisch und ausgeruht.

Ich stand auf, setzte Wasser auf und holte die Zinkwanne aus dem Anbau. Zwar hatten wir keinen Badetag. Doch ich wollte die Anstrengung und Aufregung abwaschen. Mir war, als begänne mit dem heutigen Tag etwas Neues, etwas Wundervolles.

Als ich schließlich im Wasser saß und mich einseifte, betrat Mutter die Küche.

»Herrje!«, rief sie, als sie in der kleinen Küche fast über den Zuber stolperte. »Hat Lattemann dir freigegeben?«

»Bis zum Mittag. Er schenkt mir eine kleine Pause.«

»Das ist rücksichtsvoll von ihm. Und klug. So bleibt ihm deine Arbeitskraft lange erhalten. Möchtest du eine Vesper?«

Ich bejahte, und sie stellte uns einen Kanten Brot, Käse und Schmalz auf den Tisch. Nachdem ich mich abgetrocknet und angekleidet hatte, setzte ich mich zu ihr. Ich erzählte ihr vom gestrigen Tag – den späten Abend ließ ich aus –, und sie fragte mich nach den nächsten Auftritten.

»Hermann hat einen neuen Vertrag mit dem Zoologischen Garten geschlossen. Wir werden regelmäßig an den Sonntagen dort auftreten. Außerdem bemüht er sich um Auftritte in Westfalen, Bayern und in Elsass-Lothringen. Vielleicht bekommen wir sogar die Möglichkeit, im Ausland aufzutreten.«

»Dann wirst du reisen.«

Ich hörte Angst in ihrer Stimme – und Einsamkeit. Seit ich in der Werkstatt arbeitete, war Mutter viel allein. Ich blieb oft lang, und wenn ich nach Hause kam, fiel ich wie ein Stein ins Bett.

Sie legte ihren Löffel weg und sah mich bedeutungsvoll an. »Ich weiß, dass du es dem Lattemann nachtun möchtest«, sagte sie. »Aber wir Frauen haben andere Aufgaben. Wir unterstützen den Mann im Betrieb. Wir gehen aufs Feld und holen die Ernte ein. Aber wir stürzen uns nicht aus den Wolken hinab auf die Erde.«

Sie kannte mich zu gut, als dass es die Mühe wert war, ihr zu widersprechen. Ich antwortete: »Nur mal angenommen, ich würde eine Luftakrobatin. Was fändest du schlimmer? Dass ich ehrenvoll zu Tode käme oder dass ich kein normales Leben führen würde?«

Die Frische und Zuversicht des Morgens waren mit einem Mal verschwunden. Der Tag hatte eine unerwartete Schwere bekommen.

»Käte …«, murmelte Mutter. Sie stützte den Kopf in die Hände und bedeckte ihr Gesicht. Ihre Schultern zitterten. Weinte sie? »Ich habe das alles ertragen. Ich war eine Frau mit Kind, ohne Mann. Die Blicke, die Worte, die Nachstellungen der Männer, die dachten, ich sei für jeden zu haben, nur weil ich dem einen nicht widerstehen konnte. Hätte ich Johann nicht kennengelernt, der dich annahm wie sein eigenes Kind, wäre ich ewig so angesehen worden. Ich möchte, dass es dir besser geht. Ich möchte ein Zuhause für dich.«

»In der Werkstatt fühle ich mich zu Hause«, entgegnete ich.

»Aber es ist langsam an der Zeit, dass du dir Gedanken über deine Zukunft machst. Sonst wirst du eine alte Jungfer. Oder fällst einem Mann anheim, der es nicht ernst meint.«

»Hermann hat mich geküsst.«

Ihre Augen weiteten sich. Dann wurde sie zornig.

»Also doch!«

»Wie meinst du das?«

»Ich hatte gehofft, dass er die Finger von dir lässt. Nur deshalb habe ich dich ermutigt, für ihn zu arbeiten.«

»Er ist anders als andere.«

»Ach geh. Das denkt man am Anfang immer, glaub mir. Du arbeitest für ihn. Und du schaust passabel aus. Am Ende bist du es, die mit den Konsequenzen dasteht, nicht er!«

Mich hielt es nicht länger am Tisch. Ich stand auf, stellte meinen Teller auf die Anrichte und ging zur Tür. »Ich muss jetzt zur Arbeit«, sagte ich und ließ Mutter vor ihrem Teller sitzen.

Als ich in die Werkstatt kam, hatte Hermann ein Brett aufgehängt, auf dem er die Aufstiege der nächsten Monate notierte: jeden zweiten Sonntag in Frankfurt, im Juni außerdem in Nürnberg, im August im Fürstentum Lippe und in der Provinzialhauptstadt Münster.

»Schau nur, Käte!«, rief er zur Begrüßung und deutete auf die Städtenamen. »Das sieht nach einem Plan aus, oder? Seit Dienstag habe ich fünf Telegramme erhalten, darunter eins aus Bergamo im Königreich Italien. Stell dir vor! Hinter den Alpen! Ich pflege außerdem Korrespondenz mit den Kaufleuten von Trier. Seit sie dort die Mauern eingerissen haben, wächst die Stadt wie verrückt. Die Bevölkerung möchte Unterhaltung, und die Herren Kaufmänner wollen ihren Mut beweisen, vor allem vor ihren französischen Konkurrenten.«

Ich wartete, dass er auf mich zukam und mich umarmte. Oder gar küsste. Doch er wandte sich wieder zur Tafel, schrieb »Bergamo« auf einen Zettel und hängte ihn an die untere Kante.

Unentschlossen stand ich herum. Hermann stand grübelnd vor der Tafel. Ich begab mich an meinen Zuschneidetisch.

Wir wollten einen zweiten Ballon bauen. Das Risiko, dass Ballons bei Aufstiegen Schaden nahmen, war groß. Sie landeten in Masten, Bäumen und Hecken oder gingen auf Weiden nieder, wo Kühe sie zertrampelten. Wenn der Wind den Stoff nicht zerriss, taten es oft genug übermütige Menschen, die am Abenteuer des Akrobaten teilhaben wollten. Es war besser, ein zweites Gerät in der Hinterhand zu haben, besonders, wenn die Auftritte eng aufeinanderfolgten.

Ich hatte mich gerade eben an meinem Arbeitsplatz eingerichtet, als Irma zu mir kam. »Du bist still heute. Magst du einen Kaffee? Ich habe frisch aufgebrüht.« Sie hielt mir einen Becher hin.

»Gern«, sagte ich und griff zu. Wir lehnten uns mit dem Hinterteil an den Tisch, den Becher in beiden Händen, und pusteten den Kaffee kalt.

»Bist du schon einmal mit Hermann gereist?«, fragte ich Irma.

»Bis vor ein paar Jahren haben Alwin und ich ihn bei jedem seiner Aufstiege begleitet«, antwortete sie. »Seitdem Hinrich und Felix dabei sind, bleibe ich meistens daheim.«

»Ich war noch nie woanders als in Darmstadt und Wiesbaden.«

»Dann wirst du viel erleben. Die Welt ist groß und bunt. Es gibt wunderbare Städte in unserem Reich – und auch wunderbar schaurige. Ich erinnere mich, wie wir einmal durch diese Stadt am Rhein gingen. Wir gerieten in eine schauderhafte Gegend. Überall saßen Menschen, denen Gliedmaßen fehlten, und es stank nach Abort.«

»Ich weiß nicht, ob ich das möchte.«

»Natürlich möchtest du das, mein Kind.« Irma nahm

einen Schluck aus dem Becher, drehte ihn in der Hand und pustete erneut. »Du bist für Abenteuer gemacht. Das sehe ich in deinen Augen.«

Woran merkte man, dass man für Abenteuer gemacht war? Ich spürte ein freudiges Kribbeln, wenn ich an die bevorstehenden Reisen dachte. Gleichzeitig fragte ich mich, ob es das war, was ich wollte: fort sein von daheim. Was, wenn mir etwas zustieß auf meinen Reisen? Oder wenn Mutter etwas geschah, während ich unterwegs war? Wenn sie einen Schwächeanfall erlitt, von der Leiter fiel oder ein Pferd sie über den Haufen ritt?

»Ich werde dir demnächst zeigen«, sagte Irma, »wie du Hermanns Kleidung nähst. Wie du Modelle entwirfst, die ihm helfen, ein guter Luftschiffer zu sein. Ich bin mir sicher, du wirst es besser machen als ich. Du bist eine tüchtige Frau. Du arbeitest gewissenhaft und willst dich und deine Arbeit stetig verbessern. Wahrscheinlich nimmst du diese Eigenschaft als gottgegeben, aber sie ist es nicht. Die meisten Menschen, die denken, sie bewegten sich, gehen im Kreis. Du gehst nach vorn und marschierst zu Neuem.«

»Woher kannst du das wissen? Wir kennen uns erst ein paar Monate.«

»Es gibt zwei Arten von Menschen, die man sofort erkennt: diejenigen, die viel taugen, und diejenigen, die nichts taugen. Alle dazwischen vermögen zu überraschen. Der Mittelmäßige offenbart sich als gut, wenn er beginnt zu lernen. Der vermeintlich Gute überrascht als Taugenichts, wenn er mit ungewöhnlichen Herausforderungen konfrontiert ist. Doch die wahrlich Großen müssen sich nicht beweisen. Sie glänzen von Beginn an in den kleinsten Gesten.«

Sie stellte ihren Becher hinter sich ab und deutete auf den Stoff. »Sieh nur, wie du den Stoff entwickelst. Seit du hier bist, hast du die Zuschnitte schon verändert. Du hast an dieser Stelle einen Zentimeter weniger genommen und dort einen mehr. Du hast auf anderen Materialien bestanden und die Nahtführung verbessert. Du hast Alwin Löcher in den Bauch gefragt, hast dir von Felix und Hinrich die Holzkonstruktionen erklären lassen, um deine Arbeit darauf abzustimmen. Du hast Hermann so lange behelligt, bis er dir genau erklärt hat, welche Bewegungen er mit dem Ballon vollführt.«

»Aber das ist doch selbstverständlich. Wie soll ich sonst gute Arbeit abliefern?«

»Das ist es, was ich meine. Für dich ist es selbstverständlich. Doch die meisten Menschen sind Menschen des Stillstands, nicht der Bewegung. Sie wollen sein, nicht werden. Sie geben sich mit Situationen zufrieden, die Menschen wie dich erst antreiben. Du aber bist voller Spannung, wenn du arbeitest.«

Ich nahm den letzten Schluck Kaffee. »Also glaubst du, dass ich mit Hermann auf Reisen gehen sollte?«

»Aber natürlich! Wenn einer ihn begleiten sollte, dann du. Alwin und ich sind inzwischen zu alt. Hermann braucht aber jemanden, der sich mit dem Schneiderhandwerk auskennt. Das kannst nur du sein. Es gibt keine Ausrede.«

Sie sammelte die Becher ein und begab sich wieder an ihren Arbeitstisch vor Hermanns Büro. Solch wunderbare Worte hatte noch niemand zu mir gesagt. Mutter lobte meine Arbeit und freute sich, wenn ich meine Ideen mit ihr teilte. Aber sie verstand nicht, was sich dahinter verbarg: dieser Drang, der mich antrieb und den ich nicht zu fassen bekam. Er saß mitten in mir, unter dem Brustbein, und nährte meine Neugier. Irma hatte mein Innerstes erkannt. Eine kleine Träne der Freude lief mir die Wange hinab.

»Schon wieder ein Abend, an dem du länger bleibst als alle anderen.«

Hermann stand mit Mantel und Hut in der Werkstatttür und klapperte mit dem Schlüssel. »Komm, lass uns gehen.«

»Nur noch diese eine Naht.«

»Kannst du überhaupt noch etwas sehen in diesem Licht? Deine Augen werden noch so schlecht wie Alwins.«

Ich ließ den Fuß unbeirrt auf und ab wippen. Die Nähmaschine surrte sanft. Weich glitt der Stoff unter der Nadel hindurch. Vielleicht hatte Irma recht: Ich gab mich nicht damit zufrieden, meine Arbeit zu tun. Ich musste heute besser sein als gestern – und morgen besser als heute.

Hermann setzte sich auf den Stuhl neben mir, die Schlüssel im Schoß, und begann, ein Lied zu pfeifen.

»Du machst mich nervös«, sagte ich.

»So soll es sein.«

»An meinem Handwerk hängt dein Leben. Vergiss das nicht.«

»Niemals«, sagte er und pfiff weiter.

»Du kannst mich ruhig allein lassen. Ich schließe gleich ab.«

»Ich würde dich gern wieder nach Hause begleiten.«

Ich stoppte die Maschine. Auf seinem Gesicht lag ein Lächeln, von dem ich nicht wusste, ob es schelmisch oder lüstern war – ein Ausdruck, den ich nicht von ihm kannte. Mir ging auf, dass ich Hermann noch nie privat erlebt hatte. In meiner Gegenwart war er immer Dienstherr, Geschäftsmann oder Aerostateur. Als Privatmann war ich ihm bislang noch nicht nahegekommen. Mit Ausnahme von gestern Abend. Doch gestern war ich zum Umfallen müde gewesen, überrumpelt und ebenso mit mir selbst wie mit Hermann beschäftigt gewesen. Wer waren eigentlich seine Eltern, seine Großeltern? Hatte er Geschwister, Tanten und Onkel? Was aß er gern, was tat er, wenn er nicht in der Werkstatt war oder Geschäfte machte? Ich wusste fast nichts über ihn.

Ich wandte mich ihm zu. »Du kannst mich nach Hause begleiten. Aber vorher erzählst du mir von dir.«

»Was möchtest du wissen?«

»Alles.«

Er lachte. »Gut, dann fangen wir mal an. Ich bin sechsunddreißig Jahre alt, und du bist nicht die erste Frau, die ich küsse. Ich habe auch schon bei einigen gelegen. Aber ich schwöre bei allem, was mir lieb ist, bei der Ehre meiner Eltern und der Jungfrau Maria, dass ich dir aufrichtig zugetan bin.«

Ich errötete.

»Wo bist du geboren?«, fragte ich. »Und wo aufgewachsen? Wie kamst du zur Luftfahrt?«

»Ich stamme aus Gebhardshagen, einem Ort bei Braunschweig nahe dem Harz. Mein Vater war Landwirt, wir waren recht wohlhabend. Ich diente zunächst im Infanterieregiment, dann besuchte ich die Handelsschule und sollte Kaufmann werden. Bei einem Besuch in Berlin kam ich mit Ballons in Berührung. Seinerzeit waren sie sehr schwerfällig. Was ich sah, forderte mich heraus. Ich war schon immer handwerklich interessiert. Ich fuhr heim nach Gebhardshagen, schloss mich in unserer Werkstatt ein und konstruierte den Rotateur. Das war ein Ballon von der Form eines Kokons, er hatte weder Anker, Gondel noch ein Ventil, sondern nur ein paar Steigbügel, auf denen ich in die Luft ging. Damit besuchte ich größere Badeplätze, und die Sache nahm ihren Lauf.«

»Mein Stiefvater war Tagelöhner«, sagte ich. »Ich habe mich manchmal dafür geschämt, dass wir so arm sind.

Gleichzeitig habe ich ihn so geliebt, dass ich nichts mehr fühlen konnte, als er starb. Nicht einmal Schmerz.«

»Die Scham und die Liebe sind untrennbar miteinander verbunden. Wir lieben und schämen uns dafür, wen wir lieben. Wir küssen uns und genieren uns.«

Ein Lächeln huschte über mein Gesicht. »Ich schäme mich dafür, dass ich mich damals für uns geschämt habe«, sagte ich. »Jetzt, wo er tot ist, wünschte ich, dass ich ihm öfter gesagt hätte, was er mir bedeutete.«

»Ich erinnere mich, dass du mir schon bei unserer ersten Begegnung in Wiesbaden von ihm erzählt hast. Ihr seid einander sehr nah gewesen. Ich bin mir sicher, dass er gewusst hat, wie sehr du ihn geliebt hast.«

Es war jetzt still in der Werkstatt. Es gab gerade keinen Ort, an dem ich mich wohler gefühlt hätte als hier mit Hermann, im Schein der flackernden Lampe, den Geruch der Stoffe und Hölzer in der Nase. Mit ihm über unsere Familien zu sprechen fühlte sich gut an. Er war ein großartiger Mann, zugewandt und ohne Allüren.

Er ergriff meine Hand und beugte sich vor. Ich tat es ihm gleich. Wir küssten uns sanft auf die Münder, unsere Lippen lösten sich voneinander und wir küssten uns erneut. Es war ganz selbstverständlich. Ich fühlte die Vertrautheit, die ich schon bei unserer ersten Begegnung erahnt hatte.

Hermann sagte: »Ich habe mit meinem Vater gekämpft. Ich wollte nicht sein wie er. Nicht so getrieben vom Leben, so abhängig vom Hof, so verwachsen mit der Dorfgemeinschaft.«

Ich spürte seine Wärme, roch seine Haut. »Ich möchte nicht so sein wie meine Mutter«, erwiderte ich. »Ich liebe meine Mutter, ich verehre sie. Sie hat mir alles gegeben, was ich brauchte, und sie tut es heute noch. Aber in der

Tiefe ihres Herzens ist sie eine unglückliche Frau. Ich glaube, sie wollte immer mehr. Aber sie hat sich nicht getraut, es einzufordern.«

»Wir lernen von unseren Vorbildern, von den guten und von den schlechten. Das Leben besteht aus lauter Möglichkeiten. Es ist an uns, sie zu ergreifen. Zu tun, was uns glücklich macht, fordert Opfer. Aber es gibt kein größeres Geschenk, als der zu werden, der man sein will.«

Nun war ich es, die sich vorbeugte und ihn küsste.

»Bin ich dein erster Mann?«, fragte er.

Ich nickte und schämte mich für meine Unerfahrenheit. Er erhob sich, und weil er dabei meine Hände festhielt, zog er mich mit sich. Er legte mir seine Arme um die Hüften und drückte mich gegen seinen Körper.

»Ich tue nichts, was du nicht möchtest, hörst du? Du musst mir sagen, wenn ich dir unangenehm bin.«

Ich schwieg und schaute ihn nur an. Ich wusste nicht, was er meinte. Er presste mir seine Hände in die Seiten.

»Hast du verstanden? Du sagst mir, wenn ich zu weit gehe.«

»Ja«, flüsterte ich.

Dann öffnete er die Schnüre meines Kleides.

REINICKENDORF

»So ging es also los mit Ihnen und der Luftfahrt«, sagt Hanna.

In dem Moment läutet die Türglocke. Hanna steht auf und öffnet. Kurz darauf steckt Hans Dorow seinen Kopf ins Zimmer. Der Pfarrer der Segensgemeinde kommt regelmäßig, meist alle drei bis vier Tage, und sieht nach mir.

»Darf ich eintreten oder ist es unpassend?«, fragt er.

Ich winke ihn herein. Hanna setzt sich wieder auf ihren Platz neben meinem Bett. Ihr Blick wandert zwischen uns hin und her. Während Hans Dorow seinen Mantel ablegt und beginnt, sich eine Pfeife zu stopfen, sagt er: »Sie wirken heute sehr wach, Fräulein Paulus. Ich habe sie noch nie so munter und aufgeweckt erlebt.«

»Der Herrgott gibt mir noch einmal Kraft«, antworte ich. Ich erzähle ihm, dass ich Hanna gerade von den Anfängen meines Luftschifferdaseins berichte. »Geht es Ihnen auch so«, will ich wissen, »dass sie sich fragen, wie viele Versionen ihrer selbst Sie schon gewesen sind?«

Er blickt von seiner Pfeife auf. »Wie meinen Sie das?«

»Damals war ich zweifelnd und suchend. Ich wusste nicht, wer ich war. Ich wusste nur, wer ich sein wollte. Die Käte, die ich sein wollte, war ich dann aber nur für eine kurze Zeit – und wurde dann zu einem Menschen, den ich mir nie hätte ausmalen können.«

Er entzündet ein Streichholz, hält es an seine Pfeife und pafft. Tabakduft breitet sich wohlig im Raum aus. Ich spüre, dass ich meine Geschichte jetzt, wo ich mit ihr begonnen habe, auch zu Ende erzählen möchte. Ich möchte loswerden, was mich gequält und getragen hat, woran ich gewachsen und zerbrochen bin. Es ist mir ein inneres Bedürfnis, mich zu befreien vom Erlebten, vom Leben.

»Nun erzählen Sie schon, wie es mit Ihnen und dem Herrn Luftfahrer weiterging!«, fordert Hanna mich auf.

Ich sehe zu Hans Dorow, der sich zurückgelehnt hat und an seiner Pfeife zieht. »Wir waren gerade«, sage ich, »bei Begebenheiten … wie soll ich sagen … privater Natur. Ich hoffe, dieser Umstand ist in Ordnung für Sie.«

Er lächelt. »Im Gegensatz zu meinen katholischen Berufskollegen«, entgegnet er, »bin ich mit privaten Angelegenheiten vertraut. Ich bin Vater zweier Söhne. Wenn Sie verstehen, was ich meine.«

»Gut. Dann möchte ich dort fortfahren, wo die privaten Angelegenheiten ihren Anfang nahmen, im späten Frühjahr des Jahres 1890. Wir hatten gerade die ersten Auftritte der Saison hinter uns.«

VERTRAUTHEITEN

Es ist in Ordnung«, sagte Hermann.

Wir lagen auf dem Stoff eines zerrissenen Ballons vor dem Ofen in seinem kleinen Büro. Neben uns standen Becher mit Trinkschokolade, die wir nicht angerührt hatten. Wir trugen unsere Unterkleider, er hielt mich im Arm.

»Ich schäme mich.«

»Wofür schämst du dich?«

»Dass ich mich dir hingeben möchte, ohne dass wir Mann und Frau sind.«

»Glaub mir, man muss nicht Mann und Frau sein, um sich zu lieben.«

Er küsste mich in den Nacken und schmiegte sich an mich, sein Bauch an meinem Rücken, sein Schoß an meinem Hinterteil. Eben noch hatte sich sein Glied hart an meinen Körper gedrückt. Ich wusste zunächst nicht, was es war. Ich fühlte mich augenblicklich schmutzig und war nicht imstande, mich weiter von ihm berühren zu lassen.

»Du bist ein besonderer Mensch, Käte. Noch nie habe ich für eine Frau so viel empfunden wie für dich.«

»Wie viele Frauen hast du vor mir denn gehabt?«, fragte ich. Ich war neugierig und gleichzeitig ängstlich, die Antwort zu hören.

»Du hast sicher gehört, was die Leute sich erzählen, nicht wahr?«

Ich schwieg. *Man hört es von den Dächern pfeifen, in welchen Bordellen er überall verkehrt.* Das Feuer knisterte im Ofen und wärmte meine Vorderseite. In meinem Rücken lag Hermann, groß und warm.

»Erzähl mir von den anderen Frauen«, sagte ich.

Er legte einen Arm um mich. Seine Hand berührte meinen Bauch. »Als ich noch nicht mit dem Schirm absprang«, sagte er, »sondern nur durch die Lande reiste und Ballon fuhr, gab es zwei Mädchen. Eines in Wiesbaden und eines in Stuttgart. Ich sah sie drei- oder viermal im Jahr, und manchmal schrieben sie mir Briefe. Ich besuchte sie, wenn ich in ihrer Stadt war, und wir teilten uns das Lager. Ich empfand Zuneigung zu ihnen, aber keine Liebe. Dabei war nichts an ihnen auszusetzen. Sie waren freundliche, gute Menschen. Aber ich erkannte, dass ich, um mit einer Frau vollends glücklich zu werden, jemanden brauchte, der mir ebenbürtig ist und mir die Stirn bietet.«

»Und weiter?«

»Nichts weiter.«

Ich war davon ausgegangen, dass er während seiner Reisen Frauen kennengelernt und Liebschaften gehabt hatte. Dennoch schmerzte es mich, es nun aus seinem Munde zu hören.

»Du bist 36 Jahre alt«, erwiderte ich. »Das waren sicher nicht alle.«

»Du hast recht. Ich reise oft nach Monaco. Dort gab es die eine oder andere Liaison. Zudem habe ich Damen in meinem Ballon mitgenommen. Frauen reicher Kaufleute, die darauf aus waren, während der Fahrt beglückt zu werden. Ich habe es getan, und ich schäme mich nicht dafür, denn ich hatte Schulden. Alles kostet jede Menge Geld, die Stoffe, das Holz, der Korbflechter, Alwin und Irma. Die Damen zahlten gut und waren verschwiegen. Es war ein einträgliches Geschäft. Aber ich empfand keinerlei Freude dabei.«

Ich war ebenso entsetzt wie fasziniert. Es gab also auch Männer, die sich für körperliche Hingabe bezahlen ließen. Diese Möglichkeit war mir bislang nicht in den Sinn gekommen. Dabei war es so naheliegend. Die gelangweilten Kaufmannsgattinnen, die mich jedes Quartal im Laden aufgesucht hatten und neue Kleider wollten, die mich mit ihrer schlechten Laune gepiesackt hatten, die auf der Suche nach Klatsch und Kurzweil durch die Straßen flanierten – wenn ich sie mir jetzt vor Augen rief, wunderte es mich nicht, dass sie sich einen Mann suchten, der ihnen zu Diensten war.

»Ich kenne diese Frauen«, sagte ich. »Sie sind grässlich.«

»Ich stand irgendwann vor der Wahl, sie zu hassen oder Mitgefühl zu empfinden. Ich entschied mich für Mitgefühl. Hass macht bitter und entzieht dir die Kraft für die schönen Dinge des Lebens.« Er küsste mich in den Nacken und fuhr fort: »Besonders die angesehenen Herren benehmen sich zu Hause wie Wildschweine. Ihre Frauen freuten sich, dass ich sanft mit ihnen umging. Oder sie benutzten mich, um ihrem Gatten eins auszuwischen. Wie gesagt, ich schäme mich nicht dafür. Das Geld hat mir geholfen, das aufzubauen, was du heute hier siehst. Doch ich möchte, dass du mir glaubst, wenn ich sage: Ich tat es nicht aus niederer Lust. Das letzte Mal ist zwei Jahre her.«

»Ich glaube dir.« Vielleicht irrte ich mich, und Hermann war ein Lügner. Doch nichts in mir schlug Alarm. Hermann gehörte zu der Sorte Mensch, bei der ich keinerlei Missempfinden hatte. Er spielte Rollen, wenn er vor Publikum stand oder wenn er Auftritte verhandelte. Aber hier in der Werkstatt war er ganz er selbst. Es gab keine Widersprüche zwischen dem Hermann, der mein Dienstherr war, und dem Hermann, den ich nun als Privatmann kennenlernte. Ich spürte, wie ich mich zusehends wohler bei ihm fühlte.

Ich drehte mich zu ihm um. Seine Hand wanderte dabei über meinen Rücken.

»Tu mit mir, was du mit den Damen getan hast«, sagte ich.

Er sah mich lange an. Dann entgegnete er: »Das möchtest du nicht. Denn dann tue ich es nicht mit dem Herzen.« Er streichelte mir über die Wange, strich mir eine Strähne aus dem Gesicht und küsste mich. »Ich tue mit dir, was ich mit Käte tun möchte.«

Er küsste mich. Dann half er mir aus dem Mieder und aus dem Unterkleid. Entblößt lag ich vor ihm, während er mit den Fingern über meinen Körper fuhr.

»Schließ die Augen«, flüsterte er.

Ich tat es und sogleich empfand ich sein Streicheln als intensiver. Ich fühlte keinerlei Scham mehr, nur eine freudige Anspannung, die meine Sinne schärfte und mich in Konzentration versetzte.

Plötzlich fuhr ich zusammen. Hermanns Finger hatten meine Brustwarze berührt. Sie wurde hart, und ich atmete tief ein. Er umschloss meine Brust mit seiner Rechten.

Ich hob meine Hand und erkundete seinen Körper. Seine Seiten waren fest. Ich spürte Haare, ich erfühlte seine Hüftknochen und die Rundungen seines Pos.

»Du sagst mir, wenn es unangenehm für dich ist«, flüsterte Hermann.

Ich nickte. Er küsste mich, und während unsere Zungen sich umspielten, glitt seine Hand hinab zu meiner Scham, sein Finger suchte sich den Weg zwischen die Lippen und bewegte sich sanft. Ich stöhnte auf.

Er löste den Kuss. »Ist das in Ordnung für dich?«

Ich nickte. Das war es also, wovon die Frauen sprachen, wenn sie von Liebhabern erzählten, die ihnen »wohltaten«. Kurz flackerte ein Gedanke in mir auf. Ob Mutter sich Sorgen machte, dass ich noch nicht zu Hause war? Da glitt Hermanns Finger in mich hinein, und ich öffnete meine Schenkel. Ich hätte mich liederlich fühlen müssen, aber was ich einzig empfand, war Vergnügen, ein tiefes Verlangen, das meinen Kopf vernebelte und mich in einen Zustand versetzte, den ich nur kannte, wenn ich fürchterlich müde und mir alles einerlei war.

Hermann glitt auf mich. Ich spürte, wie sein Glied an meiner Scham rieb. Plötzlich stieg Angst in mir auf. Ich stemmte meine Hände gegen seine Brust.

»Was, wenn ich schwanger werde?« flüsterte ich.

Er hielt inne. »Wann hast du zuletzt geblutet?«, fragte er.

Mein Mund wurde trocken. Noch nie hatte mich ein Mann danach gefragt.

»Es muss bald wieder kommen«, antwortete ich.

»Dann wirst du nicht schwanger.«

Woher konnte er das wissen?

»Käte?«, fragte Hermann, strich mir über die Wange und küsste mich. »Alles in Ordnung? Sollen wir aufhören?«

»Ich möchte weitermachen«, sagte ich leise und umfasste seine Seiten.

Er glitt meinen Körper hinab, küsste meinen Hals, mein Brustbein und meinen Bauch, schob sich wieder hinauf, fasste sich in den Schritt und war in mir.

Wir versuchten erst gar nicht, unsere Liebelei zu verheimlichen.

Zu meiner Verwunderung war niemand überrascht. Weder Alwin noch Irma oder die Jüngeren kommentierten es, wenn Hermann beim Arbeiten nun ab und zu seine Hand um meine Taille legte oder mir einen Kuss auf die Wange drückte. Anfangs war ich zurückhaltend und wollte mich ihm entwinden, aber als die anderen offensichtlich nichts dabei fanden und Irma mich sogar anlächelte, ließ ich ihn gewähren.

Mutter erzählte ich zunächst nichts von uns, doch als ich immer öfter abends nicht nach Hause kam, war auch ihr klar, dass sie verloren hatte. Ich wartete darauf, dass sie mir einen Vortrag halten würde, in dem es ums Heiraten und die Unschicklichkeit meines Verhaltens ging. Doch nichts dergleichen.

Ich war ebenso erleichtert wie enttäuscht. Denn ein solches Gespräch wäre eine gute Gelegenheit gewesen, mehr über den Zusammenhang zwischen Blut und Schwangerschaft zu erfahren. Das Thema jedoch ohne Anlass anzusprechen, in der Küche zwischen den Töpfen, nach dem Abendessen und vor dem Zubettgehen, erschien mir unpassend. Ohne ein Wort ihrerseits sah ich mich nicht imstande, einen Anfang für eine Konversation zu finden. Ich ging ihr aus dem Weg und blieb, sooft es ging, in der Werkstatt, wo Hermann und ich Zeit vor dem Ofen verbrachten.

Nicht immer schliefen wir miteinander. Es gab Abende, an denen siegte unsere Leidenschaft für die Luftfahrt über unsere Leidenschaft füreinander und wir unterhielten uns nur. Wir sponnen Ideen, sprachen über Thermik und die Qualität von Seide. Er erzählte mir mehr von seiner Kindheit in Gebhardshagen, von den Jahren in der Schule, wie er zum ersten Mal allein mit dem Ballon aufstieg und fernab jeden Gehöfts in einem Wald landete. Ich fragte ihn, ob sein Vater an seinem Vorhaben, Luftschiffer zu werden, jemals gezweifelt habe. Er antwortete: »Er zweifelte daran, dass die reichen Leute mich wertschätzen würden. Aber er zweifelte nicht an meinem Können.«

»Die reichen Leute schätzen dich.«

»Nein, das tun sie nicht. Sie besuchen meine Auftritte

und bewundern meinen Mut. Aber sie sehen mich nicht als einen der Ihren. Zwar verdiene ich gutes Geld. Davor haben sie Respekt. Sie ehren das Geld, nicht den Menschen.«

»Aber sie bewundern dich doch auch für deinen Mut und deine Männlichkeit. Wenn ich die Damen reden höre, möchte ich ihnen augenblicklich über den Mund fahren, so unschicklich sprechen sie über dich.«

Er lächelte. »Das mag sein, und auch die Männer mögen diese Eigenschaften. Sie sehen in mir ein Abbild ihrer Träume und der Möglichkeiten, die sie selbst nicht ergriffen haben. Gäbe es mich nicht, suchten sie sich jemand anderen. Was ich empfinde und wie hart ich arbeite, ist ihnen einerlei.«

Ich küsste ihn und schmiegte mich an seinen Oberkörper. »Es ist schön, dass du keiner dieser ungehobelten Grobiane bist, die zuhauf durch die Straßen laufen.«

»Je lauter ein Hund bellt«, sagte Hermann und strich mir dabei über den Rücken, »desto ängstlicher ist er. So ist es auch bei den Männern. Diejenigen, die brüllen und toben, sind auch diejenigen, die die größte Furcht verspüren.«

»Und du?«, fragte ich.

»Ich habe manchmal fürchterliche Angst, wenn ich dort oben bin. Angst, dass ich es nicht mehr sicher hinunter zur Erde schaffe. Angst, dass ich eure Löhne nicht mehr zahlen kann. Ich bin voll von Ängsten. Aber ich habe gelernt, dass ich nur mit ihnen leben kann, wenn ich ihnen begegne und das tue, was ich fürchte.«

Ich streichelte seine Brust und fühlte eine große Dankbarkeit. Vielleicht war ich nur verschossen in ihn. Vielleicht war es aber tatsächlich so, dass Hermann ein außergewöhnlicher Mann war. Gern hätte ich Mutter gefragt, welch ein Mensch mein Vater ihr gegenüber gewesen war.

»Ich würde dich gern in die Luft begleiten«, sagte ich.

Er atmete tief aus. »Ich muss mich dort oben konzentrieren.«

»Du wirst kaum merken, dass ich bei dir bin.«

Er lachte. »Wenn du wüsstest! Seit du für mich arbeitest, bist du bei jedem Auftritt mit dabei. Es ist, als stiege ich nur für dich in die Luft.«

»Unsinn!«, entfuhr es mir. Ich richtete mich auf.

»Aber sicher! Und nicht nur das. Ich denke sogar an das, was wir vor dem Ofen tun, wenn ich in die Luft gehe. Oder denkst du nicht an unsere Zärtlichkeiten, während du arbeitest?«

Ich rollte mich auf den Rücken und zog mir die Decke über den Kopf. Er entriss sie mir, lehnte sich über mich und gab mir einen dicken Kuss auf den Mund.

»Du bist so allerliebst, Fräulein Paulus.«

Es war schon fast Herbst, als wir hinunter in den Süden fuhren, die Alpen überquerten und in Bergamo Quartier bezogen. Ein wundervoller Ort, in den ich mich sofort verliebte. Die Düfte in den Straßen! Die Gassen mit den Händlern! Und erst die zauberhafte Sprache mit ihrer weichen Melodie! Ich wusste nicht, wohin ich zuerst schauen sollte, als wir von unserer Pension in der Unterstadt hinauf in die *Città Alta* aufbrachen, die Oberstadt auf dem Hügel. Zu unseren Füßen breitete sich die Ebene aus, im Tal reihten sich die Häuser in der Sonne auf. Wie großartig die Welt sein konnte! Ich fühlte ein tiefes Entzücken.

Zwei Tage waren wir im Schlafwagen unterwegs gewesen. Eigentlich war es keine weite Strecke von Frankfurt nach Bergamo. Der Zug schob sich allerdings so langsam durch die bergige Landschaft, dass ich versucht war, auszusteigen und nebenherzulaufen. Noch nie war mir eine solch prachtvolle Gegend begegnet! Die majestätischen

Gipfel, die satten Weiden, dazu die schroffen Felsen und Wolken, die tief in den Bergen hingen – ich schaute gebannt aus dem Fenster und nahm meine Nase erst von der Scheibe, als es Nacht war. Hermann lachte angesichts meiner übermütigen Freude.

Felix stieg voran und erreichte die *Piazzale Sant'Agostino*. Durch die Lage des Ortes hatte ein Aufstieg hier einen besonderen Charme: Die Thermik bot einen guten Auftrieb. Sie würde Hermann danach ins Land tragen. Das Publikum sollte das Spektakel vom Hügel aus verfolgen und würde sowohl die Ballonfahrt als auch Hermanns Absprung gut im Blick haben.

»Das ist perfekt«, jubelte Felix. Wie ein durchgehendes Pferd lief er über den Platz.

Hermann legte einen Arm um meine Schultern. »Aufgeregt?«, fragte er.

»Sehr«, antwortete ich.

Zum ersten Mal war ich allein verantwortlich für einen guten Zustand der Ballonhülle, für die letzte Kontrolle vor dem Aufstieg und das Ausbessern des Materials. Dem ersten Aufstieg würde ein zweiter folgen – eine Woche später. Zwischen den beiden Einsätzen plante Hermann, Kaufleute durch die Lüfte zu fahren, natürlich gegen einen entsprechenden Obolus. Von ihnen gab es in dieser Gegend reichlich, und sie verfügten über beträchtliche Geldmittel. Die Stadt verstand sich auf die Zucht von Seidenraupen und die Herstellung guter Stoffe. In der Umgebung gab es außerdem zahlreiche Schafhirten, die hochwertige Wolle produzierten. Zudem hatte sich inzwischen eine ansehnliche Anzahl an Industriebetrieben angesiedelt. Das kulturelle Leben der Stadt war bunt und laut.

Es erfüllte mich mit Stolz, nicht nur für Hermann zu arbeiten, sondern als Frau an seiner Seite zu leben. Seit nunmehr drei Monaten waren wir ein Paar. In der Frankfurter Öffentlichkeit unterließen wir jeglichen körperlichen Kontakt. Nicht einmal Blicke warfen wir uns zu. Wir waren sogar über die Maßen förmlich miteinander, um bloß nicht den Verdacht aufkommen zu lassen, ein anderes als ein professionelles Verhältnis zueinander zu haben. Hier in Bergamo kannte uns jedoch niemand. Es fühlte sich großartig an, gemeinsam mit Hermann durch die Straßen zu gehen und ihn anschauen zu können, wie eine Frau ihren Mann anschaut.

Er gab mir einen Kuss auf die Stirn. »Du wirst gute Arbeit machen«, sagte er. »Wie bei den anderen Auftritten auch.«

»Bislang hatte ich immer Alwin an meiner Seite. Und Irma. Sie haben mir in den vergangenen Monaten unglaublich viel gezeigt.«

Wir gingen zur Mitte des Platzes. Felix gesellte sich zu uns. »Das Areal ist zu klein für die Menge an Publikum, die wir erwarten«, sagte er.

»Die Leute können auf der Vialle ... wie heißt sie noch? Die Straße, die hier heraufführt ... Dort können sie stehen«, entgegnete Hermann. »Und in den Gassen der Ober- und Unterstadt. Wir sind nicht abhängig von Eintrittsgeldern. Wir bekommen eine feste Gage.«

»Das sollten wir in Deutschland auch so handhaben«, sagte ich.

»Das geht nur, wenn Hermann eingeladen und als Gast gebucht wird«, antwortete Felix. »Wenn wir den Platz, von dem aus wir starten, selbst organisieren, müssen wir auch alles drumherum selbst machen. Für wann hast du die Helfer bestellt?«

Hermann antwortete: »Für morgen Nachmittag. Dann treffen wir uns am Lager und wir erklären ihnen alles. Mir wurde versichert, dass sie Deutsch können.«

Die beiden Männer stellten sich als Antonio und Guglielmo vor, Anton und Wilhelm. Ihr Deutsch hatte eine kratzige, aber dennoch schwungvolle Melodie. Sie waren Anfang zwanzig und stammten aus den Dolomiten. Ihre Eltern arbeiteten als Bauern, aber die beiden wollten ihr eigenes Glück suchen. Während einer Pause erzählten sie, dass alle naselang Männer mit neuartigen Geräten in die Stadt kämen, unsere Truppe sei nicht die einzige, die in die Luft gehe. Mal konnten die Apparaturen fliegen, mal konnten sie fahren, und manchmal erfüllten sie gar keinen Zweck, außer unterhaltsam zu sein. Antonio und Guglielmo halfen beim Transport und beim Aufbau all der Gerätschaften, und weil sie kräftig, umsichtig und zuverlässig waren, wurden sie viel gebucht.

Antonio und Guglielmo brachten den Ballon zur *Piazzale*, wo sie ihn auf der Mitte der Wiese positionierten, die einen Teil des Platzes ausmachte. Sie halfen beim Auslegen des Stoffes und hatten ein Auge auf allzu neugierige Kinder, als der Ballon sich schließlich füllte. Hermann parlierte derweil, wie bei allen seinen Auftritten, mit den Stadtoberen und den Kaufleuten. Sie sprachen Französisch miteinander – gemischt mit einer Sprache, die mir seltsam vorkam. Später erfuhr ich, dass es sich um Lombardisch handelte.

Auch Kirchenleute waren anwesend, um sich das Spektakel anzusehen. Einige waren begeistert, andere taten laut ihr Missfallen über unser gottloses Vorhaben kund. Hätte der Herrgott gewollt, dass wir in die Luft fahren, so ihre Meinung, hätte er uns mit Federn und Flügeln ausgestattet.

»Wer seinen Geschöpfen Erfindergeist mitgibt«, entgegnete Hermann unwirsch, »der möchte auch, dass sie ihn nutzen. Gottes Gaben verkümmern lassen – das wäre ketzerisch!«

Hermanns Auffahrt war für vier Uhr nachmittags vorgesehen. Schon eine Stunde vorher passte kaum mehr ein Hund in die Straßen und Gassen rund um den Platz. Auch die Wege, die den Berg hinab in die Unterstadt führten, waren voller Menschen. Jetzt im September stand die Sonne bereits tiefer und blendete nicht mehr, wenn man in den Himmel schaute. Sie wärmte aber noch ausreichend und ließ mit ihrem behaglichen Orange eine zauberhafte Szenerie entstehen. Als Hermann, begleitet vom Spiel einer Blaskapelle, in den Himmel aufstieg, erst ein Stück ins Landesinnere trieb und dann über dem Tal, mit der Sonne im Hintergrund und der Stadt zu Füßen, wieder hinunterfiel, jubelten die Menschen.

»*È mai possibile!*«, hörte ich aus den Mündern der Menge. »*Un miracolo*!« Ja, ist es denn möglich! Ein Wunder! Die Menschen tanzten und sangen. Ich verstand die Worte »*Dio*« und »il *Signore*«. Der Gesang wurde jedoch bald lauter und derber, die Melodien überlagerten sich und wurden deutlich schwungvoller.

Die Kinder rannten derweil umher und spielten, sie seien Hermann. Sie stiegen auf Bänke und Felsen, sprangen in die Luft und ließen sich auf die Wiese fallen. Die Mädchen eiferten ihm ebenso nach wie die Jungen und benutzten ihre Röcke als Fallschirme, zumindest so lange, bis ein Vater oder eine Mutter kam und sie zu mehr Anstand ermahnte. Ihre Worte zeigten allerdings nicht lange Wirkung. Dann begannen die Kinder ihr Spiel von vorn. Es war faszinierend zu beobachten, dass kein Unterschied zwischen den italienischen und den deutschen Kindern bestand. Sie spielten und sie neckten sich, sie schlugen sich und weinten. Die Kleinsten zeigten erste Anzeichen von Ermüdung und begannen zu greinen. Allein die Erwachsenen schienen anders zu sein als die Menschen in Deutschland: Sie wirkten gelöster und lebensfroher. Angesichts der prachtvollen Kulisse, vor der wir uns befanden, und der immer noch beträchtlichen Wärme am Ende des Sommers verwunderte mich das allerdings nicht.

Als wir am Abend in einem Gasthaus saßen und eines der Teiggerichte genossen, die hier überall angeboten wurden, legte Hermann die Hand auf meinen Oberschenkel.

»Siehst du. Alles gut gegangen.«

»Ich war trotzdem nervös.«

»Das bist du immer, und das ist gut so. Wer keine Angst hat, ist nicht wachsam, und wer nicht wachsam ist, macht Fehler.« Er gab mir einen Kuss auf die Wange.

Felix saß uns gegenüber und schaufelte das Essen in sich hinein. Das Gericht war einfach, aber ausgesprochen köstlich und überdies sättigend. Die Basis war ein Teig aus Mehl und Wasser, ähnlich wie Brot. Die Verarbeitung war jedoch ganz anders: Der Koch hatte aus dem Teig lange, feine Strippen gezogen, sie in heißem Wasser abgekocht und mit einer Soße vermengt.

»Sind wir in den kommenden Tagen ausgebucht?«, fragte ich Hermann.

»Jeden Tag zwei Aufstiege, einen am Morgen und einen am Nachmittag. Mehr geht nicht.«

»Dann wirst du als reicher Mann nach Frankfurt zurückkehren.«

Hermann lachte. »Nun ja, nicht ganz. Die ganze Unternehmung hat mich einiges an Geld gekostet: der Transport der Körbe und Hüllen, die Herstellung des Wasserstoffs und nicht zuletzt Antonio und Guglielmo. Aber ich bin zufrieden.«

»Dann werden wir über den Winter kommen?«

Er lächelte und umarmte mich. »Aber sicher. Und wir haben genug Reserven, um Neues auszuprobieren.«

Noch lange zehrte ich von unserer Reise über die Alpen. Die Menschen, das Wetter, die Speisen – der Ausflug ins Unbekannte hatte etwas in mir bewegt. Seither fühlte ich mich mutiger, tatkräftiger, und meine Neugier war noch mehr gewachsen. Was mochte in anderen Ländern auf mich warten? Es gab so viel zu entdecken.

Die Wintermonate verbrachten wir damit, die Technik unserer Ballons zu verfeinern und weitere Ballons zu entwerfen. Außerdem schneiderten Irma und ich ein neues Kostüm für Hermann, das ebenso adrett war wie das alte, jedoch mehr Bewegungsfreiheit zuließ und besser gegen Kälte schützte. Hermann reiste indes durch die Lande und organisierte Auftrittsorte für das Frühjahr und den Sommer. Spätestens im Mai wollte er wieder in der Luft sein, besser schon im April. Er verschaffte uns Engagements in Braunschweig und Hannover, in Lübeck, Fulda, Crefeld und Solingen. Er würde in Weimar und Eisleben aufsteigen, in Fürth, in Oranienburg und in Posen. Überdies vereinbarte er neue Termine für Frankfurt und Wiesbaden, diesmal zu besseren Konditionen. Seinem Winterquartier in Monaco blieb er fern. Dennoch vermisste ich ihn fürchterlich: seine Ruhe und seine Freundlichkeit, sein Necken und seine Berührungen. Wir hatten uns gut eingerichtet in unserem Miteinander, hatten einen Rhythmus gefunden, in dem wir uns auch jenseits der Arbeit sahen. Hermann achtete penibel darauf, dass wir nur an bestimmten Tagen beieinanderlagen oder dass er das Liebesspiel rechtzeitig unterbrach.

An einem Vormittag kurz vor Weihnachten fasste ich mir ein Herz und fragte Irma, was es mit dem Blut auf sich hatte, das ich Monat für Monat verlor. Allein der Gedanke, Mutter dazu zu konsultieren, trieb mir die Schamesröte ins Gesicht. Ich machte mir keine Illusionen, dass sie wusste, was Hermann und ich miteinander taten, aber allein der Gedanke, es durch derartige Fragen explizit zu benennen, ließ mich im Boden versinken. Irma erklärte mir, was es mit der Fruchtbarkeit und dem weiblichen Zyklus auf sich hatte, dass ich jeden Monat ein Kind empfangen konnte, aber nur eine bestimmte Zeit nach einer Blutung. Mit einem Mal verstand ich, was in meinem Körper vor sich ging und warum ich an einigen Tagen mehr Lust empfand als an anderen. Mit dem Wissen wuchs eine Wut auf Mutter. Aufgebracht kam ich nach Hause.

»Irma hat mir heute erklärt, wann eine Frau schwanger werden kann«, sagte ich beim Abendessen. »Ich frage mich, warum du das nicht getan hast.«

»Hermann ist Ende dreißig und hat keine Kinder. Ich ging davon aus, dass er keine zeugen kann. Bist du etwa guter Hoffnung, Käte?«, fragte Mutter.

»Nein, das nicht. Aber was ist, wenn er doch Kinder zeugen kann?« Ich hielt die Hände in die Seiten gestemmt und lief durch die Küche. »Was bist du überhaupt so prüde? Niemand in der Werkstatt findet es anrüchig, dass Hermann und ich zusammen sind. Wir arbeiten hart und tun nichts anderes als jedes ehrbare Paar.«

Mutter legte ihren Löffel weg und blickte mich an. Sie hatte Tränen in den Augen. »Ich wünsche mir wirklich nichts sehnlicher«, sagte sie, »als dass du glücklich bist. Aber könnt ihr nicht wenigstens heiraten?«

»Die Kirche nennt Hermanns Kunst gottlos. Er wird mich nicht ehelichen, wenn damit verbunden ist, dass wir dazu einen Pfarrer konsultieren.«

Mutter zog ein Taschentuch hervor und schnäuzte sich. »Du lebst in Schande. Die Leute reden. Es ist nicht einmal, dass ich dir böse bin. Ich möchte nur, dass dir erspart bleibt, was ich erleben musste. Sie haben mich mit

Pferdeäpfeln beworfen, weil ich guter Hoffnung war von einem Mann, den ich liebte. Weil ich dich zur Welt brachte. Ich frage mich, was ich falsch gemacht habe. War ich kein gutes Vorbild? Habe ich dir zu wenig Aufmerksamkeit geschenkt? Wir mussten immer viel arbeiten. Wir hatten nie viel Geld. Aber ich habe immer versucht, dir all meine Liebe zu geben.«

»Du hast alles richtig gemacht«, antwortete ich knapp.

»Versprich mir«, sagte sie, »dass du nicht schwanger wirst. Nicht, solange ihr keine Ehe eingegangen seid.«

Ich versprach es.

Dennoch war ich ein Jahr später, im Herbst 1890, guter Hoffnung. Ich schob den Gedanken zunächst fort, denn ich arbeitete viel. Wir waren ständig auf Reisen. Ich machte die Anstrengung und die Ortswechsel dafür verantwortlich, dass ich oft müde und erschöpft war. Da ich sonst keine Veränderung wahrnahm und auch keine Muße hatte, tief in mich hineinzuhören, maß ich dem Fehlen meiner Monatsblutung keine Bedeutung bei. Im Gegenteil: Ich war froh, dass mir die Unterleibskrämpfe erspart blieben, unter denen ich sonst litt. Es war Hermann, der meinen Zustand bemerkte. Wir hatten es uns vor dem Ofen gemütlich gemacht. Es war zu einer festen Gewohnheit geworden, dass wir dort übernachteten. Zwar verfügte Hermann über eine Wohnung, aber ihre Möblierung war karg und wenig komfortabel. In der Werkstatt fühlten wir uns zu Hause. Hermann hatte ein Sofa erworben, auf dem wir uns im Arm hielten, liebten und auf dem wir schliefen.

Vor uns lagen Wochen der Näh- und Konstruktionsarbeit. Über den Sommer hatten unsere Ballons Schaden genommen. Auf unseren Reisen flickten wir sie nur notdürftig. Nun mussten wir entscheiden, bei welchen es Sinn machte, sie noch einmal gründlich zu überholen, und bei welchen wir nur schauen konnten, wie wir das Material verwerteten. Satt vom Abendessen und mit der Aussicht, die nächsten Wochen in Frankfurt zu verbringen, hielten wir uns im Arm.

»Du weißt, dass du schwanger bist, oder?« fragte Hermann plötzlich.

Es durchfuhr mich. »Wie kommst du darauf?«

»Sag bloß, du hast es nicht bemerkt? Deine Brüste sind größer geworden. Dein Bauch auch. Außerdem hattest du schon lange keine Monatsblutung mehr.«

Mein Mund wurde trocken. Ich suchte nach Worten, doch ich konnte nichts antworten.

»Mach dir keine Gedanken«, sagte Hermann. »Ich stehe zu unserem Kind und werde für euch sorgen.«

Mir schoss gleich das Versprechen in den Kopf, das ich Mutter gegeben hatte. Gleichzeitig spürte ich augenblicklich Freude. Ein Kribbeln stieg mir von der Mitte des Körpers in meine Schultern bis hinauf zur Kopfhaut.

»Du sagst ja gar nichts.« Hermann nahm mein Kinn in seine Hand und drehte meinen Kopf zu sich. Er küsste mich zart auf die Lippen, sah mich an und küsste mich erneut. »Es war nur eine Frage der Zeit.«

»Aber du hast doch immer aufgepasst.«

»Wenn die Natur möchte, dass zwei Menschen ein Kind zeugen, hilft alle Vorsicht nichts.«

Ich schloss die Augen und spürte in meinen Bauch hinein. Dort wuchs ein Kind. Ein Wesen, entstanden aus Hermann und aus mir. Ich legte meine Hände auf die kleine Erhebung oberhalb meines Schambeins.

Hermann legte seine dazu. »Es ist ein Geschenk«, flüsterte er und berührte mit den Lippen sanft mein Ohr.

»Wir sind nicht verheiratet«, sagte ich.

Er drückte mich fester an sich. »Sie werden tratschen, und dann werden sie es wieder vergessen. Wir leben anders. Das macht vieles leichter.«

»Du hast also nicht die geringste Absicht, mich zu heiraten?«

Ich fühlte, wie sein Körper sich versteifte. Er antwortete nicht, legte nur seine Hand auf meine. Gemeinsam spürten wir das Leben in meinem Bauch. Nach einer Weile wurde sein Atem flacher, sein Arm schwer. Er war eingeschlafen.

Ich liebte, und ich verzweifelte. Mal war ich voller Freude, dann wieder zornig und mutlos. Als ich das Kind das erste Mal spürte, es war nur ein Flattern, war ich von Sinnen vor Ergriffenheit. Ich hatte meine Schwangerschaft über Wochen verdrängt, doch nun, da Hermann mich mit ihr konfrontiert hatte, erspürte ich jede Regung meines Körpers. Jede Veränderung löste eine Welle von Gefühlen in mir aus. Einmal saß ich über einem Stück Ballonseide, als das Kind mich von innen berührte. Mein Blick verschwamm, ich ließ von der Arbeit ab, stand auf und ging zum Fenster, um mich zu beruhigen. Ich hielt eine Hand auf meinen Unterleib und bemühte mich, nicht laut zu schluchzen. Irma kam zu mir und legte einen Arm um meine Schultern.

»Weiß er es?«, fragte sie.

»Er wusste es eher als ich.«

»Er hält zu dir.« Es war keine Frage.

Ich wischte mir mit dem Handrücken Tränen von den Wangen.

Irma reichte mir ein Stück verschnittenen Stoff. »So ist es immer am Anfang. Es ergreift uns, und wir wissen nicht, warum.«

»Ich freue mich und bin gleichzeitig so ratlos.«

»Das war ich auch.«

»Aber du warst mit Alwin verheiratet«, erwiderte ich. »Ich bin alleinstehend und Hermann lebt dieses besondere Leben.«

»Der Herrgott gibt uns nur die Aufgaben, an denen wir wachsen. Er macht dich zu einer starken Frau.«

»Ich will nicht stark sein«, antwortete ich, nahm ihre freie Hand und legte sie auf meinen Bauch. »Spürst du das?«

»Das spürst zu diesem Zeitpunkt nur du. Komm, lass uns wieder an die Arbeit gehen und mit der Seide fertig werden. Wir haben noch ein paar Monate Zeit, um all deine Sorgen zu besprechen.«

Mutter weinte, als ich sie über meinen Zustand unterrichtete. Dann wurde sie wütend. Viele Wochen sprach sie nur das Nötigste mit mir, kommandierte mich herum, teilte mir Aufgaben im Haushalt zu und verweigerte sich meinen Versuchen, mit ihr ins Gespräch zu kommen. Mit jedem Tag, den sie mich zurückwies, wuchs der Zorn in mir. Warum war sie so stur? Ich hatte weitaus mehr Grund als sie, verzweifelt zu sein. Es war ihre Aufgabe als Mutter, mich zu unterstützen. Sie hatte selbst durchgemacht, was mich erwartete. Sie wusste, wie sehr ich sie brauchte.

An einem Abend vor Weihnachten, draußen fiel der erste Schnee, schrien wir uns an, dass fast die Scheiben zersprangen. Am Ende saßen wir weinend am Küchentisch.

»Es wird sich alles fügen«, murmelte sie. Sie sagte es mehr zu sich als zu mir.

Im Februar 1891, ich konnte mich kaum mehr bewegen, zogen wir um. Hermann tat eine Wohnung nördlich des Zoos auf, denn ich konnte nicht mehr in der Küche wohnen. Außerdem brauchte ich ein richtiges Bett. Hinrich und Felix bauten mir eins, das groß genug war für mich und das Kind – und das auch noch Hermann beherbergen konnte, wenn er bei uns übernachtete. Irma nähte uns Bettwäsche, außerdem drei gefütterte Anzüge für das Baby. Ich weinte vor Glück. Ja, es würde alles gut werden.

Die Wohnung lag im vierten Stock. Das Treppensteigen war beschwerlich. Aber die Höhe hatte den Vorteil, dass wir eine gute Aussicht hatten und es in der Stube immer einigermaßen gut roch. Die Abfälle, deren Ausdünstungen sich im Hof sammelten, nahmen wir nur bei ungünstiger Witterung wahr, wenn die Luft satt und dick wie ein Kissen in den Gassen stand und ein träger Wind sie zu uns heraufrieb.

Ich brachte das Kind im neuen Bett zur Welt. Es dauerte einen Tag und eine Nacht. Ich kann mich nicht an Einzelheiten erinnern, ganze Stunden fehlen mir rückblickend, denn die Erschöpfung brachte mich ins Delirium. Mutter stand mir bei, legte mir Tücher auf die Stirn, massierte mir den Rücken und fütterte mich mit kleinen Brotstücken. Hermann bezahlte eine Hebamme, die dem Kind half, sich ins Becken zu bewegen. Ohne sie hätte ich es vielleicht nicht geschafft.

Am Nachmittag des 7. März 1891 glitt der kleine, glitschige Körper auf das Laken zwischen meinen Beinen. Ich fühlte nur Erleichterung. Acht Tage nach der Niederkunft ließen wir den Buben in der Domkapelle auf den Namen Willy Hermann Paulus taufen.

REINICKENDORF

Hans Dorow ist aufgestanden und wandert im Zimmer umher. Er habe Probleme mit dem Rücken, sagt er. Seine Lendenwirbel versteiften, wenn er länger sitze, und der Schmerz ziehe ihm bis hinunter in die Wade.

»Als meine Frau das erste Mal guter Hoffnung war«, sagt er, »war es ein Sieben-Monats-Kind. Wir heirateten rasch. Natürlich wusste es trotzdem jeder.« Er stemmt die Hände ins Kreuz und beugt sich nach hinten, die Zähne aufeinandergebissen.

Seit diese Krankheit sich in meinem Körper eingenistet hat, empfinde ich eine tiefe Müdigkeit. Sie ist so allumfassend, dass auch mein Fühlen träge wird. Ein Vorgeschmack darauf, wie sich das Sterben anfühlt: Alles wird zäh wie ein schwerer, klebriger Teig, bis es am Ende zum Stillstand kommt. Ich werde erlöschen wie eine Kerzenflamme, werde erst kleiner, fast unsichtbar, und dann verglimmen.

»Dieses Kind zu bekommen, nach sieben Monaten Ehe«, sagt Hans Dorow, »fühlte sich damals sehr erwachsen an. Nicht nur, dass ich meiner Kindheit entwuchs. So geht es wohl jedem Mann, der Vater wird. Sondern auch, dass ich mich Regeln entwand, die andere aufgestellt hatten. Es war endlich an der Zeit für eigene Regeln. Haben Sie eigentlich etwas zu essen im Haus?«

Ich deute an meinen Füßen vorbei in Richtung Küche. »Es ist genug da. Richten Sie uns gern etwas her.«

Er geht in die Küche, und ich höre ihn hantieren. Ich

schaue auf die Uhr. Sie zeigt Viertel vor zwei. Im Hof ist es ungewöhnlich ruhig. Ich vermisse das Geschrei und Gebolze. Es hat etwas gleichermaßen Tröstliches und zutiefst Erdrückendes, dass das Leben immer weitergehen wird, auch wenn es mich zurücklässt.

Hanna steht ebenfalls auf und läuft im Zimmer umher. »Über eine Sache sind Sie eben hinweggegangen. Sie erzählten, Ihre Mutter sei auf der Straße beschimpft worden, als ihr Zustand offensichtlich wurde. Ist es Ihnen während der Schwangerschaft ebenso ergangen?«

Ich schüttele den Kopf. »Ich kann es mir nur damit erklären, dass wir außerhalb der Konventionen lebten.«

»Niemand hat sie verunglimpft?«

»Doch, natürlich. Die Leute tuschelten. Aber niemand behandelte uns offen geringschätzig. Dafür war Hermann zu erfolgreich. Außerdem, das dürfen Sie nicht vergessen, verbanden die Menschen viel Positives mit uns. Wir setzten die Naturgesetze außer Kraft. Das hat eine starke Wirkung.«

Pfarrer Dorow kommt zurück und stellt einen Kaffee und ein Schneidbrett mit Brot und Wurst neben mich auf den Nachtschrank. Ich greife nach der Tasse. Aber ich liege zu tief, komme nicht heran.

»Warten Sie«, sagt er und beugt sich über mich. »Legen Sie die Hände in meinem Nacken zusammen.«

Ich tue wie geheißen. Während ich mich an ihm festhalte, hebt er mich leicht an, greift nach dem Kissen in meinem Rücken und schiebt es mitsamt meinem Oberkörper ein Stück hinauf. Welch großartiges Gefühl, aufrecht zu sitzen!

Er hält mir den Kaffee an die Lippen. »Trinken Sie. Ich führe die Tasse.«

Hanna lässt sich wieder auf ihren Stuhl fallen. Hans Dorow reicht ihr ein Schneidbrett. »Bedienen Sie sich.«

Ich sage: »Lassen Sie uns fortfahren, solange ich noch die Kraft habe. Wir sollten bis zum Abend noch zu dem Punkt der Geschichte kommen, an dem alles beginnt.«

»Aber wir sind doch schon mittendrin«, wendet Hanna ein.

»Die Geschichte beginnt zweimal.«

EIN ERSTES UND EIN LETZTES MAL

Hermann hielt Wort und kümmerte sich um mich und Willy Hermann. Bald ging er in unserer neuen Wohnung in der Waldschmidtstraße ein und aus. Es rührte mein Herz, wenn er mit dem Jungen im Arm im Sessel saß, ihn wiegte und ihm einen Finger zu halten gab. Bisher waren es sein Mut und seine Besonnenheit gewesen, die mich an ihm angezogen hatten. Nun merkte ich, dass es nichts Attraktiveres an einem Mann gab als seine Freude am Vatersein.

Es ging uns jetzt – wir schrieben mittlerweile das Jahr 1893 – besser als jemals zuvor, was Mutter endlich mit ihm versöhnte. Sie freute sich ebenso wie ich, wenn er uns Gesellschaft leistete, denn er ging ihr jedes Mal zur Hand, hob schwere Töpfe und half sogar beim Kartoffelschälen. »Meine Hände brauchen immer etwas zu tun«, begründete er sein Engagement, während ich unser Kind stillte.

Freunde, Nachbarn und Geschäftspartner wussten, dass Willy Hermanns Kind war. Die Nachbarschaft nannte den Jungen schon nach kurzer Zeit »das Lattemännchen«.

Ich entdeckte eine neue Seite an mir, eine neue Art zu lieben. Für Hermann empfand ich eine heitere, mich wild durchströmende Zuneigung. Mit Mutter fühlte ich mich unsichtbar verbunden. Willy zeigte mir, was tiefe, innige Liebe ist. Seit er auf der Welt war, begleitete mich außerdem eine neue Wachsamkeit. Ich wollte mein Kind festhalten, es eins werden lassen mit meinem Körper und es vor der Welt beschützen. Es war ein fundamentales, alles einnehmendes Gefühl. Ich wusste zwar, dass es meine Aufgabe als Mutter war, ihn loszulassen, ihn in die Welt hinauszuschicken. Ich schwor mir, dass ich gleich damit beginnen würde, sobald er groß genug war. Damals wusste ich allerdings noch nicht, dass Kinder dazu niemals groß genug werden.

Schon wenige Wochen nach Willys Geburt begann ich, wieder in der Werkstatt zu arbeiten. Grete hatte einen Großteil meiner Arbeiten übernommen und bemühte sich nach Kräften. Aber sie war weder so sorgfältig noch so einfallsreich wie ich. Unmöglich konnte ich daheimbleiben, wo doch bald die Saison losging. Also arbeitete ich, während Willy Hermann neben mir in einem Körbchen lag. Später, als er begann, sich durch die Gegend zu rollen, zu krabbeln und schließlich zu laufen, baute Felix ihm ein Ställchen. Zunächst ein kleines, später vergrößerten wir es, sodass der Junge ausreichend Bewegungsfreiheit hatte. Willys Anwesenheit sorgte für eine neue Atmosphäre in der Werkstatt: Wir hatten vorher nie viel gestritten, dennoch kam es mir so vor, als sei die Stimmung nun noch offener und freundlicher als vor seiner Geburt. Wer angespannt war und eine Pause benötigte, ging zum Lattemännchen und bekam ein Lächeln. Der Junge war ein einziges Glück.

Als Willy zwei Jahre alt war, saß ich an einem der ersten Frühlingstage vor der Tür der Werkstatt und genoss das erwachende Leben in den Straßen. Es war diese Zeit im Jahr, in der es in der Sonne plötzlich wärmer ist als im Gebäude. In wenigen Wochen standen Hermanns erste Aufstiege an: erst in Bamberg, dann in Wien. Die Menschen sehnten sich nach Ereignissen und würden ein dankbares Publikum sein.

Ich war nun im vierten Jahr für Hermann tätig. Wir waren ein routiniertes Paar geworden, in der Arbeit und im Leben. Unsere Verliebtheit und unsere Leidenschaft waren in eine tiefe Freundschaft übergegangen. Gemeinsam hatten wir uns entwickelt: er von einem Mann, der immer schon freundlich und offen gewesen war, aber dennoch viel um sich selbst kreiste, zu einem verantwortungsvollen Vater und gewieften Geschäftsmann, ich von einem Backfisch zu einer Frau mit eigenen Vorstellungen. Wir stritten uns auch, aber selbst dann respektierten wir uns in schonungsloser Ehrlichkeit. Das war es auch, was ich an Hermann am meisten schätzte: seinen Respekt vor mir. Kein anderer Mensch hatte mir bis dato eine solch große und gleichzeitig so unprätentiöse Achtung und Aufrichtigkeit entgegengebracht. Was ich damals nicht wusste: Auch niemand nach ihm würde es je tun.

Das Einzige, was mir keine Ruhe ließ, war meine Abenteuerlust. Immer wieder tat ich ihm gegenüber kund, dass ich gern mit ihm aufsteigen würde. Es war auch naheliegend. Denn wenn Hermann absprang, überließ er den Ballon sich selbst. Bis er zur Erde niederging, trieb er führerlos durch den Himmel. Erst wenn ausreichend Gas entwichen war, senkte er sich hinab. Meist zerfetzte es dabei die Hülle: Der Ballon blieb in Bäumen oder an Zäunen hängen, verhedderte sich an Masten und Kirchtürmen oder verfing sich in Wäscheleinen. Einmal überfuhr ihn ein Zug, ein anderes Mal riss ein Wildschwein ihn in Stücke. Auch der Korb wurde stets demoliert. Unser Materialverlust war enorm. Würde ich mit aufsteigen, könnte ich den Ballon nach Hermanns Fall zur Erde zurückbringen. Außerdem konnten wir einen zusätzlichen, zahlenden Passagier mitnehmen, der Hermanns Absturz aus der Höhe erlebte und den ich wieder zur Erde hinabbrachte. Wir konnten also zugleich Geld sparen und mehr Geld einnehmen.

Schon mehrere Male hatten wir über diese Möglichkeit diskutiert. Hermann war nun seit acht Jahren im Geschäft und seine Nummer hatte sich seither nicht nennenswert weiterentwickelt. Wir hatten das Material und die Technik verbessert. Doch davon bekam das Publikum nichts mit. Sie sahen einen Mann aufsteigen und abspringen, das Rahmenprogramm variierte, aber im Wesentlichen war es immer dasselbe. Die Leute verlangten nach etwas Neuem.

Ich saß auf einem Stein und hatte meinen Rücken gegen die Hauswand gelehnt. Von drinnen hörte ich Felix und Hinrich stöhnen. Sie wuchteten einen Korb in die Höhe, dessen Unterboden sie beschichten wollten. Es war ein Versuch, ihn haltbarer zu machen. In meinem Schoß lagen Stücke von Brot und Käse. Zu meinen Füßen schaufelte Willy Hermann Steine von links nach rechts.

Hermann setzte sich neben mich auf den Stein, indem er mich mit seinem Hintern sanft zur Seite schob. Er gab mir einen Kuss und sagte unvermittelt: »Wir sollten darüber nachdenken, ob du gemeinsam mit mir aufsteigst. Die Zeit ist reif für weibliche Ballonfahrer.«

Überrascht sah ich ihn an. »Auf einmal?«, entgegnete ich. »Du weißt selbst, dass es längst Ballonfahrerinnen gibt. Woher nun dein Sinneswandel?«

»In Berlin entwickeln sie einen neuen Ballon. Die Luftschifferabteilung hat eine Reißleine konstruiert, die es ermöglicht, dass man die Hülle schnell entleeren kann, sobald man sich dem Boden nähert. Damit kann der Ballon nicht mehr unversehens abheben, wenn er schon fast unten ist, und es wird keine gefährlichen Schleiffahrten mehr geben.«

»Was hat das mit mir zu tun?«, fragte ich.

»Ich habe dich bislang nicht mitgenommen, weil ich Angst um dich habe, Käte.«

»Wenn wir auch eine solche Reißleine einbauen – nimmst du mich dann mit?«

Er nickte. »Lass uns gemeinsam den Himmel erobern, Käte Paulus.«

»Nichts lieber als das.«

Zunächst mussten wir allerdings bürokratische Hürden überwinden. Denn egal, wo Hermann um eine Erlaubnis für unseren gemeinsamen Aufstieg ersuchte: Er stieß auf Ablehnung. Die Behörden wiesen darauf hin, dass »die praktische Betätigung einer Dame in der Luftschifffahrt« verboten sei, und versagten uns die Genehmigung.

Ich war wütend. Auch Hermann tobte.

»Wie hinterwäldlerisch sind diese Männer eigentlich?«, zeterte er durch sein Büro. Er stapfte im Kreis durch die Werkstatt und wedelte dabei mit dem Brief. »Frauen dürfen in Fabriken arbeiten! Warum sollen sie nicht auch aufsteigen? Jeder kann so einen Ballon führen, auch eine Frau! Das Gas und die Luft bewegen ihn, nicht der Mensch!«

Er überhäufte die Behörden mit Schreiben. Schließlich lenkten sie ein. Ich dürfe aufsteigen, schrieb man uns. Voraussetzung sei allerdings, dass ich sechs erfolgreiche Ballonfahrten nachweisen könne.

Das brachte Hermann noch mehr in Rage. »Wie sollst du denn sechs Aufstiege nachweisen, wenn sie dir keine Genehmigung zum Aufstieg erteilen?«, polterte er. »Das ist Idiotie! Diese engstirnigen Männer werden unser Reich irgendwann noch zugrunde richten!«

In Nürnberg hatte er schließlich Erfolg: Für den 19. Juli 1893 erhielten wir die Erlaubnis, gemeinsam zu starten und einen Passagier mitzunehmen. Mir schlug das Herz bis zum Hals. Am Tag vor dem Aufstieg überprüfte ich noch einmal jede Naht und jede Schlaufe. In der Nacht schlief ich kaum. Erst, als ich auf dem Veranstaltungsplatz stand, der Ballon sich füllte und wir unsere gewohnten Handgriffe taten, wurde ich ruhiger.

Ein Lehrer der örtlichen Oberrealschule begleitete uns. Er war kaum größer als ich, untersetzt und hieß Ludwig – sowohl mit Vornamen als auch mit Nachnamen. Felix lehnte eine Leiter an den Korb, damit der Passagier leichter zu uns in den Korb steigen konnte. Wir ließen die Passagiere auch später immer erst nach uns an Bord gehen, falls der Ballon versehentlich abhob. Neugierig befingerte Magister Ludwig Ludwig Seile, Gewichte und das Ventil, ehe Hermann ihn bat, nichts anzufassen. Daraufhin erzählte er, dass er naturwissenschaftliche Fächer unterrichte und sich als Vorbereitung auf unsere Fahrt in Aeronautik und Wetterkunde belesen habe.

»Und Sie sind das hübsche, junge Fräulein, das mich zurück zu Mutter Erde bringt?«, fragte er mich.

Ich wollte ihm etwas Patziges entgegnen. Aber dann sah ich in seinem Gesicht, dass er mich nur neckte, und bejahte seine Frage einfach.

Felix löste die Leinen, und die Worte des plappernden Magisters wurden zum Hintergrundrauschen. Mit Ehrfurcht spürte ich, wie wir abhoben. Ein Gefühl des Überschwangs durchströmte mich. Endlich ging es hinauf! Mit Hermann in die Wolken hinein! An diesem Tag wurde auch ich zur Luftschifferin. Bilder wirbelten vor meinem inneren Auge: von meinem Vater, wie er mich als kleines Mädchen immer in die Luft warf. Von den Stunden in der Küche, in denen Mutter mir die Fertigkeiten einer guten Hausfrau beibrachte. Von den Schneiderwerkstätten, in denen ich Stunde um Stunde an den Kleidern satter Damen nähte. Ich unterdrückte ein Jauchzen und schlang meine Arme um den Körper, damit er nicht vor Gefühlen barst.

Unten auf der Wiese stand Irma und blickte zu uns herauf. Sie hielt Willy im Arm und ermunterte ihn, uns zu winken. Aber der Bub war vollauf mit einer Zuckerstange beschäftigt. Alwin schmiegte sich an Irmas Seite. Er brauchte nun immer den Kontakt zu einem Menschen, besonders im Gewühl. In den vergangenen Monaten war er gebrechlich geworden. Auch sah er kaum noch etwas.

Magister Ludwig Ludwig begann, Hermann zu technischen Sachverhalten auszufragen. Hermann setzte zu einer Antwort an. Doch der Magister unterbrach ihn bereits nach zwei Sätzen und ließ uns an seinem Wissen über Ballonführung teilhaben. Wortreich schwadronierte er über Volumen, Temperatur, verdrängte Luft und mitzuführendes Gewicht.

»Was schlichtere Zeitgenossen nicht verstehen«, dozierte er, »ist, dass jeder abgeworfene Ballast, obwohl von selbem Volumen, eine größere Wirkung erzielt als der vorherige. Denn das Gewicht des Ballons wurde durch die vorangegangenen Abwürfe ja bereits vermindert. Führen Sie dazu eigentlich auch Berechnungen durch, Meister Lattemann?«

Hermann brummte etwas, das sich anhörte wie »gelegentlich schon«. Ich wusste genau, dass er es nicht tat, sondern sich einzig auf sein Gespür und seine Erfahrung verließ. Die Antwort wäre ohnehin einerlei gewesen, denn der Magister fuhr bereits fort.

»Wie steht es eigentlich um den Einfluss von Strahlung?«, fragte er. »Meines Wissens sind Ballons wie dieser deutlich weniger empfindlich als Leuchtgasballons und deshalb in fahrtechnischer Hinsicht deutlich überlegen. Allerdings ist mir bekannt, dass irrige Annahmen in Umlauf sind. Schließlich ist der Auftrieb eines Kubikmeters des Gases nicht umgekehrt proportional zu dessen Dichte …«

Es wurde kälter, je mehr wir an Höhe gewannen. Bis Hermann absprang, würde es nicht mehr lange dauern. Plötzlich fühlte ich mich elend. Das berauschende Gefühl, das ich nach dem Start verspürt hatte, wich Furcht. Was, wenn ich nicht in der Lage war, uns zur Erde zurückzubringen? Ich war nur eine Näherin. Ein Frösteln kroch mir in die Knochen. Reglos starrte ich hinab auf unser Publikum, das kleiner und kleiner wurde. Mit einem Mal konnte ich keine einzelnen Personen mehr ausmachen, geschweige denn Irma und das Lattemännchen. Was, wenn ich es nicht wiedersah?

Ich erwog, Hermann zu bitten, nicht abzuspringen. Es schien mir unvorstellbar, aus diesem Korb zu steigen. Wie schaffte er das nur? Von unten sah alles so selbstverständlich aus. Hier oben kam es mir wie ein unglaublicher Irrsinn vor, sich hinunterzustürzen.

Der Magister plapperte unaufhörlich. »Giffards Aufstieg bei der Weltausstellung in Paris muss sensationell gewesen sein! Haben Sie davon gehört? Ich las, er habe fünfundfünfzig Menschen mitgenommen und sei fast fünfhundert Meter aufgefahren. Allein die Hülle des Ballons wog an die zwölf Tonnen! Und was noch alles möglich ist! Man munkelt, es gebe Forscher, die eine Expedition an den Nordpol planen. Wäre das auch etwas für Sie, Herr Lattemann?«

Hermann richtete sorgfältig den Stoff, der über ihm an der Außenhülle des Ballons befestigt und mit dem er durch Leinen verbunden war. Die Seide würde sich, sobald er über den Korbrand gestiegen war, entfalten und ihn hinab auf die Erde tragen.

»Ich muss um Entschuldigung bitten«, sagte er. »Aber ich werde gleich abspringen und nicht mehr für ein Gespräch zur Verfügung stehen. Bitte plaudern Sie mit Fräulein Paulus weiter. Sie wird all Ihre Fragen zufriedenstellend beantworten.«

Er zwinkerte mir zu, was so viel bedeutete wie: Beachte ihn gar nicht.

»Oh«, entfuhr es Ludwig Ludwig. »Natürlich. Ich finde nichts dabei, mit einer Dame zu parlieren. Jedoch mutet es komisch an, mit einer Frau zu naturwissenschaftlichen Sachverhalten zu sprechen. Oder kennen Sie sich damit aus, Fräulein Paulus?«

Ich überlegte, was ich ihm antworten könnte, denn ich besaß keine solche Bildung. Ich wollte mich aber auch nicht von ihm herabwürdigen lassen.

Noch bevor ich jedoch in meinem Wortschatz fündig wurde, fuhr der Magister mit seinem Monolog fort: »Ich hörte, die Farbe der Ballonhülle sei durchaus von Belang, wenn es um die Sonneneinstrahlung und das Aufheizen des Materials geht. Können Sie mir zustimmen? Es ist ja nun bekannt, dass es ein gewisses Absorptionsvermögen braucht ...«

Hermann setzte sich auf den Korbrand und schwang seine Beine hinüber. »Käte, Herr Magister – ich empfehle mich.«

Dann sprang er ab. Mit einem Knall entfaltete sich der Schirm. Ich starrte ihm nach. Unten musste die Menge jubeln. Hier oben hörte ich nur den Redeschwall, der aus dem Mund meines Passagiers floss, während ich auf den Schirm blickte, der den Vater meines Kindes zu Boden trug.

»Fantastisch!«, jubilierte Ludwig Ludwig. »Ein Tausendsassa, der Lattemann!«

Wir stiegen in den Himmel hinauf, höher und immer höher. Die Geschwindigkeit schnürte mir die Kehle zu. Ich war so beeindruckt, das Spektakel von oben zu sehen, und so erleichtert, dass Hermann sicher an seinem Schirm hing, dass ich vergaß, was ich zu tun hatte. Plötzlich sah ich auch nichts mehr, nur noch Weiß. Ich fühlte Ohnmacht und Panik.

»Heißa, was ein wilder Ritt!«, rief der Magister neben mir.

Der Ballon stieß aus einer Wolke heraus nach oben und wurde langsamer. Wie Watte lag sie nun unter uns. Ich atmete durch. Das Ventil!, schoss es mir durch den Kopf. Ich musste das Ventil öffnen und Gas aus dem Ballon lassen, um das Gewicht auszugleichen, das wir durch Hermanns Absprung verloren hatten.

Magister Ludwig berührte mich am Arm. »Die Hülle, Fräulein Paulus, sehen Sie.«

Er deutete mit dem Finger nach oben. Ich folgte ihm mit dem Blick. Der Ballon war zum Bersten gespannt und bereits an etlichen Stellen eingerissen. Ich hörte Hermanns Stimme in meinem Ohr: »Je höher du steigst, desto mehr Platz braucht das Gas und desto größer ist die Gefahr, dass die Hülle reißt. Das musst du unbedingt vermeiden.«

Mit zitternden Händen zog ich am Ventil. Der Ballon senkte sich wieder durch die Wolke hinab. Erleichterung erfasste mich. Allerdings ging mir sofort auf, dass wir schneller sanken, als mir lieb war. Wie konnte das sein? Wieso fielen wir so schnell zur Erde hinunter? Wieder drückte mir eine unsichtbare Kraft die Kehle zu.

»Durch die Risse scheinen wir zusätzlich Gas zu verlieren«, sagte der Magister. »Sehen Sie das genauso?«

Mechanisch griff ich nach den Ballastsäcken und warf sie ab. Sofort fielen wir langsamer. Allerdings waren wir immer noch unheimlich schnell. Die Bäume und Häuser unter uns wurden größer und größer. Der Festplatz war fort. Stattdessen erkannte ich Felder, Hecken und Gehöfte. Ich zog meinen Mantel aus und warf ihn aus dem Korb.

»Los, Herr Magister!«, herrschte ich meinen Passagier an. »Sie auch! Werfen Sie Gewicht ab!«

Verdutzt knöpfte er seinen Mantel auf. Ich riss ihn dem fülligen Mann von den Schultern und warf ihn aus dem Korb. Das Gleiche taten wir mit unseren Schuhen. Die Gehöfte waren nun nicht mehr nur geometrische Formen. Wohnhaus, Stallungen, Tiere – ich konnte jedes Detail erkennen. Dann setzten wir auch schon auf. Mit einem heftigen Stoß krachten wir auf die Erde und kippten um. Ich verlor das Gleichgewicht und schlug hart mit dem Kopf auf. Der Magister fiel auf mich. Mir blieb die Luft weg. Dann senkte sich die Hülle auf uns herab.

Stille. Mein Kopf dröhnte. Magister Ludwig stöhnte und rollte sich von mir herunter. Ich stemmte meine Hände gegen seine Schultern und schob ihn weg. Ich rechnete damit, dass er mich ausschimpfen und mit einer Klage drohen würde. Stattdessen ruderte er mit den Armen, befreite uns aus der Hülle und sprang auf die Füße.

»Fantastisch!«, rief er. »Welch ein unglaubliches Erlebnis! Ich fühle mich wie neugeboren!«

Ich hatte kaum Zeit, mich zu sammeln, schon eilten Dörfler zu uns aufs Feld. Aufgeregt plappernd blickten sie uns erst aus sicherer Entfernung an, als seien wir Ausstellungsstücke. Dann halfen sie uns, verlorene Gerätschaften zusammenzusuchen. Ein Bauer brachte uns mit seinem Ochsenwagen zurück in die Stadt, den lädierten Ballon auf der Ladefläche. Als wir den Festplatz anfuhren, stand der Magister auf, ohne Mantel und Schuhe, in einem erdverschmierten Anzug, und winkte dem klatschenden Publikum zu wie der Kaiser höchstselbst.

»Im Großen und Ganzen hat es gut geklappt«, beendete ich meinen Bericht aus der Höhe.

»Ich bin stolz auf dich, meine wundervolle Käte«, sagte Hermann und küsste mein Haar. Wir lagen in meinem Bett, er auf dem Rücken, ich in seinem Arm. Neben mir schmatzte das Lattemännchen im Schlaf.

Wir hatten eine Pension nicht weit vom Fluss Pegnitz bezogen. Kopfschmerz pochte mir hinter der Stirn. Dennoch war ich euphorisch. Alle Gefühle des Nachmittags hatten sich nach meiner Rückkehr zu einer Hochstimmung vereint. Inzwischen lagen wir seit bestimmt einer Stunde im Bett, hatten gebadet und gespeist, aber an Schlaf war nicht zu denken. Schon zum zweiten Mal erzählte ich Hermann alle Einzelheiten der Ballonfahrt, so aufgewühlt war ich.

»Wie konnte der Magister das Manöver nur für geplant halten?«, fragte ich.

»Wenn du souverän wirkst, glauben dir die Leute alles.«

»Ich war ein Nervenbündel.«

»Offenbar hast du ihm das gegenteilige Gefühl vermittelt.« Er streichelte mir den Rücken. »Außerdem: Wer schon beim ersten Aufstieg solch schwierige Situationen meistert, ist ein Naturtalent.«

»Wann werde ich abspringen?«

Seine Hand hielt inne. »Du lässt dich nicht davon abbringen.«

»Warum auch? Ich habe den Ballon erfolgreich zur Erde zurückgebracht, also wird mir ein Absprung auch gelingen.«

Ich stützte mich auf meinen Ellbogen und sah ihn an. Augenblicklich erfasste mich Schwindel. Seit ich gelandet war, hatte ich damit zu kämpfen. Übelkeit stieg mir die Kehle hinauf. Ich schluckte und atmete tief.

»Ich meine es ernst, Hermann. Wir könnten höhere Eintrittsgelder nehmen. Noch mehr Leute würden zu unseren Auftritten kommen. Was die Ballonfahrt angeht, hattest du auch erst Bedenken. Aber ich habe alles gut hinbekommen. Abstürzen ist einfacher als landen! Das sind deine Worte!«

Er murmelte Unverständliches. Ich übergab mich über den Bettrand.

Vier Tage später sprang ich das erste Mal ab. Es war in Elberfeld. Dichte Wolken hingen über dem Land, das hügeliger war, als ich es mir vorgestellt hatte. Obgleich ich nichts sehen konnte, riskierte ich den Sturz in die Tiefe.

Hermann würde an Bord bleiben, nachdem ich mich vom Korbrand abgestoßen hatte. Wie auch bei ihm war mein Schirm mit einem Faden an der Außenhaut des Ballons befestigt. Durch mein Gewicht würde er abreißen und sich entfalten. Ich hatte mich entschieden, weite Pluderhosen zu tragen. So konnte ich meine Beine in die Schlingen stecken, die mich mit dem Schirm verbanden. Der Schnitt kam einem Rock am nächsten und schenkte mir zugleich die nötige Bewegungsfreiheit.

Während des gesamten Aufstiegs sprachen wir nicht. Ich war angespannt. Mein Körper versteifte sich, je näher wir dem Unausweichlichen kamen. Doch Hermann ließ mir keine Zeit zum Nachdenken. Kaum hatten wir die gewünschte Höhe erreicht, bedeutete er mir, mich auf den Korbrand zu schwingen. Dann drückte er mir auch schon seine Hand in den Rücken. Ich hatte gar keine Zeit, über meine Angst nachzudenken.

»Mit Gott«, flüsterte er und verpasste mir einen Stoß.

Ich schloss die Augen und sauste in die Tiefe. Die Luft rauschte an meinem Körper vorbei, riss an meiner Kleidung. Sie schob meine Wangen gegen die Augen. Ich hatte Mühe zu atmen. Es war mir, als falle ich bis hinab in den

Hades. Tatsächlich legte ich nur fünfzig oder sechzig Meter zurück, ehe der Schirm sich entfaltete. Mit einem Ruck wurde ich nach oben gerissen. Die Schlingen, in denen meine Beine steckten, zogen sich zu und schnitten hart in meine Schenkel. Ich verstand erstmals und mit allen Sinnen, was Hermann meinte, wenn er predigte: »Sorgfältige Nähte. Der Stoff muss Widerstand aushalten.«

Als die seidene Hülle sich über mir blähte und ich in der Luft pendelte, klopfte mein Herz wild in den Hals hinein. Mein ganzer Körper war in Aufruhr, meine Haut kribbelte, mein Nacken schmerzte, und es rumorte in meinem Kopf. Ich öffnete die Augen, sah jedoch nichts. Um mich herum war dichter Nebel. Ich zählte meine Atemzüge und versuchte, mich zu sammeln. Das Schlimmste hatte ich geschafft: Ich war abgesprungen, der Schirm hatte sich geöffnet. Nun konnte nicht mehr viel passieren. Jetzt nur die Contenance wahren und die Sache ruhig zu Ende bringen!

Als die Sicht aufklarte, beruhigte sich mein Körper. Der Druck in meinem Inneren sank. Zum ersten Mal hatte ich einen Sinn für die Landschaft, eine hügelige Gegend mit Feldern, Gehöften und Waldstücken. Die Stadt hinter mir, öffnete sich vor mir die Welt. Ein Wohlgefühl breitete sich in mir aus. Wieder blieb mir der Atem weg. Aber diesmal nicht aus Furcht, sondern aus Freude. Welch grandiose Freiheit!

Zeit zum Genießen blieb mir allerdings nicht, denn ich pendelte schon auf einen hohen Eichenwald zu. Ehe ich michs versah, kam eine Baumkrone näher. Ich neigte den Kopf zur Seite und kniff Augen und Schritt zusammen, um das Schlimmste zu verhindern. Dann schlugen mir Äste und Blätter ins Gesicht. Im dichten Laub blieb ich hängen, halb verheddert in Stoff und Schnüre, und klammerte mich an Ästen fest. Ich hätte mich ängstigen sollen. Aber ich war lediglich belustigt. Welch würdelose Lage! Eben noch war ich tollkühn aus einem Ballon gesprungen. Nun konnte mir jeder Dahergelaufene von unten zwischen die Beine schauen, während ich mich im Baum wand. Es dauerte nicht lange, und zwei Frauen und ein Mann eilten herbei.

»Das ist sie! Das ist Kätchen Paulus!«, riefen sie wild durcheinander. »Frau Paulus! Geht es Ihnen gut?«

Es waren Bauersleute, ich sah es an ihrer Kleidung. Tatkräftig, wie sie waren, fackelten sie nicht lange, sondern warfen mir einen Strick zu. Ich band ihn an einen kräftigen Ast und ließ mich zur Erde hinab. Als ich mir die Kleider richtete, trat die hagere der beiden Frauen auf mich zu und streichelte meinen Arm.

»Sie ist es wirklich!«, rief sie ihren Begleitern zu.

Was hatten sie denn gedacht? Dass ich eine Erscheinung war? Ich musste lachen.

»Wir haben gesehen, wie Sie angeflogen kamen«, sagte die andere Frau. Sie war klein und hatte ein freundliches Gesicht. »Wir dachten erst, der Herrgott habe einen Engel geschickt. Aber dann erinnerte ich mich an eines der Plakate, die auf dem Markt aushingen, und mir war sofort klar, dass Sie es sein müssen.«

»Wollen Sie zurück in die Stadt?«, fragte der Mann. Hinter ihm stand ein Heuwagen, vor den ein breites, zotteliges Pferd gespannt war.

»Hätten Sie zunächst eine Leiter?«, fragte ich. »Dann könnten wir den Schirm aus dem Baum holen. Wie weit ist es bis zurück nach Elberfeld?«

»Eine halbe Stunde mit dem Karren.«

Es erforderte Kraft, den Stoff aus dem Baum zu zerren. Franz, so hieß der Mann, schwitzte und zerriss einen Großteil des Schirms. Als wir in die Stadt fuhren, er mit den

Zügeln in der Hand, ich auf dem Bock neben ihm, sprach er kein Wort. Bei unserer Einfahrt in die Gassen jubelten die Menschen und winkten mir zu. Auf dem Marktplatz stand Hermann. Er hatte den Ballon nach meinem Absturz sicher zur Erde zurückgebracht und schon wieder den Weg hierher gefunden. Ich stieg vom Wagen, und er begrüßte mich mit einem Kuss.

»Hoch lebe das Kätchen!«, rief jemand.

»Hoch! Hoch! Hoch!«, antwortete die Menge.

Einige Tage später lagen Hermann und ich in unserer Werkstatt vor dem Ofen. Wir hatten schon lange keine gemeinsame Zeit mehr vor dem Feuer verbracht, zu sehr waren wir in Arbeit versunken. Nicht nur das Ausbessern der Schirme und Ballonhüllen und die Organisation rund um die Auftritte forderten uns. Das Abwickeln von Formalitäten war ausufernder, als ich es vermutet hatte. Es brauchte Anfragen, Erlaubnisse und Bescheinigungen, ehe wir starten konnten. Jede Stadt hatte andere Richtlinien – oder erließ sie just zu dem Zeitpunkt, zu dem wir uns danach erkundigten. Überdies waren Fragen rund um den Ablauf und das Rahmenprogramm zu klären. All dies ebenso wie der Zeitpunkt der Aufstiege erforderte zahlreiche Absprachen: Oft spielten auch politische Interessen von Stadtvätern eine Rolle. Außerdem mussten Ausgaben und Einnahmen protokolliert werden: Wir zahlten Startgebühren und hatten Materialkosten für Stoffe, Flechtwerk und Holz. Auch die Herstellung des Wasserstoffs kostete uns Geld. An jedem Ort bezahlten wir Helfer für den Auf- und Abbau. Wir benötigten Fahrer und Fahrzeuge für den Transport. Wir ließen Plakate zeichnen und drucken, versendeten sie und ließen sie vor Ort anschlagen. Hinzu kamen die Löhne für die Angestellten. Auf der anderen Seite standen

Einnahmen aus Eintrittskarten und Mitfahrgebühren. Zudem hatte Hermann Gönner, die ihn unterstützten.

Hermann arbeitete mich mehr und mehr ins Geschäft ein. Die Arbeit füllte mich so aus, dass ich Willy gegenüber oft ein schlechtes Gewissen hatte. Mutter kümmerte sich um ihn, hegte und verwöhnte den Jungen. Dennoch fühlte ich mich nicht wohl mit der Situation.

»Groß werden sie von allein«, sagte Irma, als ich ihr von meinem Konflikt erzählte.

Jegliche zwiespältigen Empfindungen meinem Kind gegenüber verflogen jedoch, wenn ich zusah, wie Willy spielte, wie er sich die Welt erschloss und zu einem denkenden Wesen wurde. Er war ein vorsichtiger Bub, der lange beobachtete; ein Mensch, der erst handelte, wenn er sich sicher war, dass sein Vorhaben gelang. Vieles von mir erkannte ich in ihm wieder – und es machte mich zu einem zufriedeneren Menschen. Vor Willys Geburt war ich eine Frau aus vielen Versatzstücken gewesen: ein Wesen mit mehreren Gesichtern und Gemütern. Das Kind hatte mich zu einem Ganzen gemacht. Ich empfand ein tiefes, inniges Glück, diesen Jungen zu kennen.

Hermann streichelte mir über die Brüste. Wir lagen, nur in eine Decke gehüllt, auf unserem Sofa. Das Feuer knisterte. Am Abend kroch trotz der warmen Jahreszeit Kälte aus dem Boden.

»Der Schirm ist völlig zerfetzt«, sagte ich. »Wir werden einen neuen nähen müssen.«

»Jetzt weißt du, wie es mir immer ergeht, und kannst nicht mehr schimpfen, wenn ich mit beschädigtem Material nach Hause komme.«

»Es war großartig.«

Er lachte auf. »Natürlich ist es großartig. Ich kenne keine bessere Möglichkeit zu spüren, dass man lebt.«

»Es gab keine Grenze, nicht nach oben, nicht nach unten, nirgendwo. Nur mich und den Himmel.«

Er küsste mich. Seine Lippen waren fest und wussten, was sie wollten. Seine Küsse wanderten meinen Hals und mein Brustbein hinab bis zur Scham. Nachdem er mich entspannt hatte, richtete er sich auf, zog meinen Schoß gegen seine Lenden und drang in mich ein. Mir ging kurz durch den Kopf, dass es wieder einer dieser Tage war, an denen wir ein Kind zeugen konnten. Doch heute war es mir egal. Ich war wahrlich eine glückliche Frau.

Drei Tage später saßen Hermann und ich mit Mutter beim Abendessen. Ich hatte sie vor unserer Reise weder von meiner geplanten Ballonfahrt noch von meinem Absprung in Kenntnis gesetzt. Erst jetzt, im Nachhinein, erzählte ich ihr davon. Ich versuchte, die Auftritte möglichst beiläufig klingen zu lassen. Die Einzelheiten meiner Landung verschwieg ich, stattdessen berichtete ich nur vom unentwegt plappernden Magister. Vom Absprung ließ ich Hermann erzählen, der bei den Fakten blieb. So hörte es sich an, als sei ich im Zuge eines bürokratischen Aktes von einem Mäuerchen gehüpft.

»Käte verfügt durch den Auftritt nun über die offizielle Genehmigung, selbst um Aufstiegs- und Landeplätze zu ersuchen«, schloss er seinen Bericht. Da es eigentlich sechs Auftritte brauchte, hatte er den Behörden auch Testaufstiege als Auftritte verkauft.

Mutter saß vor ihrem Teller und starrte uns an.

»Ich bin sehr stolz auf sie«, schloss Hermann und löffelte sich Suppe in den Mund.

»Mit dem Ballon fahren ist wie ein Gang durch die Straßen«, sagte ich, »nur, dass dir niemand begegnet. Kein Fuhrwerk, keine Pferde. Wenn ich wieder hinunterwill, öffne ich einfach das Gasventil. Schon bin ich zurück auf der Erde. Es ist sicherer als eine Kutschfahrt.«

»Der Schirm«, ergänzte Hermann, »ist ein Meisterwerk der Schneiderkunst, stabil wie Stahl und zuverlässig wie eine Gouvernante.«

»Aha.« Mutter griff zum Löffel und aß schweigend ihre Suppe.

Hermann und ich sahen uns an. Wir hatten mit allem gerechnet, mit Wut und mit Weinen, aber nicht mit einem einfachen »Aha«. Ihre Haare, die sie auf dem Hinterkopf zum Knoten schlang, waren inzwischen mehr grau als braun. Auf der Haut um ihre Lippen zeigten sich Furchen. Sie ließen Mutter strenger wirken, als sie war. Seit wir in der Waldschmidtstraße wohnten und sich unsere finanzielle Situation deutlich verbessert hatte, waren ihre Gesichtszüge weicher geworden. Sie lachte öfter.

Sie legte ihren Löffel beiseite. »Weißt du, Kätchen«, sagte sie. »Ich habe schon vor Längerem beschlossen, mir keine Sorgen mehr um dich zu machen. Meine Besorgnis um dein Wohlergehen war mir eine große Bürde. Aber nun bist du selbst Mutter, hast eine eigene Familie, hast ein gutes Einkommen und bestreitest unser Auskommen. Tu, was du für richtig hältst, und nimm dir die Freiheit, nach der du seit Kindesbeinen verlangst.«

Eine tiefe Liebe rührte mich. Ich ging um den Tisch herum und umschlang Mutter mit beiden Armen. Doch schon nach kurzer Zeit stieß sie mich von sich.

»Genug jetzt«, sagte sie. »Du bist eine erwachsene Frau mit Verantwortung. Wann ist dein nächster Auftritt?«

Ich rieb mir die Augen, damit ich wieder klar sehen konnte. »In einer Woche in Wiesbaden«, antwortete ich. »Und danach am Sonntag hier ums Eck im Zoo.«

»Das möchte ich bitte sehen.«

Es war etwas anderes, vor der eigenen Mutter aus einem Ballon zu springen als vor Fremden. Denn vor Leuten, die ich nicht kenne, einen Fehler zu begehen, ist unwesentlich. Vor Menschen allerdings, die mir etwas bedeuten und deren Urteil ich schätze, schäme ich mich entsetzlich, wenn ich versage.

Den Auftritt bereitete ich also noch umsichtiger vor als meine Premiere. Diesmal wollte ich nicht wie ein Mehlsack aus dem Korb plumpsen, sondern ihn elegant wie eine Dame verlassen, auch wenn es von unten kaum jemand so genau sah. Ich hatte überdies nicht vor, wieder in einem Baum zu landen. Hermann gab mir Tipps, wie ich mit Bewegungen der Beine und dem Verlagern meines Gewichts den Weg des Fallschirms zumindest so weit beeinflussen konnte, dass ich Hindernisse knapp verfehlte.

Die Menschen kamen zu Tausenden. Sie drängten sich um den Aufstiegsplatz und in angrenzenden Straßen. Anwohner gaben ihre Wohnungen und Balkone für zahlende Gäste frei. Auf Wunsch servierten sie sogar Limonade und Kuchen.

Es war ein seltsames Gefühl, in Pluderhose, Ledergamaschen und mit Matrosenmütze an demselben Ort zu stehen, an dem mir Hermann einst zum ersten Mal begegnet war. Als wäre es gestern gewesen, erinnerte ich mich an den Tag, an dem ich mit Mutter hierhergekommen war – sie erschöpft von der Kur, ich gelangweilt und begierig nach Zerstreuung. Wenn ich daran zurückdenke, wie wir dem Actionarius Georg Hoffmann begegnet waren, spürte ich wieder das unreife Mädchen in mir. Ich war mir nicht sicher gewesen, was ich vom Leben wollte und was es umgekehrt von mir erwartete.

»Ich habe deine Mutter dort vorne untergebracht, neben den Stadträten«, sagte Irma und zeigte auf eine schattige

Ecke jenseits der Absperrung. Ich suchte die Bänke nach ihrem Gesicht ab. Als ich schon an meiner Sehkraft zweifelte, entdeckte ich sie: Sie hockte abseits mit dem Rücken zur Menge und hielt das Lattemännchen zum Wasserlassen.

Die Kapelle begann zu spielen – das Zeichen für Hermann und mich, in den Korb zu steigen. Er half mir hinein. Hinrich löste die Seile, die uns mit dem Boden verbanden, und Felix rief durch seine Flüstertüte: »So geht es hinauf in die stürmische Höhe, wo der Wind tobt und die Kälte regiert! Ein Herr und eine Dame, Menschen wie Sie und ich, wagen sich in die unbekannte Welt jenseits unserer Sinne. Unter ihren Füßen nur geflochtene Weiden, fahren sie auf, um in einem Akt der Tapferkeit und des Wagemuts wieder zu uns herabzufallen!«

Diesmal würde Hermann den Ballon nicht zur Erde zurückbringen, sondern ebenfalls springen. Allerdings nach mir: Er hatte Bedenken, dass ich mich allein nicht überwinden konnte.

Mir fiel es leichter als beim ersten Mal, mich auf den Korbrand zu setzen. Der Blick in die Tiefe war immer noch furchterregend. Aber ich wusste nun, wie es sich anfühlte zu fallen. Ich hatte erfahren, dass alles gut ausgehen konnte – und erlebt, welch großartiges Gefühl vom Reiz der Gefahr ausging.

»Mit Gott«, sagte Hermann, gab mir einen Stoß, und ich stürzte hinab. Wieder riss der Wind an meiner Haut und trieb mir die Tränen in die Augen. Ich vergaß zu atmen, doch die Zeit, bis der Schirm sich öffnete, erschien mir kürzer als noch vor einer Woche. Kaum hatte ich mich in dem Gefühl eingerichtet, auf die Welt hinabzufallen, griff auch schon Luft unter den Schirm und riss mich zurück. Ich baumelte an den Schnüren und sah zu Hermann hinauf. Er stieg ebenfalls auf den Korbrand – und fiel. Für einen Moment dachte ich, er wolle mich überholen. Doch dann öffnete sich sein Schirm, und er schwebte ebenso wie ich über der Stadt. Es war ein fast windstiller Tag. Auch in der Höhe gab es nur schwache Strömungen. Wie eine Feder schwebte ich dem Boden entgegen und war enttäuscht, als ich im Apothekergarten des Kurparks landete, diesmal gänzlich unbeschadet. Gern wäre ich noch länger in der Luft geblieben.

Zahlreiche Menschen waren uns, während wir in der Luft niedersanken, auf dem Boden gefolgt. Wir schüttelten Hände, beantworteten Fragen und nahmen Kinder auf den Arm. Ihre Eltern meinten, das bringe ihnen Glück. Ich gab gerade einem Vater seinen Buben zurück, ein schmutziger, kleiner Kerl, als meine Mutter sich zu mir durchkämpfte und mir Willy Hermann in die Hände drückte.

»Mama Fofo!« Der Junge deutete in die Luft.

»Mama war ein Vogel, nicht wahr?«, stimmte ich ihm zu.

Ich drückte ihn fest an meine Brust und atmete seinen Duft ein. Der Junge war ein Geschenk Gottes. Doch Willy drückte seine Füße gegen meinen Bauch, beugte sich nach hinten und entwand sich schon wieder.

»Didi runter!«, beschwerte er sich.

Ich setzte ihn auf den Boden, und Mutter nahm seine Hand, damit er nicht abhandenkam.

»Ich bin sehr stolz auf dich, Käte. Du vollbringst Großes.«

»Es ist nichts dabei. Wenn man sich einmal überwunden hat –«, setzte ich gerade an zu entgegnen, als ein korpulenter Mann Mutter zur Seite drängte, seinen Zeigefinger wie eine Waffe auf mich gerichtet.

»Sie sind eine Schande für die Weibsbilder!«, brüllte er und fuchtelte mit dem Finger vor meinem Gesicht herum.

»Wenn meine Töchter sich ein Vorbild an Ihnen nehmen, verklage ich Sie!«

Ehe ich etwas erwidern konnte, hatte er sich schon umgedreht und war davongestapft, sich mit den Armen einen Weg durch die Menge bahnend.

»Willy und ich warten am Kurhaus auf dich«, sagte Mutter. Sie hatte ihn auf den Arm genommen, wo er sich an ihre Schulter lehnte. »Ich versuche, ihn in seinen Karren zu legen. Vielleicht schläft er ein bisschen.«

»Wir räumen hier zusammen und kommen dann«, antwortete ich.

»Du hast alles richtig gemacht, Kätchen«, erwiderte sie. »Wie sagt man? Viel Feind, viel Ehr.«

Einen Monat später saß ich mit Irma in der Werkstatt. Ich arbeitete an den Schirmen, während Irma mir neue Hosen nähte. Ich brauchte unbedingt größere und gut verschließbare Taschen, um Utensilien mit in die Luft zu nehmen. Zum Beispiel wollte ich ein Messer mit mir führen, falls ich mich einmal so sehr in Geäst und Schnüren verheddern sollte, dass ich mich nicht befreien konnte. Nachdem ich mehrmals selbst abgesprungen war, merkte ich, dass die Konstruktion, mit der der Schirm am Ballon befestigt war, und die Art und Weise, wie er sich entfaltete, nicht optimal waren. Es bestand immer die Gefahr, dass die Leinen sich verknoteten und der Stoff sich nicht blähte. Dann würde der Springer ungebremst in die Tiefe stürzen. Ich musste einen Weg finden, wie ich den Fallschirm besser vorbereiten konnte. Aktuell trugen wir den Stoff in seiner ganzen Länge zum Ballon und befestigten ihn sorgfältig außen an der Hülle. Es musste eine bessere Lösung geben. Hermann war in dieser Hinsicht jedoch nicht sonderlich experimentierfreudig: »Ich mache es seit Jahren so, und es hat hundertfach funktioniert.« Den Gedanken, dass es irgendwann einmal nicht funktionieren könnte, schob er fort. Der Erfolg hatte ihm, der einst so umsichtig gewesen war, ein Gefühl der Unsterblichkeit geschenkt und ihn in Dingen nachlässig werden lassen, für die er keine Leidenschaft verspürte.

Ich überlegte gerade, wie ich den Schirm falten konnte, damit er sich sicher entrollte, als Irma ihre Nähmaschine anhielt.

»Sag mal«, begann sie, »hat Hermann dir eigentlich von diesem Brief erzählt, der nach deinem Aufstieg bei der Stadt Wiesbaden eingetroffen ist?«

»Welcher Brief?« Ich konnte mich nicht erinnern, dass Hermann etwas erwähnt hatte.

»Ein Zuschauer hat Beschwerde eingereicht. Er hält die Betätigung einer Dame in der Luftschifffahrt für unpassend. Er verlangt ein Aufstiegsverbot für dich.«

Ich stöhnte. Mir kam sofort der fuchtelnde Mann in den Sinn. Welch ein Primitivling!

»Hat die Beschwerde Bedeutung für uns?«, fragte ich.

»Leider ja. Der Herr ist ein angesehener Mann im Taunus und in der Kurpfalz und ein verdientes Mitglied im Magistrat der Stadt Wiesbaden.«

Ich fühlte Wut in mir aufsteigen. Was erlaubte sich dieser Fatzke in seinem seidenen Anzug, mir meine Arbeit verbieten zu wollen! Er würde sich nicht einmal trauen, von einem Hocker zu springen, und wollte mir weismachen, ich sei eine Schande für die Damenwelt. Dabei war er es genau umgekehrt: Er war eine Schande fürs Mannsvolk, wenn er sich von einer kleinen Frau wie mir herausgefordert fühlte.

»Hermann wird das Gespräch mit der Stadt suchen«, sagte Irma. »Es ist nicht der erste Stein, der uns in den Weg gelegt wird.«

Ich wandte mich wieder dem Stoff zu. Doch es wollte mir nicht gelingen, mich zu konzentrieren. Welch ein widerwärtiger Mensch! Wenn ich eins nicht gut verkraften konnte, dann war es Ungerechtigkeit. Sie machte mich hilflos und klein. Was hatte ich getan, dass ein mächtiger Mann seine Beziehungen ausspielte, nur um mir zu schaden?

Ich zog ein Taschentuch hervor und schnäuzte mich. Irma sah zu mir herüber.

»Die Sache geht dir nahe«, stellte sie fest.

»Es ist ungerecht. Warum fühlen Männer sich schon provoziert, wenn wir Frauen uns nehmen, was sie selbstverständlich für sich beanspruchen? Soll ich unsichtbar bleiben, in einem Hinterzimmer einer Schneiderei? Aber selbst dann wissen sie ja noch, ihre Macht gegen uns Frauen auszuspielen.«

»Hermann wird sich für dich starkmachen. Er liebt dich über alles. Er wird alles tun, damit ihr weiterhin aufsteigen könnt. Alles andere wäre, nebenbei gesagt, auch nicht gut fürs Geschäft.«

Das tat er. Aber man machte es ihm nicht leicht. Es dauerte Tage, bis er zum Bürgermeister vorgelassen wurde, der sich persönlich mit der Angelegenheit befasste. Carl Bernhard von Ibell war ein honoriger Notar und Rechtsanwalt, Mitglied des preußischen Herrenhauses und ein Würdenträger, wie er im Buche stand: ein Mann mit Kinnbart und gezwirbeltem Schnäuzer, der einst freiwillig im Deutsch-Französischen Krieg gekämpft hatte, als vaterlandsliebender Kavallerist.

Ibell war maßgeblich dafür verantwortlich, dass Wiesbaden einen hervorragenden Ruf als Kurstadt genoss und man es das »Nizza des Nordens« nannte. In seiner Amtszeit waren das neue Rathaus errichtet und eine Trinkkuranlage erbaut worden, überdies war zurzeit von Plänen für ein neues Theater die Rede. Zudem ließ er eine Kanalisation legen, welche die menschlichen Hinterlassenschaften unsichtbar aus der Stadt beförderte. Er galt als tatkräftiger Mann – und als jemand, der sich für Gerechtigkeit starkmachte. Deshalb plagten Hermann keine allzu großen Sorgen, als er ihn aufsuchte. Ich wollte unbedingt mitkommen, um Ibell persönlich von meiner Redlichkeit und meinem Können zu überzeugen, aber Hermann war dagegen.

»Du reagierst zu sensibel auf diese Art von Gegenwind«, begründete er seine Haltung.

»Weil ich es nicht einsehe, dass mir Steine in den Weg gelegt werden, nur weil ich eine Frau bin?«

»Auch ich darf nicht überall auftreten.«

»Das ist nicht dasselbe!«, insistierte ich.

»Auch meine Gegner begründen ihre Abneigung damit, dass ich ein schlechtes Vorbild für die Jugend sei«, erwiderte er. »Das ist sehr wohl dasselbe.«

»Ist es nicht. Denn im Gegensatz zu mir richtet sich die Kritik der Leute gegen dein Handeln und nicht gegen dich als Mann. Abgesehen von ein paar frommen Miesepetern halten dich die meisten Männer für ein vorzügliches Vorbild für ihre Söhne. Von mir behauptet dagegen niemand, dass ich ihren Töchtern als Idol tauge.«

»Es wäre trotzdem nicht hilfreich, wenn du mitkämst.«

»Weil ich recht habe?«

»Weil du zu gut argumentierst. Die Männer fühlen sich dadurch belehrt und herabgesetzt. Du musst noch viel lernen, wenn es darum geht, wie man seine Interessen durchsetzt.«

»Ach ja? Und wie willst du vorgehen?«

»Ich werde Ibell darauf hinweisen, welch außerordentliche Verdienste du für die Stadt und die Region vollbringen kannst. Menschen strömen nach Wiesbaden, nur um deine Auftritte zu sehen. Sie bringen ihre Freunde mit und ergötzen sich gemeinsam an gutem Essen und Unterhaltung. Es ist zum Vorteil der Stadt, wenn sie eine Figur wie dich auftreten lassen.«

»Eine Figur?!« Meine Stimme überschlug sich. »Bin ich eine Zirkusnummer?«

»Wenn du auftrittst, bist du eine Figur, genauso wie ich. Es sollte dir egal sein, was die Menschen in dir sehen, eine Zirkusnummer oder etwas anderes, solange du mit dir selbst im Reinen bist.«

Ich grollte Hermann, sah jedoch ein, dass er recht hatte. Es wäre nicht gut, wenn ich als besserwisserische Furie das Rathaus stürmte und dem Juristen Ibell erklärte, was er zu tun und zu lassen hatte. Also überließ ich Hermann das Feld.

Er machte seine Sache gut und erhielt die Erlaubnis, so wörtlich, »gemeinsam mit seiner Assistentin Katharina Paulus weitere Auftritte abzuhalten, sofern sie moralischen Ansprüchen genügten« und junge Damen nicht in »sittliche Bedrängnis« brachten.

»Damit sollten wir uns den Herrn vom Hals geschafft haben«, sagte Hermann am Abend bei einem Glas Wein. Wir saßen mit Mutter in der Küche. Willy schlief neben ihr auf der Eckbank, in eine Decke gehüllt. »Lass uns einfach glücklich sein, dass wir weitermachen können. Ich habe schon viele Auftritte organisiert. Die Menschen sind begierig darauf, uns zu sehen.«

»Wo werdet ihr hinfahren?«, fragte Mutter.

»Die nächsten Auftritte sind in Crefeld, Düsseldorf und in Basel. Außerdem fahren wir in Scheveningen auf, mit dem Meer im Hintergrund. Das wird großartig!«

Willy regte sich im Schlaf. Ich würde mich in diesem

Sommer nicht viel um ihn kümmern können. Mutter streichelte ihm über den Kopf und legte ihm die Hand auf den Bauch.

»Hier in der Nähe werdet ihr nicht aufsteigen?«

»Die Aufstiege in Frankfurt sind gesetzt«, antwortete Hermann. »Außerdem möchte Bürgermeister Ibell, dass wir Wiesbaden mindestens noch zweimal beehren.«

Mutter nickte. Dann sah sie mich an. »Du sagst gar nichts.«

»Ich bin müde. Den ganzen Tag habe ich in der Werkstatt gehockt, um zu sehen, wie sich mein Auftritt verbessern lässt. Und ich glaube, dass ich es geschafft habe.«

Ein Lächeln breitete sich auf Mutters Gesicht aus. Mit warmem Blick schaute sie mir in die Augen. »Erklär es mir«, sagte sie.

»Wenn ich nun abspringe, dann tue ich es mit zwei Schirmen. Wir nennen es Doppelabsturz. Falle ich, entfaltet sich der erste Schirm. Ich werfe ihn fort. Alsdann löse ich den zweiten Fallschirm aus und ich schwebe zur Erde. Ein wunderbarer Grusel für die Menschen! Sie denken, ich stürze tatsächlich ab.

Mutters Gesicht verzerrte sich furchterfüllt.

»Keine Sorge! Ich habe die Technik verbessert.« Ich holte zwei Taschentücher hervor und zeigte ihr anhand der Tücher, wie ich die Schirme faltete und wie sie sich öffneten. »Siehst du, den Fallschirm zu falten ist viel sicherer, als ihn nur zu wickeln und zu hoffen, dass die Luft ihn schon richtig aufblähen wird.«

»Dann hoffen wir, dass der Herrgott das auch so sieht«, sagte Mutter.

Hermann legte mir eine Hand um die Schulter. »Deine Käte ist eine großartige Schneiderin. Ich vertraue ihr voll und ganz.«

Er küsste mich auf die Wange.

In den vergangenen Tagen hatte ich die Befürchtung gehabt, wieder schwanger zu sein. Der Abend nach meinem ersten Absturz, als wir vor dem Ofen lagen und uns geliebt hatten, war töricht und unvorsichtig gewesen. Ich fühlte mich aufgedunsen, meine Brüste spannten. Doch heute Morgen, mit einigen Tagen Verspätung, war meine Blutung doch noch gekommen. Ich war ebenso erleichtert wie traurig, nahm es aber in erster Linie als Zeichen, dass ich meinen Weg fortsetzen sollte.

»Lass uns ins Bett gehen«, sagte Hermann und legte seine Hand auf meine. »Morgen brechen wir nach Crefeld auf. Es wird ein anstrengender Tag.«

In Crefeld mussten wir die Behörden täuschen. Eigentlich durfte ein Ballonfahrer, egal ob Mann oder Frau, erst ab seinem siebten Aufstieg allein einen Ballon führen. Vorher musste er mindestens sechs Fahrten mit einem erprobten Ballonführer unternommen haben. So stand es in den Verordnungen. Wir verschwiegen den Stadtvätern also, dass es erst meine vierte Fahrt war. Stattdessen war der Bürgermeister derart beeindruckt von einer Frau als Ballonführerin, dass er mitfahren wollte. So stieg ich gemeinsam mit Stadtvater Küper auf. Er war ein korpulenter Herr nahe der sechzig mit dichtem Bart und lichtem Haar, das mit Pomade über den Scheitel gekämmt war. Ich versuchte, mir meine Nervosität nicht anmerken zu lassen. In Nürnberg hatte ich den Fehler begangen, nach Hermanns Absprung nicht direkt das Ventil zu ziehen. Das sollte mir diesmal nicht passieren.

Es geschah jedoch etwas anderes: Nachdem Hermann sich aus dem Korb gestürzt hatte und ich den Ballon zur Landung bringen wollte, trieben wir unversehens auf die

Gleisanlagen zu. Wie ein riesiges, stählernes Ungeheuer schob sich der D-Zug über den Schienenstrang. Er wurde immer größer, je näher er uns kam und je näher wir auf ihn zusteuerten.

»Fräulein«, sagte Küpper mit belegter Stimme. »Der Zug.«

Hastig warf ich die letzten zwei Säcke ab. Aber wir sanken weiter in Richtung des Bahndamms. Der Bürgermeister ließ sich auf die Knie fallen und betete das Vaterunser. Ich starrte auf den herannahenden Zug. Er würde uns zermalmen. Ich schloss die Augen. So würde es zu Ende gehen. Ich hatte zu viel gewollt im Leben.

Bremsen kreischten auf. Küpper umklammerte meine Beine. Ich stand aufrecht und hielt mich am Korbrand fest. In dem Moment, als wir auf den Bahndamm aufsetzten, öffnete ich die Augen. Mit einem Hopser sprangen wir über die Schienen, stiegen noch einmal kurz auf und gingen dann auf einem Acker nieder. Hinter mir hörte ich das unsägliche Kreischen. Etwas traf mich am Kopf und ich verlor das Bewusstsein.

Ich kam wieder zu mir, weil der Bürgermeister mir die Wangen tätschelte.

»Fräulein Paulus«, murmelte er. »Fräulein Paulus, es ist alles gut gegangen. Sind Sie wach?«

Nach diesem Ereignis wollte ich nicht wieder in die Luft gehen. Aber Hermann bestand darauf. Gleich am nächsten Tag solle ich erneut aufsteigen, meinte er, sonst verfestige sich die Erfahrung und löse eine Störung aus, die mich nicht nur ums Ballonfahren bringen, sondern mich auch im täglichen Leben erfassen werde. Er änderte das Programm, verlegte die geplante Passagierfahrt auf den übernächsten Tag und zwang mich, bis in die Wolken aufzufahren und auch abzuspringen. Alles verlief reibungslos, und ich gewann wieder Vertrauen in unsere Unternehmung.

Dennoch kam es immer wieder zu Zwischenfällen. Bei einem Aufstieg im Brandenburgischen wurde ich bis nach Schlesien abgetrieben. In Düsseldorf drückte eine Gewitterbö den Ballon so stark zusammen, dass er riss. Ich war noch nicht allzu weit in der Höhe, sprang kurzerhand ab und landete auf einem Acker. Bei einer Auffahrt am Halensee standen fünfzehn stramme Burschen aus einem Schießverein parat und spannten die Taue, die mich und den Ballon am Boden hielten. Auf Hermanns Kommando ließen sie los – mit Ausnahme eines Knaben, der sich einen Spaß daraus machte festzuhalten. Er hatte allerdings nicht mit der Kraft des Auftriebs gerechnet. Der Ballon schnellte in die Höhe. Als er sich schließlich zu mir heraufgehangelt hatte und ich ihn über den Rand zog, japste er zwar wie ein Lungenkranker, war aber unbeschadet. Dieser Zustand währte allerdings nur bis zur Landung. Wir waren noch gute zwei Meter vom Boden entfernt, als er es nicht mehr erwarten konnte, festen Boden unter den Füßen zu haben, aus dem Korb sprang und sich ein Bein brach.

Die Ereignisse hatten allesamt ein Gutes: Ich lernte, mit einer Vielzahl an Situationen umzugehen, und bekam Zutrauen in meine Fähigkeiten. Ich wurde sicherer im Umgang mit dem Ballon, mit den Widrigkeiten des Wetters und dem Verhalten der Passagiere. Nahmen Hermann und ich keine Passagiere mit und sprangen wir ab, so war stets ich diejenige, die sich zuerst hinabstürzte. Dann folgte Hermann aus größerer Höhe. Das war ihm als Mann vorbehalten und so wollten es die Menschen sehen: die kühne Frau und der noch kühnere Mann.

Im Herbst endete meine erste Saison als Luftfahrerin. Wir kehrten mit Sack und Pack nach Frankfurt zurück, gönnten uns einige Tage Ruhe und nutzten dann den Winter, um an der Konstruktion des Fallschirmballons zu arbeiten. Den Menschen wurde schnell langweilig und wir wollten ihnen etwas bieten, das sie im kommenden Sommer noch mehr erstaunen würde: einen Ballon, der zum Fallschirm wurde. Bereits seit mehr als drei Jahren, als ich meine Arbeit bei Hermann begonnen hatte, hingen die Pläne an der Wand seines Büros.

Das Gas sollte wie üblich in die Hülle hineinströmen. In der Höhe konnte der Ballonführer, der nicht in einem Korb, sondern nur auf einem schmalen Trapez stand, ein Ventil ziehen. Der untere Teil des Ballons würde sich um den Ring herum nach innen klappen. Was bleiben sollte, war ein Schirm, der ihn sanft zu Boden brachte. Die Konstruktion hatte nicht nur den Vorteil, dass sie eine interessante Neuerung darstellte. Sie verbrauchte auch weniger Material. Der Luftfahrer brachte den Ballon auf diese Weise mit zurück zur Erde, anstatt ihn führerlos niedergehen zu lassen und suchen zu müssen. Das Material zerriss seltener. Wir würden also nicht nur keinen Korb und weniger Stoff verbrauchen, weil kein zusätzlicher Fallschirm erforderlich war, sondern auch weniger Reparaturen haben.

Wir hatten die Pläne hundertfach gemeinsam geprüft, verbessert, erneut geprüft und wieder verbessert. Gemeinsam mit Felix und Hinrich bauten wir zunächst kleinere Modelle. In der spärlich beheizten Halle brüteten wir über unterschiedlichen Ballonformen, neuen Schnittführungen und robusteren Nähten. Am Ende landeten wir bei einer Variante, in der sich der Ballon als aufrechte Zigarre präsentierte, kurz und dick, mit einem Holzkonstrukt im Inneren. Die Konstruktion war flugfähig, hatte eine hervorstechende Erscheinung und war sowohl im Aufstieg als auch für den Transport zusammenklappbar. Nachdem der

Ballon fertig war, entwarfen wir ein Trapez, das wir darunter anbrachten und auf dem Hermann und ich beim Aufstieg stehen würden.

Als der Frühling kam und es wärmer wurde, ließen wir unzählige Modellballons aus dem Speicherfenster gleiten und beobachteten, wie sie sich im Flug verhielten. Erst danach bauten wir ein Gefährt in der tatsächlichen Größe. Wir testeten die Konstruktion stets im Licht des frühen Morgens, wenn noch keine Menschen unterwegs waren. Der erste Versuch verlief katastrophal: Wir hatten Hermanns Eigenbewegungen unterschätzt und benötigten danach weitere Versuche mit Modellen, um die Unwucht, die sein Winken und sonstige Bewegungen verursachten, auszutarieren. Erst danach hing Hermann stabil unter dem Ballon. Selbst vehementes Schaukeln brachte die Konstruktion nicht aus der Balance. Es war bereits Mai, als wir den Ballon mit deutlich mehr Gas befüllten und Hermann in den Himmel fuhr, bis wir ihn in der Höhe nicht mehr ausmachen konnten. Ich empfand eine jähe Angst, als ich Hermann nicht mehr sah. Mein Kopf wusste, dass es töricht war: Wir hatten den gesamten Winter über an der Konstruktion gearbeitet, sie über Wochen getestet und immer wieder verbessert. Der Fallschirmballon war sicherer als jeder herkömmliche Ballon mit separatem Fallschirm. Die Luftfahrt brauchte Menschen mit Mut und Pioniergeist, die Neues ausprobierten. So wollte es der Fortschritt. Nur wer Mut bewies, eroberte neue Welten.

Es ist nun mehr als vierzig Jahre her, dass der Fallschirmballon seine Premiere feierte, und was ich spüre, wenn ich an jenen Tag zurückdenke, ist für mich noch immer nicht fassbar. Es fühlt sich an, als habe sich das Ereignis von mir abgekoppelt. Oder habe ich mich selbst von meinen

Erinnerungen entfernt? Ich spüre, dass es in mir einen Ort gibt, an dem die Ereignisse jenes Tages eingeschlossen sind und an dem ein solch großer Druck herrscht, dass alle Erinnerungen auf die Größe einer Bleistiftspitze zusammengepresst werden.

Was ich heute noch weiß, ist bruchstückhaft. Ich erinnere das Unglück selbst, den Absturz, die Stunde danach. Was ich nicht erinnere, sind die Tage zuvor – unsere Anreise, die Aufbauten, wo wir den Vorabend verbrachten und wie wir den Morgen vor der Auffahrt gestalteten. Ich weiß nur, dass wir den Ballon *Fin de siècle* getauft hatten, denn wir schrieben das Jahr 1894, und es waren nur noch fünfeinhalb Jahre, bis wir in ein neues Jahrhundert eintreten würden.

Ebenso wie ich die Tage vor dem Ereignis nicht erinnere, weiß ich nichts mehr von der Zeit, die daran anschloss. Man sagt, ich habe den Verstand verloren und sei in ein Krankenhaus eingewiesen worden. Ich habe geschrien, und dann, unter Beruhigungsmitteln, über Stunden gewimmert, bis ich schlussendlich verstummte und ganze Tage schwieg. Man sagt, dass auch Willy mich nicht habe aufmuntern können, obwohl Mutter ihn mir jeden Tag vorbeibrachte. Mechanisch soll ich ihn gestreichelt haben, ohne Zuneigung und ohne einen Ausdruck von Mutterliebe.

Wir stiegen erneut in Crefeld auf, der Himmel war wolkenlos und klar. Ich sollte abspringen, danach wollte Hermann die Leine des Ventils ziehen, der Ballon würde sich in einen Schirm verwandeln, und er würde Seite an Seite mit mir auf die Erde hinabgleiten.

Bevor ich absprang, küsste Hermann mich in den Nacken und murmelte wie immer: »Mit Gott.« Ich stieß mich vom Trapez ab, fiel – und nach Sekunden öffnete sich wie stets mein Schirm. So in der Luft hängend, sah ich zu

Hermann hinauf. Er zog das Ventil. Aber anstatt dass die Hülle des Ballons sich nach innen klappte, drehte sie sich zu einem Lappen zusammen. Hermann kreiselte und riss an den Seilen. Als er an mir vorüberstürzte, sah ich sein vor Entsetzen verzerrtes Gesicht. Ich hörte seine gellenden Schreie. Dann herrschte Stille.

Ich hing an meinem Schirm und schwebte zur Erde hinab. Was war geschehen? Wie konnte das passieren? Ich hörte meinen Atem. Mein Herzschlag pochte in den Ohren. Mein Körper brannte. Ich wollte runter auf die Erde. Ich musste zu ihm.

Er war in die Diessemer Straße gestürzt. Zeugen sagten später aus, er habe nichts vom Aufprall mitbekommen, habe bewusstlos in den Gurten gehangen. Er sei auf einen Zaun aufgeschlagen und auf der Straße liegen geblieben. Doch ich hatte seinen Schrei gehört. Ich hatte gehört, dass er wach war, als er fiel.

Der Wind hatte mich noch abgetrieben, und ich war ein Stück entfernt außerhalb der Stadt gelandet. Ein Wagen gabelte mich auf, an den Fahrer erinnere ich mich nicht, und brachte mich direkt an die Absturzstelle. Wahrscheinlich hatte sich dort eine Menschenmenge versammelt; es kann nicht anders gewesen sein. Ich erinnere nur Hermann, wie er auf dem Pflaster lag, Blut an Ohren und Nase, das linke Bein verdreht und den rechten Arm unter dem Körper. Jemand hatte ihm schon die Augen geschlossen – und doch sah er nicht friedlich aus. Sein Gesicht war eine Grimasse, der Kiefer verschoben, eine Maske des Schocks und des Entsetzens.

Man sagt, ich sei schreiend neben ihm niedergesunken, hätte mich auf ihn geworfen, ihn geschüttelt und umarmt. Wenn ich die Bilder in mir suche, finde ich nur Schwärze.

Die folgenden Tage verbrachte ich in einem Hospital in Crefeld, benommen vom Schmerz und von der Medizin, die sie mir gaben. Immer wieder sah ich Hermann an mir vorbeifallen, hörte seine Verzweiflung, sah sein vor Entsetzen verzerrtes Gesicht. Man gab mir neue Medikamente und band mich ans Bett, damit ich nicht aus dem Fenster sprang.

Die Zeitungen schrieben, dass eine gewaltige Menschenmenge Hermann das letzte Geleit gab. Er wurde auf dem Friedhof in Crefeld beigesetzt, denn ich war nicht entscheidungsfähig und er musste unter die Erde. Ich konnte sein Grab erst viele Wochen später besuchen, als ich wieder bei Sinnen war. Es war ein unwirklicher Moment, als ich vor den Berg welker Blumen trat, an dessen Fuß ein Holzkreuz mit der Inschrift »C.C.H. Lattemann« stand. Ich hätte gern etwas gefühlt, Liebe oder Trauer oder Wut. Aber ich fand nichts in mir, was passend war.

Zu Hause in Frankfurt, so erzählte mir später Irma, habe ich Tobsuchtsanfälle gehabt, sei durch die Werkstatt marschiert wie eine Irrsinnige, auf der Suche nach dem Fehler, nach der einen Nachlässigkeit, die zu Hermanns Tod geführt hatte. Niemand habe sich in meine Nähe gewagt – aus Angst, ich könnte unversehens ausrasten, und weil selbst die Menschen, die mir nahestanden, nicht wussten, wie sie mich ansprechen sollten. Alltägliches war zu banal, um es an mich heranzutragen, und das Ereignis selbst wollte man nicht eigens erwähnen, aus Angst, die Wunden noch tiefer aufzureißen.

Doch sie wollten ohnehin nicht aufhören zu bluten. Tagsüber war ich zu keiner Handlung fähig, und in den Nächten konnte ich nicht schlafen. Ich lag im Bett, immer eine Hand an meinem Sohn. Ich starrte in die Dunkelheit und dachte an all die Erlebnisse, die uns noch erwartet hätten, an Auftritte in Frankreich, in den Niederlanden und in Österreich-Ungarn. Ich dachte an unser zweites Kind, das niemals geboren werden würde. Ob es ein Mädchen geworden wäre?

Wenn ich doch einmal wegdämmerte, dann niemals lange. Die Bilder des Absturzes kamen prompt, und ich erwachte schweißgebadet, die Kehle trocken, der Hals schmerzend, als hätte ich die ganze Nacht geschrien. Es ist erstaunlich, dass Willy niemals aufwachte – oder vielleicht bemerkte ich es in meiner Trauer nicht, und er schlief wieder ein, bevor ich seiner gewahr wurde. Er war überdies ein Junge, der gut Stimmungen erfasste und zwar nicht begriff, dass sein Vater niemals wiederkommen würde, der jedoch spürte, dass seine Mutter Liebe brauchte. Er streichelte mich und benahm sich in diesen Wochen kein einziges Mal daneben.

Briefe aus ganz Europa erreichten mich. Honorige Herren sprachen mir ihr Beileid aus. Frauen und Männer schrieben, dass sie meinen Mut und meine Furchtlosigkeit bewunderten. Kinder schickten Zeichnungen. Ich erhielt Briefe von Frauen, deren Männer ebenfalls verstorben waren und die ihre Trauer niemals überwunden hatten; von Frauen, die es geschafft hatten, wieder ins Leben zu finden und sich neu zu verlieben. Eine Gerda Frohmann aus Crailsheim hatte zwei Männer begraben müssen und konnte mit dem dritten dennoch Freude empfinden. Eine Lieselotte Zimmermann aus Biberach berichtete von ihrer Schwester, die mich verehrte und deretwegen ich mich nicht aufgeben sollte. Die Volksschülerin Franziska Weiler aus Butzbach schrieb mir in krakeliger Schrift, dass ich ihr Idol sei und sie mich einmal im Leben gern abspringen sähe. Der Bub Franz Pieper aus Wandlitz lud mich in sein Elternhaus ein und schlug vor, dass ich bei ihm wohnen könne. Das Kindermädchen Marlene Schneider aus Erlangen berichtete, sie habe meinen ersten Sprung in Nürnberg gesehen und träume seit dem Tod Hermanns nachts von mir. Der Dottore Emanuele Torro hatte Hermanns Aufstieg in Bergamo verfolgt und sprach mir sein Beileid aus. Es erreichten mich Briefe aus Nijmegen und Lüttich, aus Kattowitz, Zürich und Paris, aus Wien, Budapest, Kopenhagen und vielen anderen Städten Europas. Irma ließ sie alle übersetzen. Woher sie die Übersetzer für all diese Sprachen nahm, ist mir bis heute ein Rätsel.

Mutter ließ mich weitestgehend in Ruhe. Einmal suchte sie das Gespräch, als ich tagelang nichts gegessen hatte. Sie sagte: »Es wird vorübergehen.«

»Wie soll es vorübergehen, wenn ich nicht einmal begreife, was geschehen ist?«

»Die Zeit wird dir Hermann ein zweites Mal an deine Seite geben, als jemanden, der dich unsichtbar begleitet. Als dein Vater starb, habe ich lange nicht von ihm Abschied nehmen können. Ich habe ihn an jedem Ort gesucht, den ich mit ihm geteilt habe, und in jedem Moment erwartet, den ich mit ihm noch verbringen wollte – und bin jedes Mal in Tränen ausgebrochen, wenn ich ihn nicht antraf.«

»Manchmal, wenn ich in der Werkstatt bin und dort sein Büro betrete, rechne ich fest damit, dass er an seinem Schreibtisch sitzt.«

»Das ist ein gutes Zeichen, denn so beginnst du zu begreifen, dass er nicht mehr da ist.«

»Indem ich möchte, dass er da ist?« Ich verstand nicht, was sie meinte.

»Indem dein Geist dich mit der Wirklichkeit konfrontiert, dass er nicht mehr dort ist, wo du ihn erwartest.«

Ich schwieg. Es war unsagbar schwer. Inzwischen war es September. Die Blätter verfärbten sich rot, und seit Hermanns Tod waren mehr als drei Monate vergangen. Irma, Alwin, Hinrich, Felix und Greta hatten die Werkstatt aufgeräumt und kamen ab und an vorbei, um nach dem Rechten zu sehen. Sie erhielten weiter ihren Lohn, und das Geld würde noch eine Weile reichen. Doch ich spürte, dass sie von mir wissen wollten, wie es weiterging. Ob es eine Zukunft für uns alle gab oder ob sie sich nach anderen Arbeitsstellen würden umsehen müssen. Ich hatte keine Kraft, und doch würde ich mich mit der Frage befassen müssen. Ich musste es für Willy tun, der eine Zukunft brauchte. So glaubte ich zumindest.

TEIL 2

REINICKENDORF

Eine Kerze taucht mein Schlafzimmer ins Halbdunkel. Es ist kurz vor Mitternacht. Draußen hat sich die Nacht über Berlin gesenkt. Eine feuchte Kühle strömt durch das halb geöffnete Fenster herein. Hans Dorow steht am Fußende des Bettes und stützt sich mit den Handballen auf.

»Der Verlust Ihres Mannes tut mir aufrichtig leid«, sagt er.

»Meine Mutter hatte wie so oft recht: Er wurde mir zu einem unsichtbaren Gefährten.«

Der Pfarrer richtet sich auf, stemmt eine Hand ins Kreuz und streckt den Oberkörper.

»Nehmen Sie es mir nicht übel«, sagt er. »Aber ich muss nach Hause zu meiner Frau. Außerdem bin ich hundemüde.«

»Während Sie müde sind, bin ich nun hellwach. Macht es Ihnen etwas aus, wenn ich Hanna noch ein bisschen weitererzähle?« Ich nicke der jungen Frau zu. »Wir sind auch bald durch mit den schlimmen Erinnerungen. Dann können wir uns freundlicheren Episoden zuwenden.«

Hanna räuspert sich. »Ihr Sohn starb an Diphtherie, nicht wahr?«

»Ein Jahr und zwanzig Tage nach seinem Vater.«

»Wie schafft man es, zwei Schicksalsschläge innerhalb von so kurzer Zeit zu verwinden?«, fragt sie. »Sie müssen außer sich gewesen sein vor Unglück.«

»Es gab nur zwei Möglichkeiten: sterben oder weiterleben. Sie haben mich inzwischen kennengelernt und wissen: Wenn ich etwas tue, dann tue ich es unbeirrt.«

»Sie haben unbeirrt weitergelebt.«

»Ich war damals auch bereit, zu sterben. Es wäre ein Leichtes gewesen. Ich wäre aufgestiegen und ohne Fallschirm abgesprungen. Bei Hermann hatte ich gesehen, wie schnell man stirbt, wenn man fällt. Ich wäre sofort bei ihm und Willy gewesen.«

»Warum haben Sie es nicht getan?«, fragt der Pfarrer.

»Um das zu erfahren, müssen Sie noch bleiben, Herr Dorow.«

Er streckt die Arme in die Höhe, dehnt und reckt sich. »Nun gut. Meine Frau dürfte ohnehin bereits schlafen.«

»Dann fahre ich fort.«

EIN ENTSCHLUSS

Willy starb am 8. Juli 1895. Sein Hals schwoll an, ebenso sein Gesicht. Husten beugte und schüttelte den Jungen, bis er erbrach.

Später röchelte er nur noch. Rasselnd sog er die Luft ein. Seine Nase verklebte, sein Atem roch faulig. Ich konnte ihn kaum erkennen, so aufgedunsen war er. Sein Gesicht und sein Hals waren prall gespannt. Ich schickte nach einem Arzt. Ich war willens, alles zu zahlen, was er verlangte. Aber der Mann konnte nichts ausrichten. Am Morgen des vierten Tages starb das Lattemännchen, keine dreizehn Monate nach seinem Vater. Es war ein stiller Tod. Ich hielt ihn im Arm, hatte ein Händchen gegriffen und streichelte es. Ich bin mir sicher, dass er wusste, was mit ihm geschah. Er konnte nicht mehr sprechen, und er machte auch nicht den Versuch. Aber er hatte mich noch einmal angesehen, lange und mit großen Augen. Er drückte meine Hand, lange und fest, als wollte er mir Mut zusprechen, ihn gehen zu lassen. Dann schloss er die Augen. Seine Fingerchen erschlafften. Sein Atem setzte immer wieder aus, bis er im fahlen Dämmer des Morgens seinen letzten Schnaufer tat. Ich saß mit ihm im Bett, wartete darauf, dass seine Brust sich noch einmal hob. Aber sie blieb reglos. In seinem Gesicht sah ich: Er war fort.

Die Kerze auf dem Nachttisch flackerte. Die Stille um mich herum brummte. Ich war leer und voll zugleich, ich dachte an nichts und doch an so vieles. Ich wollte schreien, aber der Schrei verendete zwischen meinem Herzen und meiner Kehle. Ich hielt meinen toten Sohn und küsste ihn auf die Stirn, auf die Händchen. Ich streichelte seine Wangen, ich hielt seine Füße, so wie er es gerngehabt hatte, als er ein Säugling war, als er es liebte, Begrenzungen zu spüren und umschlossen zu sein von meinem Körper.

Nach einer Zeit trat Mutter ins Zimmer, sah mich sitzen, sah den Jungen und ging hinaus. Dann kam sie wieder herein und sagte: »Ich habe dir Badewasser eingegossen. Geh dich waschen, es wird dir guttun. Ich halte ihn solange.«

Wann ist der richtige Zeitpunkt, sein totes Kind abzulegen? Ich wollte ihn nicht loslassen, niemals wollte ich das. Ich wollte ihn halten und liebkosen. Und doch übergab ich ihn.

Mutter wickelte ihn bis zum Hals in ein Laken, wie man es mit Neugeborenen tut, eng und warm. Ich ging und setzte mich in den Zuber. Das Wasser war warm. Ich sank hinein und spürte, wie es mich einschloss. Tränen liefen meine Wangen hinunter.

Willys Tod traf mich körperlich. Mein Sohn hatte mich zu einem Ganzen gemacht. Er hatte mir gezeigt, was Liebe und Angst, was Freude und Lebenssinn sind, welche Kraft sie haben, welche Energie sie freisetzen. Mit seinem Tod verlor ich nicht nur ihn, sondern auch Teile von mir selbst. Meine Gefühle kreisten ziellos in mir, ohne Heimat, ohne Hafen. Der Ort, an dem sie sonst anlandeten, existierte nicht mehr. Sie tobten und nagten, sie zerfraßen mich und rissen mein Inneres in Stücke.

Meine Trauer war nicht gesellschaftsfähig – nur meine Arbeit war es. Anders als nach Hermanns Tod fiel ich nicht in eine Starre. Ich begann sofort, Tag und Nacht zu arbeiten. Denn je mehr ich arbeitete, desto weniger spürte ich meine Gefühle, desto weniger anfällig war ich für Windstöße und innere Stürme. Wie besessen nähte und schraubte ich, schrieb Briefe, buchte Termine, zeichnete Vorlagen, ersann Konstruktionen, verwarf sie und begann von Neuem. Meine Einsamkeit, mein Elend, meine Melancholie, meine Liebe, meine Angst und meine Sehnsucht – sie wurden gehalten von der Umarmung der Geschäftigkeit. Die Arbeit wurde zu einem Werkzeug, einem Schraubstock. Sie presste meine Trauer in mir zusammen, bis sie immer kleiner, immer fester, immer dichter, immer härter wurde. Bis *ich* immer härter wurde.

Aber so tief ich die Trauer auch in mir vergrub: Besonders in den Nächten zerriss sie mich. Wie ein Ballon, den ich unter Wasser gedrückt hatte, schoss sie mit Wucht an die Oberfläche und zerfetzte mich. Dann war der Schmerz überall: in meinen Armen und Beinen, in meiner Brust und meinem Bauch, in meinen Händen und Füßen. Er war in meinem Kopf, in meinen Augen, presste mir die Kehle zu, zerrte an meinen Haaren und brachte meine Seele zum Brennen. Ich schrie und weinte, lief rastlos durch den Raum, krümmte meinen Rücken und warf mich zu Boden. Regungslos blieb ich liegen, unfähig zu schlafen und unfähig, mich aufzurichten und ins Bett zurückzukehren. Meine Seele wog Tonnen. Das Atmen rang mir alle Kraft ab.

Nach Nächten, in denen der Schmerz mich besonders heftig zerriss, konnte ich nicht in die Werkstatt gehen. Ich konnte nur daliegen und ins Zimmer starren, die Augen geöffnet, ohne etwas zu sehen. »Das Fräulein Paulus ist heute unpässlich«, sagte Irma dann jedem, der mich sprechen wollte.

Es fühlte sich zudem an, als habe Willys Tod mich durchlässig gemacht. Ein Geräusch, ein Geruch oder eine Geste –

sie konnten jederzeit in mich fahren wie ein Windstoß und dort durcheinanderbringen, was ich gerade zu ordnen geglaubt hatte. Nur die Auffahrten hielten mich am Leben. Die Luft, in die ich hinaufstieg und die im Fall gegen meinen Körper drückte, erinnerte mich daran, wer ich war. Sie gab mir den Widerstand, den ich brauchte, um zu spüren, wo ich trotz meiner Durchlässigkeit anfing und wo ich aufhörte. Jeder Absprung, der gut endete, war ein Sieg. Er war mein Sieg über den Tod und der Beweis, dass ich den Tod im Griff hatte, wenn ich mich nur genügend anstrengte. Jeder Sprung half mir, mich noch als Lebende wahrzunehmen.

»Mit Gott«, murmelte ich jedes Mal, wenn ich absprang – so, wie Hermann es immer zu mir gesagt hatte. Ich fühlte seine Hand im Rücken, wenn ich vom Korbrand hinabglitt, und sah meinen Sohn auf mich warten, wenn ich landete. Auch Jahre später noch war dies mein Bild von ihm, ein Bub mit Zuckerstange in der Hand an der Seite seiner Großmutter. Er blieb immer das kleine Lattemännchen, als das er gegangen ist.

Auf der Erde tat ich alles, um wieder hinauf in den Himmel zu kommen. Ich organisierte Auftritt um Auftritt. Wir starteten im April und ich sprang bis in den Oktober hinein ab, als es in der Luft bereits eisig kalt war. Wir reisten durch Europa, von Frankreich nach Polen, von Dänemark bis in den Stiefel Italiens. Wir verbrachten Tage und Nächte in Zügen, schliefen in Pensionen, Gasthäusern und in den Sommerhäusern unserer Gastgeber. Wie lange das so ging? Viele Jahre. Ich würde von einzelnen Auftritten erzählen, wüsste ich noch von ihnen. Aber die Zeit nach Willys Tod liegt wie im Nebel. Ich hatte kein Empfinden, fühlte weder Glück noch Trauer, weder Freude noch Kummer, war innerlich taub. Ich war ein Apparat, ein Mechanismus, der funktionierte, sobald der Tag begann, der bis spät in die Nacht nähte, konstruierte und Korrespondenz führte, bis mir übel wurde vor Müdigkeit. Gesellige Ereignisse sagte ich ab, das Parlieren auf Empfängen mied ich. Ich sprach nur, was nötig war.

Zu sagen, ich hätte bei alldem hohe Ansprüche an mich gehabt, ist untertrieben. Ich wollte die perfekte Schneiderin, Akrobatin, Ingenieurin, Unternehmerin und Unterhalterin sein. Ich wollte die beste Ballonfahrerin sein, die das Reich kannte. Ich wollte die beste Mutter für den Buben sein, der in meinem Herzen wohnte – und die beste Erbin des Mannes, der mir den Mut geschenkt hatte, all dies zu tun. Funktionierte nur eine Kleinigkeit nicht, fühlte ich mich als Versagerin und stürzte mich in Tage und Nächte des wahnhaften Verbesserns. Niemand konnte mir dabei helfen, und niemand sollte mir helfen. Ich wies meine Mitarbeiter an, mir nicht zu nahe zu kommen, mich nicht zu unterbrechen, mir Zettel auf den Tisch zu legen, anstatt mit mir zu sprechen.

Irma versuchte mehrmals, mit mir zu reden, auch Alwin. Einmal trat Felix an mich heran und äußerte die Sorge, ich würde mich übernehmen, es brauche keine weiteren Engagements, wir mögen die Arbeit doch anders aufteilen, er könne auch etwas von dem mit machen, was ich tat. Aber ich wiegelte ab und hatte für alles Gründe: Warum nur ich diesen Handgriff erledigen konnte. Warum wir weitere Aufträge brauchten. Warum ich nicht ruhen konnte. Was für andere ein Grund gewesen wäre zu sagen: »Jetzt ist genug«, spornte mich erst recht an. Ich wollte auf keinen Fall einen Fehler machen. Was schon perfekt war, suchte ich noch weiter zu verbessern. Gleichzeitig verschwammen die Aufgaben zu einer untrennbaren Einheit. Alles war gleich wichtig: das Ausbessern der Ballons, die Naht am Schirm, das Seil am Trapez, die Bestellung der Plakate, die Abrechnungen der Auftritte, die Blumen auf Willys Grab, das Fegen der Halle, der Besuch beim Stadtdirektor, der Brief an den Herrn Regierungsrat und das Fertigstellen eines neuen Kostüms. Jede erledigte Aufgabe zog neue Aufgaben nach sich. Die Arbeiten raubten mir die Kraft, bis ich nichts mehr fühlte. Ich fand keinen Schlaf mehr, obwohl ich unendlich müde war. Ich erdachte und sinnierte, nähte und konstruierte. Ich trat auf, ich korrespondierte. Ich stürzte mich auf die Welt, landete in Bäumen und Gewässern, prallte gegen Zäune und fiel mit dem Kopf voran in eine Scheune. Wenn ich meinen Körper schon nicht verlassen konnte, so wollte ich ihn wenigstens spüren.

Mutter versuchte, den Kontakt zu mir zu halten, zu meinen Gefühlen, denen ich selbst nicht begegnen wollte. Sie kochte. Sie bereitete mir das Bad. Sie stellte mir Blumen ans Bett und ließ duftende Cremes anmischen.

»Riech mal«, sagte sie. »Lavendel und Bergamotte. Fein, oder?«

Sie hielt mir einen Tiegel unter die Nase.

»Ja.«

»Morgen ist der letzte Aufstieg für dieses Jahr, oder?«

»Ja.«

»Hast du Pläne für den Winter?«

»Habe ich.«

Sie seufzte. »Jedes Wort muss ich dir aus der Nase ziehen.«

»Mutter«, sagte ich. »Ich möchte jetzt nicht.«

»Du möchtest nie.« Sie schloss den Tiegel und stellte ihn vor sich auf den Tisch. »Als ich deinen Vater verlor, war es, als sei etwas von mir gestorben«, sagte sie.

»Ich habe nicht nur meinen Mann verloren. Auch mein Kind.«

»Ich weiß, wie es ist, ein Kind zu verlieren. Ich hatte Fehlgeburten.«

»Kinder, die nie leben durften. Die du nicht vermissen kannst, weil es sie nie gegeben hat.«

»So einfach ist es nicht.«

Ich spürte sie neben mir atmen. Ich spürte die Wärme ihres Körpers. Ich roch ihren Geruch, das Herdfeuer, den Schweiß des Tages, dazu den Duft von Seife.

Sie fragte erneut: »Was sind deine Pläne für den Winter?«

»Den Fallschirm sicherer machen.«

»Wie willst du das anstellen?«

»Nahtführung. Den Stoff noch geschickter legen. Leinenführung. Hermann ist abgestürzt, weil die Leinen sich verknoteten und der Schirm sich nicht entfaltete.«

»Zeigst du mir den neuen Schirm, wenn er fertig ist?«

»Wenn nichts mehr ist, gehe ich jetzt zu Bett«, antwortete ich.

»Ich freue mich auf den Winter, wenn du wieder jeden Abend daheim bist«, sagte sie, als ich bereits aus dem Raum ging. »Vielleicht finden wir dann mehr zueinander.«

Ich verließ den Raum.

Das Schweigen zwischen uns war ebenso anstrengend wie das Reden. Aber Mutter ließ nicht locker, merkte sich das Wenige, was ich sagte, und versuchte wann immer möglich, daran anzuknüpfen.

»Kommt ihr weiter mit der neuen Technik?«, fragte sie an einem Abend, an dem der Schnee in dichten Flocken vom Himmel fiel und Ruhe sich über die Stadt legte. Die Leute erwarteten sehnlich das Frühjahr. Der erneute Wintereinbruch war ein Rückschlag.

»Wir nähen verschiedene Modelle.«

»Habt ihr sie ausprobiert?«

»Es regnet seit Wochen, und nun schneit es.«

»Sonst testet ihr doch auch in einer Scheune. Näht ihr diesmal keine Muster und lasst eine Puppe abstürzen?«

»Doch.«

»Aber ihr seid noch nicht so weit.«

»Doch.«

»Also habt ihr schon etwas ausprobiert.«

»Es funktioniert noch nicht ganz.«

Sie holte tief Luft. »Wenn du mich an deinem Leben teilhaben ließest, könnte ich dich besser unterstützen, Kätchen.«

»Ich komme zurecht.«

Seit Willy gestorben war, fehlte es Mutter an Beschäftigung. Deshalb strickte sie für die Waisenerziehungsanstalt. Ich ertrug den Anblick der kleinen Schuhe, Söckchen und Mützen nur schwer, bat sie aber nicht, die Sachen wegzuräumen. Denn dann hätte sie mit mir über meine Gefühle sprechen wollen. Also blickte ich stur an den Sachen vorbei.

Selten saßen wir abends länger als eine Stunde zusammen. Meist kam ich spät aus der Werkstatt, schlang einen Teller Suppe hinunter und verabschiedete mich ins Bett, wo ich zunächst wach lag und dann in leichten Schlaf fiel, ehe ich mit kreisenden Gedanken erwachte und so lange ins Dunkel starrte, bis der Morgen dämmerte. Heute hatte mich Irma zur Werkstatt hinausgeschoben und gesagt, ich solle nach Hause gehen, meine Mutter warte dort auf mich. Ich wehrte mich, aber Widerrede war zwecklos. Sie sperrte die Tür einfach von innen zu. Kurz erfasste mich Wut. Doch dann fehlte mir die Kraft, und so ging ich nach Hause.

Dort stand ein Kuchen auf dem Tisch. Eine Kerze war entzündet. Ich setzte mich.

»Wir können den Tag nicht feiern«, sagte Mutter, »aber wir können ihn auch nicht einfach vergehen lassen. Lass uns einfach ein wenig beisammensitzen.«

Fünf Jahre wäre das Lattemännchen alt geworden.

Ich vermied jedes Gespräch, und doch hoffte ich, dass Mutter das Wort an mich richtete, damit ich sie abweisen konnte. Menschen zu verletzen, um mich zu spüren, war meine Art geworden, mit der Welt in Kontakt zu bleiben. Der Schmerz, den ich bei meiner Zurückweisung in ihrem Gesicht sah, war auch mein Schmerz. Irgendwann nahm ich mir ein Buch und tat so, als läse ich, während Mutter Mützchen strickte. Noch eine Weile, dann konnte ich ins Bett gehen. Dann hatte ich den Erwartungen Genüge getan.

»Was sind eure ersten Reiseziele in diesem Jahr?«, fragte Mutter plötzlich und legte die Stricknadeln in den Schoß.

»Augsburg, Genf, Budapest.«

»Weil es dort früher warm wird als bei uns?«

»Ja«, sagte ich und ergänzte: »Ravenna.«

»Wie geht es Alwin?«

»Die Gicht plagt ihn.«

»Es muss schlimm für ihn sein. Er war ein solch agiler Mann. Ist viel gereist. Hat immer gearbeitet. Nun muss er tatenlos dahinsiechen, kann nichts mehr sehen, sich kaum noch bewegen.«

»Er hat seine Enkelkinder. Sie heitern ihn auf.«

»Grete ist wieder guter Hoffnung, nicht wahr?«

»Sie hat es verloren.«

»Das tut mir leid.«

Diese vom Glück geküsste Frau, deren Kinder allesamt gesund und gut genährt waren, einmal dem Schicksal ausgeliefert zu sehen gab mir Befriedigung. Aber sie war bitter, denn sie wog meinen Schmerz nicht auf.

»Deine Härte macht mir Sorgen«, sagte Mutter. »Es wird Zeit, dass der Frühling kommt. Die menschliche Seele braucht Licht und Wärme, um zu gesunden.«

Licht und Wärme hatten wir auch, als Willy im Juli starb.

»Ich habe einen Wunsch«, fuhr sie fort. »Zum Osterfest.«

Ich wollte nicht wissen, was sie sich wünschte. Es würde mir nur etwas abverlangen, dass ich nicht geben konnte.

»Ich wünsche mir von dir, dass du täglich mit mir und Irma spazieren gehst. Ein einstündiger Marsch zum Sonnenaufgang, jeden Morgen. Du kannst ja ohnehin nicht schlafen. Wenn wir früh losgehen, kannst du danach sofort zur Arbeit. Es wird dir keine Zeit verloren gehen.«

»Du willst, dass ich jeden Morgen marschiere? Wohin?«

»Es ist egal, wohin.«

»Mit dir und Irma?«

»Wir wechseln uns ab.«

»Wer hat dir das zugeflüstert? Der Pfarrer? Ich bin nicht mehr dein kleines Kind. Ich will nicht spazieren gehen!«

Und doch marschierten wir los. »Kommst du?«, fragte Irma, als sie am Ostersonntag in der Tür stand. Es war weniger eine Frage als eine Aufforderung. Wir gingen strammen Schrittes durchs Viertel, ohne ein Wort zu sprechen. Nur dieses eine Mal, sagte ich mir. Aber am nächsten Tag stand sie wieder in der Tür, erneut gingen wir eine Runde. Am Tag darauf klopfte beim ersten Tageslicht Mutter an meine Zimmertür. Tags darauf dasselbe. Am Freitag stand wieder Irma vor dem Haus. Sie ließen keine Ausrede gelten.

Wir wechselten täglich die Strecke. Mal starteten wir nach links, mal nach rechts, mal gingen wir schnurstracks zum Bahnhof oder nach Norden zum Hauptfriedhof, mal liefen wir durch die Gassen. Wir redeten nicht. Wir hatten auch nicht die Luft dazu. Wir rannten fast, und ich war erstaunt, wie flink die beiden Damen auf den Beinen waren.

So ging es über Wochen. Bald wurde es morgens wärmer. Der Geruch des Frühlings strömte in die Straßen. Ich fühlte die Strahlen der Sonne auf der Haut. Ende April brauchten wir keine Mäntel mehr, zogen nur noch Strickjacken über. Einen Monat später ließen wir auch diese daheim. Dann begannen die Reisen. Aber die Märsche blieben. Wo auch immer wir waren, klopfte Irma an die Tür meines Gasthauszimmers und rief im Befehlston eines Soldaten: »Kommst du?!« Ich schälte mich aus der Decke, und wir gingen los.

Mit der Zeit musste ich mir eingestehen, dass die Märsche mir Kraft gaben. Ebenso wie meine Absprünge halfen sie mir, mich zu spüren. Die feuchte Morgenluft, das Erwachen des Tages, die Kühle, die ersten Sonnenstrahlen, der leichte Schmerz in den Muskeln und der Atem, der schwerer wurde, wenn ich bergan ging – all das weckte eine Lebendigkeit in mir, die ich verloren geglaubt hatte.

Im Sommer stellten sich die ersten Gespräche ein, zunächst mit Irma. Wir sprachen unseren Tag durch, welche Aufgaben anstanden, wer welche Handgriffe zu tun hatte. Mit der Zeit veränderten sich unsere Unterhaltungen. Unsere Gespräche gingen weg vom Tagesgeschäft. Wir schmiedeten Pläne und überlegten, welche Städte für Auftritte interessant sein könnten – und auch, wo wir Kontakte zu anderen Luftfahrern knüpfen konnten. Ein freundschaftliches Verhältnis zu anderen Ballonfahrern half mir bei der Weiterentwicklung meiner aeronautischen Fähigkeiten. Jüngst hatte ich Josef Arthur Berson getroffen, der seit seinem Aufstieg auf mehr als 9000 Meter »der höchste Mensch« genannt wurde. Ich verfolgte sein Wirken mit Interesse. Im Gegensatz zu mir unternahm er wissenschaftliche Luftfahrten, maß Temperatur und Luftdruck und wollte mehr darüber erfahren, wie das Wetter entstand.

Die Gespräche mit Mutter waren schleppender als die mit Irma. Wir standen uns zu nah, als dass wir nur über die Arbeit plaudern konnten. Immerzu lief in unseren Unterhaltungen die Gefahr mit, dass Mutter eine Grenze überschritt – eine Grenze, die sich täglich verschob. Oft wusste ich selbst nicht, wo sie war, bis Mutter sie mit einer Bemerkung, einer Erinnerung, manchmal nur einem Wort niederriss. Dennoch gewannen unsere Spaziergänge mit dem aufkommenden Sommer an Leichtigkeit, allein, weil mehr Menschen in den Straßen unterwegs waren, die uns Gesprächsstoff boten.

»Ich bin froh, dass du wieder mehr am Leben teilnimmst«, sagte Mutter eines Morgens, nachdem wir bereits einige Kilometer zurückgelegt hatten. Auch ihr Befinden hatte sich sichtlich gebessert. Ihre Haut war rosiger, ihr Gesicht fülliger, die Falten gruben sich weniger tief in ihre Mundwinkel.

»Auch dir tun unsere Märsche gut«, erwiderte ich.

»Ich habe ebenfalls zwei Menschen verloren.«

Sie hatte recht. In meinem Schmerz hatte ich bislang übersehen, dass ich nicht die Einzige war, die trauerte. Ich hatte meinen Mann und meinen Sohn verloren, meine Mutter ihren Schwiegersohn und ihren Enkel. Ihre Bindung mochte nicht so eng gewesen sein wie meine. Aber jeder Schmerz ist einzigartig, und wer war ich, darüber zu urteilen, wie groß ihre Trauer war?

»Es tut mir leid«, sagte ich. »Ich danke dir dafür, dass ich wieder atmen kann.«

»Das braucht es nicht«, antwortete sie.

Wir gingen in Richtung Friedhof. Seit Willys Tod hatte

ich sein Grab nur selten besucht. Es war nicht der Ort, an dem ich ihm nah war.

»Ich werde nie wieder so lieben können«, sagte ich.

»Warte ab, was das Leben dir schenkt«, entgegnete Mutter. »Dein Herz ist größer, als du denkst. Der Mensch ist geboren, um zu lieben.«

»Noch einen Verlust überstehe ich nicht.«

Wir bogen ab, bevor wir den Friedhof erreichten, und machten uns auf den Rückweg. Die Sonne stand bereits deutlich über dem Horizont.

»Jede Liebe erfordert Mut«, sagte Mutter. »Du bist eine mutige Frau, Kätchen.«

»Nur, wenn es darum geht, vom Himmel zu fallen.«

Wir gingen eine Weile schweigend nebeneinander her. Dann sagte ich: »Was auch immer mir in der Liebe geschieht: Ich möchte keine Kinder mehr. Nie wieder.«

Der Sommer war schon fortgeschritten, als das Leben mir eine Entscheidung abrang. Es war in Scheveningen, dass ich mich mit den Widrigkeiten des Meeres konfrontiert sah und, zu meiner eigenen Überraschung, gleichzeitig meiner Angst zu sterben. Diese Angst trug mich ins Leben zurück.

Wir befanden uns auf einer Reise durch die Niederlande. Schon zuvor in Amsterdam war mir ein Missgeschick unterlaufen. Ich war unsanft auf einem Kohlenplatz gelandet, irgendwo in der Altstadt. Ich entstieg ihm, das Gesicht schwarz vor Staub, die Kleidung verdreckt, der Schirm zerrissen. Die Menschen lachten und applaudierten. »Een vliegende mijnwerker!«, riefen sie, eine fliegende Bergarbeiterin. Männer trugen mich auf ihren Schultern zu einem Brunnen, wo ich mir Gesicht und Hände wusch, während Kinder um mich herumliefen und mir an den Kleidern zogen.

Obwohl die morgendlichen Märsche mich wacher gemacht hatten an Herz und Seele, obwohl ich die Belebung meines Körpers und meines Geistes spürte und bisweilen sogar eine deutliche, auf den Moment gerichtete Freude, fühlte ich mich noch immer leer. Zu Hermanns Zeiten hätten wir uns prächtig über mein Ungeschick amüsiert. In einem Haufen Kohle landen und schwarz wie ein Mohr herauszusteigen, welch famoses Malheur!

Irma, Felix und Hinrich wagten es jedoch nicht, seine Lücke zu füllen und die Melancholie, die ich wie eine Monstranz vor mir hertrug, mit ihrer Fröhlichkeit zu durchkreuzen. Felix unterdrückte bei meinem pechschwarzen Anblick kurz ein Lachen. Dann legte er wortlos den Schirm zusammen. Irma nahm meine Kleidung und wusch sie noch am Abend in einem Zuber des Hotels. Unser Verhältnis war entspannter als zum Ende des Winters. Unsere Spaziergänge hatten Stücke des Eises, das sich zwischen uns aufgetürmt hatte, geschmolzen. Trotzdem war die Oberfläche der Unbekümmertheit dünn, das Meer des Schmerzes und der Trauer tief. Wir umschlichen einander wie verletzte Tiere: Auf der Suche nach Wärme kamen wir uns näher, berührten dabei unversehens Wunden, zuckten zurück und brauchten Tage, um wieder aufeinander zuzugehen.

Ich fühlte mich also äußerst dünnhäutig, als ich nach Scheveningen reiste. Ich war dort als Sommerunterhaltung gebucht. Das Seebad erfreute sich seit dem Neubau des Kurhauses großer Beliebtheit. Der Strand war voll von Badekarren, und direkt an der Küste waren zahlreiche Herbergen entstanden: kleine Pensionen von pittoresker Schönheit ebenso wie imposante Hotels, an deren Eingängen livrierte Herren die Gäste empfingen. Das exklusive Publikum konnte von seinen Zimmerfenstern aus beobachten, wie ich startete, während das gemeine Volk auf dem Sandstrand und der Promenade stand, auf der Buden mit Bonbons und Spielen den Weg säumten.

Ich startete vor dem Kurhaus. Der Himmel war strahlend blau. Eine Brise wehte. Sie sollte mich ins Landesinnere in Richtung Delft und Rotterdam treiben, wo ich niedergehen und Hinrich mich einsammeln würde. Der Wetterkundler hatte mehrfach versichert, dass keine Gefahr bestand, aufs Meer hinausgetrieben zu werden: »Osten, Norden oder Süden – egal, wohin Sie getrieben werden, Sie werden auf jeden Fall irgendwo im schönen Holland landen!« Von Westen hatte er nicht gesprochen.

Kaum hatten Felix und Hinrich die Leinen gekappt, drehte der Wind, und die Weite der See öffnete sich unter mir. Kurhaus und Promenade wurden kleiner. Schaumkronen tanzten auf den Wellen.

Zum ersten Mal seit langer Zeit fühlte ich mich nicht wie betäubt. Stattdessen wurde ich wütend. Welch grandioser Amateur dieser Wetterkundler doch war! Dann brach mir der Schweiß aus. Mein Herz klopfte wild. Für einige Momente war ich außer Stande, etwas Hilfreiches zu denken, geschweige denn zu handeln. Es war ein bedrohliches und zugleich ein lebendiges Gefühl, etwas, das mir abhandengekommen war. Es war Angst.

Bald sah ich den Strand nur noch als fernen Streifen. Die Häuser waren nicht mehr als diffuse Flecken. Ich blickte hinunter aufs Wasser, das sich in wirren Wellen unter mir kräuselte. War es nicht das, was ich mir in den vergangenen Jahren immer wieder gewünscht hatte? Dass mir das Schicksal die Entscheidung abnahm und mich von der Last zu leben erlöste? Wie befreiend hatte sich die Vorstellung angefühlt, bei einer Luftfahrt zu sterben! Wie oft hatte ich es mir erträumt hinabzufallen, fortzutreiben, nicht mehr zurückzukehren in diese Leere, die mein Leben war. Aber jetzt, wo es so weit war, wo ich hoffnungsvoll und ruhigen Atems in den Tod gehen konnte, klammerte ich mich an den Korbrand und wollte nichts anderes als überleben.

Wirf Ballast ab, sagte ich mir. Je höher ich stieg, desto größer waren die Chancen, in Luftströmungen zu gelangen, die mich zurück aufs Festland bringen würden. Ich entledigte mich eines Sandsacks. Tief unter mir spritzte Wasser auf. Ich stieg. Doch an meiner Fahrtrichtung änderte das nichts. Ich warf einen weiteren Sack ab, dann noch einen. Das Meer unter mir war nun eine aufgewühlte Fläche, der Strand kaum mehr zu sehen.

Wirre Gedanken gingen mir durch den Kopf. Wie weit war es nach England? Wenn ich starb, galt ich dann als Heldin oder als leichtsinniger Dummkopf? Wer kümmerte sich um Mutter? Ob die Menschen es sahen, wenn ich absprang? Würden sie ein Rettungsboot schicken?

Schweiß rann mir den Rücken hinab. Meine Kehle war trocken. Ich sah Fischschwärme im Wasser. Hunderte, Tausende Leiber bewegten sich wie einer. Welch schönes Leben sie hatten! Es war friedlich hier oben, vollkommen still. Die Luft war ruhig und roch salzig. Weder das Meer noch Vögel waren zu hören. Ich fühlte die Sonne auf der Haut, ein Prickeln und Kribbeln kroch meine Arme hinauf. Mit der Zunge fuhr ich mir über die Lippen und schmeckte das Meer. Ich wollte nicht ins Wasser fallen. Ich wollte nicht aufgenommen werden von dem Grab, das unter mir wogte. Ich atmete tief ein, schloss die Augen und konzentrierte mich auf meinen Atem. Ruhe bewahren, sagte ich mir. Das Wichtigste war, vorbereitet zu sein. Ich öffnete die Augen wieder und beugte mich hinab zum Korbboden. Dort lagerte, was ich für einen Notfall benötigte: Seile und ein Taschenmesser, Flaschen mit Trinkwasser, ein Satz frischer Kleidung, ein Fallschirm, sorgsam gefaltet. Und etwas Dunkles. Ich hob es an. Jemand hatte mir eine Rettungsweste in den Korb gelegt. Felix! Er dachte einfach an alles.

Der Ballon sank. Das Land war nun nicht mehr zu sehen. Das Wasser hingegen immer besser. Die Wellen schaukelten sich gegeneinander auf. Warum wirkten sie hier, auf offener See, so chaotisch, obwohl sie in Reih und Glied auf den Strand trafen? Wo war die Stelle, an der sie sich formierten und an Land marschierten? Welche unsichtbare Hand ordnete sie?

Ich legte die Rettungsweste an. Die Pakete aus Kork wölbten sich über meiner Brust. Ich warf die letzten Sandsäcke ab, die Kleidung, die Seile, den Fallschirm, das Wasser, nicht ohne noch einige lange Schlucke davon zu trinken. Mein Herz schlug mir bis in die Kehle. Mein Entschluss stand fest. Ich wollte zurück zu meiner Mutter, sie in die Arme schließen, ihr danken für ihre Liebe und ihre Mühen. Ich wollte das hier überstehen und weiter reisen, weiter durch die Luft fahren. Ich wollte zu Irma und ihr sagen, dass sie eine wunderbare Gefährtin war, anständig, fleißig und herzenswarm. Ich musste weiter aufsteigen. Für Hermann. Für unser Lattemännchen. Nie hätte Hermann sich aufgegeben. Er war so begierig gewesen nach Abenteuern, so begeistert von der Welt. Er hätte nicht geduldet, dass ich an meiner Trauer vergehe.

Ein tiefes Tuten tönte. Ich sah nach unten und erblickte ein Schiff, in der Ferne noch, aber doch so nah, dass ich das Segel erkannte, den Rumpf und die Menschen an Deck. Sie winkten mir zu. Mit einem Klatschen fiel mein Korb ins Wasser und kippte. Die Kälte raubte mir den Atem. Ich klammerte mich am Korb fest. Die Weste hielt mich über

Wasser. Wellen schwappten mir eisig und salzig ins Gesicht. Durchhalten, sagte ich mir. Gleich sind sie hier.

Ich strampelte mit den Beinen. Die Gischt machte es unmöglich, die Augen länger als für ein Blinzeln zu öffnen. Ich versuchte, mich auf meinen Atem zu konzentrieren, und begann zu zählen: ein Atemzug. Zwei. Drei. Eine Welle. Ich hustete. Vier. Fünf. Sechs. Sieben. Wieder eine Welle. Ich rang nach Luft. Acht. Neun. Bei dreihundertsechs packte mich jemand am Kragen und zog mich in das Beiboot, das sie zu Wasser gelassen hatten.

»Ik heb het«, sagte ein Mann. »Terug naar het strand.«

Ich schloss die Augen und fühlte Glück.

Es war einige Zeit nach diesem Ereignis, dass Irma mir einen Packen Briefe auf meinen Schreibtisch legte, obenauf eine bekannte Schrift. Nach der Bruchlandung in Scheveningen hatte ich Hermanns Büro bezogen. Ich rückte den Schreibtisch von der Raummitte ans Fenster und stellte einige Regale um. Hermann hatte zum Sammeln geneigt. Ich packte alles, was wir nicht benötigten, in Kisten und bat Felix und Hinrich, sie im Lager zu verstauen. Nur Hermanns Talisman, eine Sammlung verschiedener Schnur- und Stoffmuster und einige Zeichnungen, die mich an gemeinsame Pläne erinnerten, legte ich in die unterste Schublade des Schreibtischs. Auch seine Tasse und seinen Federhalter behielt ich in Verwendung. Mit Letzterem unterschrieb ich Verträge und unterzeichnete meine Briefe.

Auf der frei gewordenen Fläche richtete ich Fächer ein: eins für ausgehende Korrespondenz, zwei für zu bearbeitende Post, geordnet nach Dringlichkeit. Ich lehnte mich in meinem Stuhl zurück und nahm den obersten Umschlag. Die Schrift war forsch und doch geschwungen. Der Absender: »Mrs Frieda Krauss, Municipal Borough of Wimbledon, Surrey County, United Kingdom«.

Frieda. Ich nahm den Brieföffner, schlitzte den Umschlag auf und faltete die Seiten auseinander.

Liebe Käte, geschätzte Freundin,
darf ich dich so nennen? Oder hat das Leben uns entzweit? Ich wende mich an Dich als alte Frankfurter Freundin und als Bewohnerin einer der aufstrebendsten Städte Englands.

Frieda Krauss, Gattin des Franz Krauss, Eisenwarenhändler aus Bockenheim. Ihr tüchtiges Wesen und ihre freundliche Art hatten sie also bis ins Vereinte Königreich geführt. Wann waren wir uns zuletzt begegnet? Es musste acht, eher noch zehn Jahre her sein – etwas vor der Zeit, in der ich Hermann kennenlernte. Sie war mir während des Heranwachsens eine innige Freundin gewesen. Als wir Frauen wurden, hatte sich unsere Verbindung jedoch gelöst. Frieda hatte früh geheiratet, mit neunzehn, vielleicht zwanzig Jahren. Sie war sogleich schwanger geworden und hatte ihren ersten Sohn geboren.

Als wir uns das letzte Mal begegneten, warst Du in der Lehre als Damenschneiderin. Ich war bereits eine Kaufmannsgattin. Es mag den Eindruck vermittelt haben, dass ich in dieser Rolle aufging und kein Interesse mehr an unserer Freundschaft hatte. Tatsächlich bewunderte ich Dich schon damals – Dich und Deinen Willen zur Selbstbestimmtheit. Doch es entsprach nicht den Erwartungen meines Elternhauses, einen Weg wie den Deinen zu gehen, und ich hatte nicht die Courage, mich aufzulehnen.

Wo haben wir uns eigentlich kennengelernt? War es der Schulweg, den wir uns teilten, oder die Geburtstagsfeier meiner Cousine Helma, mit der Du anfangs gemeinsam in die Lehre gingst, bevor sie schwanger wurde? (Sie ist vor einem Jahr an einer Lungenentzündung gestorben, kurz nach der Geburt ihres dritten Kindes, Gott hab sie selig.)

Noch bevor Du Deinem geliebten Herrn Lattemann begegnetest, verloren wir uns aus den Augen. Waren es unsere unterschiedlichen Lebenswege oder hat uns eine Meinungsverschiedenheit auseinandergebracht? Ich hoffe, Ersteres, entsinne mich aber nicht mehr genau. Manchmal sind es gerade die unausgesprochenen Differenzen, die Freundschaften einschlafen lassen.

Was dazu führte, dass wir uns aus den Augen verloren, ist einfach: Frieda beschäftigte sich in den jungen Jahren ihrer Ehe ausschließlich mit dem Familiären, während ich unverheiratet blieb. Die Gemeinsamkeiten kamen uns abhanden.

Ich war seither sechsmal guter Hoffnung und habe nun vier Kinder, Du entdecktest die Luftfahrt und entschiedst Dich für ein aufregendes Leben, das ich mit Interesse und Bewunderung verfolge.

Vor sieben Jahren verschlug es Franz und mich ins Königreich. Franz' Arbeit hier befasst sich mit dem Eisenbahnbau; dahingehend ist viel zu tun. Wimbledon ist ein wichtiges Verkehrszentrum auf der Insel und ein lohnenswertes Zuhause für jemanden, der wie er im Dienste der Metropolitan District Railway steht. Überdies, und jetzt komme ich zu meinem Anliegen, wird hier seit gut zwei Jahrzehnten ein Turnier ausgetragen – Rasentennis, vielleicht hast Du schon einmal davon gehört. Bereits seit dem Jahr 1884 sind auch Damen zugelassen – was mich zu meinem Anliegen bringt.

Franz und ich stehen in engem Kontakt mit dem All England Lawn Tennis Club, der das Turnier ausrichtet. Auf einem der jüngsten Anlässe kamen die Herrschaften auf Dich zu sprechen. Franz fühlte sich genötigt zu erwähnen, dass ich mit Dir persönlich bekannt sei – auch wenn das nicht mehr wirklich stimmt. (Franz neigt zur Angeberei, wenn er dem Alkohol zuspricht.) Die Vorsitzenden baten ihn, Kontakt mit Dir herzustellen – zwecks eines Auftritts beim nächstjährigen Turnier.

Ich halte dies für eine hervorragende Idee. Du repräsentierst wie keine andere Frau die Kraft, Intelligenz und Unabhängigkeit unseres Geschlechts. Es stünde der Veranstaltung gut zu Gesicht, Dich zu begrüßen. Mit einem Auftritt in Wimbledon würdest Du allen englischen Frauen Mut zusprechen, sich von der Fessel der Erwartungen zu befreien und nach Höherem zu streben. Überdies böte es eine gute Gelegenheit, dass wir uns wiedersehen. Ich habe mich in den vergangenen Jahren sehr in meinen Einstellungen verändert. Hier gibt es eine starke Frauenbewegung, sie nennt sich »Society for Women's Suffrage«, die sich für ein Frauenwahlrecht einsetzt. Seit ich mit einigen dieser Damen bekannt bin, sehe ich die Welt anders.

Lass Dir sagen: Heute bin ich eine andere als damals. Gern würde ich von Deiner Kühnheit lernen.

Es wäre mir eine große Freude, Dich wiederzusehen.

In hoffnungsvoller Erwartung einer Antwort
Deine alte Freundin
Frieda

Ein Aufstieg in Wimbledon, zur Unterhaltung von Englands illustrer Gesellschaft. Ein Wiedersehen mit Frieda. Ich ließ den Brief sinken.

Mit Wärme dachte ich an unsere gemeinsame Vergangenheit zurück, an die Zeit, als wir Kleider getauscht und unsere Träume geteilt hatten. Wie es wohl sein würde, Frieda zu treffen? Sie schrieb, sie sei nun eine andere. Aber wie anders, ähnelte sie nun mehr mir als einer braven Hausfrau? Falls ja – was für eine Frau war ich inzwischen? Noch immer war ich voller Schmerz. Der Verlust Hermanns, der Verlust meines Kindes hatten in meinem Herzen gewütet wie ein Krieg. Noch immer fand ich bei jedem Spaziergang, der mich unversehens tiefer als geplant in mein Inneres führte, den Atem der Toten, spürte ihre Abwesenheit, ihren Verlust, ihr Nichtsein. Aber ich fühlte wieder Freude an meinem Tun, ich zog Energie aus meinen Aufstiegen, aus der Arbeit mit Felix und Hinrich, aus jeder Naht, jedem Handgriff, jeder Änderung, die unsere Technik besser machte. Ich arbeitete. Ich lebte. Ich begegnete und begeisterte Menschen.

Mit dem Aufstieg in Scheveningen war ich Teil einer internationalen Gemeinschaft von Luftfahrern geworden. Meine spektakuläre Rettung hatte mir mehr Aufmerksamkeit verschafft als alle Aufstiege zuvor. Ich stand seither in Korrespondenz mit Ballonfahrern aus den Niederlanden, Großbritannien und Frankreich. Ich las die Berichte der Konstrukteure und Pioniere. Ich studierte Abbildungen von Fluggeräten, die Vögeln und Fledermäusen ähnelten. Ich erfuhr von einen Otto Lilienthal aus Berlin und seinem Rundlaufapparat, in dem er Erfindungen erprobte. Ich hörte von dem Bayern Gustav Weißkopf, der in die Vereinigten Staaten immigriert war und dort mit Hilfe von Motoren in die Luft gehen wollte, wie sie in den neuartigen Automobilen zu finden waren. Welchen Weg würde die Luftfahrt nehmen, wenn Männer es nun wagten, in waghalsigen Apparaturen zu fliegen? 1900, in zwei Jahren, sollte in Paris die große Weltausstellung stattfinden. Man sagte, sie werde um ein Vielfaches umfangreicher sein als die erste Pariser Weltausstellung des Jahres 1855. Schon jetzt bauten die Franzosen Tunnel für Züge, die unter der Erde fahren sollten. In Großbritannien, dem Land, in das Frieda und ihr Ehemann ausgewandert waren, gab es das bereits: die *Underground* fuhr in die Vororte Londons. Wenn der modernen Technik nun auch eine gesellschaftliche Entwicklung folgte – Frauen bei einem Turnier vor Publikum, gleichberechtigt mit den Männern –, konnte das meinen Geschäften nur zugutekommen.

Irma erschien im Türrahmen, verschränkte die Arme unter ihrem Busen und lehnte sich gegen das Holz.

»Der Brief aus dem Königreich?«, fragte sie und deutete mit dem Kinn auf meinen Schoß.

»Eine Freundin aus Jugendtagen. Sie fragt nach einem Aufstieg im englischen Wimbledon, bei einer Veranstaltung für Rasentennis«, antwortete ich.

»Was soll das sein, Rasentennis?«

»Die Leute schlagen Bälle über ein Netz, während andere ihnen dabei zusehen.«

»Mit welchem Ziel?«

»Wir müssen nicht alles verstehen, Irma.«

»Dieses Jahr wird es eng mit den Terminen im Ausland. Wir sind fast ausgebucht«, wand Irma ein.

»Sie fragen für das kommende Jahr. Im Übrigen treten auch Damen in dieser Sportart an.«

»Dann wird es nicht allzu wüst zugehen.«

»Die Engländer sind nicht bekannt dafür, grob zu werden«, sagte ich. »Es sei denn, sie führen Krieg.«

»Wahrscheinlich trinken sie Tee, während sie auf diese Bälle schlagen.« Irma stieß sich vom Türrahmen ab und setzte sich mir gegenüber. »Was ist das für eine Freundin, die dir da schreibt? Du hast nie von ihr erzählt.«

»Wir haben uns aus den Augen verloren.«

»Die Frauen in England sind sehr aktiv, was ihre Rechte angeht.«

Ich sah sie skeptisch an. »Von Rasentennis weißt du nichts, aber mit englischen Suffragetten kennst du dich aus?«

»Die Frauen, mit denen ich mich jeden Freitag nach der Arbeit treffe, helfen anderen Frauen. Ich finde, dass es die Pflicht einer jeden von uns ist, sich für die Chancen und Rechte anderer Frauen einzusetzen. Wenn wir darauf warten, dass die Männer etwas für uns tun, werden wir es niemals zu Macht und Ansehen in der Gesellschaft bringen.«

»Hört, hört«, sagte ich. »Unsere Irma ist eine Frauenbündlerin.«

»Nein. Aber was ich tun kann, das tue ich. Wir helfen Frauen, die ungeplant ein Kind erwarten.«

»Wie das? Gebt ihr ihnen Kleidung, ein Bettchen, Ratschläge?«

»Wir helfen ihnen, das Kind nicht zu bekommen«, sagte Irma. »Und wir erzählen ihnen, wie sie solch ein Malheur zukünftig verhindern. Das Wissen darüber ist immer noch nicht weit verbreitet.«

Ich legte Friedas Brief auf den Tisch und beugte mich vor. Wir gingen schon lange nicht mehr gemeinsam spazieren. Die morgendlichen Märsche hatten ihren Zweck erfüllt. Seit Monaten hatten wir außerdem so viel zu tun, dass es kaum mehr zu persönlichen Gesprächen kam – Gespräche der Art, die erst entstehen, wenn man lange beisammensitzt und ins Reden kommt.

»Würdest du mich nach England begleiten?«, fragte ich Irma. »Meine Freundin Frieda schreibt, sie sei in Sachen Frauenrechte engagiert. Ihr hättet sicherlich Gesprächsstoff.«

»Es wäre mir eine Ehre.«

REINICKENDORF

Ich kann mich kaum mehr wach halten.« Hans Dorows Wangen sind gerötet, seine Augen nur noch schmale Schlitze. »Können wir eine Pause machen, bevor Ihre Geschichte uns ins Vereinigte Königreich bringt?«

Der Wecker auf meinem Nachtschrank zeigt zwei Uhr dreißig. Es ist still im Haus.

»Wir können gern morgen weitermachen«, sage ich.

Der Pfarrer erhebt sich, stemmt die Hände ins Kreuz und lässt die Hüften kreisen.

»Dafür müsste mal etwas erfunden werden«, sagt er.

»Leibesübungen jeder Art stärken die Muskulatur und sorgen für eine gute Haltung.«

»Sie scheuen vor keiner Wahrheit zurück.«

»Probieren Sie es. Stramme Spaziergänge bringen Kraft für Leib und Seele. Ich habe außerdem lange Zeit Knie- und Rumpfbeugen gemacht. Damit bilden Sie Willen und Durchhaltevermögen aus.«

»Ich bin eher dem Geistigen zugetan«, entgegnet Dorow und klingt dabei recht kläglich.

»Sie sollten nach Hause gehen und schlafen«, sage ich, und zu Hanna gewandt: »Sie auch. Ich fürchte, ich habe Sie beide zu sehr beansprucht heute. Und mir selbst geht nun auch die Kraft aus.«

Auch Hanna wirkt schlaftrunken. »Ich komme morgen wieder«, murmelt sie.

»Kommen Sie gegen Mittag«, sage ich. »Dann bin ich hergerichtet.«

Am nächsten Tag bin ich matt und fiebrig. Meine Körpermitte schmerzt in einem tiefen, bohrenden Stakkato, während ich hüftabwärts kaum etwas spüre. Es ist zum Mäusemelken. Fühle ich mich an einem Tag gut, geht es mir am nächsten umso schlechter. Es ist, als spotte meine eigene Hoffnung über mich. Ich habe inzwischen eingesehen, dass ich von dieser Welt nichts mehr zu erwarten habe. Aber ich erwarte vom Tod, dass er mich erst holen kommt, wenn ich mein Leben ordentlich zu Ende gebracht habe.

Im Übrigen ist es erstaunlich, wie stark ich noch an dem hänge, was von mir geblieben ist – und wie sehr ich betrauere, was ich nicht mehr erreichen kann. Man sagt, der Tod sei nur für diejenigen schlimm, die zurückbleiben. Ich bin mir nicht sicher, ob das zutrifft. Denn die, die bleiben, müssen nur Abschied von einem einzigen Menschen nehmen. Ich aber muss Abschied von der ganzen Welt nehmen. Ich muss das Leben loslassen in all seiner Fülle, den Duft des Sommers und den Geruch des Herbstes, das Knacken des Winters und das Erwachen des Frühlings, das Rauschen der Blätter im Wind, das Gefühl von Wasser auf der Haut, den Geruch eines Gewitterregens, den Geschmack von Erdbeeren und das Gefühl eines Kusses auf den Lippen. Ich muss all meine Sehnsüchte und Hoffnungen zurücklassen, meine Wünsche und meine Erinnerungen. Ich verliere alles und werde Abschied nehmen vom Sein in seinem ganzen Wesen.

Während diejenigen, die zurückbleiben, noch eine Zukunft haben, werde ich zu nichts. Keine Freude und kein Lachen mehr, keine Leichtigkeit und keine Neugier, keine Liebe und kein Geliebtwerden. Ich trauere um alles, was ich nicht mehr sein werde, und um jedes Gefühl, das ich nicht mehr spüren kann. Gleichzeitig denke ich an die

Möglichkeiten, an die Wege, die ich nicht gegangen bin, die Lieben, für die ich keinen Mut hatte, die Zuneigung, die ich nie wieder teilen darf. Ich trauere um Hermann und um Willy, immer noch, es wird nie enden. Ich trauere um alle Kinder, die ich nicht bekommen habe, die gezeugten und die nicht gezeugten. Je näher ich meinem Ende komme, desto offensichtlicher wird alles, was ich hätte tun sollen, was ich hätte sein können. Wenn ich aus dieser Welt gehe, lasse ich alles zurück, was ich gewesen bin und was ich hätte werden können.

Das Unabwendbare zerreißt mich und macht mich stumm zugleich. Wem soll ich erklären, was ich fühle? Wer bleibt, wird es nicht verstehen. Ich habe niemanden. Wenn ich gehe, wird mich niemand vermissen. Ich gehe allein.

Ich erwache. Im Zimmer flackert eine Kerze. Neben meinem Bett steht ein Sessel. Eine Gestalt sitzt darin und liest in einem Buch.

»Sie sind wach.« Es ist die Stimme Hans Dorows.

»Wie lange …«, ich räuspere mich. »Wie lange sitzen Sie da schon?«

»Oh, eine ganze Weile. Aber machen Sie sich keine Gedanken. Ich las in der Bibel. Sie ist in jeder Situation eine erbauliche Lektüre.«

Ich versuche, mich aufzurichten. Dorow hilft mir, schüttelt mein Kissen auf und lehnt mich dagegen.

»Ist es noch Abend oder schon Morgen?«, frage ich.

»Weder noch. Es ist kurz nach Mitternacht.«

So muss es sein, wenn es irgendwann zu Ende geht. Dann gibt es nicht einmal mehr die Zeit. Dann gibt es nur noch nichts.

»Könnten Sie mir ein Glas Wasser bringen?«, frage ich den Pfarrer. »Mein Mund ist so trocken.«

»Sie haben auch herzhaft geschnarcht«, sagt er, ein Lächeln auf den Lippen.

Ich erröte. Dorow reicht mir das Wasser.

»Wo ist Hanna?«, frage ich.

»Sie lässt sich entschuldigen«, antwortet er. »Die Luftflotte benötigt ihre Unterstützung. Sie will Sie morgen wieder aufsuchen.«

Das Wasser rinnt mir die Kehle hinunter. Es tut gut. Doch sogleich krampft mein Magen. Ich unterdrücke ein Stöhnen.

»Fühlen Sie sich ausgeruht genug, mit Ihrer Geschichte fortzufahren?«, fragt der Pfarrer. »Ich würde gern über die Reise zu Ihrer Freundin hören –«

Ich stelle das Glas auf dem Nachtschrank ab. »Sie hat mich endgültig zurück ins Leben geholt«, sage ich.

»Die Reise oder Ihre Freundin?«

»Die eine wie die andere.«

MISS POLLY

Ich schrieb Frieda, dass es mir eine Freude sei, sie wiederzusehen und in Wimbledon in die Luft zu gehen. Sie vermittelte den Kontakt zu den Vereinsvorstehern. Die Bezahlung war fürstlich, die *Great Western Railway* und die *South Western Railway* erboten sich zudem, mein Material zu transportieren. Franz Krauss höchstselbst empfing mich, Irma und die Männer am Hafen von Dover und begleitete uns nach Wimbledon, wo Frieda uns auf dem Bahnsteig erwartete. Quietschend fuhren die Waggons ein, und als sie in mein Blickfeld kam, erkannte ich sie sofort. Ihre Erscheinung hatte sich kaum verändert, nur ihr Gesicht war reifer geworden, ihre Züge ernster, ihre Figur war fraulicher. Doch ihre Anmutung, die Art, wie sie dastand, wie sie ihre Hände vor den Körper hielt, wie sie suchend umherschaute – das war ganz Frieda. Franz half mir aus dem Zug, und als ich sie umarmte, fühlte ich verstohlen, dass ihr hellblaues Tournürenkleid aus reiner Seide war.

»Herzlich willkommen in Wimbledon, liebe Käte«, sagte sie. Ihre Augen strahlten sowohl Freundlichkeit als auch Willensstärke aus – eine Mischung, die mich neugierig machte. »Hattest du eine gute Anreise?«

»Irma schlug der Weg über den Kanal auf den Magen. Aber uns anderen ging es gut.« Ich stellte ihr Felix, Hinrich und Irma vor, die noch immer etwas grün um die Nase war. Kutschfahrten konnte sie verkraften, aber sobald sich ein Gefährt schneller bewegte als ein Pferd, war ihr Wohlbefinden dahin. Auf Schiffsreisen litt sie unsäglich, und selbst in der Eisenbahn war ihr mulmig.

»Dann lasst uns euer Gepäck verladen und nach Hause fahren. Dort könnt ihr euch frisch machen und wieder zu Kräften kommen.«

Sie wies zwei Bedienstete an, unsere Koffer zu nehmen und sich um unser Material zu kümmern. Die Männer verschwanden daraufhin im Trubel und verluden unsere Ballons, Körbe und Trapeze. Franz würde sie in seinen Stallungen lagern.

Frieda, Irma und ich bestiegen eine Droschke.

»Sie sind also die Dame, die Käte schon so lange begleitet«, sagte Frieda zu Irma, als der Kutscher die Pferde antrieb.

»Seit zehn Jahren nun schon«, antwortete sie und setzte sich aufrechter.

»Irma ist mir wie eine zweite Mutter.« Es kam mir einfach so über die Lippen.

Irma blickte mich an. Ein zarter Tränenschleier legte sich über ihre Augen.

»Ich möchte gleich alles von euch hören«, sagte Frieda. »Wie es dir in den vergangenen Jahren ergangen ist, wie ihr lebt, welche Pläne du hast.«

Wir fuhren eine baumbestandene Straße hinauf. Sie war von Häusern gesäumt, stieg leicht an und führte in ein belebtes Viertel aus rot-gelben Backsteinhäusern, in deren Untergeschoss sich Läden, Imbisse und Werkstätten befanden. Auf der Straße drängten sich die Menschen. Kinder spielten Ball oder jagten sich um Häuserecken. Der Kutscher musste achtgeben, dass niemand den Pferden unter die Hufe lief. Immer wieder rief er den Passanten laut etwas zu. Auch einige Motorwagen begegneten uns. Ich kannte die Gefährte aus Frankfurt, wo sie inzwischen ebenfalls unterwegs waren. Sie glichen Kutschen, ihr Tuckern war jedoch ungleich lauter als das Wiehern der Pferde.

»Sie sind faszinierend, nicht wahr?«, sagte Frieda und deutete auf einen der Wagen. »Man braucht keine Pferde mehr und keine Ställe. Was das an Kosten und Personal spart! Eine tolle Erfindung.«

»Ich finde die Idee, dass jeder ein solches Fahrzeug haben kann, sehr interessant«, entgegnete ich.

»Wer braucht diese Art der Fortbewegung?«, schaltete Irma sich ins Gespräch ein. »Die Menschen, die in der Stadt wohnen, haben kurze Wege, und die Leute auf dem Land haben ausreichend Platz, um Pferde unterzubringen. Sie müssen die Tiere ohnehin halten, für die Landwirtschaft.«

»Warten Sie es ab, Irma«, entgegnete Frieda. »Die Eisenbahn fährt nur zweimal am Tag, und auch nur dorthin, wo Schienen liegen. Mit einem Motorwagen kann man jederzeit fahren, wohin mal will. Man benötigt keinen Kutscher mehr, keine Tiere und kein Geschick. Man muss nur aufsitzen, und schon geht es los.«

Ich ergänzte: »Du kennst es doch von der Luftfahrt, Irma. Die Technik setzt sich immer durch. Auch Ballons braucht niemand, und trotzdem lebe ich davon.«

»Soweit ich weiß, ist die Anzahl der Frankfurter Ballonbesitzer in den vergangenen Jahren nicht wesentlich gestiegen«, sagte Irma, und an Frieda gewandt: »Die Vorteile, die Sie nennen, gnädige Frau, leuchten mir ein. Aber wer soll sich diese Automobile leisten?«

»Es wird nicht mehr lange dauern, und man wird erschwingliche Modelle kaufen können«, antwortete sie. »Wisst ihr, was mich so sicher macht?« Sie schaute herausfordernd erst zu mir, dann zu Irma. »Die Eisenbahngesellschaften und Fuhrwerksbetreiber. Sie sind so derart dünnhäutig, was das Automobil angeht – schon allein deshalb muss es eine ernsthafte Konkurrenz sein. Stellt euch vor: Hier in England war es bis vor drei Jahren vorgeschrieben, dass jedem Wagen, dem kein Pferd vorgespannt war, ein Mann mit einer Tröte vorangehen musste, um Passanten zu warnen. Außerdem durften die Gefährte nur vier Meilen schnell fahren. Da ist man zu Fuß schneller! Nein, ich bin mir sicher: Eine Erfindung, der die alten Herren so viel Ablehnung entgegenbringen, hat eine große Zukunft.«

Ich spürte eine innige Vertrautheit zu Frieda, so, als hätten wir uns zuletzt vor wenigen Tagen und nicht vor Jahren gesehen. Ich spürte Wärme und die Geborgenheit einer vergangenen Zeit. Ihre Gegenwart machte mich weich und verwundbar.

Wir erreichten ein Wohnviertel mit herrschaftlichen, von Efeu berankten Häusern. Der Kutscher lenkte die Pferde in eine der Zufahrten. Auf knirschendem Kies näherten wir uns einem Treppenaufgang. Ein Mann und eine Frau mit dunkler Hautfarbe traten aus der Tür.

»Bobby und Miranda werden euch eure Zimmer zeigen«, sagte Frieda und rief den beiden etwas auf Englisch zu. »Miranda wird euch auch zügig ein Bad einlassen und Sandwiches bringen. Sobald ihr euch frisch fühlt, kommt ihr zu mir auf die Terrasse. Dann ist es Zeit für einen Tee und einen Imbiss. Aber eilt euch nicht. Wir haben Zeit.«

Mit Bobbys Hilfe entstieg ich der Droschke. Er war wirklich vollkommen schwarz. Das Weiße seiner Augen stach geradezu leuchtend hervor. Ich war fasziniert. Zugleich war er mir unheimlich.

Ich sah die Fassade hinauf. Das Haus des Ehepaars Krauss war schlicht in der Bauweise, aber elegant und ausgewogen in seiner Wirkung: Kleine Erker ragten aus dem Backstein, jeder weiß verkleidet, darüber ein Balkon.

Bobby führte uns die Stufen hinauf zu zwei nebeneinanderliegenden Zimmern, in denen jeweils ein Bett und eine Frisierkommode standen. Außerdem gab es einen Einbauschrank. Die beiden Zimmer teilten sich ein Bad mit einer frei stehenden Wanne, einem Waschbecken und fließendem Wasser. Über einer Stange hingen Handtücher, und auf einer Kommode lagen drei verschiedene Seifen. Es roch angenehm nach Lavendel. Ich fühlte mich staubig und roch meinen Körper. Ja, ein Bad würde mir wohltun.

Während ich aufs Bett sank, mich langsam in die Kissen zurücklehnte und den Duft der frisch gestärkten Wäsche genoss, ließ Miranda Wasser in die Wanne laufen. Welch ein Luxus!

Im Nebenzimmer hörte ich Irmas Schritte dumpf auf dem Teppich. Offenbar ging sie umher. »Es ist sehr schön hier«, rief sie. »Mit solch einem Mädchen bist du zur Schule gegangen?«

»Sie ist wie ich ins Leben gestartet. Sie hat nur zwischendrin eine andere Abzweigung genommen!«, rief ich zurück.

»Wie im Märchen!«

Der Tisch auf der Terrasse war mit einem weißen Tischtuch und schlankem, blumenverziertem Porzellan eingedeckt. Auf einer Etagere lagen kleine belegte Brote, die man hier, wie ich erfuhr, »Sandwiches« nannte, seltsame Teigfladen, außerdem Erdbeeren, daneben eine Schale Sahne, zudem Marmelade. Irma und ich setzten uns.

Frieda sagte: »Für die Männer haben wir in den Stallungen eine deftige Mahlzeit vorbereitet. Das gefällt ihnen sicher besser, als hier mit uns an Gebäckstücken zu knabbern.«

»Hab vielen Dank, Frieda«, sagte ich. »Das ist genau das Richtige. Felix und Hinrich sind höfliche Menschen und hätten sich sicherlich zu uns gesellt. Aber wenn sie

Hunger haben, ist ein bodenständiges Angebot tatsächlich hilfreicher.«

»Das kenne ich von meinen Jungs.«

»Wo sind deine Kinder gerade?«, fragte ich.

»Karl und Wilhelm sind in einer Summer School in Südengland. Seit sie das zweite Schuljahr besuchen, schicken wir sie jeden Sommer dorthin. Die beiden sind jetzt elf und neun. Sie sind schnell unausgelastet und kommen auf viele dumme Gedanken, wenn sie zu lange Ferien haben.«

»Und die anderen beiden? Du sprachst von vier Kindern.«

»Christine, unser Nesthäkchen, ist mit der Nanny unterwegs. Valerie verbringt einige Tage bei einer Freundin in Eton. Sie ist meine Erstgeborene und wird bald flügge.«

»Als wir ankamen«, sagte ich, »sagte Irma zu mir, es sei wie im Märchen hier. Dem kann ich mich nur anschließen. Du hast es wunderschön.«

»Im Märchen gibt es auch den bösen Wolf, nicht wahr?«, entgegnete Frieda.

Ich fragte mich, was sie mit der Bemerkung meinte, und bekam sogleich die Antwort.

»Mein werter Gatte neigt dazu, seine Meinung mit dem Faustrecht durchzusetzen. Der Rest meines Lebens besteht aus Gesellschaften und Eitelkeiten.«

»Das tut mir sehr leid«, sagte Irma und deutete auf die Fladen. »Aber darf ich fragen, was das ist?«

»Oh, natürlich.« Frieda reichte ihr die Etagere. »Das sind Scones, ein weiches, sehr schmackhaftes Gebäck. Miranda hat sie frisch gemacht. Kosten Sie bitte und nehmen Sie auch von der Konfitüre.«

Irma griff eines der Stücke und nahm sich Marmelade dazu. Ich selbst entschied mich für eines der kleinen belegten Brote.

»Seit ich hier in Wimbledon bin«, fuhr Frieda fort, »wird

mir immer klarer, dass ich in einer Seifenblase lebe. Für meine Tochter wünsche ich mir jedoch anderes. Ich meine damit nicht Valerie. Sie gefällt sich in der Rolle der gut ausgestatteten Tochter. Ich schätze, dass sie ebenso wie ich früh heiraten wird. Aber Christine ist ein Wildfang. Charakterlich gleicht sie mehr dir als mir, Käte.« Sie nahm sich ebenfalls Gebäck, griff aber nicht zur Gabel. »Nun lass uns aber von dir sprechen, Kätchen. Ich bin ganz begierig darauf zu erfahren, wie es dir in all den Jahren ergangen ist. Sogar die Presse hier in England hat über Hermanns Absturz berichtet. Deshalb sag, wie geht es dir? Ich möchte keine Beschönigungen hören.«

»Ich lebe und arbeite«, antwortete ich.

Sie blickte mich mit warmen Augen an. »Das habe ich mir gedacht.« Nach einer Pause fuhr sie fort: »Weißt du, ich musste zwei meiner Kinder gehen lassen. Das eine verlor ich im Mutterleib. Es wäre ein Bub geworden, er war bereits so lang wie eine starke Männerhand. Er brauchte einen Tag und eine Nacht, um zu sterben.«

Wir schwiegen.

»Ich wurde wieder schwanger. Es wurde wieder ein Bub. Wir nannten ihn Franziskus. Francis, wie man hier sagt. Er war noch kein Jahr alt, als ich ihn tot in seinem Bettchen fand. Er starb mitten am Tag, es war Sommer. Ich hatte Valerie gebeten, auf ihn aufzupassen. Sie war damals neun und schien mir fähig, für eine Stunde auf ein schlafendes Kind achtzugeben. Die Nanny war mit den Jungen Schuhe kaufen, und ich wollte nur kurz eine Besorgung machen. Ich weiß, dass es falsch ist, ihr die Schuld zu geben. Wir hatten vorher keinerlei Anzeichen bemerkt, keine Krankheit, nichts. Bis heute mache ich mir Vorwürfe. Hätte ich die beiden nicht allein gelassen, wäre das alles vielleicht nicht passiert.«

Bienen summten. An der Terrasse wuchsen bunte Stauden, außerdem Rosen und Lavendel. Ein leichter Wind bewegte die Sträucher. Irma hatte das Kauen eingestellt. Mein Gebäck war noch unangetastet, ebenso wie Friedas. Bei jedem anderen, der nach solch kurzer Zeit derart persönliche Themen angeschnitten hätte, wäre ich befremdet gewesen. Nicht so bei Frieda. Es schien völlig natürlich, dass wir Schwatz und Plauderei übersprangen und direkt die vertrauliche Ebene langjähriger Freundschaft betraten.

Das Kind in die Hände eines Geschwisters geben – und am Ende ist eines der beiden tot, das andere muss mit dem Gedanken weiterleben, nicht achtgegeben zu haben. Welch fürchterliche Vorstellung – und doch waren mir Friedas Gefühle vertraut. Schuld und Unschuld beschäftigten mich seit Hermanns Tod. In den Wochen und Monaten nach seinem Absturz hatte ich gegrübelt, ob ich das Unglück hätte verhindern können. Auch jetzt, Jahre später, kam mir in dunklen Stunden, meist in Nächten, in denen ich nicht schlafen konnte, immer wieder der Gedanke, dass er noch leben könnte, wäre ich sorgfältiger gewesen. Das Schlimme war, dass die wahren Ereignisse und meine Fantasie sich mehr und mehr überlagerten. War ich es gewesen, die seinen Schirm am Ballon befestigt und damit dafür gesorgt hatte, dass er sich nicht richtig entfalten konnte? Oder war er selbst es gewesen? Oder Felix? Als ich den Schirm zuletzt ausgebessert hatte – hätte mir etwas auffallen sollen? Vor meinem inneren Auge sah ich Stoff, der durch meine Hände wanderte, ich sah Leinenband und Garn, ich sah eine schadhafte Stelle – aber war es Hermanns Schirm gewesen? Oder verwechselte mein Geist seinen Todesschirm mit irgendeinem der Schirme, die ständig durch meine Hände gehen? Die Ungewissheit, ob ich Schuld an seinem

Tod trug, machte mir das Leben schwerer, als jede Gewissheit es hätte tun können.

»Ich war beim Pfarrer«, erzählte Frieda weiter. »Er sagte mir, dass Verzeihen der Schlüssel zur Liebe Gottes sei – und zum eigenen Lebensglück. Nur, wenn ich mir selbst verzeihe, sagte er, könne ich anderen verzeihen.«

Irma hatte von ihrem Gebäckstück abgebissen, schluckte und wischte sich rasch den Mund ab, bevor sie fragte: »Er meint also, Francis wäre ohnehin gestorben, an diesem oder an einem anderen Tag?«

»Es gibt Momente, in denen ich seinen Gedanken folgen kann«, antwortete Frieda. »Dass es Gottes Wille war. Dass er den Jungen zu sich holen wollte. Dennoch ist es schwer.«

Ob auch Hermanns Absturz Schicksal gewesen war? Es widerstrebt mir zu glauben, dass unser Leben nur die Fügung einer höheren Macht ist. Dafür habe ich mein eigenes zu sehr selbst in die Hand genommen.

Frieda fragte: »Erinnerst du dich an den Tag, an dem es passierte? An dem Hermann starb?«

Ein Stich durchfuhr mich. Ich sprach selten über den Unfall. Allein schon, weil mich nie jemand danach fragte, und je weniger ich darüber sprach, desto mehr verstrickte ich mich in meinen eigenen Gedanken.

»Ich erinnere nur den Augenblick, an dem er an mir vorbeifiel«, sagte ich. »Das Bild, wie er schreiend hinabstürzt, erscheint mir auch heute noch regelmäßig. Es ist, als erlebte ich es jedes Mal von Neuem.«

»So geht es mir mit dem, was ich sah, als ich in Francis' Zimmer kam. Ich fühlte schon beim Betreten, dass etwas nicht stimmte. Wie er in seinem Bettchen lag, so reglos. Im ersten Jahr nach seinem Tod hatte ich das Bild ständig vor Augen, bei jeder Tür, die ich öffnete.«

»Unser Kleiner«, sagte ich, unfähig, seinen Namen auszusprechen. »Es gelingt mir nicht mehr, mir sein Gesicht vorzustellen. Was bin ich für eine Mutter, die nicht einmal mehr weiß, wie das eigene Kind aussah?« Ich höre mich die Sätze sagen und kann nicht glauben, dass ich es ausgesprochen habe. Noch nie zuvor hatte ich mit jemandem über den Tod meines Sohnes geredet, nicht einmal mit meiner Mutter. Sie hat mir beigestanden, hat mich im Arm gewogen und mir Suppe gekocht, hat mir beim Weinen den Kopf gehalten und mir geholfen, sein Spielzeug fortzuräumen. Aber gesprochen haben wir nie.

Ich hielt mich an den Lehnen meines Stuhls fest, damit Frieda und vor allem Irma nicht sahen, dass ich zitterte. Vor nicht einmal vier Stunden hatte ich meine alte Freundin wiedergetroffen, und schon unterhielten wir uns über Dinge, die ich jahrelang in mir verschlossen gehalten hatte. Es war unerklärlich und zugleich fiel etwas von mir ab.

Frieda nahm ein Taschentuch und tupfte sich Tränen aus den Augenwinkeln. »Ich habe euch noch keinen Tee angeboten. Entschuldigt bitte. Und Holunderschorle. Miranda hat sie eigens für euch gemacht. Es ist die beste in ganz Südengland.«

Sie rief nach dem Hausmädchen. Es kam und goss uns ein. Irma nutzte die Gelegenheit, um ihr Gebäck zu essen und noch ein weiteres Stück zu nehmen. Sie hielt sich zurück mit Äußerungen. Ich spürte jedoch, dass sie aufmerksam zuhörte.

Frieda sah mich an. »Denkst du noch viel an Hermann und Willy?«

»Es gab schon Abende, an denen ich beim Zubettgehen bemerkte, dass ich den ganzen Tag nicht an sie gedacht habe. Das sind die Momente, in denen ich mich fürchterlich fühle.«

»Wenn ich an Francis denke, sehe ich nur einen Säugling, der in meinen Armen liegt. Vielleicht es ist normal, dass wir ihre Gesichter und ihre Stimmen vergessen. Vielleicht ist das der einzige Weg, wie wir weiterleben können.«

»Du bist immer noch Mutter. Du hast noch weitere Kinder. Ich bin keine Mutter mehr, denn es gibt kein Kind mehr in meinem Leben. Das ist es, was mir am meisten zu schaffen macht. Dass ich eine Mutter bin und doch keine.«

Frieda nahm ihre Teetasse in die Hand und blies über die Oberfläche, obwohl der Tee längst kalt sein musste. Dann nahm sie einen Schluck, stellte die Tasse wieder ab und sagte: »Weißt du, was mir auffällt bei dem, was du sagst? Jeder, der jemanden verloren hat, denkt offenbar, ihm gehe es am schlechtesten. Lange habe ich gedacht, ich habe ein elendes Schicksal, denn ich habe zwei Kinder verloren und sehe in den anderen vier immer ihre Gesichter, jeden Tag. Jetzt höre ich deine Geschichte und weiß: Keine weiteren Kinder zu haben ist genauso schwer, wenn nicht noch schwerer.«

Ich schwieg. Ja, so schien es. Auch ich hatte lange Zeit gedacht, mein Schicksal sei einzigartig in seiner Schwere und in seinem Leid. Dabei ist der Schmerz, den die eine empfindet, nicht gegen den Schmerz der anderen aufzuwiegen.

»Vielleicht«, sagte Frieda und lächelte, »sollten wir auch über etwas Unverfänglicheres sprechen, nachdem wir uns so lange nicht gesehen haben.«

»Ich habe nie gelernt, mich über Tand und Tratsch zu unterhalten«, entgegnete ich schulterzuckend.

Wir mussten lachen. Es war ein erlösendes Lachen, aufrichtig und befreiend.

»Ich dachte auch eher an deinen Aufstieg beim Turnier«, sagte Frieda.

»Die Käte«, schaltete Irma sich ein, »hat sich gedacht,

sie macht mal etwas ganz Besonderes, gnädige Frau.« Ihr Tonfall verriet Frohlocken.

»Ach ja?« Frieda sah mich neugierig an.

Ich nickte. »Lass mich erst von diesem Gebäck probieren, dann verrate ich es dir.« Ich schob mir ein undamenhaft großes Stück in den Mund. Herrje, ich hatte wirklich Hunger. Als ich mit Kauen fertig war, sagte ich: »Wir haben den Ballon farblich umgestaltet. Außerdem werde ich nicht in einem Korb aufsteigen, sondern auf einem übergroßen Tennisschläger.«

Friedas Augen wurden groß. »Das ist fantastisch! Eine großartige Idee! Und eine hervorragende Werbung für unsere Veranstaltung!«

»Nicht wahr?«, meinte Irma und griff nach einem dritten Stück. »Es wird freilich auch Aufstiege mit Korb geben. Es wollen ja auch Passagiere mitfahren. Aber für den Hauptakt hat Käte sich überlegt, dem Ereignis alle Ehre zu machen.«

»Hast du das früher schon einmal getan?«, fragte Frieda. »Wenn ich darüber nachdenke, dass du auch für die Eisenbahngesellschaft oder einen Kolonialwarenhandel aufsteigen könntest – auf einer Lok oder einem Pfeffersack!« Sie lachte. »Das wäre ein großes Vergnügen.«

»Wie wäre es«, warf Irma ein, »mit einem Besenhersteller? Dann könnte unser Kätchen in der Walpurgisnacht in die Luft gehen!«

Wir lachten. Ein heiteres Gespräch entsponn sich. Ein Ritt auf einem Bleistift? Eine Fahrt in einem Boot? Oder auf einer Schaumweinflasche?

»Eine Sache«, sagte Frieda, nachdem wir alle Möglichkeiten durchgegangen waren, »möchte ich aber noch anregen, bevor du auf deinen fliegenden Schläger steigst. Dein Name.«

»Was ist mit meinem Namen?«, fragte ich.

»Du brauchst einen einfacheren Namen, einen Künstlernamen. Niemand hier in England kann ›Kätchen Paulus‹ aussprechen oder gar schreiben. Die Punkte auf den Buchstaben sind den Leuten ein Rätsel. Dein Nachname ist zwar in Ordnung, aber auch nicht wirklich passend für eine Flugkünstlerin. Er klingt – pardon – eher nach einer Dorfschullehrerin.«

Ich runzelte die Stirn. Dass an meinem Namen etwas falsch sein sollte, war mir bislang nicht in den Sinn gekommen. Ich war, ehrlich gesagt, auch ein wenig gekränkt. In deutschen Landen stand er für spektakuläre Auftritte, für Mut und Disziplin.

»Ruby Sky«, schlug Frieda vor. »Oder Ella Propeller!«

»Frieda, bitte!«, entfuhr es mir. »Das ist albern. Abgesehen davon arbeite ich mit Gasballons und nicht mit Propellern.«

»Bonnie Balloon«, sagte Frieda. »Nein, das ist wirklich albern. Holly McPolly.«

Ich brummte abschätzig.

»Jetzt habe ich's! Miss Polly!«

Ich schwieg.

»Doch!«, beharrte Frieda, als hätte ich ihr widersprochen. »Miss Polly – das kann sich jedes Kind merken.«

»Die gnädige Frau hat recht«, sagte Frieda. »Die Menschen in Budapest und in Paris haben sich auch schwergetan mit deinem Namen.«

»Hello, Miss Polly! Bonjour, Miss Polly!«, flötete Frieda.

»Aber das bin doch nicht ich«, wandte ich ein.

»Es wird sowieso Zeit, das alte Kätchen abzuwerfen«, sagte Frieda. »Du bist nicht mehr nur die Begleiterin deines Mannes. Du stehst deine Frau. Du bist Miss Polly, die Primaballerina der Lüfte!«

Primaballerina! Ich sah an mir hinab. »Mein Pausbäckchen«, hatte Vater mich früher immer genannt und mir dabei in die Wange gekniffen. Sollte ich etwa mit einem Tutu aufsteigen?

Irma ließ sich in ihrem Stuhl nach hinten fallen. »Puh, bin ich satt.«

»Gut!«, meinte Frieda und klatschte in die Hände. »Dann lasst uns zum Ort des Geschehens fahren.« Sie lächelte und fügte an: »Miss Polly.«

Das Grundstück des *All England Lawn Tennis Club* war wie geschaffen für einen Ballonaufstieg. Die Fläche bestand aus mehreren voneinander getrennten Spielfeldern. Daneben war freies Gelände.

»Dort hinten wirst du aufsteigen.« Frieda deutete mit ausgestrecktem Arm auf ein Feld hinter den Spielflächen. »Und hier siehst du die neue Tribüne. Die Zeremonie zur Einweihung ist der Rahmen für dein Spektakel. Sie werden etwas sagen wie ›Wir wollen hoch hinaus‹, und dann steigst du auf.«

»Dann passt die Gestaltung meines Ballons ja wunderbar«, sagte ich.

»Sie werden dich lieben.«

Plötzlich hob Frieda einen Arm und winkte heftig. »Charlotte!«

Ich folgte ihrem Blick. Eine Frau in weißem Kleid winkte zurück. Sie trug ihr Haar aufgesteckt und musste etwa in unserem Alter sein. Mit federnden Schritten eilte sie auf uns zu.

»Frieda!«, sagte sie, als sie meine Freundin umarmte. Das »r« sprach sie rund und voll wie eine Suppenschüssel.

Frieda sagte etwas auf Englisch und deutete auf mich. Der Name »Miss Polly« fiel. Dann stellte sie mir die Dame vor: »Charlotte Reinagle Cooper. Sie ist eine der Tennisspielerinnen, von denen ich dir erzählt habe.«

Wir begrüßten uns mit einem Handschlag. Charlotte sagte etwas.

»Sie möchte wissen«, übersetzte Frieda, »ob du eine gute Anreise hattest.«

»Sehr gut, vielen Dank«, antwortete ich. »Ihre Eisenbahnen sind wirklich sehr komfortabel.«

Frieda erklärte mir, dass Charlotte beim Damenturnier antreten wolle und bei meinem Aufstieg dabei sei. Dann vertiefte sie sich in ein Gespräch mit der Engländerin. Es war ungewohnt, Frieda in dieser mir fremden Sprache reden zu hören. In ihrem Bockenheimer Dialekt hatte ihre Stimme einen weichen, vertrauten Klang. In der fremden Sprache war ihr Tonfall hingegen ein ganz anderer als in ihrer Muttersprache – irgendwie spitzer, vornehmer, gestelzter. Im Englischen war sie ganz Dame. Die Frauen schienen sich bereits länger zu kennen. Wenn sie lachten, fassten sie sich gegenseitig an den Unterarm. Nach einiger Zeit verabschiedete sich Charlotte und hauchte auch in meine Richtung ein freundliches »Goodbye, Miss Polly! See you!«.

»Sieja!«, antwortete ich, nicht wissend, was es bedeutete. Aber es würde schon passen.

»Charlotte kommt seit vielen Jahren nach Wimbledon«, sagte Frieda. »Sie ist sehr behände auf dem Platz.«

»Verstehe ich es richtig, dass die Frauen ebenso auf einen Ball einschlagen wie die Männer? Und mit wehenden Röcken über den Platz laufen?«

»Du klingst so entsetzt.« Frieda lachte. »Dabei bist du es doch, die in Pluderhosen vom Himmel springt wie eine wilde Barbarin!«

»Ich staune nur. Die Welt braucht ohne Zweifel Frauen,

die sich im Wettkampf messen, ohne auf ihr Äußeres zu achten. Wir fügen uns schließlich viel zu oft in die Erwartungen an Anstand und Sittsamkeit.«

»Wir Frauen werden in den kommenden Jahren noch viel lauter werden. Hier in England gibt es eine starke Bewegung für ein Frauenstimmrecht. Jüngst haben sich die einzelnen Initiativen zu einer offiziellen Vereinigung zusammengeschlossen, der *National Union of Women's Suffrage Societies*. Eines Tages werden wir dort stehen, wo die Männer stehen, in den Parlamentssälen und Direktorenbüros.«

»Jetzt übertreibst du aber!«, sagte ich, halb lachend, halb ernst.

Frieda war jetzt ganz aufgeregt. »Seit Jahren bin ich meinem Mann zu Diensten, habe ihm sechs Kinder geboren, stehe ihm für seine Lust zur Verfügung und bin von nichts als seiner Gunst abhängig. Das macht mich wütend! Es muss möglich sein, Kinder zu gebären und trotzdem die gleichen Rechte zu haben wie ein Mann.«

Ich erinnerte mich daran, wie Hermann mich aufgeklärt hatte, vor dem Ofen in der Werkstatt. Wie er mir von den fruchtbaren und den weniger fruchtbaren Tagen berichtet hatte. Wie mir plötzlich klar wurde, was in meinem Körper vorging. Wie wir genau darauf achteten, nur dann einander beizuwohnen, wenn keine Gefahr bestand zu empfangen – und wie es uns irgendwann egal wurde, wie wir es wollten, unser Kind.

»Ich gebe dir recht«, räumte ich ein. »Aber das klingt nach einer Utopie. Solange wir Frauen es sind, die die Kinder gebären, wird es nie eine Gleichheit an Chancen und Rechten geben. Männer können Kinder zeugen und sich dann von aller Verantwortung lossagen, während wir Frauen Abhängige unseres Leibes sind.«

»Deshalb«, sagte Frieda, »sollten sich mehr Frauen engagieren.« Sie packte mich am Arm. Aber jetzt schauen wir uns erst mal deinen Aufstiegsplatz an.«

Drei Tage später war der Ort ein Meer von Menschen. Männer und Frauen, Alte und Kinder jeden Alters füllten Bänke und Stühle und die Fläche jenseits der Sitzplätze. Die neue Tribüne war voll besetzt: Ladys und Gentlemen aus gutem Hause, in feinen Kleidern und der neuesten Anzugmode. Weiter entfernt das einfache Volk, auf Picknickdecken lagernd oder auf Bäumen hockend. Unter all den Leuten sah ich immer wieder weiße Tupfer: Es waren die Sportlerinnen und Sportler. Die Herren trugen Leinenhosen und ein Hemd, die Damen langärmelige Kleider, die weich fielen und aus einem leichten Stoff gefertigt waren.

Es war der Tag vor Turnierbeginn. Als Auftakt für eine Reihe von Aufstiegen hatte ich den Einsatz des Sondermodells geplant. Für die nachfolgenden Tage waren jeweils für den Vormittag und für den Nachmittag Passagierfahrten geplant. Mich eingerechnet, passten vier Menschen in den Korb. Die Fahrten waren seit Wochen ausgebucht. Franz sagte, sie hätten sie unter den Interessenten verlosen müssen, so groß sei der Andrang gewesen. »Wir hätten sie auch an die Meistbietenden verkaufen können, dann hätten wir direkt das Geld für eine zweite und dritte Tribüne beisammengehabt. Aber der Vorstand versteht die *Championships* als Volksveranstaltung. Jeder soll die Chance haben, mit dir in die Luft zu gehen.«

Ich hatte überlegt, mein Matrosenkostüm gegen einen weißen Fluganzug zu tauschen, der in seiner Anmutung der Kleidung der Spieler und Spielerinnen ähnlich war. Ich verwarf die Idee jedoch, um nicht anmaßend zu wirken.

Eine Nachahmung konnte in einem Umfeld, das sich als einzigartig begriff, schnell falsch verstanden werden.

Der Aufstieg hier in Wimbledon unterschied sich nicht wesentlich von Aufstiegen in Wiesbaden, Nürnberg oder Amsterdam. Felix, Hinrich und ich waren eine eingespielte Truppe und nahmen, egal wo wir uns befanden, jeden Handgriff gleichermaßen routiniert vor. Am Morgen kümmerten sich die beiden Männer um die Herstellung des Wasserstoffs, füllten die Fässer mit Eisenspänen und Schwefelsäure und setzten die Reaktion zur Befüllung des Ballons in Gang. Sie suchten die Stoffe und Seile noch einmal nach groben Beschädigungen ab, vertäuten den Ballon und sperrten den Aufstiegsplatz ab. Heute bauten sie zudem eine Holzkonstruktion auf, über die ich auf den übergroßen Schläger steigen würde. Technisch war er nichts anderes als ein Trapez, das unter dem Ballon hing. Jetzt schwebte es etwa zwei Meter über dem Boden. So konnten die Massen auch aus der Ferne zusehen, wie ich mein Himmelsgefährt bestieg.

Bevor es aber dazu kam, wurde das Spektakel offiziell eröffnet. Männer in Frack und Anzug – zwei mit Backenbärten und einer mit einem kunstvoll gezwirbelten Schnurrbart – standen auf einer kleinen, gezimmerten Bühne neben dem Ballon. Mit einer Flüstertüte vor dem Mund sprachen sie zur Menge. Was sie sagten, verstand ich nicht. Dann wies der Herr mit dem Schnurrbart in Richtung der neuen Tribüne, ein Salutschuss ertönte und die Menschen applaudierten. Der Name »Miss Polly« fiel. Er nannte Städte: Budapest und Kopenhagen, Wien und Berlin. Dann wurde sein Tonfall getragener, und als der Satz auf »... *the wonderful, hilarious and inspiring Miss Polly!*« endete, wies er mit ausgestrecktem Arm auf mich. Frieda stupste mich von hinten an, ich erklomm mein Podest und stieg auf den

Schläger. Die Saiten hatten wir aus denselben Halteleinen gefertigt, die wir auch für den Fallschirm benutzten.

Ich verband das Geschirr, in dem ich steckte, mit dem Stoff, der zusammengerollt an einer Stange unter dem Ballon hing. So handhabte ich es inzwischen: Der Stoff hing nicht mehr, wie bei Hermanns Absprüngen, außen an der Ballonhaut mit dem Risiko, dass er sich verknotete. Stattdessen faltete und rollte ich die Fallschirmseide so, dass ich sie wie ein Paket an einer Querstange unter dem Ballon befestigte und sie sich bei meinem Sprung automatisch öffnete.

Ich nickte Felix und Hinrich zu, die zeitgleich die Leinen lösten, und stieg in den Himmel empor. Die Menschen, die Gebäude, der Turnierplatz wurden kleiner. Ich sah Gehöfte. Das ferne London erschien am Horizont. Als ich diesmal die Wolken durchstieß, wartete ich noch einen Augenblick. Für das Publikum ist es besonders eindrucksvoll, wenn ich erst verschwinde und dann aus dem Weiß zurück auf die Erde falle. Ich schaute noch einmal zu meinem Fallschirm hinauf. Mein Blick prüfte die Leinen, die Verbindungen, suchte nach Fehlern, nach Knoten und Verwirrungen. Dann atmete ich tief ein und schloss die Augen.

»Mit Gott«, murmelte ich. Und sprang. So muss es gewesen sein, denke ich jedes Mal für die Sekunden des freien Falls, so muss es für Hermann gewesen sein. Dann griff der Schirm. Mein Geschirr riss an meinen Oberschenkeln, presste meine Brust zusammen und zerrte mich nach oben. Noch mal ein Ruck. Dann pendelte ich.

Ich war abgetrieben. Die Anlage mit den Plätzen, mit der Tribüne und den Bäumen war fort. Ich suchte den Boden danach ab und entdeckte sie weit links von mir. Der Wind war böig. Er trieb mich fort vom Turnierplatz und aus Wimbledon hinaus. Wie ein Stöcklein im Wasser floss ich mit der Luft weiter aufs Land. Dies waren die Momente, die ich besonders genoss: Wenn der Schirm sich geöffnet hatte und ich zu Boden sank, ein Spielball der Natur und doch ganz eins mit den Elementen. Ein jubelndes Freiheitsempfinden übermannte mich und vermischte sich mit der Freude am Gleiten, Schweben, Treiben.

Je näher ich der Erde kam, desto deutlicher wurde, dass ich in einem Dorf landen würde. Eine Landung in bewohntem Gebiet hatte in den Jahren davor schon so manches Mal zu unglückseligen Ereignissen geführt. Oft, sehr oft hatte ich dann mit Hindernissen zu kämpfen gehabt. Mal war es ein Dach, mal eine Laterne, mal die Hecke eines Herrenhauses, mal riss ich einen Heuwagen um. Ebenso oft musste ich danach ins Portemonnaie greifen, um die Flurschäden zu berappen.

Ich trieb auf den Kern des Ortes zu, in Richtung der Kirche. Eine Landung auf einem Dach wäre mir äußerst unrecht. Auf Dächern gibt es nur wenige Möglichkeiten, sich festzuhalten. Einmal landete ich auf einer Scheune, rutschte die Schindeln hinab und fiel mit dem Allerwertesten voran in einen Misthaufen. Ein großes Glück! Denn ich war zwar mit Mist besudelt, konnte mir aber das Stroh von der Kleidung schlagen und wohlbehalten, wenn auch begleitet von einer zweifelhaften Duftwolke, den Heimweg antreten.

Ich trieb am Kirchlein vorbei auf einen großen Baum zu. Einzeln stand er auf einem Platz am Dorfrand. Menschen kamen aus ihren Häusern gelaufen, klopften an die Türen der Nachbarn und rannten mir zahlreich hinterher. Es war immer gut, in Baumkronen zu landen. Sie boten ausreichend Aufprallfläche und waren nachgiebig. Sie fingen mich auf und hielten mich fest. Leider ließen sie mich oftmals auch nicht los, was wiederum zu anderen Unannehmlichkeiten führte.

Ich landete allerdings nicht in der Baumkrone, sondern verfing mich an einem Fahnenmast. Wie ein Sack Kartoffeln baumelte ich an der Stange. Mit bangem Blick sah ich hinauf, wo sich der Stoff meines Schirmes um den Mast geschlungen hatte. Da kamen schon sechs Mann mit einem Tuch gerannt. Unter dem Kommando eines korpulenten Herrn nahmen sie Aufstellung, spannten den Stoff und sowie sie standen, riss mein Schirm, und ich plumpste ins Laken. Welch eine Aufregung! Die Leute kreischten vor Schreck und lachten gleichzeitig ob meiner Unbeholfenheit. Mein zerrissener Schirm trieb, vom Wind der Stange entrissen, in eine Gasse hinein. Kinder rannten hinterdrein. Die Leute riefen Wörter, die ich nicht verstand. Doch es war klar, dass sie Freude und Übermut ausdrückten.

Der beleibte Herr reichte mir seine Hand und zog mich auf die Füße. Zum Glück hatte ich mir nichts Ernsthaftes getan. Meine rechte Seite tat weh. Offenbar hatte ich den Mast gestreift. Der Schmerz würde sich alsbald legen. Meine Kleidung war allerdings an mehreren Stellen zerrissen und zeigte mein Untergewand. Ich winkte der Menge. Der Herr stellte sich als Archibald Graham vor und plapperte ununterbrochen weiter. Es dauerte auch eine Weile, bis er begriff, dass er mit mir keine Konversation betreiben konnte. Dann war er immerhin so freundlich, mir einen Fahrer zu besorgen, der sich gemeinsam mit mir auf die Suche nach dem Ballon machte und mich zurück in die Stadt brachte.

Als ich am nächsten Morgen auf die Terrasse trat, fand ich Irma und Frieda in regem Gespräch. Miranda servierte mir einen Teller mit Ei, Speck und Bohnen und goss mir Tee ein.

»Ich kenne so viele Frauen«, sagte Irma, »die unverschuldet in Armut geraten sind, weil ihr Mann verstarb oder sie verstoßen wurden. Dabei liegt das Schicksal nicht in ihrer Hand.«

»Viele Menschen sehen das leider weniger differenziert«, entgegnete Frieda. »Sie sehen nur den Schmutz und die Schande, nicht den Weg, den die Frauen gehen mussten – und dass sie ihn nicht freiwillig gegangen sind.«

»Wovon sprecht ihr?«, fragte ich.

»Wir reden von der Prostitution«, sagte Irma. »Dass es nicht die Schuld der Frauen ist, dass sie sich Männern für Geld hingeben müssen.«

Ich runzelte die Stirn. »Ich war auch nicht auf Rosen gebettet«, sagte ich. »Trotzdem habe ich ein gutes Auskommen gefunden.«

»Du hast aber auch eine Ausbildung«, wandte Frieda ein, »außerdem eine Mutter, die sich um dich gekümmert hat, und einen Vater, der weder ein Säufer noch ein Schläger war. Viele Frauen wachsen in schwierigen Verhältnissen auf. Sie haben kein Elternhaus, das den Wert von Bildung und liebevoller Erziehung kennt. Sie werden vergewaltigt und verlieren die Möglichkeit, eine gute Partie zu machen. Oder sie fliehen aus ihrer Ehe, weil ihr Gatte ein Abbild ihres trinkenden und schlagenden Vaters ist. Womöglich mit einem Kind unter dem Herzen.«

»Wie kommt ihr um diese Zeit auf dieses Thema?«, seufzte ich. »Noch dazu am Morgen nach unserem großen Erfolg?«

Wie auch an den Tagen zuvor war das Wetter wundervoll: Es war bereits angenehm warm. Der Himmel verhieß einen sonnigen Tag. Die Bienen summten in den Rosen, und ich fühlte mich wie in einem Sanatorium, so beruhigend wirkte Friedas Zuhause auf mich.

Irma antwortete: »Die gnädige Frau erzählte mir, dass

ihr euch über die Suffragistinnen unterhalten habt, und so sind wir zu allgemeineren Themen des Frauenrechts gekommen.«

»Nach deinem gestrigen Auftritt bewundere ich dich noch mehr!«, entfuhr es Frieda. Sie sah mich anerkennend an. »Wie du deinen Körper einsetzt, wie kraftvoll und furchtlos du dich den Leuten zeigst. Du wirkst auf mich wie eine Amazone, die in die Schlacht zieht, tatendurstig und sinnlich. Ein wahres Vorbild.«

Ich senkte den Kopf und murmelte: »Nicht doch.« Der Applaus des Publikums tat mir wohl, die Lobhudelei durch meine Freundin hingegen war mir unangenehm. Ich tat nur, was mir Freude bereitete.

»Bitte entschuldigt mich«, unterbrach Irma. »Ich schaue mir jetzt den Schirm an, den du gestern zerlegt hast, Kätchen. Vielleicht kann ich ihn noch retten.« Sie nahm ihre Serviette vom Schoß und legte sie neben ihren Teller. »Ich empfehle mich, die Damen.«

Ich sah ihr hinterher, wie sie ums Haus verschwand, und lauschte ihren Schritten auf dem Kies.

»Schmeckt dir unser englisches Frühstück?«, fragte Frieda.

»Danke dir«, sagte ich. »Sehr gut.«

»Ich musste mich erst daran gewöhnen. Aber mittlerweile weiß ich es zu schätzen, gut genährt in den Tag zu starten.«

Ich aß, und Frieda vertiefte sich in die Lektüre einer Gazette. Mein Kopf schwirrte. Es war lange her, dass ich so viel gefühlt hatte: die Freude über den gelungenen Aufstieg, das Wohlbehagen von Friedas Gesellschaft, das Gefühl der Vertrautheit, die Ruhe des Gartens. Nach einer Weile sagte sie: »Der Name ›Miss Polly‹ kommt gut bei den Menschen an. Siehst du, die Journalisten haben ihn auch schon übernommen.«

Sie drehte die Zeitung zu mir und deutete mit dem Finger auf einen Artikel, der offensichtlich das gestrige Ereignis beschrieb.

»Er ist noch ungewohnt«, antwortete ich. Aber ich musste zugeben, dass er den Menschen unzweifelhaft leichter über die Lippen ging als »Käte« oder gar »Kätchen«. »Miss Polly« war wie ein Weg ohne Hindernisse, während die Zunge bei meinem Mädchennamen Steine beiseiteräumen musste.

In den folgenden Tagen nahm ich in Wimbledon zahlreiche Passagiere mit, betuchte Damen und Herren, aber auch weniger gutgestellte Leute, staunende Frauen und Männer aus der Arbeiterklasse.

Es ging so weit alles gut, nur einmal, mit einem jungen Pärchen an Bord, trieben wir auf einen Eichenwald zu und landeten in einer Krone. Das Mädchen hat gekreischt, aber er noch mehr! Erst, als wir sicher in den Ästen hingen und Bauersvolk herbeieilte, um uns hinabzuhelfen, gab er den Beschützer und drückte sie an seine Brust. Kaum waren wir unten, machte er ihr einen Heiratsantrag. Dass sie diese Fahrt gemeinsam überstanden hatten, sei ein Zeichen, das er nicht ignorieren könne. So fielen sie sich in die Arme und kehrten als Verlobte nach Hause zurück.

Irma und ich verbrachten die Abende mit Frieda. Die Männer zogen sich in andere Räumlichkeiten zurück, wo sie bei landesüblichen Getränken über Eisenbahnen, Flugapparate und Automobile debattierten, während Irmas Zurückhaltung einer innigen Diskussionsfreude wich. Sie verstand sich hervorragend mit Frieda. Die beiden redeten, bis ihre Wangen glühten und sie ermattet in ihre Sessel fielen. Ich hörte den Gesprächen zu, oft schweiften meine Gedanken allerdings ab und wandten sich meinen nächsten Plänen zu.

Mir gefiel die Idee, als Miss Polly aufzutreten, zusehends. Miss Polly hatte die Möglichkeit, Faxen zu machen, frech und ungehorsam zu sein, während Käte die technischen und wirtschaftlichen Entscheidungen traf und mit ihren Auftraggebern verhandelte. In Gedanken spielte ich Möglichkeiten durch, was wir – ähnlich dem Tennisschläger – unter den Ballon bringen konnten, um Aufmerksamkeit zu erregen.

Am Tag vor unserer Abreise kamen Frieda und ich uns noch einmal nahe. Wir saßen im Gesellschaftszimmer, vor uns das dritte oder vierte Glas Likör. Die Nacht hatte sich herabgesenkt, und Irma hatte sich ins Bett verabschiedet. Ich fühlte mich leicht und gelöst.

»Ich hoffe, der Aufenthalt hier in Wimbledon hat dir gefallen«, sagte Frieda.

»Es war ein ganz besonderes Erlebnis«, antwortete ich mit aufrichtiger Freude.

»Du siehst besser aus als bei deiner Ankunft. Lebendiger. Deine Augen strahlen mehr.«

»Du tust mir gut.«

Frieda lächelte. »Ich hatte gehofft, dass wir wieder zusammenfinden. Gleichzeitig hatte ich Angst, dass es uns nicht gelingt. Dass wir uns gegenüberstehen wie Fremde und uns unserer Fremdheit schämen.«

Ich schwieg. Vielleicht ist es genau das, was eine wahrhaftige Freundschaft ausmacht: das Gefühl des Nachhausekommens, egal, wie lange man sich nicht gesehen hat.

»Wie geht es bei dir weiter?«, fragte Frieda.

»Wir reisen nach Frankfurt zurück, um Material zu reparieren und nachzubestellen. Ich werde dort Absprünge und Passagierfahrten absolvieren. Danach haben wir Auftritte in Nürnberg, Bamberg, Böhmen und Elsass-Lothringen – und man weiß nie, was noch dazwischenkommt.«

»Im Publikum waren Herrschaften aus verschiedenen Teilen Englands, aus Frankreich und Belgien. Über Franz habe ich gehört, dass einige von ihnen dich engagieren wollen. Wahrscheinlich kommen sie auf dich zu.«

»Das wäre schön. Ich habe auch schon Aufstiege für das kommende Jahr im Auge. In Paris findet die Weltausstellung statt.«

Frieda goss uns noch einmal Likör nach, griff nach einer Schüssel mit Kleingebäck und hielt sie mir hin. Aber ich lehnte ab. Die Verpflegung im Hause Krauss war üppig, und ich musste auf meine Figur achten.

Frieda drehte ihr Glas in der Hand. Dann fragte sie: »Glaubst du, dass du dich noch einmal verlieben kannst?«

Fahrig fuhr ich mir mit der Hand durchs Haar. Die Frage hatte ich bislang von mir geschoben. Daran auch nur zu denken fühlte sich an wie ein Verrat an Hermann und an unserem Sohn. Zudem würden sich direkt zwei Fragen anschließen: Welcher Mann wollte jemanden wie mich an seiner Seite haben, eine Frau, die ihn nicht umsorgte, sondern durch die Welt reiste und Dinge vollbrachte, die er sich niemals trauen würde? Selbst wenn es diesen Mann gäbe: Konnte ich mich fallenlassen, ohne mich gegenüber Hermann zu schämen? Konnte ich noch einmal einen Menschen lieben, der jederzeit sterben konnte?

»Die Luftfahrt ist aufregender als die Liebe zu einem Mann und weitaus gefahrloser«, antwortete ich.

»Das mag sein. Aber Abenteuer ohne Liebe machen hart. Erfolg ohne Liebe macht hochmütig. Reisen ohne Liebe lässt uns nur die Hälfte der Schönheiten entdecken, die uns begegnen. Du hast noch reichlich Zeit, einen neuen Mann kennenzulernen und noch ein Kind zu bekommen.«

»Woher glaubst du, all das zu wissen? Deine Ehe mit Franz hast du mir weniger schwärmerisch beschrieben.«

Sie senkte den Blick. »Bei Hermann war es doch auch so. Oder hättest du gedacht, dass du dich Hals über Kopf verliebst?«

»Ich hatte nicht einmal Ahnung, wie es sich anfühlen musste«, entgegnete ich und dachte an meine erste Begegnung mit Hermann zurück, wie er mir im Wiesbadener Garten vor die Füße fiel. Ich fragte: »Und du? Liebst du Franz?«

Sie verzog das Gesicht zu einer Grimasse. Den Kopf wiegend, antwortete sie: »Er ist der Vater meiner Kinder und ermöglicht mir ein Leben in Sorglosigkeit. Vielleicht sollte ich nicht allzu kritisch sein.«

»Du sprachst davon, dass er die Hand gegen dich und die Kinder erhebt. Welcher liebende Mann würde das tun?«

»Er hat ein anderes Verständnis von Liebe. Es geht mit Züchtigung einher.«

»Hermann hat mich niemals geschlagen. Auch unseren Willy nicht. Wenn er wütend war, knallte er die Türen und wurde laut. Deiner Antwort entnehme ich, dass du Franz nur erduldest. Ich möchte mit keinem Mann das Bett teilen, den ich nur erdulde. Deshalb werde ich wohl auf ewig allein bleiben.«

Frieda schwieg. In ihren Augen zeigte sich ein Schimmer. Sie sah von mir fort in den Himmel, fuhr sich mit der Zunge über die Lippen und atmete tief ein. »Mir bleibt keine Wahl, Käte. Im Gegensatz zu dir verdiene ich kein eigenes Geld. Ich kann ihn nicht verlassen. Wohin sollte ich auch gehen? Er würde außerdem die Kinder bei sich behalten. Ich bin gefangen in einem goldenen Käfig.«

Frieda zog ein Taschentuch aus ihrem Ärmel und schnäuzte sich. Sie sagte: »Ich wünsche dir jedenfalls, dass du noch mal eine Liebe wie Hermann findest. Du bist eine großartige Frau. Du hast es verdient, geliebt zu werden.«

Ich schwieg. Es tat gut, ihre Worte zu hören, auch wenn ich mir nicht vorstellen konnte, mein Herz jemals wieder für einen Mann zu öffnen.

»Wäre es dir recht«, fragte Frieda, »wenn wir nach deiner Abreise in Kontakt blieben? Es wäre mir eine Freude, mit dir in eine Brieffreundschaft zu treten.«

Ich lächelte. »Das ist eine schöne Idee.«

Nach der Rückkehr aus Wimbledon war ich voller Tatendrang. Noch immer erlebte ich Inseln der Trauer und des Unglücks, die Momente, in denen die Erinnerung an Hermann und Willy wie eine Welle über mir zusammenschlug. Gleichzeitig hatte mir die Reise nach Wimbledon Kraft gegeben. Es fühlte sich an, als hätte sie ein Fenster geöffnet, durch das nun frische Luft in mein Leben wehte.

Bevor es Miss Polly gab, war ich einfach Käte gewesen. Wenn ich vors Publikum trat, war ich dieselbe, die ich an meinem Küchentisch, am Grab meines Sohnes und in meinen dunklen, kummervollen Nächten war. Ich war ebenso traurig, bekümmert und angefüllt mit Vergangenheit. Miss Polly schenkte mir ein zweites Ich. Sie erlaubte mir, meine Vergangenheit in mir zu tragen, die Liebe, den Schmerz, den Verlust und die Schuld, und gleichzeitig die Freude und das Glück meines Tuns wieder aufrichtig zu empfinden. Miss Polly gab mir die Möglichkeit, das Andenken meines Sohnes und meines Mannes lebendig zu halten und doch nach vorn zu blicken.

Das launige Gespräch über Boote, Bleistifte und Besenstiele, das Frieda, Irma und ich geführt hatten, die Idee, auf unterschiedlichen Gegenständen durch die Luft zu reiten, hatte mich zu ernsthaften Überlegungen geführt. Es gab vieles, was ich unter den Ballon hängen konnte – nicht zuletzt ein lebendiges Pferd! Eine meiner Ideen führte mich im Winter nach meinem Aufstieg in Wimbledon ins Frankfurter Gallusviertel, wo ich einem schnauzbärtigen Herrn mit dunklem Haarkranz gegenübersaß.

»Sie wollen also ein Fahrrad unter Ihren Ballon schnallen, habe ich das richtig verstanden?«, fragte mich Generaldirektor und Kommerzienrat Heinrich Ludwig Kleyer und hob dabei eine seiner dünnen Augenbrauen.

»Es wird nicht geschnallt, es hängt vielmehr dort, an einem stabilen Gestänge«, antwortete ich.

»Wie kommen Sie auf die Idee, dass mir das gefallen könnte?«

»Ihre Adlerwerke stellen seit mehr als einem Jahrzehnt Fahrräder her. Besonders bei Frauen wird das Fahrradfahren immer beliebter«, erklärte ich. »Gleichzeitig halten sich die meisten Damen noch zurück, weil Radfahren als obszön gilt. Eine Fahrradnummer, bei der ich mit Ihrem Vehikel in die Luft gehe, könnte sie ermutigen, eines Ihrer Räder zu erwerben. Wir haben beide ein Interesse daran, dem Fortschritt zu dienen, nicht wahr?«

Kleyer antwortete nicht auf die Frage. Stattdessen nahm er eine Zigarre zur Hand, die halb geraucht im Ascher auf seinem Schreibtisch lag, hielt ein Zündholz daran und paffte. »Fahren Sie fort mit Ihren Ausführungen.«

»Es gibt Ärzte, die vor dem Fahrradfahren warnen, weil es die Fruchtbarkeit beeinträchtige. Wenn Sie mich fragen, geht es dabei nur darum, Frauen den Mut und die Bewegungsfreiheit zu versagen, die das Radfahren mit sich bringt. Je mehr Damen sich trauen, gegen diese Vorstellungen zu rebellieren, desto besser ist es für die Freiheit der Frauen – und für Ihr Geschäft. Gern würde ich dazu beitragen, alte Zöpfe abzuschneiden und dabei Ihre Verkäufe zu befördern.« Ich hatte mich gut auf dieses Gespräch vorbereitet. Ich hatte Erkundigungen über die Absatzzahlen und die Ziele der Adlerwerke eingeholt und mir überlegt, welche Gemeinsamkeiten in unseren Bestrebungen lagen.

»Sie setzen sich also für die Rechte der Frauen ein«, stellte Kommerzienrat Kleyer zwischen zwei Zügen fest.

»Ich setze mich für die Entwicklung des Reiches ein«, konterte ich. »Wir bauen Schiffe und Automobile, in unseren Häusern brennen Glühlampen, die Menschen sprechen über Hunderte von Kilometern miteinander, ich reise in fast sämtliche Länder Europas. Wir sind Teil von etwas Großem. Es wäre doch schade, wenn unser Weg an überkommenen Vorstellungen von Moral und Keuschheit endet. Oder sehen Sie das anders, Herr Generaldirektor?«

Wieder ein Zug an der Zigarre. »Ich muss sagen«, entgegnete Kleyer, »ich bin beeindruckt von Ihnen, Fräulein Paulus. Die Gedanken, die Sie sich gemacht haben, gefallen mir.«

»Wir kommen also ins Geschäft?«

»Wir kommen ins Geschäft.«

Ich baute einen Ballon, der mehr breit als hoch war. Darunter war ein Fahrrad der Adlerwerke befestigt, das von zwei Stangen in der Senkrechten gehalten wurde. Die Stangen waren notwendig, denn wäre das Vehikel nur an Schnüren befestigt, würde ich mich auf den Kopf drehen. Durch die starre Konstruktion blieb es in seiner Position, und ich konnte munter durch die Luft radeln. An jeder der beiden Pedale hatten wir ausladende Schaufelräder montiert, wie man sie von Dampfern kennt. Wenn ich trat, drehten sie sich. Für mein Fortkommen hatten sie keinerlei Funktion: Weder konnte ich mich mit ihrer Hilfe wesentlich vorwärts bewegen noch meine Richtung bestimmen, das erledigten weiterhin die Luftströmungen. Es war jedoch eine schöne Eulenspiegelei und ließ die Konstruktion zudem größer wirken; besonders aus der Ferne konnten die Zuschauer mich und das Rad besser sehen.

Auf dem Ballon prangte in zehn Meter hohen Buchstaben der Schriftzug »Adler-Rad«. Wir hatten ihn mit farbigem Stoff aufgenäht, eine Maßnahme, die, ebenso wie die Fahrradkonstruktion, das Gewicht des Ballons deutlich erhöhte. Vor der ersten Auffahrt mussten wir deshalb einige Tage lang mit der Menge an Gas experimentieren. Ich war jedoch inzwischen erfahren genug, um derlei Hindernisse rasch zu bewältigen.

Der erste Aufstieg fand natürlich in Frankfurt statt. Neben dem öffentlichen Publikum waren 600 Arbeiterinnen und Arbeiter der Adlerwerke zur Premiere eingeladen. Jeder und jede von ihnen durfte eine weibliche Angehörige mitbringen. Das sollte für Mundpropaganda unter den potenziellen Kundinnen sorgen.

Es wurde ein Heidenspektakel. Die Fahrt selbst war mit diesem Gefährt vergleichsweise unspektakulär, denn ich sprang nicht ab und erreichte auch keine großen Höhen. Aber selbst diejenigen Besucher, die mich schon oft gesehen hatten und deshalb nicht mehr zu meinen regulären Auftritten in den Zoo kamen, erschienen an dem Tag. Während ich in die Luft ging, konnten die Leute am Boden die Adler-Räder ausprobieren, Wettrennen fahren und sich verschiedene Modelle anschauen. Eine Kapelle spielte, und die Adlerwerke verteilten kostenlos Süßigkeiten. Es war ein Volksfest. In den kommenden Wochen wiederholte ich den Auftritt mehrmals – mit gleichem Erfolg. Ich schrieb Frieda:

Geschätzte Freundin,
was im Vereinigten Königreich seinen Anfang genommen hat, erfuhr in den vergangenen Wochen eine Fortsetzung. So wie ich in Wimbledon mit einem Tennis-

schläger unter dem Ballon aufgestiegen bin, ging ich hier in Frankfurt mit einem Fahrrad in die Lüfte. Kennst Du die Berichte über Frauen, die das Korsett ablegen, in Hosen steigen und mit dem Rad Distanzen zurücklegen, die bislang außerhalb ihrer Reichweite lagen? Dank des Vehikels können sie eigenständig entscheiden, wann sie die Stadt verlassen wollen: Sie fahren einfach los, ohne Erlaubnis ihrer Ehemänner! Ist das nicht wunderbar? Wenn Du mich fragst, wird Fahrradfahren ebenso viel zur Unabhängigkeit der Frau beitragen wie Deine Suffragistinnen.

Ich absolviere meine Auftritte mit Unterstützung der hiesigen Adlerwerke. Sie sind sehr zufrieden über den Erfolg und berichten, dass das Ansehen ihres Produktes bereits maßgeblich gestiegen sei, besonders unter jungen Frauen. Die Nachfrage steigt.

Wie geht es Dir und Deinen Lieben?

Aus Frankfurt kann ich berichten, dass es meiner Mutter endlich besser geht. Seit sie sich im Sommer das Schlüsselbein gebrochen hatte, litt sie unter Schmerzen. Wie Du Dir vorstellen kannst, war das unserer häuslichen Stimmung nicht zuträglich. Nun ist die Verletzung endlich ausgeheilt, und sie ist wieder ganz die Alte. Letztens sagte sie zu mir: »Der Ausflug zu Frieda hat dir gutgetan«, und ich gebe ihr recht. Ich danke Dir noch einmal von ganzem Herzen für eure Gastfreundschaft und das erneute Auflebenlassen unserer Freundschaft. Seit ich bei Dir war und wir unseren Briefkontakt pflegen, merke ich, wie sehr mir eine Freundin, wie sehr Du mir gefehlt hast.

Bitte schreib mir, wie es Dir im fernen England ergeht.

Mit herzlicher Umarmung

Deine Käte

Eine Begebenheit ist mir im Zusammenhang mit dem Fahrradballon besonders im Gedächtnis geblieben. Der Zwischenfall ereignete sich vor den Toren Frankfurts. Es muss zwei, vielleicht drei Jahre nach der Premiere gewesen sein.

Ich stieg von meinem üblichen Platz im Zoo auf. Kaum war ich einige hundert Meter emporgestiegen, erfasste mich ein Luftstrom, der mich auf die Felder nach Niederrad hinaustrug. So weit alles harmlos, und auch die Landung versprach, glimpflich auszugehen. Ich war schon fast auf dem Boden – die Gegend war weitläufig und bot ausreichend Möglichkeiten zu landen –, als ich einen Schlag verspürte. Eine unsichtbare Kraft stieß mich vom Rad, ich fiel hinab ins Gras, verstauchte mir meinen Fuß, und der Ballon ging hinter mir zu Boden.

Wie ich von unten hinaufsah, entdeckte ich eine herabbaumelnde Leitung, die, für eine Luftfahrerin unsichtbar, zwischen zwei Masten gespannt war. Ich schaute genauer hin: In regelmäßigen Abständen waren dort Pfosten aufgestellt. Sie verloren sich in der Ferne. Offenbar war die Leitung über die Felder bis in die Stadt verlegt. Die Pfosten endeten an einem Gutshaus.

Ich rappelte mich auf. Mein Fuß schmerzte und mein Schädel brummte. Aber ich biss die Zähne zusammen. Als ich an der Pforte klopfte, öffnete ein livrierter Herr, der sogleich fragte, ob meine Anwesenheit etwas mit dem Opernhaus zu tun hätte. Ich muss ihn angesehen haben wie eine Kuh bei Gewitter.

»Die Übertragung ist unterbrochen«, sagte er, als genüge dies als Erklärung.

»Welche Übertragung?«, fragte ich. Da schien es ihm zu dämmern, dass ich keine Ahnung hatte, wovon er sprach.

»Graf von Siebeck pflegt die Konzerte des Opernhauses zu verfolgen. Dafür hat er sich eigens Telegrafendrähte von der Oper bis hierher spannen lassen.« Er deutete mit dem Finger auf die Masten.

»Warum geht er nicht selbst in die Oper, wenn er so erpicht auf Konzerte ist?«, fragte ich.

»Der Graf von Siebeck besitzt kein Augenlicht und zieht die fernmündliche Übertragung den Strapazen einer Reise vor.«

Der Mann war einen Kopf größer als ich und sah mit einer Überheblichkeit auf mich herab, als sei er der Herr des Hauses. Seiner Uniform entnahm ich jedoch, dass er nur ein Bediensteter sein konnte.

Ich entgegnete, dass ich nichts mit der Oper zu schaffen hätte, wohl aber mit dem Ausbleiben der Übertragung, und fragte, ob ich eintreten dürfe, damit ich die Dinge mit dem Hausherrn klären könne. Der Diener machte mir Platz. Ich humpelte ins Foyer und folgte ihm durch einen verspiegelten Saal in einen Raum, der zweifellos die Bibliothek war. Drei der vier Wände waren bis zur Decke mit Büchern gefüllt. In der Mitte des Raumes befanden sich ein Tisch und ein Sessel, auf dem Tisch ein länglicher Kasten mit einem kunstvollen Trichter. Im Sessel saß ein Mann, nur wenig älter als ich. Er wandte den Kopf, als ich eintrat, und ich sah sofort, dass ihm das Augenlicht fehlte. Seine Augen waren klein wie Murmeln. Die Brauen darüber neigten sich der Nasenwurzel zu. Sein Gesicht wirkte verkniffen.

»Wer tritt ein?«, fragte er mit einer festen Stimme, die seine schmale Statur und das kleine Gesicht nicht erwarten ließen.

»Herr von Siebeck, darf ich Ihnen die Dame vorstellen, die Ihre Telegrafenleitung gekappt hat?« Er wandte sich mir zu. »Wie war doch gleich Ihr Name?«

»Ich bin Katharina Paulus aus Frankfurt am Main.«

»Dann erzählen Sie mir bitte, Katharina Paulus, wie es

Ihnen gelungen ist, mein Konzert zu ruinieren. Neigen Sie dazu, mit Leiter und Bolzenschneider durch die Gegend zu spazieren, oder wie sind Sie dort hinaufgelangt?«

»Nicht ganz, Herr Graf. Ich neige dazu, vom Himmel zu fallen. Dabei sind manchmal Dinge im Weg.«

Er lachte. »Soso. Sie fallen also vom Himmel. Sind Sie vielleicht die gleichnamige Luftfahrerin?«

»So ist es.«

Ein Lächeln huschte über sein Gesicht. »Dann setzen Sie sich bitte«, sagte er und deutete auf einen Sessel ihm gegenüber.

Ich blieb allerdings stehen, denn ich war eine Weile in der Luft gewesen und verspürte zunächst ein dringendes Bedürfnis. Ich bat um die Benutzung des Abortes.

»Daniel«, der Graf machte eine Handbewegung, die den Diener dazu veranlasste, mich aus der Bibliothek zu geleiten. Mir fiel auf, dass in den Fluren keine Vasen, Tische oder Kommoden standen. Die Laufwege waren frei von Hindernissen. Nicht einmal Teppiche waren ausgelegt, der Boden bestand lediglich aus zart gemusterten Fliesen. An den Wänden hingen Landschaftsmalereien und Familienporträts. Auf einigen erkannte ich den Grafen. Die Form seiner Augen ließ vermuten, dass er bereits früh erblindet war oder sogar von Geburt an nicht sehen konnte.

Nachdem ich meine Notdurft verrichtet und meine Kleidung in Ordnung gebracht hatte, führte Daniel mich zurück in die Bibliothek und stellte mir ein Glas Wasser hin, von dem ich dankbar trank.

»Da Sie meine Abendgestaltung zunichtegemacht haben«, sagte Graf von Siebeck und deutete auf einen Sessel ihm gegenüber, »erwarte ich, dass Sie mir noch etwas Gesellschaft leisten und für Unterhaltung sorgen.« In seiner Stimme lag etwas Neckendes.

Ich nickte. Dann fiel mir ein, dass der Fürst es nicht sehen konnte, und ich sagte: »Wenn es Ihnen beliebt.«

Er richtete sich im Sessel auf und sagte: »Ich habe von Ihren Auftritten gehört. Sie müssen recht spektakulär sein.«

»Ich kann nur für mich sprechen und sagen: Mir machen sie Spaß«, antwortete ich.

Wieder lachte er. Sein Lachen war hell und aufrichtig. »Ich habe noch keinem von ihnen beigewohnt«, sagte er. »Vielleicht sollte ich es dennoch einmal tun. Dann bekomme ich etwas von der Stimmung mit.«

Ich fragte mich, wie alt er war. Sein Gesicht war frei von Falten, sah man von den Einkerbungen um seine zu klein geratenen Augenhöhlen ab. An den Schläfen zeigten sich jedoch erste graue Strähnen. Er war hochgewachsen, von feingliedriger Statur. Seine Wangenknochen stachen leicht hervor, und seine Lippen waren voll. Ein freundlicher Zug umspielte sie. Ein attraktiver Mann.

»Sie verfolgen die Opernaufführungen fernelektrisch?«, fragte ich. Ich hatte von dieser Möglichkeit gehört. Das Gerät, mit dem es vonstattenging, hatte ich jedoch bislang nicht in Augenschein nehmen können.

»Treten Sie gern heran, wenn es Sie interessiert«, sagte der Graf. Er tastete nach dem Kasten mit dem Trichter. »Sie sind eine technisch versierte Frau. Bestimmt haben Sie schon einmal ein Graphophon gesehen.«

Ich verneinte und gestand, dass ich bislang nicht die Gelegenheit dazu gehabt hatte. Auf dem Holzkasten war eine metallene Röhre angebracht, daneben eine Art Walze. Das auffälligste Stück der Konstruktion aber war der Schalltrichter, der hoch in die Luft ragte und aus dem vermutlich die Musik ertönte.

»Die Musik kommt damit direkt zu Ihnen?«, fragte ich.

»Die Übertragung hat nicht die gleiche Qualität wie die Akustik im Opernhaus, aber sie ist hinreichend, um mich zu unterhalten. Ich bin mir sicher, dass diese Technik in einigen Jahren in allen Haushalten Einzug hält.«

»Haben Sie etwa auch einen dieser Telefonapparate?« In Frankfurt gab es Telegrafenämter, von denen aus man in einige andere Städte telefonieren konnte, unter anderem nach Mainz, Mannheim, Heidelberg und Wiesbaden. Seit einigen Jahren konnte man sogar nach Berlin und nach Hamburg telefonieren. Ich hatte diese Möglichkeit schon genutzt. Sie war äußerst praktisch, denn durch sie ließen sich binnen weniger Stunden Informationen übermitteln, die sonst Tage mit dem Brief unterwegs gewesen wären.

Graf von Siebeck nickte. »Ich habe allerdings nur eine Verbindung nach Frankfurt.«

Ich setzte mich und sagte: »Wenn wir überall fernmündlich überallhin korrespondieren können und jeder Haushalt Übertragungen hören kann, brauchen wir irgendwann nicht mehr das Haus zu verlassen.«

»Und selbst wenn wir es verließen, würden wir ohnehin fahren, mit dem Automobil. Oder vielleicht sogar fliegen. Soweit ich informiert bin, wird allerorten an Flugmaschinen gearbeitet. Aber damit kennen Sie sich besser aus als ich.«

»Es gibt zahlreiche Bemühungen, den Flug der Vögel nachzuahmen«, führte ich aus. »Am bekanntesten sind hierzulande die des Herrn Lilienthal, von dem Sie sicherlich schon einmal gehört haben. Gott hab ihn selig.«

»Der Herr mit dem Derwitzer Apparat, richtig?«

Ich erklärte, dass die Überlegungen aktuell weg von solcherlei Konstruktionen und hin zu Doppeldeckerkonstruktionen gingen. »Die beiden Flügel sind miteinander verstrebt. Das verleiht ihnen wesentlich mehr Stabilität als

Einzelflügel. Zudem vergrößert sich die Fläche, ohne dass die Flügel länger werden müssen.«

Das war allerdings schon alles, was ich darüber wusste. Mein Gebiet war das Ballonfahren. Nichtsdestoweniger interessierte ich mich für die Versuche, nicht nur in die Höhe zu steigen, sondern auch parallel zum Boden gezielt Strecke zurückzulegen. Denn der Ballon hatte den Nachteil, dass er nur mit den Luftströmungen fuhr, nicht aber wie die Vögel seine Richtung bestimmen konnte.

Der Graf setzte sich in seinem Sessel auf. »Fragen Sie sich auch manchmal«, sagte er, »wohin das alles führen wird?«

»Was meinen Sie?«

»Nun, dank der Eisenbahn können wir inzwischen weite Strecken zurücklegen. Es gibt zunehmend mehr Automobile. Unsere Stimme wird zu Menschen transportiert, die weit entfernt leben. Bald werden wir fliegen. Manchmal erscheint mir das alles so unwirklich.«

»Es ist eher das Unsichtbare, was mich ein wenig ängstigt«, gab ich zu. »Alles, was ich anfassen kann, kann ich auch begreifen.«

Vor zwei Jahren waren die Menschen in Würzburg mit Fackeln und Blaskapellen vor das Physikalische Institut gezogen. Dort war es einem Professor mit unsichtbaren Strahlen gelungen, den Menschen zu durchleuchten und in ihn hineinzusehen.

»Die Luft, die Sie trägt, ist auch unsichtbar«, entgegnete Graf von Siebeck.

»Das ist etwas anderes. Ich kann sie spüren, wenn ich hinunterfalle. Sie reißt an meinem Körper und trägt den Schirm, der mich zur Erde bringt. Mit den Tönen, den Stimmen und den Strahlen ist es etwas anderes.«

»Es ist schwieriger zu fassen«, räumte der Graf ein.

»Meine Bemerkung zielte aber auf eine andere Sache ab. Ich frage mich, was die Entwicklungen für die Menschen bedeuten werden. Wie empfinden Sie das Leben in der Stadt, Fräulein Paulus? Sie wohnen in Frankfurt, nicht wahr?«

Ich bejahte. Das Leben hatte sich seit meiner Kindheit grundlegend verändert, war lauter und hektischer geworden. Die Menschen erstürmten die Städte regelrecht. Jahr für Jahr zogen Tausende und Abertausende nach Frankfurt, Mannheim und Darmstadt, um in den Fabriken nach Arbeit zu fragen. Die Vororte breiteten sich mehr und mehr aufs Land aus und verschluckten umliegende Gemeinden und Dörfer. Trotzdem gab es nie genug Wohnraum für all die Familien, die mit Sack und Pack, Kind und Kegel ihr Glück suchten.

Nicht nur die vielen Menschen machten das Leben in den Straßen betriebsam. Seit knapp drei Jahren gab es in Frankfurt elektrische Straßenbahnen, die sich rumpelnd und klingelnd ihren Weg bahnten. Droschken, Kutschen, Fahrräder und immer mehr Automobile sorgten für ein gehöriges Wirrwarr – und für einen mitunter ohrenbetäubenden Lärm. Gerade wochentags, wenn die Menschen in die Fabriken und Werkshallen strömten, Handwerker und Lieferanten sich in den Straßen drängten und scheinbar alle, die des Fahrens und Laufens mächtig waren, zu irgendeinem Ziel unterwegs waren, war Frankfurt kaum mehr vergleichbar mit der Stadt meiner Kindheit. Ich verfolgte die Entwicklungen mit Offenheit, aber Mutter zeigte wie viele Menschen ihres Alters Zeichen von Anspannung. Erst neulich hatte sie einen Arzt aufgesucht, um sich Nervenheilkraut verabreichen zu lassen.

»Sie leben hier allein?«, wechselte ich das Thema.

»Sehe ich aus, als könnte ich allein leben?«

»Ich meine: Haben Sie eine Familie?«

»Ich hatte einen Hund. Er ist letzte Woche gestorben.«

»Das tut mir leid.« Ich trank von meinem Wasser. Kühl rann es meine Kehle hinunter.

Er sagte: »Ein Labrador. Er hieß Gertrud.«

Ich musste lachen. »Gertrud?«, fragte ich. »Wie kommt man auf Gertrud?«

»Meine Volksschullehrerin hieß so, und ich konnte sie nicht leiden. Sie hielt mich für dumm. Als ich den Hund bekam, sagte man mir, er sei sehr hässlich. Da nannte ich ihn Gertrud.«

Wieder lachte ich. »Sie haben einen feinen Humor, Herr Graf.«

»Ich habe gehört, Fräulein Paulus, dass sie Hosen tragen wie ein Kerl und mehr Courage besitzen als das gesamte preußische Heer.«

»Das mit den Hosen stimmt«, entgegnete ich.

Er lächelte – und ich tat es auch. Der Wortwechsel machte mir wilden Spaß. Der Graf erinnerte mich an Hermann. Dabei kannte ich den Mann kaum!

»Was treibt Sie an?«, fragte von Siebeck. »Ich kenne wenige Menschen, genau genommen gar keine, die über den europäischen Kontinent reisen und sich aus Ballons stürzen.«

Die Möglichkeit, mich zu spüren. Der Wunsch nach Freiheit. Der innere Friede, den ich empfinde, wenn ich dort oben bin. Hermann. Meine Neugier. Doch das alles sagte ich nicht. Stattdessen entgegnete ich: »Es war mir zu langweilig, Kleider für feine Damen zu nähen.«

»Das geht vielen Mädchen so.«

»Ich lernte zufällig einen Luftfahrer kennen, der mich mit in seine Werkstatt nahm. Und ehe ich michs versah, stand ich in einem Ballon und fiel hinunter auf die Erde.

Und dann noch einmal und noch einmal, und das Leben nahm seinen Lauf.«

Wieder lachte er. Dann wurde er ernst. »Als Kind wollte ich Arzt werden. Ich wollte Blinde sehend machen.«

»Hat nicht funktioniert, oder?«

»Trost und Mitgefühl sind wohl nicht Ihre Stärke?« Er versuchte, seine Worte mit Griesgrämigkeit zu unterlegen, aber es gelang ihm nicht.

»Sie sind von Geburt an blind?«, fragte ich.

»Ich kam so auf die Welt, also vermisse ich das Augenlicht nicht. Deshalb ist Mitleid fehl am Platze, und ich bin froh um jeden Menschen, der mir keins entgegenbringt. Ihre Gegenwart bereitet mir ausgesprochen Freude.« Er lächelte, und es fühlte sich an, als machte er mir Avancen.

Er tastete nach seinem Glas und hob es in die Höhe. »Hat Daniel Ihnen etwas zu trinken gebracht?«

»Wasser, vielen Dank.«

»Wasser!«, entfuhr es ihm entrüstet.

Er griff nach einem Glöckchen, schüttelte es, und wenige Augenblicke später betrat Daniel die Bibliothek.

»Bringen Sie Fräulein Paulus und mir einen Gin, bitte. Old Tom«, sagte er.

Mit einem gemurmelten »Sehr wohl« verließ der Diener das Zimmer und kam wenige Minuten später mit zwei Gläsern zurück, von denen er eins dem Grafen in die Hand drückte und das andere auf dem Tisch neben meinem Sessel abstellte. Der Graf hielt es in die Höhe, senkte den Kopf und sagte: »Auf Ihren Absturz in meinen Telegrafenmast.«

»Auf meinen Absturz«, erwiderte ich und griff nach meinem Glas. Die Flüssigkeit war klar und schmeckte zunächst leicht bitter. Doch als ich schluckte, brannte sie im Hals. Ich hustete leicht.

Von Siebeck lächelte. »Sie trinken sonst keinen Alkohol?«

»Wenig«, antwortete ich.

»Es handelt sich um einen Import aus dem Vereinigten Königreich. Dort sind Sie auch schon aufgetreten, oder?«

»Zuletzt in Wimbledon, zur Eröffnung des dortigen Tennisturniers.«

»Wahrscheinlich auf einem fliegenden Tennisschläger.«

Er hatte es als Scherz gemeint, aber ich sagte: »So ist es.«

Er lachte. »Sie sind wirklich eine spannende Persönlichkeit! Wenn ich könnte, würde ich alles darum geben, Sie näher kennenzulernen.«

»Was hindert Sie daran?«, fragte ich. Es war gewagt, aber ich war gelöst und verspürte Heiterkeit.

Er lächelte. Dann wurde sein Gesichtsausdruck ernst, und er sagte: »Wissen Sie, ich habe in meinem Leben viel Einsamkeit erfahren. Meine Kindheit verbrachte ich allein, und anstatt als Heranwachsender zum Militär zu gehen, dort Kameraden zu finden und Freundschaften zu schließen, wie es in meinem Stand üblich ist, blieb ich daheim. Auch wenn ich es von jeher gewohnt bin, allein zu sein, quält mich die Einsamkeit. Sie ist wie eine vergessene Stecknadel im Kragen eines Hemdes: Oft spüre ich sie nicht, manchmal pikst und piesackt sie mich nur, und dann gibt es Momente, in denen sie mir wie ein Dorn tief in der Haut steckt.«

Wie kannte ich dieses Gefühl! Das Bild traf genau, was ich in den vergangenen Jahren empfunden hatte, wenn ich am Abend die Werkstatt abschloss und nach Hause ging, wo nur meine Mutter auf mich wartete, wenn ich im Bett lag und nicht schlafen konnte, wenn ich darauf hoffte, dass mich bald einmal wieder jemand umarmte, und darauf wartete, dass es Morgen wurde.

»Ich weiß, wovon Sie sprechen«, sagte ich. Meine Stimme klang belegt.

»Ich bin ein melancholischer Mann, der vor den Menschen flüchtet, auf einen Landsitz vor den Toren der Stadt, wo er Musik hört, die er ebenso gut in Gesellschaft genießen könnte. Aber in Gesellschaft wäre ich noch einsamer. Ich bin anders als die meisten Männer. Mit solch einem verkorksten Menschen wie mir möchte niemand Zeit verbringen.«

Was er sagte, berührte mich tief. Die Einsamkeit allein war fürchterlich, aber noch schlimmer war die Einsamkeit unter vielen. Mir schien, als säße ich bei Frieda in Wimbledon, so nah fühlte ich mich ihm plötzlich, und so wenig mühsam war es, mich ihm zu öffnen. Ein Mann, der so empfindsam war, diese Feinheiten zu erkennen, und so mutig, sie auch auszusprechen, war eine gute Gesellschaft.

»Ich weiß sehr gut, was Sie meinen, Herr von Siebeck«, sagte ich.

»Nennen Sie mich Christian«, entgegnete er, und als ich schwieg, ergänzte er: »Wenn es Ihnen nicht unangemessen erscheint.«

Warum hatte ich noch nie von ihm gehört? Ich war inzwischen sehr gut mit der Frankfurter Gesellschaft vertraut – und auch darüber hinaus. Aber ein Christian Graf von Siebeck war mir noch nie zuvor begegnet. Mied er andere Menschen so sehr, dass er tatsächlich zu keinem der üblichen Empfänge erschien? Es wäre mir doch aufgefallen, wenn ein blinder Adeliger zugegen gewesen wäre.

»Möchten Sie Gebäck?«, fragte er. Er wartete meine Antwort nicht ab, sondern erhob sich aus seinem Sessel und ging zu einer Schale, die zwischen den Büchern stand. Er wirkte ganz und gar sicher in dem, was er tat. Seine

Hände tasteten kurz, aber routiniert nach der Schale, griffen sie, dann kam er zu meinem Sessel und hielt sie mir hin.

»Hier«, sagte er. »Bedienen Sie sich bitte. Es sind Zitronenplätzchen. Meine Köchin hat sie gebacken. Sie schmecken wunderbar.«

Ich nahm einen Keks und kostete. Das Innere war weich, die Oberfläche mit Zuckerguss bestrichen. Er war süß und gleichzeitig säuerlich.

»Bedenken Sie: Ich kann nicht sehen, wenn Sie beherzt zulangen.« Auffordernd hielt er mir die Schale hin. Ich nahm zwei weitere Kekse und legte sie neben mich auf das Tischchen. Der Graf ging zurück zu seinem Sessel, ließ sich hineinfallen und legte sich die Schale in den Schoß. Genüsslich schob er sich einen Keks in den Mund.

»Wovon leben Sie?«, fragte ich.

»Ich verpachte Land.«

»Das reicht, um den Tag herumzubringen?«

Er lächelte. »Es reicht, um die Ausgaben zu decken. Wenn Sie wissen wollen, ob ich ausgelastet bin ...«, er machte eine Pause. »Nein.«

Mir ging so viel durch den Kopf. Wie eintönig musste es sein, ohne geistige Erbauung zu leben, allein auf einem Landgut, umgeben von Menschen, die man dafür bezahlte, dass sie bei einem waren. Er war ein geistreicher Mann, dazu sensibel und wortgewandt. Ich fühlte eine vertraute Freude in meinem Herzen. Welch Fügung des Schicksals, dass ich in seine Opernübertragung geplatzt war. Ich fühlte mich lebendig und gleichzeitig, als hätte ich mich selbst überholt, als habe die Welt Fahrt aufgenommen und ich säße auf einer Bank. Es konnte doch nicht nur an seiner Einschränkung liegen, dass keine Frau bei ihm wohnte? Die Situation überforderte mich ebenso, wie sie mich lockte.

»Sie haben noch gar nicht erzählt«, übernahm Christian von Siebeck wieder das Gespräch, »wie es genau dazu kam, dass Sie meine Telegrafenleitung niederrissen.«

Ich berichtete ihm von meinem Aufstieg mit dem Fahrradballon, wie die Luftströmungen mich auf die Felder hinaustrieben, wie ich bei der Landung seine Leitung übersah und sie mitriss.

»Habe ich das richtig verstanden? Unter Ihrem Ballon befindet sich ein Fahrrad?«, fragte er ungläubig. »Und die Adlerwerke bezahlen Sie dafür, dass Sie damit durch die Luft radeln?«

»So ist es.«

»Sie sind eine geschäftstüchtige Frau, Fräulein Paulus. Ich nehme nicht an, dass Sie das alles allein bewältigen.«

Ich errötete. Normalerweise berührten Komplimente mich kaum. Aber bei von Siebeck war es etwas anderes. Wie gut, dass er es nicht sah.

»Ich habe Mitarbeiter, die mich unterstützen, darunter einen Schreiner und eine Näherin. Außerdem verpflichte ich vor Ort Hilfskräfte, die uns zur Hand gehen.«

Draußen begann es zu dämmern. Wenn ich in einer, spätestens zwei Stunden nicht zurück in Frankfurt war, würden Felix und Hinrich losziehen, um mich zu suchen. Außerdem war es im Dunkeln ungleich riskanter, den Weg zurück nach Frankfurt zu finden. Es würde kalt sein, zudem verlangten die Droschkenfahrer bei Dunkelheit ein höheres Fahrgeld.

Ich sagte: »Ich würde gern noch länger bleiben und Sie für die ausgefallene Opernübertragung entschädigen. Aber ich muss mich leider verabschieden, der Heimweg liegt noch vor mir. Es war mir eine aufrichtige Freude, Ihre Bekanntschaft zu machen.«

Der Graf erhob sich. »Daniel wird die Pferde einspannen und Sie nach Frankfurt zurückbringen lassen. Ihren Apparat schicken wir Ihnen in den nächsten Tagen hinterher.«

»Das ist eine große Geste, haben Sie vielen Dank.«

»Die Freude war ganz meinerseits. Kommen Sie gut nach Hause, Fräulein Paulus.«

Die nächsten Wochen waren voller Aufruhr. Ich hatte mir bei meinem Ausflug aufs Land eine leichte Erkältung eingefangen. Überdies schmerzte mein Fuß, mein Nacken versteifte sich und ich litt unter Schwindel und Übelkeit. Erschöpft lag ich im Bett und fühlte mich müde, geistig wie körperlich. Ich schlief viel. Mutter holte einen Arzt. Er diagnostizierte eine Gehirnerschütterung, eine Verstauchung sowie einen epidemischen Katarrh. Er verordnete Wickel und Bettruhe, geöffnete Fenster und untersagte es mir, zu lesen oder zu schreiben. Zwei Wochen lag ich, dann konnte ich wieder sitzen, fühlte mich aber immer noch schwach. Immerhin kehrte mein Appetit zurück, und ich war in der Lage, wieder ein Gespräch zu führen, das über Grundbedürfnisse hinausging. Ich blieb noch einige Tage zu Hause, bis ich morgens nicht mehr wie erschlagen erwachte, der Husten verschwand und auch die Schmerzen in meinem Fuß nachgelassen hatten.

Kaum war ich wiederhergestellt, stand die nächste Auffahrt an. Ich stieg im Frankfurter Zoo auf, stehend auf einem Trapez. Keine große Sache eigentlich. Der Frankfurter Zoo war so etwas wie meine Heimatadresse, die Auftritte dort verschafften mir regelmäßige Einnahmen und dem Zoo einen steten Zustrom unterschiedlichsten Publikums. Aber die Nummer verlief alles andere als günstig. Der Wind trieb mich dem Taunus zu, und es war, als wiederholten sich die Geschehnisse von vor drei Wochen. Ich richtete mich darauf ein, wieder in der gräflichen Telegrafenleitung niederzugehen. Doch es kam schlimmer. Denn plötzlich pendelte ich zwischen zwei Gewittern. Durch die verschiedenen Luftströmungen konnte ich nicht landen, trieb über Baumkronen und Hausdächer hinweg. Ich umfasste fest mein Trapez und fühlte die Schmerzen heraufkriechen, die ich gerade erst überwunden hatte. Mein Nacken versteifte sich, mein Schädel begann zu pochen. Während der Wind mich über die Felder trieb, gaben meine Knie nach. Mir wurde schwarz vor Augen. Der Sturm hatte alles Gas aus meinem Ballon gedrückt, ich sank und konnte doch nicht landen. Mit aller Kraft klammerte ich mich an die Streben, eine halbe Ewigkeit, der Erschöpfung nahe. Über Felder, Wiesen und durch zwei Dörfer wurde ich so geschleift, bis schließlich mehrere Bauern mich zu packen bekamen.

»Haldet se feschd!«, riefen sie im Chor, als sie mich ergriffen. »Mer misse se feschdhalde!«

Wie eine Gefallene lag ich danach im Graben neben dem Weg. Meine Gliedmaßen waren völlig zerschunden, meine Kleider zerrissen.

»Kumme Sie aus Frankfort angefloge?«, fragte der Dickste von ihnen, ein Mann in den Dreißigern, der offenbar mit guten Ernten gesegnet war. Er hatte die Hände in die Seiten gestemmt und blickte auf mich herab wie auf eine erlegte Wildsau.

Ich nickte.

»Mache Sie solsche Kabbes efters?«

»Nicht sehr oft«, krächzte ich mit trockener Stimme, obwohl es nicht ganz stimmte. Immer wieder legte ich zwischendurch Bruchlandungen hin.

Auf der Ladefläche eines Karrens brachten sie mich ins Dorf, zum Lehrer des Ortes. Er verband mich und sorgte für meine Rückreise nach Frankfurt. Ich war zu mitgenommen, um Konversation zu betreiben. Nicht einmal seinen Namen konnte ich mir merken.

Wieder lag ich darnieder. Meine Knochen schmerzten. Alles war grün und blau. Mutter machte mir kühlende Wickel und pflegte meine Wunden mit Kamille. Der Arzt kam und sagte: »Sie sind mir eine.« Schlimme Verletzungen stellte er jedoch nicht fest. Ich solle das Bett hüten, bis ich mich wieder besser fühlte.

Als ob das nicht ausreichte, überschwemmte eine Flut von Berichterstattern unsere Straße. In Scharen standen sie unten vor dem Haus und wagten sich sogar bis zur Wohnungstür vor. Jeder Einzelne wollte, dass ich ihm selbst von dem Erlebnis berichtete.

»Nun lass sie halt ein«, sagte Mutter am dritten Abend, müde vom ewigen Rufen und Klopfen. »Du erzählst es ihnen einmal, und dann verschwinden sie wieder.«

Aber es ging mir gegen den Strich, dass ich, die waghalsige, kühne Frau, vom Bett aus als Leidende Auskünfte geben sollte. Obwohl alles an mir schmerzte, packte ich kurzentschlossen meine Sachen. Wir passten einen Moment ab, in dem alle Reporter auf der gegenüberliegenden Straßenseite standen und ein gemeinsames Mittagessen einnahmen. Während ich durch den Hinterausgang fortschlich, stiefelte Mutter zu ihnen hinüber und sagte, ich sei nun bereit, Auskunft zu geben, man möge nur noch einige Minuten Geduld haben. Sie beantworte bis dahin gern allgemeine Fragen.

Als genug Zeit verstrichen war, ging sie mit den Berichterstattern hinein und siehe da: Der Vogel war ausgeflogen! Die Verblüffung unter den Männern war groß. Mutter gab die Ahnungslose. Später erzählte sie mir jede Einzelheit, und wir amüsierten uns über die dummen Gesichter der Männer.

Da anschließend auch die Werkstatt belagert wurde, zog ich mich zu Irma und Alwin zurück. Nachdem Alwin vor einigen Monaten der Schlag getroffen hatte, pflegte Irma ihren siechen Mann daheim im Schlafzimmer. Geistig war er kaum noch beieinander. In der Nacht erfasste mich Grusel, als er laut nach seiner Mutter rief und zum Gotterbarmen weinte. Irma ging zu ihm. »Da bist du ja«, hörte ich Alwin sagen, und Irma begann, ihm ein Schlaflied zu singen.

Ich wurde tieftraurig, als ich die beiden durch die angelehnte Tür beobachtete, und hoffte gleichzeitig, auch einen liebenden Menschen an meiner Seite zu haben, wenn es einmal so weit war. Als Alwin auch in der kommenden Nacht nach seiner Mutter rief, ging ich hinüber, streichelte seinen Arm und seine Stirn. »Schsch«, machte ich. »Ich bin da, mein Junge.« Dann sang ich ihm ein Wiegenlied. Er sah mich aus trüben Augen an, eine Träne lief seine Schläfe hinab bis zu seinem Ohr und nässte das Kopfkissen.

Irma erschien in der Tür. Ich gab ihr zu verstehen, dass sie ins Bett gehen könne. Sie verharrte noch einen Moment, lächelte, dann verschwand sie wieder in der Dunkelheit.

Als meine Hämatome ihre Farbe von Blau ins Grüne wechselten und der Schorf von den Wunden platzte, fühlte ich mich langsam besser. Der Schmerz in Knochen und Gelenken ließ nach. Das Brummen in meinem Kopf wurde erst leiser, dann verschwand es ganz.

Etwa in dieser Zeit erhielt ich einen Brief vom Grafen von Siebeck, beiliegend die Rechnung eines Nachrichtentechnikers für die Reparatur des Telegrafenmastes. Ich wurde sogleich wütend über die Unverfrorenheit, mir nach unserem unterhaltsamen Abend derart herzlos eine Rechnung zu übersenden. Aber dann entdeckte ich den Zettel, der beilag. Ich las: »Ich habe die 23 Mark bereits beglichen, der Schaden ist behoben. Ich erwarte keinen Ausgleich, benötigte allerdings einen Vorwand, um Ihnen zu schreiben. Auch wenn es kaum eine Chance auf ein Wiedersehen gibt: Es würde mich sehr freuen. Hochachtungsvoll, Ihr Christian von Siebeck.«

Mein Herz tat einen Hüpfer. Doch sogleich packte mich die Unsicherheit. War es das, was ich dachte? Oder freute sich der Mann lediglich über Unterhaltung? Von Kindheit an war er einsam. Eine Freundschaft mit einem Menschen wie mir musste eine großartige Ablenkung sein. Ich setzte mich an meinen Schreibtisch und schrieb einen Brief an Frieda. Ich schilderte erst meine Bruchlandung, anschließend die Begegnung mit dem Grafen.

Nun denkst Du vielleicht, es sei Hermann, der mich an einer Antwort hindert. Aber so ist es nicht. Ich liebe Hermann noch immer. Aber er ist tot, und mein Leben geht weiter. Das habe ich inzwischen begriffen. Ich bin überzeugt, dass Hermann mir ein Abenteuer gönnen würde. Nein, es sind eher die Umstände, die es mir schwer machen. Zuvorderst bin ich unsicher und möchte mich vor einer Enttäuschung bewahren. Überdies treiben mich ganz praktische Überlegungen um. Ich bin den ganzen Tag über beschäftigt und viele Wochen im Jahr auf Reisen. Welche Belastung wäre es, zusätzlich Verpflichtungen gegenüber einem Mann einzugehen? Mit Hermann war es ein Leichtes: Ihn hatte ich jeden Tag um mich, wir teilten unsere Leben. Ein Christian von Siebeck aber lebt fernab. Allein die Fahrt zu ihm nimmt fast zwei Stunden in Anspruch, und ich glaube nicht, dass ein Herr wie er nach Frankfurt anreisen wird. Was würde es also bringen, mit ihm in Kontakt zu treten? Am Ende entwickle ich gar Gefühle für ihn (er ist ein interessanter Mann), und dann haben wir den Schlamassel.

Als ich mir den Brief noch einmal durchlas, war ich zufrieden mit meinen Ausführungen. Sie beruhigten auch mein Innerstes. Friedas Antwort kam jedoch prompt. Normalerweise vergingen Wochen, bis ein neuer Brief von ihr eintraf. Diesmal musste sie sich noch am selben Tag hingesetzt haben, um eine Antwort zu verfassen.

Meine liebe Käte,
sei gegrüßt und umarmt.

Ich hoffe, Du siehst mir nach, dass die Geschichte Deiner Bruchlandung mir die Lachtränen in die Augen getrieben hat. Das muss ja schmerzhaft gewesen sein! Gleichzeitig war es bestimmt ein kurioses Schauspiel, wie Du über die Felder und durch die Dörfer getrieben wurdest. Aber so ist es ja immer: Die Zeit macht das Tragische und Dramatische zu einem komischen Ereignis. Wie oft hat Franz schon in misslichen Lagen gesteckt! Auf seinen Baustellen kommt es ständig zu Unfällen. Wenn er mir Wochen später davon erzählt, haben wir schon manches Mal darüber gelacht. Allerdings ist das nicht der Grund, warum ich Dir so zügig zurückschreibe. Es ist dein Landgraf Christian. Eine Begegnung wie in einem Roman! Ich war gefesselt beim Lesen. Als Frau in langjähriger Ehe, mit vier Kindern, bin ich begierig auf derlei Geschichten! Bitte scheue dich niemals, mich daran teilhaben zu lassen.

Nun zur eigentlichen Sache – ich hätte Dich am liebsten geschüttelt, meine liebe Freundin! Wie kann man nur so vernunftgetrieben sein! Noch nie habe ich eine Frau getroffen, die derart geschäftlich handelt. Bist Du

Dir sicher, dass Du kein Mann bist? Hätte ich an Deiner Stelle seine ›Rechnung‹ empfangen, ich hätte sofort zu Feder und Papier gegriffen und eine gefühlsduselige Antwort verfasst. Ein Mann wie er, klug, sinnlich und gut situiert – wie kannst Du eine solche Annäherung ausschlagen? Denk außerdem an den anstehenden Winter. Wie schön wäre es, wenn Du einen Gefährten hättest, der Dir das Bett wärmt? Auch wir Frauen haben Bedürfnisse. Warum solltest Du Dir nicht nehmen, was Männer sich nehmen?

Vielleicht wäre es tatsächlich nicht schlecht, über den Winter Zerstreuung zu haben. Frieda hatte recht: Die Monate in der Werkstatt waren oft einsam und kalt. Neben der Arbeit blieb genug Zeit für eine Bekanntschaft.

Herrje, war das alles konfus! Ich kam mir vor wie ein Backfisch. Eine Frau Mitte dreißig mit Gefühlen wie ein junges Ding! Ich war ganz durcheinander und versuchte, mich zur Räson zu rufen. Denn worüber dachte ich eigentlich nach? Ich war eine erwachsene Frau, und es ging nur um eine Bekanntschaft! Ich griff zu Papier und Federkiel und dankte ihm zunächst dafür, dass er den von mir verursachten Schaden übernahm. Ich schrieb, dass es mir eine Freude sei, ihn im kommenden Jahr bei einer meiner Vorstellungen begrüßen zu dürfen, um die Umstände, die ich verursacht habe, wiedergutzumachen. Ich bot ihm an, ihm einen meiner Mitarbeiter zur Seite zu stellen, der ihm persönlich und fachkundig beschreiben würde, was vor sich ginge. Ich schloss mit den Worten: »Ein Wiedersehen würde auch mich erfreuen. Lassen Sie mir gern einen Hinweis zukommen, wann es Ihnen genehm ist.«

Die Antwort ließ nicht lange auf sich warten. Der Graf lud mich ein, ihn auf seinem Landsitz zu besuchen. Ich solle vorbeischauen, wann immer ich in der Gegend sei, abgesehen von den Tagen Montag und Donnerstag, die er sich für Termine außer Haus frei hielt, sei er immer daheim anzutreffen.

So mietete ich an einem Samstag im Oktober eine Droschke und ließ mich hinaus aufs Land fahren. Ein frischer Wind trieb Blätter über die Straße und die Felder. Die Bäume schmückten die Alleen in Rot-Orange. Der Himmel trug das dunkle Blau heraufziehenden Regens. Obwohl der Herbst den Ausklang der Saison mit sich brachte, mochte ich die Jahreszeit. Sie bedeutete das Ende eines arbeitsreichen Sommers. Ich hatte Zeit, zur Ruhe zu kommen, mich Ideen und Konstruktionen zu widmen, Abende mit Mutter zu verbringen, Schlaf nachzuholen und Bücher zu lesen. Ab jetzt würden die Uhren langsamer laufen. Genauso wie ich spätestens im Februar dem beginnenden Frühjahr, dem Licht und der Sonne entgegenfieberte und mich hinauf in die Lüfte wünschte, freute ich mich im Herbst auf Muße und Erholung.

Der Fahrer zügelte die Pferde und verlangsamte das Tempo. Schon seit einigen Kilometern folgten wir den Telegrafenmasten. Ich streckte meinen Kopf aus der Luke und sah in der Ferne das Haus des Landgrafen. Vorfreude durchströmte mich. Was auch immer sich an diesem Abend zutragen würde – ich war mir sicher, dass ich eine gute Zeit haben würde.

Vor dem Haus parkte ein Automobil. Offenbar hatte Christian von Siebeck Besuch. Damit hatte ich nicht gerechnet. Wer würde bei ihm sein? Ein Verwandter? Ein Geschäftsfreund? Der Fahrer reduzierte die Geschwindigkeit weiter. In gemächlichem Schritt näherten wir uns dem Anwesen, das ich nun gut im Blick hatte.

Plötzlich öffnete sich die Tür. Ich signalisierte dem Fahrer anzuhalten, und er zügelte die Pferde. Christian von Siebeck trat heraus. Das Licht war diffus. Aber vor dem Eingang des Anwesens brannten Gaslaternen. Ich konnte deshalb genau sehen, was vor sich ging, und es bestand kein Zweifel. Ein zweiter Mann war bei ihm. Er umarmte den Grafen. Sie sprachen miteinander. Dann beugte sich von Siebeck zu seinem Besucher hin und küsste ihn auf den Mund, lang und innig, wie es nur Liebende taten.

Ich starrte aus dem Fenster der Droschke und konnte meinen Blick nicht abwenden. Christian von Siebeck. Das war widerwärtig!

»Drehen Sie um!«, rief ich dem Kutscher zu.

»Sind Sie sich sicher?«

»Natürlich!«, herrschte ich ihn an. »Und treiben Sie die Pferde an.«

Er wendete. Ich hörte Schnalzen und das Knallen der Peitschen. Die Pferde verfielen in einen raschen Trab. In dem Moment klatschten die ersten Tropfen aufs Dach der Droschke. Schon bald bildeten sie eine Wand aus Regen vor dem Fenster. Hinter uns ertönte das Horn eines Automobils. Der Droschkenfahrer scherte nach rechts aus. Der Wagen überholte hupend. Ich spürte die Kraft der scheuenden Pferde. Dann gewann der Kutscher die Oberhand. Das Geräusch des Automobils verschwand im Rauschen des Regens.

Ich brach in Tränen aus. Ich weinte über die Ungerechtigkeit, um eine Freundschaft gebracht worden zu sein. Und ich weinte aus Wut auf mich selbst. Wie hatte ich glauben können, dass es so einfach sein würde, glücklich zu sein?

REINICKENDORF

Hans Dorow wischt sich eine Träne aus dem Augenwinkel. »Geschichten über die Liebe rühren mich immer an«, sagt er.

»Liebe?«, erwidere ich. »Dazu kam es doch gar nicht.«

Er steckt das Taschentuch zurück in seine Hose. »Haben Sie jemals herausgefunden, ob der Graf tatsächlich dem gleichen Geschlecht zuneigte? Womöglich war es nur ein Verwandter, der ihn besucht hat und dem er innig verbunden war.«

»Nein.«

»Hat es Sie nicht interessiert?«

»Nein.«

Dorow hebt eine Augenbraue. »Ich nehme Sie als hartherzig wahr in dieser Sache. Hatten Sie gegenüber dem Direktor der Adlerwerke nicht argumentiert, dass es schade sei, wenn der Weg zu etwas Großem an überkommenen Moralvorstellungen scheitere?«

Ich muss husten. Mein Brustkorb wird eng. Ich ringe nach Luft. Der Pfarrer springt auf, so behände, wie es sein Rücken erlaubt, greift mir unter den Oberkörper und zieht mich in die Höhe. Langsam wird es besser. Mein Gesicht ist heiß. Schweiß bricht mir aus. Dorow reicht mir ein Wasserglas und führt es an meine Lippen.

»Sie haben zu viel erzählt und zu wenig getrunken«, sagt er.

Mit einem Ächzen lasse ich mich ins Kissen zurückfallen. »Wir sollten für heute Schluss machen«, bitte ich.

»Sie gehen meiner Frage aus dem Weg, Käte.«

Es ist die Gnade des Alters, nicht mehr allen Konflikten begegnen zu müssen, den inneren wie den äußeren. Ich hatte gehofft, in Christian von Siebeck einen neuen Gefährten zu finden, jemanden, der ebenso wie ich zwar mitten in und doch außerhalb der Gesellschaft lebt. Ein Mensch, mit dem ich mein Wesen teilen kann. Aber noch nie zuvor hatte ich gesehen, wie zwei Männer sich küssten, und es hatte mich geekelt.

Ich bitte Hans Dorow erneut, mich allein zu lassen. Er fügt sich und verabschiedet sich nach Hause, nicht ohne den Hinweis, morgen wieder nach mir zu sehen.

Er und Hanna treffen am nächsten Tag fast zeitgleich ein. Entgegen meinen Befürchtungen, wieder weggetreten und zu nichts fähig zu sein, fühle ich mich wach und ausgeruht. Ich freue mich unbändig, dass Hanna mich noch einmal besucht. Sie gehört zu den Menschen, die ein Zimmer betreten und alle darin für sich einnehmen. Jeglicher Mief weicht ihrem Elan. Aus ihr entspringt eine Kraft, die meine wird, die mich anfüttert und nährt. Überdies erinnert sie mich an mich selbst in meinen ersten Jahren als Luftfahrerin, als ich voller Abenteuerlust und Tatendrang war – und gleichzeitig so unwissend, so naiv. Ihre Unverderbtheit ist eine Wonne. Ich wünschte, sie wäre früher geboren worden und wir wären Freundinnen gewesen, damals.

Dorow bringt einen Marmorkuchen mit und bereitet Kaffee zu. Es ist fast ein Kränzchen, wie wir beieinandersitzen, ich im Bett und die beiden an meiner Seite. Hanna schiebt sich Kuchen in den Mund und kaut hastig. »Was habe ich alles verpasst?«, fragt sie, den Mund noch halb voll.

Zwischen zwei Stücken Kuchen gibt Dorow Hanna einen Abriss der Geschehnisse: vom Besuch in Wimbledon, von der Idee des Fahrradballons, der Aufstiege und auch der Bruchlandungen. Die Episode mit dem Landgrafen lässt er aus.

»So viel haben sie erzählt!«, ruft Hanna. »Wie gern wäre ich dabei gewesen!«

»Sie mussten sich um ihre Arbeit kümmern«, sage ich. »Und um Ihre Zukunft. Das ist wichtiger, als einer alten Frau zuzuhören, die in Nostalgie schwelgt.«

»Aber ich kann so viel von Ihnen lernen!«

»Am Ende müssen wir alle unsere eigenen Fehler machen«, wende ich ein. »Nur so begreifen wir, was klug ist und was nicht.«

Ich schlürfe aus meiner Tasse. Der Kaffee schmeckt wundervoll. Ich fühle mich, als seien Schwäche und Krankheit die Gebrechen einer anderen Person. »Lassen Sich mich nun erzählen«, sage ich. »Wir sollten vorankommen. Sonst sterbe ich, ehe ich Ihnen berichten kann, wie ich hierher nach Berlin kam und Paul traf. Und dann der Krieg! Bevor ich diese Welt verlasse, möchte ich meine Geschichte in guten Händen wissen.«

Hanna lacht. Es ist ein helles, unschuldiges Lachen.

»Was ist daran so lustig?« frage ich.

»Sie haben da Schokoladenguss am Mund«, bringt Hanna unter Glucksen hervor und deutet auf den Pfarrer.

Dorow greift zu einem Taschentuch und wischt sich hastig den Mund ab. Dann hält er die Kaffeekanne hoch und schaut Hanna mit gehobenen Brauen an. Sie reichte ihm ihre Tasse, und er gießt nach. Ich bedeute ihm, mir mein Wasser zu reichen, und befeuchte mir die Kehle.

»Dann legen Sie los«, fordert der Pfarrer mich auf und lässt sich in seinem Sessel nach hinten fallen, und zu Hanna: »Machen Sie es sich gemütlich. Wir hocken bestimmt wieder bis in die Nacht hier.«

Schwungvoll greift Hanna nach einem Kissen, wirft es sich in den Schoß, stützt ihre Ellbogen darauf und beugt sich vor. »Ich bin bereit.«

BERLIN

Dass ich gegen Ende meiner Luftschifferkarriere nach Berlin zog, hatte auch mit Max zu tun.

Es geschah 1904 nach einer der üblichen Auffahrten in Frankfurt. Ein Absprung war nicht geplant, es handelte sich um einen Auftritt mit dem Fahrradballon. Inzwischen waren die Adlerwerke in einem weiteren Markt tätig: Sie fertigten nun auch Schreibmaschinen. Die Anzahl der Angestellten in den Fabriken war in den vergangenen Jahren rasant gewachsen. Nicht mehr nur Arbeiter waren nun dort beschäftigt, sondern auch Herren mit Manschetten und weißen Kragen, die sich mit der Verwaltung der Aufträge beschäftigten, und Stenotypistinnen, welche die geschäftliche Korrespondenz erledigten. Das trübte meine Geschäftsbeziehung zu Direktor Kleyer jedoch keineswegs, im Gegenteil. Mit dem Erfolg des Unternehmens wurde Kleyer großzügiger; meine Gage stieg.

Am Tag, als ich Max traf, blies mich der Wind zunächst hinaus aufs Land. Ich genoss den Ritt, fühlte mich frei und stark. Aufrecht saß ich auf meinem Rad. Unter mir glitten die Felder und Gehöfte vorbei. Straßen gabelten sich. Fuhrwerke blieben stehen, Menschen legten die Hand über die Augen und spähten zu mir herauf. Ich winkte und spürte, wie ich langsam niedersank. Diese Phase mochte ich besonders. Nach und nach nahm ich Abschied von der Entrücktheit der Höhe und näherte mich wieder dem Leben. Wenn man nur immer so viel Zeit hätte, sich an Veränderungen zu gewöhnen!

Mit einem Mal trudelte ich zwischen Luftströmungen hin und her. Das Rad schwankte, die Leinen knarrten. Ich umklammerte das Lenkrad. Ruhe bewahren! Meist passierte nichts Schlimmes. Es war nur eine Luftströmung. Dann ging es plötzlich rasant. Ich fiel fast zur Erde. Mit Mühe konnte ich einen Fuß vom Pedal nehmen und hinüber zum anderen heben, da wurde ich auch schon in eine Baumkrone geschleudert. Erst verfingen sich die Räder in der Krone, dann fiel ich vornüber. Mit beiden Händen krallte ich mich in den Ästen fest. Etwas erwischte mich schneidend im Gesicht. Die Zweige rissen an meiner Kleidung. Ich ächzte – und hing fest. Normalerweise konnte ich mich gut aus einer solchen Lage befreien. Diesmal jedoch hatte ich mich übel verfangen. Die Hülle, das Fahrrad, sein Gestänge und die Leinen des Ballons – alles hatte sich mit mir auf unglückliche Weise verwoben. Ich kam nicht einmal an meine Hosentasche, um das Messer herauszufischen, das ich mit mir führte. Wie ein weiblicher Houdini hing ich im Baum, nur ohne das Geschick des Entfesselungskünstlers. Welch würdelose Situation!

Plötzlich hörte ich, wie ein Karren hielt, und spähte durch das Geäst nach unten. Ein Zimmermann stieg vom Bock. Ich erkannte ihn an seiner Kleidung, der schwarzen geknöpften Hose mit passender Weste und dem Hut. Er blickte zu mir herauf und lupfte den Hut.

»Gude!«, rief er mir zu, ein gebräuchlicher Gruß auf dem Land.

Der Mann hatte blondes Haar, das ihm struppig vom Kopf abstand, und einen kurzen Bart. Er konnte nicht allzu alt sein. Aller Routine zum Trotz war es mir unangenehm, in einer derart hilflosen Situation einem gutaussehenden Mann zu begegnen.

»Soll isch Ehne helfe?«, fragte er in breiter Mundart,

wartete eine Antwort aber nicht ab, sondern nahm eine Leiter von seinem Wagen und kletterte zu mir herauf, bis wir uns fast in die Augen schauen konnten. Ich hatte mich inzwischen aus der Ballonhülle befreit und mich in eine Astgabel gestemmt. Die Leinen waren aber immer noch ein einziges Gewirr.

Ich deutete auf meine Hosentasche. »Greifen Sie hinein«, bat ich ihn. »Dort ist ein Messer. Schneiden Sie die Seile durch.«

Er tat wie geheißen. Eine Leine nach der anderen nahm er sich vor, vorsichtig, um mich nicht zu verletzen. Zurück auf sicherem Boden reichte ich ihm die Hand. »Käte Paulus«, stellte ich mich vor. »Ich bin vor zwei Stunden im Frankfurter Zoo aufgestiegen und hier unverhofft niedergegangen.«

»Maximilian Angermann aus der Niedergass' in Seckbach, habe die Ehre.« Er ergriff meine Hand und verbeugte sich leicht. »Müsse' Sie zurück in die Stadt?«

»Beizeiten, ja. Es wäre mir aber auch recht, mich zunächst zu richten und ein Glas Wasser zu trinken. Gibt es hier ein Gasthaus, das Sie empfehlen können?«

»Des Wirtshaus im Kaff hat vor drei Woche g'schlosse, die Alde isch gschtorbe«, antwortete der Zimmermann. »Ihr Bub is geisteskrank, der kann des Gschäft nedd weiderführe. Ich kann Ehne nur anbiete, bei mir dehoim e Waschschüssel herzurichte.«

Wir schoben den Ballon und die Fahrradkonstruktion zusammen, sodass beides von der Straße aus nicht zu sehen war. Felix und Hinrich würden das Gefährt beizeiten abholen.

Maximilian Angermann wohnte in einem schlichten Haus im Ortskern. Im Hof befanden sich sein Lager und seine Werkstatt, außerdem hielt er Hühner. Seine Eltern seien im vergangenen Jahr gestorben, erzählte er, erst seine Mutter an einer Lungenkrankheit, dann habe es seinen Vater bei einem Arbeitsunfall erwischt. Er wirkte immer noch traurig, gleichzeitig aber auch tatkräftig und lebensbejahend. Er musste etliche Jahre jünger sein als ich; später erfuhr ich, dass es zehn waren. Eine Frau und Kinder hatte er nicht. Seine Verlobte sei ihm vor drei Jahren davongelaufen, sagte er. »Sie hat en onnere kennegelernt, mit mehr Geld.« Eine Nachfolgerin gab es nicht. Einige Mädchen im Ort hätten ihm Avancen gemacht, denn er hatte ein gutes Auskommen und war ein anständiger Kerl, aber er sagte, er sei zu beschäftigt gewesen. Erst die Trauer um die Verlobte, dann der Tod der Mutter, später des Vaters und die Übernahme der Geschäfte, da sei kein Raum für eine Familiengründung gewesen.

Er führte mich in seine Schlafstube, nicht ohne sich für die Unordnung zu entschuldigen, und schlüpfte rasch wieder zur Tür hinaus. Ich hatte mir Gesicht und Oberkörper gewaschen, mich wieder angekleidet und meine Haare gerichtet, als er noch mal an die Tür klopfte, ein Stück Seife in der Hand. »Das habe ich noch in den Sachen meiner Mutter g'funde. Des is e Lavendelseiff. Die hat sie uffgehobe für gute Tage. Wolle Se?«

Ich roch den Duft von Sonne und Sägespänen, der von ihm ausging. Seine Haut war gebräunt und zeugte von zahlreichen Stunden im Freien. Verschämt standen wir uns gegenüber. Ich hätte ihm die Tür weisen sollen. Aber eine seltsame Spannung lag in der Luft. Ich spürte ein Gefühl des Wohlgefallens in mir aufkommen. Es war weniger eine geschlechtliche Anziehung, mehr eine Freude über die Begegnung mit diesem freundlichen, zuvorkommenden Menschen, der, wie mir schien, so reinen Herzens war, wie ein Mann seines Alters es nur sein konnte. Ich spürte, dass er ein guter Mann war, herzenswarm und mit einem offenen Wesen.

»Ich hab immer gedacht«, sagte er, »so was passiert bloß im Traum. Dass e Frau vom Himmel fällt, direkt in meine Schlafstub.«

Wir mussten beide lachen, herzlich und offen. Ich nahm die Seife, und er ließ mich wieder allein. Sie roch wundervoll. Ich ging mir noch einmal über Gesicht und Nacken und trat dann hinaus in den Hof, wo er das Pferd ausschirrte.

»Ich bring den Gaul ewe zum Stall unn geb ihm zu saufe. Dann hol ich uns aa was.«

Der Zimmermann verschwand mit dem Pferd, und ich setzte mich auf die Bank vor dem Haus. Müdigkeit senkte sich auf mich herab. Sobald ich ruhte, ergriff mich an Tagen wie diesen, nach frühem Aufstehen, Vorbereitungen und der kühlen Luft in der Höhe, eine leichte Ermattung. Am liebsten wäre ich auf die Bank gesunken und hätte die Augen geschlossen. Doch da kam der junge Angermann schon wieder aus dem Stall, verschwand im Haus und trat mit einem Tablett wieder heraus. Er stellte zwei Gläser Wein und einen Laib Käse auf die Bank und setzte sich zu mir.

»Sie sin bestimmt hungrig«, sagte er. »Greife Se zu. Der Wein is ausm Kaff. Von em Freund. Für eifache Leut wie mich.«

Wir aßen und tranken, und er erzählte mir aus seinem Leben, dass er hier aufgewachsen war und immer schon Zimmermann werden wollte, wie sein Vater. Dass er zufrieden sei, wie das Leben sich nun füge. Dass er sich eine Frau und Kinder wünsche, aber nicht wisse, wie er es anstellen solle.

»Die Mädche im Kaff g'falle mir alle ned«, sagte er. »Sie

sin einfältig und wolle' bloß an meine Seit', weil ich für eene sorge kann. Ich glaub ned, dass sie mich wirklich möge, als Mensch.«

Er sprach Mundart, versuchte aber, nicht allzu sehr in sie zu verfallen. »Weil Sie doch aus de Stadt kumme«, meinte er, als ich ihn darauf ansprach. Dann fragte er, wie es sei, dort zu leben, in Frankfurt, und ob es mir dort gefalle.

»Ich habe immer in der Stadt gewohnt«, antwortete ich. »Ich weiß nicht, wie es ist, auf dem Land zu leben. Vielleicht gefiele es mir. Aber ich glaube, nicht.«

Wir redeten über das Leben in der Großstadt, das Gewimmel in den Straßen, die Enge, den Lärm, aber auch über die Möglichkeiten und die Vergnügungen. Er hatte ehrliches Interesse und fragte vieles, auch zur Luftfahrt. Anders als andere Männer machte er allerdings keine Bemerkung zu meinem Geschlecht oder lobte meine ach so große Kühnheit. Das verwirrte mich etwas. Deshalb fragte ich ihn noch einmal, ob er wisse, wer ich sei, und er antwortete: »Ha jo. Sie sin die Käte Paulus, die Luftfahrerin. Sie hawe sich mir ja vorgestellt.«

Es war wohltuend, bei ihm zu sitzen.

Irgendwann sagte er: »Wisse Se, so eine Frau wie Sie such ich. Eine, mit der ich am Abend uff de Bank hocke unn mich unnerhalde kann.«

Er sagte es ohne jegliche Anbiederung. Es war kein Flirt, und er zwinkerte mir dabei nicht plump vertraulich zu. Ich antwortete ihm, dass auch ich es angenehm fände, mit ihm hier zu sitzen und zu schwätzen. Weil er kein Aufhebens um meine Person oder um meinen Beruf mache.

»Vielleicht sollde wir uns dann häufiger hier uff die Bank hocke«, sagte er.

Von diesem Tag an wuchs eine Freundschaft zwischen uns. Es waren angenehme Stunden, frei von Pflichten, wenn ich zu Max, wie ich ihn bald nannte, auf den Hof fuhr. Er erkundigte sich stets, woran wir – Felix, Hinrich und ich – gerade arbeiteten, und seine Fachkenntnis als Handwerker brachte mich oft weiter. Ich ließ mir von seinen Aufträgen berichten und erzählte ihm, woran seine Berufsgenossen in der Stadt arbeiteten und wohin ich als Nächstes reisen würde. Wenn ich bei ihm war, war ich eine einfache Frau. Rasch sprachen wir auch über persönlichere Dinge, über unser Elternhaus und über die Freunde, mit denen wir das Leben teilten. Er wusste, dass ich einst einen Luftfahrer an meiner Seite gehabt hatte. Es fiel mir leicht, ihm von Hermanns Tod zu erzählen, denn er stellte unbefangen Fragen, zugewandt, aber nicht mitleidig.

Er selbst war in Seckbach aufgewachsen. Seine Arbeit brachte ihn zwar in die umliegenden Ortschaften, gelegentlich fuhr er nach Frankfurt hinein. Doch sonst habe er noch keine anderen Städte, geschweige denn Länder, gesehen. Nur einmal, erzählte er, habe es ihn gepackt und er habe weggewollt. »Bis nach Aschebersch bin isch gekomme. Aber dann hab isch widder umgedreht.«

Sein Vater, sagte Max, habe daheim ein strenges Regiment geführt. Oft habe er ihn mit dem Gürtel verdroschen und in eine Kammer neben der Werkstatt gesperrt, damit Max sich seinen Ungehorsam abgewöhne.

»Warst du denn tatsächlich ungezogen?«, unterbrach ich ihn.

Er schüttelte den Kopf. Sein Vater habe schon die kleinste Verfehlung zum Anlass genommen, um ihn zu maßregeln.

»Wie kann es dann sein«, hakte ich nach, »dass du ihm trotzdem nacheifern und Zimmermann werden wolltest?«

»Wann isch oig'sperrt war, habb isch mer die Zeit mid

Holzreschde verdriwwe.« Das Werkeln habe ihm geholfen, das Gefühl der Ohnmacht, das er gegenüber seinem Vater empfand, zu ertragen. Wenn er allein mit dem Holz war, konnte er gestalten. »Aa heit liebe isch's noch, elloa inde Werkstadd zu soi unn vor misch zu schaffe.«

Hatten wir die ernsten Themen hinter uns gelassen, lachten wir miteinander. Ich erzählte ihm von meinen Missgeschicken in der Luft, zu Lande und auf den Wegen dazwischen, im Gegenzug ließ er mich an den Geschichten aus dem Dorf teilhaben, wobei er die Charaktere stets mit feinem Humor beschrieb.

Auch das Politische ließen wir in unseren Unterhaltungen nicht aus. Die Paraden, das Völkische, die Begeisterung für alles Nationale, all dies erfreute mich, weil mich das Selbstbewusstsein unseres Reichs beglückte. Auch Max mochte es, dass die Welt sich ordnete und neue Möglichkeiten eröffnete. Die Chancen, die die großen Städte boten, waren zwar nichts für ihn – er blieb lieber in Seckbach. Aber er hieß es gut, dass nun jeder, der sich nur ausreichend anstrengte, in einer Fabrik um Arbeit ersuchen und am Wohlstand der Nation teilhaben konnte. Er war begeistert von meiner Idee, nur noch im Matrosenanzug abzuspringen, denn auch er verfolgte mit Enthusiasmus das Wachsen der kaiserlichen Flotte.

Auch mich hatte natürlich der Größenwahn gepackt, zumal ich seit 1900 im Besitz meines ersten Patents war. Ich hatte mir noch einmal Hermanns Fallschirmballon vorgenommen – die Vorrichtung, die aus einem Gasballon einen Schirm macht. Ich konstruierte eine Ventilanordnung, bestehend aus Holzblöcken, Seilen, einer Winde und einem Sandsack, mit der ich Gas aus dem Ballon ablassen konnte, sicherer, als Hermann es getan hatte. Zog ich an einem Seil, zerschnitt ein Messer an der Spitze der Ballonhülle

Schnüre, der dort aufgesetzte Stoff riss ab und flog, gleich einem Deckel, davon. Ein Loch entstand, gerahmt von einem kleinen Ring. Das Gas entwich, gleichzeitig klappten die Seiten der Hülle um einen weiteren Ring nach innen und verschlossen die geöffnete Spitze wieder. Was blieb, war ein Schirm, der mich zu Boden trug.

Die Treffen mit Max waren geprägt von Zugewandtheit, Heiterkeit und gleichzeitig großer, aber freundlicher Schonungslosigkeit gegenüber unserem Innersten. Sie standen im Kontrast zu meinen Auftritten als Miss Polly, vor oder nach denen ich oft mit Stadtvorstehern, Industriellen und anderen Persönlichkeiten ins Gespräch kam und mich stark und unnahbar fühlte. Die Konversation war jedes Mal oberflächlich und geprägt von einer gekünstelten Ernsthaftigkeit, in der jeder die Rolle spielte, die ihm zugedacht war – wie seinerzeit in Düsseldorf. Damals war es Spätsommer. Die Felder trugen Stoppeln, die Hitze flirrte, aber die Wälder zeigten bereits erste Anzeichen ihres bunten Kleides. Der Düsseldorfer Amtmann wies mir eine Aufstiegsstelle am Rhein zu, in der Nähe der Oberkasseler Brücke. Am nächsten Tag sollte ich gemeinsam mit Passagieren in den Himmel hinauffahren.

Nachdem wir uns den Aufstiegsplatz angesehen hatten, brachte mich der Amtmann zu einem Empfang. Herren aus der Montanindustrie feierten die Gründung eines Stahlwerksverbands und waren erpicht darauf, mich kennenzulernen. Mir behagten solche Zusammenkünfte nicht. Sie führten mir jedes Mal vor Augen, dass ich nicht dazugehörte. Immerhin war ich inzwischen sicherer im Umgang mit wichtigen Herren geworden – und solchen, die sich dafür hielten.

Wie viele Städte des Kaiserreichs wuchs auch Düsseldorf in die umliegenden Gemeinden hinein. Die Menschen strebten sowohl in die Kernstadt als auch ins Umland, auf der Suche nach Arbeit und Wohlstand. Das führte zu mannigfaltigen Problemen. Die Straßen waren voll, Wohnraum war knapp bemessen. Krankheiten grassierten. Oberbürgermeister Marx bemühte sich, den Ort am Rhein zu einer modernen Großstadt umzubauen, und konnte bereits Erfolge einfahren: Die jüngste Kunst- und Gewerbeausstellung hatte bis weit über die Grenzen der Rheinprovinz hinaus für Furore gesorgt. Besucher aus dem ganzen Reich sowie aus den angrenzenden Königreichen Belgien und Niederlande waren nach Düsseldorf gekommen, um sich die Erzeugnisse der rheinischen und der westfälischen Stahl- und Eisenindustrie anzusehen. Das Gelände der Leistungsschau reichte bis in den Hofgarten hinein. Die Gazetten waren voll des Lobes für die heimische Montanindustrie, ihre modernen Produktionsweisen und ihre Wirtschaftskraft.

Neben dem Bürgermeister und den Stadtverordneten waren an diesem Tag zahlreiche Industrielle zugegen, darunter Maschinenfabrikanten, Glashersteller und Besitzer von Chemiefabriken, aber auch Seidenweber und Vertreter aus Kunst und Kultur. Heute war die Stimmung jedoch gedrückt. Die Unruhe, die derzeit im nahen Kohlerevier herrschte, war das Gesprächsthema Nummer eins.

»Ich gehe davon aus, dass es über kurz oder lang einen Streik geben wird«, hörte ich einen älteren Herrn sagen, dessen Schnurrbart kunstvoll gezwirbelt war. »Das Rumoren wird immer lauter.«

»Noch verhandeln wir mit den Gewerkschaften«, brummte einer der Anwesenden, ein kräftiger Mann mit Kinnbart.

»Das Lohnniveau ist niedrig, und gleichzeitig wollen die Zechen die Arbeitszeiten verlängern. Das wird nicht gut gehen«, entgegnete der Schnurrbärtige. »Die Hygiene ist unzureichend, und das Prinzip der Wagennullen ist willkürlich, das wissen wir alle. Dass ein Arbeiter eine Hunte nur angerechnet bekommt, wenn die Kohle fast herunterrollt, wird nicht mehr lange gut gehen.«

»Bist du unter die Gewerkschaftler gegangen, Franz?«, höhnte ein Mann mit Kneifer.

Die Umstehenden lachten.

»Du kennst mich, Heinrich«, entgegnete Franz mit dem gezwirbelten Schnurrbart. »Ich führe meine Geschäfte mit Blick auf Wachstum und Profit. Sonst hätte ich vorgestern nicht so hart mit dir verhandelt.«

Der Mann namens Heinrich lachte. »Recht hast du! Du bist ein zäher Hund!«

»Wachstum«, fuhr Franz fort, »gibt es allerdings nur, wenn wir den Staat respektieren und seine Arbeiter gesund erhalten.«

Ich dachte an meinen Vater, der Zeit seines Lebens für fremde Menschen geschuftet hatte, bis er schließlich starb. Der Mann war mir sympathisch.

»Tun wir nicht schon genug für die Gesunderhaltung der Arbeiter?«, entgegnete Heinrich. Seine Augenbrauen waren buschig. Die Haare standen in dicken Borsten von seinem Gesicht ab, und wenn er sie hochzog, war es, als bewegten sich Raupen über seine Stirn. »Die Leute sind gegen Krankheit und gegen Unfälle versichert. Wir haben sogar Siedlungen für sie gebaut, Krankenhäuser und Konsumanstalten. Was wollen sie denn noch!«

Der letzte Satz schloss mit einem empörten Ausrufezeichen.

»Die Arbeiter werden wohl kaum das ganze Revier lahmlegen«, sagte ein junger Mann mit Fliege, der sich zu der Gruppe gesellt hatte.

»Da wäre ich mir nicht so sicher«, entgegnete Franz, dessen Tonfall deutlich besonnener war als der seines Geschäftsfreundes. »Wir sollten uns darauf einrichten, dass unsere Fabriken alsbald stillstehen.«

Die Welt der Männer war mir fremd, die der reichen Männer noch mehr. Doch die Wirtschaft blühte, und die Bande zwischen den Städten und Gönnern in diesem Land waren eng. Sie waren es, die über die nötigen Mittel verfügten, um meine Auftritte zu bezahlen. Sie unterstützten die Veranstaltungen, zu deren Anlass ich eingeladen wurde. Dennoch kam ich mir jedes Mal vor, als spielte ich eine Rolle in einem Bauerntheater. Meine Konversation mit den Herren bestand im Wesentlichen daraus, dass sie ihre Bewunderung für meinen Mut ausdrückten, mir Fragen zur Technik stellten und dann wieder von mir abließen.

Einer der Herren, der bislang nichts gesagt hatte, wandte sich mir zu.

»Sie sind die Dame, die morgen auf den Rheinwiesen ihren großen Auftritt hat, nicht wahr?«, fragte er. »Gesellen Sie sich zu uns. Mein Name ist Niemeyer, und das sind die Herren Janssen, Tietz, Haniel und Lorenz.«

Die Männer verneigten sich.

»Ich möchte Ihr Gespräch nicht unterbrechen«, entgegnete ich.

»Aber nicht doch, Fräulein Paulus«, sagte der Schnurrbärtige, von dem ich nicht wusste, welchen der Namen ich ihm zuordnen sollte. »Treten Sie näher. Wir sind begierig, von Ihnen mehr über die Luftfahrt zu hören.«

Die Herren waren zu meinem Erstaunen gut über die unterschiedlichen Flugapparate informiert, die mit immer schnellerer Geschwindigkeit in allen Teilen Europas und auch in der Neuen Welt erprobt wurden. Allerdings erlangte das Thema zurzeit auch viel Aufmerksamkeit, denn es lief quasi ein Wettrennen: Wem würde es als Erstem gelingen, ein steuerbares Motorfluggerät zu konstruieren, mit dem man längere Distanzen zurücklegen konnte? Otto Lilienthal hatte mit seinem Segelapparat Pionierarbeit geleistet. Doch die Vorstöße der Brüder Wright, die seine Arbeit aufgriffen, wirkten deutlich vielversprechender als alles, was Lilienthal je zustande gebracht hatte. Die Brüder waren für mich nicht nur aus flugtechnischen Überlegungen von Interesse. Sie betrieben im Haupterwerb eine Fahrradwerkstatt und hatten vor rund zehn Jahren ein Modell entworfen, das zwei gleich große Räder besaß und im Gegensatz zu den hierzulande bis dahin populären Hochrädern ein rasches Fortkommen ermöglichte. In meinen Gesprächen mit Kommerzienrat Kleyer von den Adlerwerken waren die Brüder aus Ohio jedes Mal Thema. Er bewunderte ihr Arbeitsethos und ihre Bescheidenheit.

Nachdem wir die Finessen der Aerodynamik abgehandelt hatten, ging das Gespräch von der Luftfahrt auf die Schifffahrt über. Der Ausbau der Flotte, wie sie der deutsche Admiral von Tirpitz vorantrieb, war für die Industriellen von großem Belang, denn sie garantierte die Abnahme von Stahl und Geschützen und damit gute Umsätze. Ich beschloss, mich aus der Runde zu verabschieden.

Als ich mich gerade umdrehte, sagte der junge Mann mit der Fliege: »Wir sehen uns dann morgen im Korb.«

»Im Korb?«, fragte ich.

Demonstrativ straffte er die Schultern. »Ich habe mich als Passagier bei Ihnen eingebucht, gemeinsam mit meinen Kameraden.«

Niemeyer brachte am nächsten Tag drei Männer mit, allesamt Jungspunde wie er. Zwei von ihnen erwiesen sich als unangenehm einfältig. Bereits im Korb stehend, entzündeten sie Zigarren. Ich musste sie deutlich ermahnen, dies zu unterlassen, denn der Wasserstoff im Ballon konnte leicht explodieren.

Der Himmel hatte sich bedenklich zugezogen. Dennoch wies ich Felix und Hinrich an, die Leinen zu lösen. Für jeden erfolgreichen Aufstieg war mir eine Erfolgsprämie in Aussicht gestellt worden. Die Herren im Korb taten sich durch eine nervöse Geschwätzigkeit hervor. Sie brüsteten sich mit Heldentaten und erzählten sich gegenseitig, wo sie schon überall hinaufgeklettert und wen sie alles verdroschen hatten. Dem Mitreisenden Niemeyer waren seine Kameraden sichtlich peinlich. Immer wieder sah er mit zerknirschtem Gesicht zu mir herüber. Ich hingegen ließ mir nichts anmerken. Es war nicht meine erste Kundschaft, die sich im Ballonkorb fragwürdig benahm. Besonders das männliche Geschlecht neigte zu übersteigertem Verhalten, um seine Angst zu überspielen.

Der Himmel wurde zusehends dunkler. Ich hoffte inständig, dass das Wetter noch etwa zwei Stunden beständig bleiben und ein eventuelles Gewitter vorbeiziehen würde. Ein kleiner Schreck würde den Männern zwar guttun, allerdings war es schlecht fürs Geschäft, meine Passagiere absichtlich in Gefahr zu bringen. Ich überprüfte noch einmal das Gurtzeug, das mich mit dem Fallschirm verband. Ein Absprung war nicht geplant, aber man wusste nie, was kam. Deshalb rüstete ich mich immer für einen Unglücksfall.

Der Korb gewann an Höhe. Drei der Männer klammerten sich am Korbrand fest, Niemeyer selbst wich, so weit es ging, in die Korbmitte und blickte stur gen Horizont. Wir stiegen auf etwa siebzig Meter auf. Dann geschah es. Mit einem Knall platzte die Ballonhülle. Sofort riss es den Korb nach unten. Von unten gellten die Entsetzensschreie des Publikums gedämpft zu uns herauf. Was schrien die Jünglinge!

Blitzschnell ließ ich mich seitlich in die Tiefe gleiten, nur mit dem Gedanken, das Gewicht des Korbes zu verringern und ein allzu schnelles Durchfallen desselben zu verhindern.

Mein Schirm öffnete sich. Auch das noch! Ich strebte direkt auf eine Mauer zu. Wo waren die Baumkronen, wenn man sie einmal brauchte? Mit einem kräftigen Rumms prallte ich gegen die Steine. Schmerz durchzuckte mich. Ich plumpste auf den Boden. Voller Furcht blickte ich gen Himmel. Der Ballonkorb mit den jungen Männern! Wo war er? Er musste weich landen, damit ihnen nichts geschah, und durfte mich zugleich nicht zerschmettern!

Wir hatten allesamt Glück. Der Ballon mit dem Korb verfing sich im dichten Gebüsch der Rheinwiesen, die Jungspunde fielen sanft. Das war gerade noch mal gut gegangen!

Alles hatte nur wenige Sekunden gedauert. Mit pochendem Herzen saß ich vor der Mauer. Dann fing ich mich. Ich entwirrte die Leinen. Meine Hände schmerzten. Die Handflächen waren aufgeschürft. Auch mein Oberkörper schmerzte. Jeder Atemzug provozierte ein wildes Stechen. Ich schloss kurz die Augen und versuchte, mich zu sammeln. Dann stieg ich unter Stöhnen aus meinem Geschirr und humpelte auf den Korb zu. Schon schoben sich drei Köpfe über den Korbrand. Die jungen Burschen schienen den Absturz gut überstanden zu haben. Als ich bei ihnen ankam, umarmten sie sich unter großspurigem Gelächter.

Es war der niedrigste Absprung meiner Karriere. Mein Honorar wurde mir versagt. Doch das machte nichts. Einer der Passagiere, Sohn eines Farbstoffhändlers aus dem Bergischen, arrangierte eine Auffahrt in Barmen und eine in Elberfeld. Das stimmte mich mehr als zufrieden.

Als ich Max in Seckbach von der Episode erzählte, lachte er Tränen. Sogleich war die Dramatik des Ereignisses vergessen, und wir amüsierten uns köstlich über die Großspurigkeit der Männer.

Als Max wieder reden konnte, sagte er: »Was fer kleine' Aufschneider! Awer des wird sisch leje. Hier in Seckbach sache mer: En junger Mann is wie Most, der lässt sisch nedd halde, der muss gäre.«

»Und dann hat man für ein paar Jahre exzellenten Wein«, entgegnete ich, »bis das Gesöff nur noch übel riecht.«

Wieder lachten wir.

Unsere Zusammenkünfte erdeten mich und waren angenehm unaufregend. Zwar hatte es Momente gegeben, in denen ich es als natürlich empfunden hätte, mich vorzubeugen und ihn zu küssen. Die Gespräche, die wir ungefähr einmal im Monat führten, das Essen, das wir miteinander teilten, hatten uns einander nähergebracht. Immer roch er nach Holz und hatte diesen Geruch von Mann, der mir zugleich ein behagliches, aber auch leicht erregendes Gefühl gab. Ich hatte jedoch nie bei ihm übernachtet, und er hatte es mir nie angeboten. Dabei sprach bereits das ganze Dorf über uns. Einmal erzählte Max, wie die Männer im Postkrug ihm anerkennend auf die Schulter geklopft hatten. Da habe er begriffen, was geredet wurde.

Ich erinnere mich, dass ich in meinem Weihnachtsgruß an Frieda Folgendes schrieb:

Ich weiß selbst nicht genau, was mich zu ihm zieht. Wenn ich es beschreiben sollte, würde ich am ehesten sagen: Er ist mir nahe, wie ich mir selbst nahe bin. Die Stunden, die wir miteinander verbringen, die Gespräche, die wir führen, sind unverkrampft und ohne Erwartungen. Wir sitzen beieinander um unseretwillen, weil wir uns mögen. Wenn ich bei ihm bin, fühle ich mich geborgen, obwohl er nichts mit mir teilt außer Worte. Auch wenn ich manchmal Sehnsucht danach habe, dass er mich im Arm hält, und obwohl es Momente gab, in denen ich ihn hatte berühren wollen, wäre es inzwischen seltsam. Ich weiß nicht einmal, ob er interessiert ist, wo er doch so viel jünger ist als ich.

Frieda antwortete prompt, wie immer, wenn in meinen Briefen von Männern die Rede war.

Liebste Käte, manchmal wundere ich mich über Dich. Du bist eine solch kluge Frau, aber wenn es um das männliche Geschlecht geht, siehst Du das Offensichtliche nicht. Du kennst meine Meinung zur Freundschaft zwischen Männern und Frauen. Mindestens einer von beiden trägt unsittliche Gedanken in sich. Ich bin mir sicher, Max wartet auf einen Hinweis von Dir, während Du auf einen von ihm wartest. Du bist die Ältere, und vielleicht glaubt er ebenso wie Du, dass Du aufgrund seines Alters nicht an ihm interessiert sein kannst.

Es geschah, als ich an einem Wintertag im Februar zu ihm fuhr. Die Straßen waren vereist, und ich verfluchte mich dafür, meinen warmen Platz am Ofen verlassen zu haben und hinauf aufs Land gefahren zu sein. Aber ich hatte eine harte Woche hinter mir, und die Dunkelheit nagte an meiner Seele. Ich fuhr also hinaus nach Seckbach, durch Schneetreiben und peitschenden Wind, und wie er die Tür öffnete, war ich froh, dass ich es getan hatte. Der Ofen war angeheizt, und es war angenehm warm in der Stube.

»Schee, dass du da bisch, Käte«, sagte er.

Ich setzte mich auf die Eckbank in der Küche, und Max

brühte uns einen Kaffee auf. Anders als andere Männer bereitete er sich sein Essen selbst zu. Nur für die Wäsche und fürs Saubermachen kam eine Zugehfrau, eine ältere Dame aus dem Dorf, die schon für seine Eltern gearbeitet hatte. Als er sich mir gegenübersetzen wollte, rückte ich in die Bank und sagte: »Setz dich zu mir.«

Ich spürte eine große Sehnsucht nach Berührung. Seit Tagen hockte ich allein in der kalten Werkstatt. Jedes Jahr schlug mir der Winter mehr aufs Gemüt. Je älter ich wurde und je näher das Ende meiner Zeit als Luftfahrerin rückte, desto stärker verspürte ich eine tiefe Melancholie. Wie viele Saisons würde es noch geben und was sollte danach kommen?

Max setzte sich an meine Seite. Als er eine Tasse vor mir abstellte, ergriff ich seine Hand und beugte mich zu ihm hin. Er sah mich überrascht an, und kurz ergriff mich die Scham, zu weit gegangen zu sein. Aber dann lächelte er.

»Willscht mich etwa küsse?«, meinte er frohlockend.

Ich musste kurz lachen, vor Nervosität und Freude, weil er so unumwunden gefragt hatte. Ich nickte.

»Des wurd aa Zeit.«

Dann legte er eine Hand an meine Wange und küsste mich.

Es war, wie Du sagtest: Er hatte auf mich gewartet. Wir haben uns danach darüber unterhalten. Er sagte, er habe nie gelernt, Frauen seine Zuneigung zu zeigen. Das Gebalze seiner Kumpane sei ihm immer unpassend vorgekommen, aber er habe auch nicht gewusst, wie er einer Frau sonst begreiflich machen solle, dass er Gefallen an ihr findet. Ich fragte ihn, wie es bei seiner Verlobten gewesen sei, und er meinte, die Annäherung hätte sie für ihn übernommen. Weil die Eltern das Treffen zuvor arrangiert hatten und seine Mutter den Hinweis gegeben habe, dass ihr Bub schüchtern sei, habe sich das für ihn alles irgendwie ergeben.

Er war ein unerfahrener, aber angenehmer und zuvorkom mender Liebhaber. Ich zeigte ihm, wie er eine Frau anfassen musste, damit sie Lust verspürt, und er lernte schnell. Es war keine Liebe, die ich für ihn empfand, aber eine tiefe Zuneigung. Wenn ich bei ihm lag, vergaß ich die Welt. Wie oben im Himmel, wenn ich entrückt war von den Dingen, so war ich in seiner Kammer ganz bei mir, bei ihm, bei uns.

Als der Frühling kam und ich regelmäßig im Zoo aufstieg, fuhr ich immer am Tag darauf hinaus nach Seckbach. Ich reiste mit der Droschke an und bestellte stets denselben Fahrer. Er hieß Emil und kannte bald unseren Rhythmus. Nach jeder Zoo-Auffahrt stand er wie ein stummer Komplize vor der Werkstatt und wartete auf mich.

Max und ich liebkosten uns und taten uns wohl. In der ersten Zeit waren wir zurückhaltend und liebevoll. Später, als wir unsere Vorlieben besser kannten, liebten wir uns auch wild und schnell, ausgehungert und mit dem Verlangen, die Spannung zu lösen. An solchen Abenden brauchte es nur einen Blick, und wir fielen übereinander her. Anschließend saß ich oft verschwitzt auf der Bank in seiner Küche, gehüllt in eine Decke, während er eine Milchsuppe zubereitete oder uns Käse schnitt. Ich mochte es, ihm zuzusehen, während er etwas tat. Sein Anblick war aufregend – und schenkte dem Tag zugleich etwas Friedvolles. Er erdete mich und gab mir das Gefühl, ganz ich sein zu können. Wenn ich in seinem Arm lag und wir uns von den zurückliegenden Wochen erzählten, wenn wir über seine

Nachbarn und den Seckbacher Klatsch sprachen, fühlte ich mich wunderbar gewöhnlich.

Je mehr Zeit ich mit Max verbrachte und je näher ich ihn kennenlernte, desto anziehender fand ich ihn. In vielerlei Hinsicht erinnerte er mich an Hermann – wie er mit mir sprach, wie wir unsere Meinungen austauschten, mit welcher Hingabe er lebte. Wenn ich bei ihm war, fühlte ich mich sicher. Und doch war er so gar nicht wie Hermann. Max war argloser und vertrauensseliger, weniger fantasievoll und von schlichterem Gemüt als der Mann, den ich verloren hatte. Ich begann darüber nachzudenken, welche Eigenschaften es genau waren, die ich an den beiden Männern schätzte, auch, weil ich dabei mehr über mich selbst erfuhr. Wieder einmal war es Frieda, die es auf den Punkt brachte:

Mir wird ganz warm ums Herz, wenn Du davon schreibst, wie Du in seiner Gegenwart empfindest. So, wie Du ihn schilderst, ist er weder ein Suchender noch ein Abenteurer. Er hat immer in seinem Dorf gewohnt, und es zieht ihn nichts hinaus. Er ist ein Mensch der Beständigkeit. Du, liebe Käte, bist ein Mensch der Bewegung. Vielleicht magst Du seine Gegenwart deshalb so: Er nimmt Dir Deine Unruhe. Eure Unterschiedlichkeit ist aber auch der Grund, warum Du Dir keine konventionelle Verbindung mit ihm vorstellen kannst.

Mutter ahnte von meiner Liaison und ließ mich gewähren. Was hätte sie auch tun sollen? Ich war eine gestandene Frau, und wir waren über den Punkt hinweg, an dem sie sich in mein Leben einmischte.

»Heute Abend komme ich nicht nach Hause«, sagte ich anfangs nur. Später erzählte ich ihr, dass ich einen Mann treffe, dass es aber nichts Ernstes sei. Sie war in vielerlei Hinsicht meine engste Vertraute. Aber Themen, die das Geschlechtliche betrafen, wollte ich nicht mit ihr besprechen. Bei dem Gedanken, meiner Mutter zu erzählen, dass ich bei einem Mann lag, mit dem ich keine Ehe eingehen wollte, kam ich mir vor wie ein junges Mädchen. Ich hatte in ihrer Gegenwart ein Kind geboren. Was war also schamhaft daran, mit ihr über Beischlaf zu reden – und über die Gefühle, die damit verbunden waren? Aber allein der Gedanke war mir unangenehm, und so ließ ich es. Ich sah ihr an, dass sie wissen wollte, was ihre Tochter bewegte. Zu meiner Erleichterung fragte sie allerdings nicht nach, sondern respektierte mein Schweigen.

Ich bemerkte die Schwangerschaft früher als einst beim Lattemännchen. Max und ich hatten immer aufgepasst, wenn wir beieinanderlagen. Ich zählte die Tage, und er war sehr vorsichtig. So funktionierte es fast zwei Jahre lang, und ich hatte Zweifel, ob ich überhaupt noch empfangen konnte. Doch dann spannten meine Brüste, und ich fühlte ein seltsames Unbehagen in meinem Unterleib. Meine Regel blieb aus. Mir war sofort klar, dass ich guter Hoffnung war. Ich war fast sechsunddreißig Jahre alt.

Ich fuhr zu Irma. Sie war alt geworden und arbeitete nur noch unregelmäßig für mich. Alwin war bereits seit mehreren Jahren tot. Sein Ableben war eine Erlösung gewesen, für ihn ebenso wie für Irma. Dennoch trauerten wir sehr. Alwin war mein erster und einziger Lehrmeister in der Ballonschneiderei gewesen und mehr als jeder andere eine Verbindung zu Hermann. Mit Alwin war auch mein Geliebter wieder ein Stück mehr aus meinem Leben verschwunden.

»Tritt ein, Liebe«, sagte Irma nun. Ohne zu fragen, setzte sie mir einen Teller vor. »Was führt dich her?« In ihrem

Blick sah ich, dass sie es wusste. Zwar war mein Bauch noch nicht geschwollen, aber meine Brüste waren gewachsen. Weil die Zusammenkünfte mit dem Zimmermann aus Seckbach Irma, Hinrich und Felix ein offenes Geheimnis waren, brauchte sie nur eins und eins zusammenzuzählen.

»Ich brauche deine Hilfe.«

»Wie weit bist du?«

»Nicht weiter als der zweite Monat, denke ich.«

»Wer ist der Vater?«

»Der Seckbacher.«

Irma runzelte die Stirn. »Ist er ein guter Mann?«

»Er ist tüchtig und liebevoll.«

»Ist er verheiratet?«, fragte sie.

»Nein, er ist Junggeselle.«

Sie blickte mich eine Weile unverwandt an. In ihren Augen sah ich Ernst, aber auch Wärme. Die Gewissheit, in meinem Alter noch einmal Mutter zu werden, hatte mich in Verwirrung gestürzt. Seit Willys Geburt waren dreizehn Jahre vergangen, seit seinem Tod neun. Ich saß hier mit einem Kind im Bauch und gleichzeitig einer zweistelligen Anzahl Auftritten vor mir. Der Vater meines ersten Kindes war an mir vorbei in den Tod gestürzt, mein Sohn war gestorben. Alle damit verbundenen Gefühle rüttelten nun heftig an meinem Inneren.

»Es ist womöglich deine letzte Chance, noch einmal Mutter zu werden«, sagte Irma.

Ich schlug die Augen nieder. Hitze stieg mir in den Kopf. Tränen sammelten sich in meinen Augen. Ich schob den Teller beiseite und schlug die Hände vors Gesicht.

»Ach, Kätchen.«

Ich spürte Irmas Hand auf meinem Arm.

»Ich weiß nicht, was ich tun soll«, schluchzte ich. »Es fühlt sich an, als wollte mich das Kind in einen Abgrund reißen.« Ich fuhr mir mit dem Handrücken über die Augen. Das Feuer im Kamin kam mir unglaublich heiß vor. Ich atmete hörbar aus.

»Hier«, sagte Irma. Sie hielt mir einen Becher hin. »Trink das.«

Es war ein leichtes Bier und schmeckte hervorragend. Mein Kopf war voll und wirr und trotzdem leer. Ich führte ein Luftfahrtunternehmen, trat in ganz Europa auf, die Kinder erkannten mich auf der Straße. Und doch war ich nicht imstande, einen klaren Gedanken zu fassen.

»Freust du dich?«, fragte Irma.

Ich zuckte mit den Schultern. Ich wusste es nicht.

»Liebst du den Seckbacher?«

Ich mochte Max. Mehr als das: Er war ein wunderbarer Mensch. Ich fühlte mich wohl bei ihm. Ich liebte seine Gegenwart, seine Wärme, seinen Körper, seine Offenheit, seine Herzensgüte. Aber liebte ich ihn so, wie eine Frau einen Mann lieben sollte?

Wieder zuckte ich mit den Schultern.

»Was lässt dich zweifeln?«, fragte Irma.

»Er ist ein angenehmer Gefährte. Wenn ich in seinen Armen liege, fühle ich mich geborgen. Es ist schön, bei ihm zu sein. Aber wenn ich mal eine Zeitlang nicht zu ihm kann, ist es auch in Ordnung.«

Irma verschränkte die Arme vor der Brust. Sie waren mit unzähligen hellbraunen Flecken übersät.

Schließlich fragte sie: »Weiß er von dem Kind?«

Ich schüttelte stumm den Kopf. Wie konnte es sein, dass ich in solch eine Situation geraten war? Ich war ein überaus rationaler Mensch. Ich fiel aus tausend Metern auf die Erde und konnte meine Gefühle dabei beisammenhalten! Warum sah ich nicht klar?

»Wie heißt er eigentlich?«, fragte Irma.

»Wer?«

»Der Vater.«

»Maximilian.«

»Wie lange kennst du ihn jetzt schon?«

Es war mir unangenehm, den Zeitraum zu nennen. Ich kam mir schmutzig vor. »Als Felix und Hinrich den Ballon in Seckbach abholten. Dieser Absturz, bei dem ich im Baum hängenblieb. Mit dem Fahrrad. Der Handwerker, der mich befreite – das war Max. Da habe ich ihn kennengelernt.«

»Sag mir, warum du gern zu ihm fährst.«

Ich mochte vieles an Max. Aber das half mir nicht, wenn es darum ging, ein Kind zu versorgen. Er wäre sicher ein guter Vater, er war grundanständig, aber er war auch ein Mann, der zwei Stunden entfernt von hier wohnte. Er war dort verwurzelt. Würde er zu mir in die Stadt ziehen? Sicher nicht. Würde ich zu ihm aufs Land ziehen? Auch nicht. Ich müsste das Kind allein großziehen. Wie hoch aber war die Wahrscheinlichkeit, dass ich den fünften Geburtstag des Kindes erlebte? Seinen zehnten oder seinen zwölften? Ich konnte jederzeit in die Tiefe stürzen und sterben, so wie einst Hermann. Wollte ich das einem Kind antun?

»Du hast meine Frage noch nicht beantwortet«, sagte Irma. »Warum bist du hier?«

»Wo kann ich es wegmachen lassen?«

Sie stand auf, ging auf mich zu und legte beide Hände auf meine Schultern. »Es ist ein Geschenk Gottes, Käte. Nimm es an. Der Herrgott wird schon wissen, warum er es dir geschenkt hat.«

»Du hast doch einmal erzählt, dass du Menschen kennst, die sich solcher Geschenke annehmen.«

Sie fasste mich fester.

»Wenn du dir in einer Woche noch sicher bist, nenne

ich dir eine Adresse. Aber nun geh. Mich macht das sehr traurig.«

Wie gerne hätte ich Frieda an meiner Seite gehabt. Aber wir hatten nur Briefe, um uns auszutauschen. Briefe brauchten Wochen, bis sie ankamen. Ich sehnte mich nach einem Gespräch mit ihr, einem Abwägen der Argumente, nach dem gemeinsamen Aushalten der Gefühle. Mit jeder Nacht, die ich allein in meinem Bett zubrachte, wuchs, gleichsam mit dem werdenden Leben, das Gefühl der Verzweiflung in mir. Ein kaum zu ertragender Druck legte sich auf mich. Ich rang mit mir.

Auch Mutter erkannte, in welchem Zustand ich war. Wahrscheinlich waren es weniger die körperlichen Anzeichen – ein Bauch war bislang kaum sichtbar –, sondern mein verdruckstes Verhalten, das sie eins und eins zusammenzählen ließ.

»Ich freue mich sehr«, sagte sie mit Tränen in den Augen. »Ich werde dir zur Seite stehen. Gemeinsam bekommen wir das Kind groß. Es gibt keine besseren Zeiten als jetzt.«

Waren sie so gut, die Zeiten? War es nicht eher eine Welt, in die ich mich scheute, ein Kind hinauszuschicken? Überall lärmte es. Die Städte blähten sich auf, das Reich rüstete auf. Man fertigte Panzer und Geschütze. Das ganze Leben bewegte sich in einem Rausch der Geschwindigkeit.

Vor Verzweiflung konnte ich nicht einmal weinen, so wirr war mein Innerstes. Es mit Max zu besprechen war mir unmöglich. Er wünschte sich eine Familie, das wusste ich. Er würde eine Heirat wollen. Aber ich war nicht die richtige Frau, um an der Seite eines Zimmermanns zu leben. Bei dem Gedanken, mit Gottes Segen in ein Leben als dörfliche Ehefrau einzutreten, schnürte sich mir die Kehle zu.

Obwohl der Brief sie zu spät erreichen würde und ich,

sollte er in falsche Hände geraten, im Zuchthaus landen konnte, schrieb ich an Frieda. Die Worte flossen zunächst zögerlich aufs Papier. Aber dann half mir das Schreiben, meine Gedanken zu ordnen.

Liebe Frieda,
geschätzte Freundin,

ich will nicht lange drum herumreden: Ich stehe vor der schwersten Entscheidung meines Lebens. Ich erwarte ein Kind, und ich weiß nicht, ob ich es bekommen soll. Mein Innerstes ist eine offene Wunde, so zerwühlt ist mein Empfinden. Ich spüre die Gegenwart des Kindes. Es lebt und will gedeihen, will meinen Leib und mein Leben erobern. Und doch weiß ich, dass ich es nicht zur Welt bringen kann. Ich empfinde schon jetzt tiefe Trauer.

Du fragst, warum. Ich weiß, warum es sein muss, und kann den Grund dennoch nicht formulieren. Wie kann das sein? Was ist der Mensch für eine perfide Konstruktion, dass er spürt, was das Richtige ist, aber keine Ratio hat, die dort hinlangt und es in Worte fasst?

Mein Verstand sagt: Bekomm das Kind, es wird schon gehen. Du hast Geld. Du kannst das Kind versorgen. Meine Gefühle hingegen schicken mich in die Tiefen meiner Seele, in einen Abgrund aus Angst und Verwirrung. Sie torpedieren allen Mut, den mein Geist mir einredet, und fördern zutage, was ich in mir vergraben habe. Ich höre ihn wieder, meinen Willy! Kannst Du Dir das vorstellen? Ich spüre seine Händchen, wie sie nachts nach mir greifen, wie sie mich suchen. Aber wenn ich im Traum zu ihm hinlange, fühle ich nur ein kaltes, wächsernes Gesicht, die aufgesprungenen Lippen, die bleichen, harten Wangen.

Ich kann das nicht! Ich kann nicht noch ein Kind verlieren. Aber was soll ich tun?

Ich fühle zudem eine tiefe Beklemmung, wenn ich an ein Familienleben denke. Wenn ich mir vorstelle, mit Max in einer Ehe zu leben, wenn ich mir vorstelle, in lehmverkrusteten Schuhen zwischen Zimmerei und Gemüsegarten zu laufen, krampft sich mein Herz zusammen. Möchte ich doch noch viele Male in die Luft gehen, die Nase in den Wind halten, auch wenn dabei immer die Gefahr besteht, wie Hermann zu enden.

Frieda, das bringe ich nicht über mich. So ein Leben zu führen. Ich weine um das Geschenk, das der Herrgott mir in den Leib pflanzte. Aber ich kann es nicht annehmen. Sosehr ich mich nach dem Gefühl sehne, dass das Lattemännchen mir gab, sosehr ich mich sehne, wieder ganz zu werden: Ich fühle Angst. Und ich fühle auch Widerwillen.

Wenn ich allerdings daran denke, was ich vorhabe, fühle ich Schuld und Scham. Ich übertrete die Gesetze, ich verrate meine Werte, meine innersten Überzeugungen – und doch muss es sein, damit ich weiter ich selbst sein kann. Ist es das, was uns Frauen ausmacht? Was auch immer wir erreichen, es braucht nur einen Moment der Unachtsamkeit, einen Moment der Hingabe, und schon sind wir wieder Gefangene?

Es wird mich zerreißen an Leib und Seele. Ich werde Mutter zutiefst verletzen. Aber ich muss es durchstehen.

Deine Käte

Die Prozedur ging in ihrer Küche vonstatten. Sie war eigentlich Hebamme. Ich lag auf ihrem Esstisch, die Beine gespreizt und die Augen geschlossen. Auf dem Herd ein

Topf mit kochendem Wasser. Irma hielt meinen Kopf, als Instrumente in meinen Leib eindrangen. Ich versuchte, das Geschehen von mir fernzuhalten. Verbissen holte ich Bilder meiner Auffahrten vor mein inneres Auge, das Gefühl von Freiheit in der Höhe. Ich stellte mir die Landschaft vor, über die ich hinwegglitt, ich versuchte, dort oben zu sein, über den Dörfern und Wiesen, im klaren Himmel, während man mir das Leben aus dem Leib schnitt.

Meine Beine zitterten. Max erschien vor meinem geistigen Auge. Wie er mich aus dem Baum klaubte. Wie wir in seiner Küche saßen. Wie wir beieinanderlagen. Ich spürte sein Haar in meinen Händen, die Wärme seines Nackens an meinen Lippen, seine Wange an meiner, seinen Geruch in meiner Nase. Er war ein solch guter, herzensreiner Mann. Mein Unterleib zerriss, und ich schrie. Es schmerzte der Körper und die Seele. Ich hatte es verdient.

Als ich heimkam, weinte Mutter zum Gotterbarmen. »Warum?«, schrie sie mich an. Ich flüchtete in die Schlafstube, legte mich nieder, zog die Decke bis zum Hals. Ich bekam Fieber, Krämpfe schüttelten mich. Ich blutete und konnte mich kaum bewegen. Schweigend, die Lippen zu einem Strich gepresst und mit groben Handgriffen machte Mutter mir Wickel und legte mir Lappen auf die Stirn.

In den Tagen danach kämpfte ich mit großer Schwermut. Deshalb sagte ich mir immer und immer wieder, dass es meine eigene Entscheidung gewesen war. Ich hatte mein Leben in die Hand genommen. Ich hatte eine Wahl getroffen. Kein Mann und nicht die Natur taten es für mich. Ich war eine starke Frau. Ich hatte ein Opfer gebracht. Das Geschenk war Freiheit, war Unabhängigkeit.

Doch immer wieder kam dieses Bild. Wie ich mein Kind mit in die Werkstatt nahm, wie ich es heranführte an die Luftfahrt, wie wir gemeinsam werkelten, wie wir auffuhren, beim ersten Mal nur wenige Meter, wie das Kind vor Freude kreischte. Wie ich es zu einer selbstständigen Frau oder einem umsichtigen Buben heranziehe. Das Kind ist fort!, herrschte ich mich dann an. Unwiederbringlich fort.

Als ich Wochen später im Frankfurter Zoo wieder in die Luft stieg und am Tag darauf der Droschkenkutscher vor meiner Werkstatt stand, um mich nach Seckbach zu fahren, bedeutete ich ihm, dass es keine Fahrten mehr geben werde.

Er zog seinen Hut. »Das tut mir leid, meine Dame.«

»Schon gut. Es war eine schöne Zeit.«

Er senkte den Blick. »Dann wünsche ich Ihnen einen angenehmen Abend. Wenn Sie jemals Hilfe brauchen, wissen Sie, wo Sie mich finden.«

Max schrieb mir Briefe. Die ersten öffnete ich. Er fragte, wo ich sei, warum ich nicht mehr komme, ob es mir gut gehe. Später flehte er. Einmal stand er vor der Werkstatt. Hinrich schickte ihn fort. Er schrieb weiter Briefe. Ich legte sie ungeöffnet in die unterste Schublade meines Schreibtischs neben Hermanns Andenken. Eine Zeitlang hegte ich die Befürchtung, er könnte mich bei einem meiner Auftritte abfangen. Ich sah mich um, immer in Erwartung, plötzlich sein Gesicht vor mir zu haben. Doch wenn er jemals einem Aufstieg beiwohnte, so zeigte er sich mir nicht. So, wie ich in sein Leben hineingefallen war, so stieg ich wieder heraus. Er tat mir leid. Ich tat mir leid. Aber ich hätte ihm nicht mehr unter die Augen treten können. Wie hätte ich ihm auch erklären sollen, was ich getan hatte? Jahre später erfuhr ich, dass er ein junges Mädchen geheiratet hatte und sie guter Hoffnung war. Ich freute mich aufrichtig für ihn, weinte mich einen Abend lang in den Schlaf, ging dann in die Kirche und zündete drei Kerzen für ihn und seine Familie an. Das hätte ihm gefallen.

Friedas Brief erreichte mich einige Zeit, nachdem ich bei der Hebamme auf dem Tisch gelegen hatte.

Stell Dir vor, liebe Käte, wir werden nach Berlin ziehen. Willst Du nicht auch dorthin kommen, in die Hauptstadt des Reichs? Ein Ortswechsel würde Dir bestimmt gut tun nach all den Geschehnissen, und Berlin bietet so viele Möglichkeiten. Allein, was sich dort in der Luftfahrt tut. Sie planen Flugplätze!

Berlin. Die Stadt war eine prachtvolle Metropole, die Hauptstadt der Technologie und der Moderne, schillernd und von großer Anziehungskraft. Viele Menschen zog es in diesen Tagen dorthin wie die Motten zum Licht. Sie suchten Anstellung als Arbeiter oder als Handwerker, sie wurden gebraucht in Fabriken und Kraftwerken, in Stahlwerken, Pumpwerken und Kesselschmieden, in Gießereien, Textilmanufakturen, an Bahnhöfen oder als Straßenkehrer. Sie wollten zu Agfa, AEG und Borsig, oder sie kamen für Siemens & Halske. So wie Friedas Ehemann Franz:

Die Gesellschaft für elektrische Untergrundbahnen hat Franz eine Offerte gemacht. Sie benötigt eine kundige Verbindung zum ausführenden Unternehmen Siemens & Halske. Franz soll sicherstellen, dass die Pläne korrekt umgesetzt werden. Dass mein Mann daran mitwirken wird, die Zukunft der Reichshauptstadt zu gestalten, erfüllt mich mit Stolz. Außerdem freue ich mich, wieder in Deutschland zu leben und meine Muttersprache zu sprechen.

Valerie wird in London bleiben. Sie hat einen Bankier kennengelernt und ist bereits verlobt. Sie wird den Weg gehen, der auch der meine war. Aber ich freue mich für sie, es ist ihr inniger Wunsch. Mein Sohn Karl wird ebenfalls auf der Insel bleiben und in Eton aufs College gehen. Franz ist verstimmt, was das hohe Studiengeld angeht. Aber ich habe darauf bestanden. Karl hat literarisches Talent. Leider ist es allzu offensichtlich, dass er dem eigenen Geschlecht mehr zugeneigt ist als den Damen. Wir haben bereits alles versucht, ihm das auszutreiben. Aber der Junge ist, wie er ist. Nur Christine kommt mit uns nach Berlin. Sie ist mein Augenstern. Ich werde mein Bestes geben, damit sie sich in der Hauptstadt zu einer selbstbewussten Dame entwickelt.

Berlin faszinierte mich. Aber dort leben? Daran hatte ich noch nicht gedacht.

Ich reiste auf dem Kontinent umher, aber meine Welt – das waren Frankfurt, Darmstadt und Seligenstadt, das war das Leben an Rhein, Main und Nidda. Alles hier war mit mir verbunden: mit meiner Kindheit, mit meiner Zeit als Schneiderin. Hier hatte ich Hermann getroffen und das Lattemännchen geboren. Hier hatte ich nach ihrer beider Tod mein Leben neu geordnet.

Als drei Monate später Irma starb, mit gelber Haut und unter Fieber, fiel es mir leicht, eine Antwort zu finden. Es war an der Zeit, alles hinter mir zu lassen, was die Welt mir aufgebürdet hatte. Ich stattete Hinrich und Felix mit einer Abfindung aus und erzählte Mutter von meinen Plänen. Sie war einverstanden.

Dann setzte ich mich in den Zug nach Berlin.

TEIL 3

MOTORFLUGSTUNDEN

Es war eine Übersiedelung in Raten. Ich behielt zunächst meine Werkstatt in Frankfurt, und Mutter verblieb in unserer Wohnung, während ich gehörig Zeit in Berlin verbrachte. Nicht nur, weil Frieda und Franz sich dort niederließen, sondern auch – Frieda hatte recht –, weil es angeraten war. Wer etwas auf sich hielt, verkehrte regelmäßig in Berlin, suchte Kontakt zu den preußischen Regierungsbeamten und verlustierte sich in Schänken und Tanzlokalen, auf der Pferderennbahn, bei Völkerschauen und Festumzügen. Die Stadt hatte eine immense Bedeutung für die Geschicke des Reichs. In Berlin entschied man über die Zukunft.

Franz und Frieda zogen zunächst – das muss etwa im Jahr 1909 gewesen sein – in eine komfortable Stadtwohnung, begannen aber alsbald mit der Planung eines Hauses im Gutsbezirk Dahlem, in das sie dann umzogen. Die Bauaufsicht führte im Wesentlichen Frieda, Franz hatte dafür keine Zeit. Mit den Architekten und Bauarbeitern pflegte sie ein herzliches, aber auch bestimmtes Miteinander, denn wenn es um die Sache ging, war sie unerbittlich. Kenntnisreich sprach sie mit den Männern über Fundamente, Versickerung, Dachabdichtung und Furniere. Sie las sich alles an. Den Männern gefiel es, dass sie ihrem Berufsstand Respekt entgegenbrachte, und achteten Friedas Kompetenz, indem sie hart mit ihr verhandelten.

Als ich zum ersten Mal in Berlin ankam, mit nur einem Koffer am Lehrter Bahnhof, stieg ich aus in eine Welt, die noch um ein Vielfaches lauter, schneller und fordernder war als die, die ich kannte. Zwar waren auch in Frankfurt die Straßen voll mit Menschen, Karren und Bahnen – und in der jüngsten Zeit auch mit mehr und mehr Automobilen. Alle Menschen und Fahrzeuge fuhren und liefen durcheinander. Doch das war nichts gegen Berlin. Unablässig drängelte, brüllte und gestikulierte jemand. Es wimmelte von Menschen, Pferden und Fahrzeugen. Man schob sich durch die Gassen, es klingelte und schellte, rasselte und rollte, schepperte und bimmelte. Die Stadt war ein wuseliger, nervöser, aufgescheuchter Organismus. Die Hektik der Laufenden, die Eile der Fahrenden und die Rastlosigkeit, die man selbst den Sitzenden anmerkte, bereiteten mir Kopfweh und Schwindel. Verloren stand ich vor dem Bahnhof, den Koffer zu Füßen, während um mich herum Menschen hasteten. Alle schienen sich auszukennen, alle hatten ein Ziel.

Ein schnauzbärtiger Mann trat auf mich zu. »Ik fahr den Kremser da drüben. Kann ik sie wohinbringen?« Er deutete auf den zweigeschossigen Pferdeomnibus mit den zwei Gäulen.

Ich nannte ihm das Hotel in Steglitz, in das ich mich eingemietet hatte.

»Da hamse aba Glück, junge Frau. Dit is meene Linie.«

Er nahm mir den Koffer ab, verstaute ihn und hielt mir die Tür zu dem Wagen auf, in dem schon ein Paar in meinem Alter sowie einzelne betagte Herrschaften saßen.

Der Weg hinaus nach Steglitz führte uns durch den Tiergarten. Kinder jagten sich über die Wiesen. Auf den Bänken saßen Frauen und Männer jeden Alters. Familien flanierten auf den baumbestandenen Wegen.

Das Paar, das mit mir im Wagen saß, begann ein Gespräch. »Wo wohnen die bloß alle und wo finden sie Arbeit?«, fragte die Frau ihren Begleiter, einen Herrn mit gezwirbeltem Schnurrbart. Offenbar kam sie nicht von hier, denn ihre Sprache war ein Singsang aus dem Süden. Ich tippte auf Wien. Der Mann antwortete, dass es kein Problem darstelle, in einer Stadt wie dieser Arbeit zu finden. Er berlinerte stark, wahrscheinlich war er hier geboren. In den vergangenen Jahrzehnten, führte er aus, sei Berlin zu einem Industriezentrum herangewachsen. Die AEG baue Lampen und Apparate, Turbinen und elektrotechnische Anlagen. Aus der kleinen Eisengießerei von Borsig sei ein großes Unternehmen geworden, das Dampfmaschinen und Lokomotiven herstelle. Eine Gesellschaft namens Agfa habe sich auf Utensilien für die Fotografie spezialisiert. Siemens & Halske, erklärte er, produziere Telegrafen und Generatoren und elektrische Motoren. Es gebe Unternehmen der Funk- und Nachrichtentechnik, chemische Anlagen und natürlich Tausende von Kleinbetrieben und Handwerkern. Die Frau hing an seinen Lippen und nickte bei jedem Wort.

»Die Unternehmen benötigen fortwährend Arbeiter, meine Liebe«, sagte der Mann. »Deshalb kommen die Menschen in die Stadt. Aber sie brauchen in den Büros auch Angestellte, die die Schreibarbeit erledigen. Die vermittle ich ihnen.«

Plötzlich, wir hatten den Tiergarten hinter uns gelassen, füllten sich die Straßen so, dass kaum noch ein Durchkommen war. Herren in Anzügen, Arbeiter, Frauen in feinen Kleidern und solche in Lumpen, Kinder und Alte liefen und plapperten durcheinander. Doch weder marschierten sie in feste Richtungen, noch flanierten sie. Sie gingen vielmehr auf und ab, als warteten sie auf etwas, oder standen ratlos herum. Zudem waren auffallend viele Schutzmänner unterwegs. Wir hielten an, und ich lauschte den Gesprächen der Umstehenden.

»Jekracht und jekreischt hat es! Ik dachte, der Allmächtige kommt vom Himmel!«, sagte eine Frau.

»Einfach runterjefallen isser!«, rief ein Junge.

»Ik konnt rinkieken. Überall Blut!«

Ich hörte den Kutscher fragen, was geschehen sei. Aber er bekam keine vernünftigen Antworten. Überdies hatte er alle Hände voll zu tun, die Pferde ruhig zu halten. Im Gewimmel der Menschen wieherten sie nervös, traten auf der Stelle und setzten mehr als einmal zur Flucht an.

Wie sich später herausstellte, waren am Gleisdreieck zwei Züge zusammengestoßen, mitten auf einem Viadukt. Ein Wagen hatte das Geländer durchbrochen und war in die Tiefe gestürzt. Ein fürchterliches Unglück, das die Stadt noch lange im Gedächtnis behielt.

»Es war allein menschliches Versagen«, erklärte mir Franz einige Monate später bei einem gemeinsamen Abendbrot in Dahlem, nachdem er vor Gericht Stellung dazu beziehen musste. Er war als Sachverständiger eingesetzt worden. »Die Weichen und Signalanlagen waren in Ordnung. Der Zugführer hat einfach das Haltesignal übersehen. Manchmal wächst dem Menschen der Fortschritt über den Kopf.«

Trotz der Nervosität und der Gefahr, die in Berlin hinter jeder Ecke zu lauern schien, tat es mir gut, dort zu sein. Je länger ich dort blieb, desto mehr elektrisierte mich die Stadt; sie forderte meine Sinne und war eine Schatzkammer neuer Möglichkeiten. Nirgendwo sonst spürte man die Kraft des Reiches, seinen Mut und seinen Erfindergeist mehr als hier, am Ort der kaiserlichen Macht. Der Lärm der Menschen, das Rattern der Züge, der Geruch der Fabriken und die Geräusche der Fuhrwerke wurden zu einem steten Summen in meinem Kopf und hielten Heimweh und Schwermut fern. Max wurde zu einem Schatten, den ich, wenn ich mich umschaute, nur noch diffus in der Ferne sah.

Berlin setzte alles daran, meiner Heimatstadt Frankfurt in der Luftfahrt den Rang abzulaufen. In Johannisthal wurde in diesen Tagen ein ziviler Flugplatz fertiggestellt. Jeder würde dort Flugstunden nehmen können. Es gingen Gerüchte, dass auch die Produktion eigener Fluggeräte vorgesehen war. Zahlreiche Industrielle planten eine Ansiedlung. Schon bei der Schifffahrt war es klug gewesen, Investitionswillen zu zeigen. Das tirpitzsche Flottenprogramm hatte in den vergangenen Jahren für reichlich Absatz in der Montanindustrie gesorgt. Sowohl die militärische als auch die zivile Schifffahrt – allen voran die Hapag und die Norddeutsche Lloyd – nahmen Unmengen an Stahl ab, die Marine überdies Geschütze. Die Schiffe transportierten die deutschen Industriegüter in alle Welt: in andere Häfen Europas, in die Kolonien und nach Übersee. Kaum auszudenken, was möglich war, wenn Frachten demnächst nicht nur zu Land und zu Wasser, sondern auch durch die Luft verschickt werden konnten – und wenn erst einmal Flugmaschinen in Serie produziert wurden. Überdies waren die meisten Unternehmer enthusiastische Patrioten. Sie gefielen sich in der Rolle, das Reich voranzubringen. Berlin war daher voll von Abgesandten der unterschiedlichen Industriezweige. Es war geboten, sowohl Kontakte in die Politik als auch Verbindungen zum Militär zu unterhalten, ins Marineamt, zu den Luftschiffertruppen und in die jeweiligen Versuchsabteilungen. Denn die Entscheidungen für Luftfahrt und Flottenbau fielen im Reichstag.

Auch ich suchte nach einer Möglichkeit, meinen Platz in dieser Welt zu finden. Ich war nun vierzig Jahre alt. In den vergangenen Jahren hatte sich alles um Aufstiege gedreht, um Absprachen mit Veranstaltern und Behörden, um Vorbereitung, Anreise und Reklame, um die Erlöse, die Weiterentwicklung des Spektakels und die Verbesserung des Materials. Ich konnte allerdings nicht ewig in die Luft steigen.

»Ich will dir nicht zu nahe treten«, sagte Frieda an einem Abend in Dahlem, als wir bei einem Glas Wein beisammensaßen. »Ich werde in Kürze zum ersten Mal Großmutter, und es mag dir seltsam erscheinen. Aber wir sind derselbe Jahrgang. Willst du noch als Greisin aus dem Ballon fallen?«

Ihre Worte trafen mich hart. Ich hatte zuvor kaum über mein Alter nachgedacht, nur dieses eine Mal, als ich das Kind erwartet hatte. Natürlich war ich nicht mehr so behände wie früher, und für die kniffligen Näharbeiten benötigte ich nun ein Augenglas. Aber ich fühlte mich immer noch jung. Ich genoss sogar den Zustand, in dem ich mich befand: körperlich beweglich und mit ausreichend Energie gesegnet, gleichzeitig ruhig und erfahren in den Dingen, die mir früher Angst eingejagt hatten. Doch Frieda hatte recht: Es war an der Zeit, den nächsten Schritt zu gehen und der aktiven Luftfahrt nach und nach Adieu zu sagen.

Die Hauptstadt schien mir geeignet dafür. Meine Fallschirmtechnik war inzwischen deutlich ausgereifter als zu Beginn meiner Karriere, und ich war mir sicher, dass die deutschen Luftschiffer davon profitieren konnten. Hermann hatte seinen Schirm noch außen an der Ballonhülle befestigt. Schlaff hing der Stoff seinerzeit dort herab, angenäht mit einigen Stichen groben Garns, das riss, sobald er in die Tiefe stürzte. Doch die Leinen verhedderten sich zu leicht, wenn Luft unter den Schirm griff. Hermanns Absturz war das beste Beispiel für die Unzuverlässigkeit dieser Technik. In den stillen Wintermonaten hatte ich deshalb meinen Fallschirm immer weiter verbessert. Er befand sich nun in einem Paket und war jetzt deutlich leichter zu transportieren. So wie jedes Schiff Rettungsringe besaß, konnte zukünftig jedes Luftgefährt einen Rettungsschirm mit sich führen – aus paulusscher Fabrikation. Ich buchte einen Stand auf der *Internationalen Luftschiffahrt-Ausstellung*, die im Sommer in Frankfurt stattfinden sollte, unweit meiner Werkstatt in einer neu errichteten Festhalle. Dort wollte ich meine Erfindung präsentieren.

»Frankfurt redet von nichts anderem mehr als von dieser Ausstellung«, sagte Mutter. Sie saß auf meinem Bett und sah zu, wie ich meine Kleider verräumte. Ich war gerade aus Berlin zurückgekehrt.

»Es wird die erste und die letzte Ausstellung ihrer Art in Frankfurt sein«, antwortete ich. »Du kannst dir nicht vorstellen, wie es in der Hauptstadt zugeht. Sie zieht alles an sich wie ein Magnet. Auch die Luftfahrt. Nach der Messe sollten wir dorthin umsiedeln.«

»Ich weiß nicht«, antwortete Mutter skeptisch. »Berlin ist sehr groß. Und wir kennen niemanden.«

»Franz und Frieda wohnen dort«, wandte ich ein, während ich meine Reisekleidung in einen Korb legte. Sie war verschmutzt und roch nach den Strapazen der Fahrt. Mutter würde sie waschen.

Sie nahm sich den Korb und begann, die Kleidung zu sortieren. Dann fragte sie: »Wie lange dauert die Ausstellung?«

»Einhundert Tage. Von Mitte Juli bis Mitte Oktober«, antwortete ich.

»Ich kann mir gar nicht vorstellen«, sagte Mutter, »wozu es drei Monate braucht, um Ballons und ein paar Flugmaschinen auszustellen.«

»Sie zeigen alle Errungenschaften der Luftfahrt«, antwortete ich. »Ballons und Zeppeline, Drachen und feinmechanische Apparate. Wenn du mich fragst, wird das große Thema allerdings der motorisierte Luftverkehr sein. Flugmaschinen, wie Otto Lilienthal sie hergestellt hat – nur dass sie jetzt angetrieben werden und weitaus robuster sind. Es kommen Menschen aus der ganzen Welt.«

»Wenn mir jemand vor zwanzig Jahren gesagt hätte, dass meine Tochter an einer Ausstellung teilnehmen wird, weil sie berühmt ist für ihre Fallschirmabsprünge – ich hätte ihn gefragt, ob er noch bei Sinnen ist.«

»Ich habe nur einen kleinen Ausrüstungsstand mit Rettungsschirmen«, sagte ich.

Mit der Bekanntgabe, dass die erste Luftschifffahrtsausstellung auf deutschem Boden stattfinden soll, war die Stimmung im Reich euphorischer denn je. Auch ich war mitgerissen von der Begeisterung. Wir waren ein geeintes, ein starkes Reich. Unsere Wirtschaft war eine der stärksten der Erde, unser Heer und unsere Flotte demonstrierten die Kraft unserer Nation. Wir waren ein Volk der Techniker und der Erfinder. Unsere Wissenschaftler waren die erfolgreichsten der Welt. Endlich waren wir den Engländern und den Franzosen ebenbürtig.

»Schon bald«, sagte ich, »werden wir mit Vorrichtungen in die Luft gehen, die große Distanzen überwinden können. Allein schon, weil man damit Kriege führen kann.«

»Manchmal denke ich, es könnte jeden Moment losgehen«, sagte Mutter.

»Der Krieg?«

»Letztens träumte ich, der Kaiser hätte dich zu den Waffen gerufen.«

Ich lachte. »Das könnte er wohl kaum, ich bin eine Frau.«

»Als ob das bei dir etwas heißen würde.«

»Abgesehen davon«, sagte ich, »bin ich zu alt, um zu dienen. Du musst dir keine Sorgen machen.«

»Man kann nur hoffen, dass er schnell vorbei sein wird.«

Ich ließ die Wäsche sinken und sah sie an. »Sollten wir uns jemals in einem Krieg behaupten müssen«, sagte ich mit fester Stimme, »wird er nicht lange dauern. Wir sind die fortschrittlichste Nation dieser Erde. Was wollen die anderen Armeen uns entgegenhalten?«

»Der Franzose war immer schon ein starker Gegner.«

»Der Franzose hat zuletzt das Elsass und Lothringen an uns abtreten müssen und sich auch sonst nicht mit militärischem Ruhm bekleckert. Wenn es zu einer Auseinandersetzung kommt, werden wir die Franzosen vernichtend schlagen. Und ich werde meinen Teil dazu beitragen.«

Ich gab mich jedoch nicht mit einem Ausrüstungsstand zufrieden. Auch ich wollte eine dieser Flugmaschinen beherrschen, sie starten und landen, wann immer es mir beliebte, und sie durch die Luft bewegen, unabhängig von der Richtung des Windes.

Als ich erneut in Berlin war, erkundigte ich mich deshalb nach einem Kontakt zu Louis Blériot. Der Franzose hatte mit seinem Eindecker jüngst den Ärmelkanal überquert. Er war nur wenige Jahre jünger als ich und besessen von der Fliegerei. Über Umwege erhielt ich seine Adresse und schrieb ihm, dass ich eine solche Flugmaschine erwerben wolle. Außerdem telegrafierte ich zur Studiengesellschaft für Motorluftschiffe, die ihren Sitz am Berliner Nollendorfplatz hatte, mit der Bitte, mir einen tauglichen Fluglehrer in Berlin oder Frankfurt zuzuweisen. Er sollte mich in die Lage versetzen, die Maschine Blériots zu steuern.

Es dauerte nicht lange, bis ich von beiden hörte. Blériot ließ mich wissen, dass er mir binnen sechs Monaten eine

Maschine liefern könne, wenn ich eine entsprechende Anzahlung leiste. Zur Luftschifffahrtsausstellung werde er einen Kaufvertrag mitbringen. Auch die Studiengesellschaft verwies mich auf die Messe. Sie seien zuversichtlich, schrieben sie, mir bei meiner Suche nach einem Motorfluglehrer helfen zu können. Ich solle sie an ihrem Stand besuchen.

Noch bevor die Ausstellung offiziell eröffnet wurde, suchte ich die Hallen nach Blériot und seinen Maschinen ab. Allein die Festhalle hatte gigantische Ausmaße. Ihre riesige Kuppel wölbte sich über den Besuchern wie der Himmel. Erst vor wenigen Monaten war sie vom Kaiser eingeweiht worden. In ihrer Mitte hing der Ballon »Preussen«, eine beeindruckende Konstruktion, mit der drei Wetterkundler im Jahr 1901 in eine Höhe von mehr als 10000 Metern aufgestiegen waren. Süring, Berson und Schrötter, so die Namen der Männer, waren dabei ohnmächtig geworden, im Sinken jedoch wieder zu Bewusstsein und insgesamt nicht zu Schaden gekommen. Der Wasserstoff, der den Ballon füllte, war damals in mehr als eintausend Stahlflaschen herangeschafft worden, und der Ballast, den die Männer mitführten, war drei Komma fünf Tonnen schwer gewesen – eine unvorstellbare Leistung.

Direkt neben diesem legendären Ballon hing meiner, deutlich kleiner und ein Zeuge weitaus weniger großer Taten – und dennoch ein Meisterstück. Ich hatte viele Wochen damit zugebracht, ihn für diesen Anlass herzurichten, und konnte mich nicht sattsehen an seinem Anblick dort oben unter der Kuppel.

Ich fand Blériot weder in einer der vier Nebenhallen noch auf dem Ballonplatz vor der Festhalle, über dem, vertäut im Gras, eine Fülle an riesigen Ballons schwebte, bunte Objekte, die in den kommenden Wochen unablässig aufsteigen würden. In der Nähe des Messegeländes befand sich jedoch ein Flugfeld. Dort, neben seinem Eindecker-Apparat, entdeckte ich den Franzosen. Ich stellte mich vor.

»Madame Paulus, ich freue mich, Ihnen zu begegnen«, sagte er auf Deutsch, aber mit einem deutlichen Akzent. Seine Stimme war weich, an seinen Augen zeichneten sich Lachfältchen ab. Wie alle Menschen, die mutwillig ihr Leben riskieren, schien er ein ruhiger, besonnener Mensch zu sein. Ich empfand sofort Sympathie für ihn.

»Bonjour, Monsieur Blériot«, sagte ich. Auf meinen Reisen hatte ich mir einige französische Ausdrücke angeeignet. Neben »Guten Tag«, »Bitte« und »Danke« auch Sätze wie: »Bitte entschuldigen Sie die Unannehmlichkeiten« und »Ich werde Ihnen den entstandenen Schaden ersetzen«.

Blériot deutete auf die Flugmaschine, die hinter ihm stand. »Das ist sie. Eine Maschine, wie Sie sie bestellt haben. Möchten Sie einsteigen?«

Fliegen? Jetzt? Ich hatte mit allem gerechnet, aber nicht damit, dass ich gleich heute in einem dieser dröhnenden Apparate in die Luft gehen würde. Mir wurde bange.

»Keine Sorge, Madame«, sagte Blériot. »Wir heben nicht ab. Nur hineinsetzen.«

Er deutete auf eine kleine Leiter, die neben der Maschine stand. Ich stieg hinauf, hob meinen Rock an, wusste aber nicht, wie ich in den Pilotensitz gelangen sollte.

»Halten Sie sich an dem … *comment dites-vous?* … an dem Holz dort fest«, riet Blériot.

Ich tat wie geheißen und kletterte über die Streben des Rumpfes in den offenen Führerplatz. Links und rechts von mir ragten die bespannten Flügel in die Luft. Ich stellte meine Füße auf zwei Holmen ab und griff nach einem hölzernen Knüppel.

»*Oui*, Sie machen das schon sehr richtig. Mit den Händen arbeiten Sie am *ascenseur*.«

Er hielt die flache Hand in die Luft und neigte sie hoch und runter.

»Höhenruder«, antwortete ich. Ich hatte über die Technik des Motorflugs gelesen. Wenn ich daran zog, würde sich die Schnauze mit dem Propeller nach oben bewegen.

»Mit dem Fuß«, erklärte Blériot, »betätigen Sie das *gouvernail*. Wie sagt man auf Deutsch? Damit können Sie nach links und rechts fliegen.«

Es war ein seltsames Gefühl, in diesem Gestell zu sitzen. Wie oft hatte ich den Korb unter meinem Ballon bestiegen und war senkrecht hinaufgefahren, dank des Gases leichter als Luft. Dieser Apparat hier bediente sich keines Wasserstoffs, sondern war schwerer als alles, was ihn umgab, und konnte dennoch vom Boden abheben. Wie würde es sein, in dieser Höllenmaschine zu sitzen, den donnernden Motor vor den Füßen? Berichte beschrieben einen taumelnden Flug. Blériot wurde in der Luft hin und her geworfen wie ein Schiff auf den Wellen. Würde mir das gefallen?

»Wann können Sie mir einen Apparat liefern?«, fragte ich. »Ich habe bereits um einen Fluglehrer ersucht.«

»Sie sind zielstrebig, Madame! *Eh bien, je suppose que dans trois mois au plus tôt* … drei Monate, etwas mehr vielleicht?«

»Sagen wir vier, ich gebe Ihnen morgen eine Anzahlung, und Sie garantieren mir die pünktliche Fertigstellung.«

»*Avec plaisir, Madame.*«

»Sie haben sich hier versammelt«, begann der Redner staatsmännisch und deutete auf die Ballons unter der Kuppel, auf meinen und den der Wetterkundler, »um einem Werk die Weihen zu geben, das in der Eigenart seiner Ausbildung kein Vorbild hat.« Dann schwenkte er den Arm in Richtung des Ballonplatzes, dessen Gefährte die Ausstellung von Weitem sichtbar machten. »Zum ersten Male ist auch ein allen modernen Anforderungen entsprechender Fesselballon dem großen Publikum zugänglich, sodass jeder gegen ein geringes Entgelt Gelegenheit findet, einmal die Welt von oben anzusehen!«

Schon seit Tagen drängten sich Menschen vor dem Bretterzaun, der das Ausstellungsgelände einfriedete. Darunter waren vor allem diejenigen, die sich die sechs Mark Eintritt nicht leisten konnten. Mit Hilfe von Räuberleitern und durch die Schlitze des Zauns versuchten sie, einen Blick auf die schwebenden Riesen zu erhaschen.

»Trotz des Staunens über die Erfolge«, fuhr der Redner fort, »mögen unsere Besucher bei der Beurteilung aller präsentierten Errungenschaften und Darbietungen stets eingedenk bleiben, dass die Eroberung der Luft bei Weitem nicht vollendet ist! Wir befinden uns erst in den Anfangsstadien einer großen, vielversprechenden Entwicklung.«

Die Eröffnungsrede der *Internationalen Luftschiffahrt-Ausstellung* hielt Leo Ludwig Gans-Landau. Er war der Vorsitzende des Frankfurter Vereins für Luftfahrt. Ich hatte schon einmal mit ihm zu tun gehabt: Er hatte mich eingeladen, damit ich in einem Vortrag über meine Erfahrungen in der Aeronautik berichtete. Die Veranstaltung war mir unangenehm im Gedächtnis, denn die Wissenschaftler hörten zwar aufmerksam zu, beim anschließenden Empfang spotteten sie aber über mein Äußeres. Zwar entschuldigte sich Gans-Landau anschließend reumütig bei mir: »Wenn ich Ihnen jemals einen Gefallen erweisen kann, lassen Sie es mich wissen.« Ich nahm ihm dennoch übel, dass er in Gegenwart seiner Kameraden nicht für mich Partei ergriffen hatte.

Schon wenige Minuten nach der Eröffnung fand sich der erste Besucher an meinem Stand ein. Er stellte sich als ein belgischer Luftfahrer vor und zeigte reges Interesse an meinem Rettungsschirm. »Ich schnalle ihn auf meinen Rücken und ziehe an der Leine?«, fragte er ungläubig. »Wie kann ich darauf vertrauen, dass er sich öffnet?«

Für Laien war meine Konstruktion schwer zu verstehen. Das hatte ich schon in Gesprächen gemerkt. Deshalb hatte ich ein Miniaturmodell angefertigt. Es bestand aus dem Schirm, einer Tasche und einem Verpackungssack. Ich zeigte ihm, wie man den Stoff falten musste, damit er in die Tasche passte. Ich führte vor, was passiert, wenn man an der Leine zieht, und wie er sich öffnet.

»Wenn Sie in der Luft in Schwierigkeiten geraten«, sagte ich, »springen Sie aus der Maschine heraus, ziehen an der Leine und gelangen sicher zur Erde.«

Er griff nach dem Modell, drehte und wendete es in den Händen. Dann ging er zum Original, strich über den Stoff, befingerte die Spleiße und zog an den Leinen.

Er nickte anerkennend. »Ein solides Gerät. Welchen Preis rufen Sie dafür auf?«

Ich hatte einige Tage gebraucht, um eine tragfähige Kalkulation aufzustellen. Für den Schirm benötigte ich, wenn man Verschnitt und Breitendifferenzen berücksichtigte, etwa 60 Meter Stoff. Hinzu kamen fünf Kilogramm Halteleinen, außerdem mehr als 200 Meter Band sowie das Nähgarn. Tasche und Verpackungssack benötigten weiteres Material. Doch das war nicht alles. Zuschneide- und Herrichtelohn, die Näharbeiten und das Spleißen kamen hinzu. Außerdem rechnete ich in jeden Schirm anteilig meine laufenden Kosten ein: die Miete für Werkstatt und Lager, Licht, Heizung und Versicherung, außerdem Kosten für Fracht und einen zweiprozentigen Zinsverlust. Auch die Entwicklungskosten und Ausgaben für die Modelle wollte ich refinanziert haben.

»Rund 700 Reichsmark«, sagte ich.

»Das ist nicht gerade ein Sonderangebot«, entgegnete er.

»Nun«, sagte ich, und machte bewusst eine Pause, bevor ich weitersprach. »Es steht Ihnen frei, sich gegen einen meiner Rettungsschirme zu entscheiden. Leider ist der Moment, in dem Sie Ihre Entscheidung bedauern, auch der Moment, in dem Sie Ihren letzten Atemzug tun.«

Er schnalzte anerkennend. »Sie wissen zu verkaufen.«

»Ich war oft genug in der Luft, um zu wissen, wie unberechenbar die Winde und das Wetter sein können. Wir wissen viel über die Natur. Aber nicht genug, um sie zu beherrschen.«

»Ich werde es mir überlegen. Sind Sie während der gesamten Ausstellung hier?«

»Bis Oktober.«

»Dann wünsche ich Ihnen viel Erfolg mit Ihrer Konstruktion.« Er verschwand in der Menge.

Es war unglaublich, wie viele Menschen in diese Halle passten. Es mussten Tausende sein. Dicht an dicht drängten sie sich an den Ständen. Die meisten von ihnen waren Männer. Aber auch einige Damen waren zu sehen, nicht nur als Begleiterinnen ihrer Gatten. Auf internationalem Parkett gab es neben mir durchaus noch weitere Luftfahrerinnen, wenngleich wir eher als geradezu exotische Ausnahme galten.

In den nachfolgenden Tagen kamen Dutzende Interessenten. Allen führte ich mein Modell vor. Schon bald hatte ich einen einstudierten Text, in dem ich anekdotisch von brenzligen Situationen erzählte und die Entwicklung des Schirms skizzierte. Die Reaktionen auf meine Ausführungen waren stets positiv. Keiner der Besucher unterschrieb jedoch einen Kaufvertrag. Am Ende der ersten Woche war ich bedrückt. Am Ende der zweiten Woche verzweifelt.

»Du musst Geduld haben«, sagte Mutter, wenn ich abends in unserer Küche in der Waldschmidtstraße saß und mir die schmerzenden Füße massierte. »Die Messe dauert noch mehr als zwei Monate. Die Leute sehen sich erst einmal um.«

»Viele von ihnen kommen aber nicht wieder an meinen Stand«, entgegnete ich. »Sie sind aus dem Ausland angereist und schon längst wieder fort.«

»Vielleicht brauchst du einen bekannten und vertrauensvollen ersten Käufer«, meinte Mutter. »Jemanden, der anschließend allen erzählt, dass er unterschrieben hat.«

»Aber wer sollte das sein?«, sagte ich. »Ich kann schließlich niemanden zwingen, bei mir zu kaufen und anschließend auch noch Reklame für mich zu machen.«

»Ist der Herr vom Luftfahrtverein dir nicht noch einen Gefallen schuldig?«

»Gans-Landau?« Ich überlegte. Dann nickte ich. »Es ist einen Versuch wert.«

Der Mann hielt Wort. Er sah sich gründlich an meinem Stand um, prüfte das Material und die Verarbeitung meiner Rettungsschirme und sagte schließlich: »Ich werde zehn Stück erwerben und es die Menschen wissen lassen.«

Es dauerte keinen Tag, dann rissen mir die Leute meinen Schirm aus den Händen. Luftfahrer aller Couleur kauften bei mir ein: Ballonfahrer und Konstrukteure aeronautischer Geräte, Betreiber von Versuchsanstalten, Gleitflieger und Erbauer von Zeppelinen. Menschen aus ganz Europa unterzeichneten Verträge. Die meisten nahmen nicht nur einen Schirm ab, sondern mindestens einen zweiten in Reserve. Mitglieder aeronautischer Gesellschaften, Luftschifffahrtsvereine und ein mir unbekannter, aber offensichtlich abenteuerlustiger Herrenclub kauften sogar mehr.

Nach rund sechs Wochen, die ich ausschließlich hinter meinem Stand verbrachte, schloss ich den Stand auch mal stundenweise. In der freien Zeit besuchte ich Vorträge und sah mir Vorführungen an. Ich hörte mehrere Referate über Navigation und Wetterkunde, außerdem eine Abhandlung über eine Polarexpedition. Ein Wissenschaftler sprach über Luftelektrizität – ein spannendes Thema, denn der Wasserstoff, mit dem ich meine Ballons füllte, war hochexplosiv und reagierte offenbar mit Kräften in der Atmosphäre. Allerdings war unklar, was die Explosionen auslöste. Besonders fesselte mich ein Vortrag über die militärische Bedeutung der Luftfahrt. Ich notierte mir den Namen des Referenten, eines Herrn aus dem Kriegsministerium, und beschloss, ihn beizeiten in Berlin aufzusuchen. Möglicherweise gab es dort für meine Erfindung eine Verwendung.

Als die *Internationale Luftschiffahrt-Ausstellung* ihre Tore schloss, waren meine Auftragsbücher prall gefüllt. Noch hatte ich keinen blassen Schimmer, wie ich der Bestellungen Herr werden sollte. Aber ich hatte mir eine Zukunft geschaffen.

Blériot hielt nicht Wort. Die Maschine, die ich bestellt und angezahlt hatte, kam weder nach drei noch nach sechs Monaten, sondern erst nach einem geschlagenen Dreivierteljahr. Auch der Franzose hatte mehr Aufträge erhalten, als er abarbeiten konnte.

Ich ließ die Maschine nach Johannisthal bringen. Der Flugplatz wuchs seit der *Internationalen Luftschiffahrt-Ausstellung* stetig. Die Albatros Flugzeugwerke sowie ein Herr namens Richard von Kehler waren die Ersten, die sich mit Fliegerschulen ansiedelten und auch Flugmaschinen bauten – von Kehler mit einer Firma namens *Wright,* benannt nach den beiden fliegenden Brüdern aus Amerika. Noch sehr provisorisch reihte sich in Johannisthal Baracke an Baracke. Modernere Gebäude waren im Bau, aber es würde noch dauern. Neben bekannten Luftfahrern versammelten sich allerlei kuriose Gestalten vor den Toren Berlins – Glücksritter, Hasardeure und Wirrköpfe, die entweder über die nötigen Finanzmittel verfügten, um sich der Luftfahrt zu widmen, oder die mit Auftritten in grotesken Flugmaschinen Geld sammelten.

Auf dem Flugplatz befanden sich auch Tribünen für Zuschauer. Die Betreiber des Platzes brauchten dringend Geld, denn der Unterhalt war kostspielig, erwirtschaftete aber nur mühsam Gewinn. Nur wenige Menschen zahlten allerdings Eintritt, um den regelmäßigen Flugschauen, Flugexperimenten und Wettbewerben beizuwohnen. Stattdessen standen sie, wie in Frankfurt, mit und ohne Leitern an der Umzäunung, hockten auf Bäumen oder kletterten Masten empor. Einige spekulierten auf Unfälle und hatten oft Glück dabei. Sie rannten dann zur Unfallstelle und sammelten ohne Rücksicht auf die Verunglückten Bruchstücke der Flugmaschinen ein, um sie andernorts zu verkaufen.

Meinen Fluglehrer Paul Engelhard hatte ich auf der *Internationalen Luftschiffahrt-Ausstellung* das erste Mal getroffen, wo er sich am Stand der *Motorluftschiff-Studiengesellschaft* gerade mit einigen Herrschaften unterhielt. Ich war mit dem selbstgefälligen Flugtheoretiker, der die Gesellschaft auf der Messe vertrat, in Streit geraten, weil er sich nicht mehr an mein Unterrichtsersuchen erinnern wollte und mich behandelte wie eine Bauersfrau. Als ich aufgebracht gestikulierte, schaltete Engelhard sich lachend ein und bot an, mir Flugunterricht zu geben. Er arbeitete für die *Flugmaschine Wright GmbH*, bei der ich noch vor Ort einen Ausbildungsvertrag zur Motorfliegerin unterschrieb.

Der größte Teil meiner Schulung bestand aus Warten. Wir flogen nur, wenn ein entfaltetes, in die Luft gehaltenes Taschentuch sich nicht bewegte. Bei starkem Wind fuhr ich deshalb gar nicht erst nach Johannisthal, sondern wartete in Friedas Gästezimmer auf besseres Wetter. War der Himmel heiter, machte ich mich sofort auf den Weg, setzte mich in eine Straßenbahn und fuhr hinaus zum Flugplatz. Oft vergeblich: Die meiste Zeit saß ich trotzdem auf einer Bank und wartete auf die Gelegenheit zum Aufstieg. Denn entweder ging eine leichte Brise und wir starteten nicht, oder die Männer hatten Vorrang.

Meiner Einstellung zum Motorflug war dieses Heckmeck nicht zuträglich. Dass wir bei Sturm nicht starteten, lag auf der Hand. Warum aber das geringste Lüftchen die tollkühnen Fliegerburschen davon abhielt aufzusteigen, war mir nicht begreiflich. Sicherlich war Vorsicht geboten, aber ich wusste genug von der Luftfahrt, um meinen Respekt vor den angeblichen Draufgängern zu verlieren. Eine Weile ließ ich diese Zeitverschwendung über mich ergehen, dann stellte ich Engelhard zur Rede. Mit einem Schraubenschlüssel stand er unter einem der Flugapparate und hantierte am Motor herum.

»Herr Engelhard, wenn Sie ein Ohr für mich hätten. Ich habe weder die Zeit, noch steht mir der Sinn danach, meine Tage auf dieser Wiese zu verbringen, nur weil Sie und Ihre Kameraden nicht in der Lage sind, einem Lufthauch zu trotzen. Ich bestehe auf der Erfüllung meines Ausbildungsvertrages.«

Er ließ das Werkzeug sinken und wischte sich seine Hände an der Hose ab. Sein Blick wurde hart. Er holte Luft, aber ich kam ihm zuvor.

»Ich habe ausreichend Erfahrung in der Luftfahrt, um beurteilen zu können, ob die Wetterbedingungen günstig sind oder nicht«, fuhr ich ihn an. »Überdies ist es eine Frechheit, dass ich immer hintanstehe, wenn doch einmal gestartet wird. Ich bezahle denselben Betrag für Ihre Leistung wie die Herren.«

Er sah mich an. Doch anstatt, dass er etwas entgegnete, hoben sich seine Mundwinkel zu einem Grinsen. »Sie meinen also, dass ich meiner Verpflichtung nicht gerecht werde, weil ich der Meinung bin, dass eine Dame nur bei ausreichenden Bedingungen in die Luft gehen sollte?«

»Ich meine, dass Sie Ihre Flugschülerin bedienen, wann es Ihnen passt. Und ich habe keine Lust, mich diesen Launen zu beugen.«

»Dann suchen Sie sich doch einen anderen Fluglehrer.«

»Wenn das so einfach wäre!«, entfuhr es mir.

»Sie haben eine eigene Maschine. Steigen Sie auf. Niemand wird Sie daran hindern.«

»Das würde ich längst tun«, entgegnete ich, »wenn Sie es mir vernünftig zeigen würden. Bisher sind wir nur zweimal auf dem Flugfeld hin- und hergerollt. Wenn das mein Ziel wäre, hätte ich mir ein Automobil gekauft!« Ich war wütend. Wir hatten einen Vertrag miteinander, und er spielte sich auf, als sei er der Kaiser persönlich.

Er wandte sich von mir ab und fuhr fort, am Motor zu schrauben. »Kommen Sie morgen wieder. Vielleicht ist das Wetter dann besser.«

»Das Wetter ist doch hervorragend.«

»Vielleicht hier unten. In der Höhe sind die Strömungen zu stark«, hörte ich es dumpf aus dem Rumpf der Maschine. Dass er mich stehenließ wie ein Mädchen, das um Süßigkeiten bettelt, machte mich noch rasender als alles andere.

»Ich werde mich über Sie beschweren!«, polterte ich.
»Tun Sie das«, klang es aus der Flugmaschine.

Natürlich tat ich es nicht. Wo hätte ich mich auch beschweren sollen? Sein Vorgesetzter, Richard von Kehler, war mit dem Bau und dem Vertrieb seiner Flugmaschinen beschäftigt und reiste durch die Weltgeschichte. Mir blieb also nichts anderes übrig, als mich in mein Schicksal zu fügen – es sei denn, mir fiele etwas ein, womit ich Engelhard bei der Ehre packen konnte.

Während ich auf meine Flugstunden wartete, organisierte ich weiter Auftritte als Ballonfahrerin. Doch ich wurde bei Weitem nicht mehr so oft eingeladen wie in den vergangenen zehn Jahren. Das Interesse der Menschen wandte sich den Flugschauen und den motorisierten Luftfahrzeugen zu. 1912 sollte eine weitere Luftfahrtausstellung stattfinden, diesmal nicht in Frankfurt, sondern, wie von mir prophezeit, in Berlin. Es stand außer Frage, dass ich mich dort präsentieren würde. Ich grübelte bereits, wie ich es anstellen sollte, an meinen Erfolg vom Jahr zuvor anzuschließen. Es war vor allem eine Frage der Anpreisung, denn mein Paketfallschirm eignete sich hervorragend für Piloten motorisierter Apparate. Würde ich zu diesem Zeitpunkt selbst einen fliegen, würde das für mein Geschäft von Vorteil sein.

An einem Abend mit Frieda kam mir eine Idee, wie ich Paul Engelhard überzeugen konnte, mich beim Unterricht vorzuziehen.

»Hast du heute gesehen«, sagte sie, »was die Nachbarn aufgebaut haben, für ihre beiden Jungs?«

Wir saßen im Wintergarten. Ich schrieb einen Brief an Mutter und berichtete ihr von meinem Unmut über die schleppende Ausbildung.

»In ihrem Garten?«, fragte ich.

»Sie haben einen Parcours aufgebaut, wie ihn deine Luftfahrer haben, wenn sie sich miteinander messen.«

»Und die Buben laufen hindurch?«, vergewisserte ich mich.

»Es war goldig. Der Vater hat ihnen Holzkisten gebaut, die sie sich mit Hosenträgern umschnallen können. Damit liefen sie durch den Parcours.«

Am nächsten Tag fuhr ich hinaus nach Johannisthal und suchte Engelhard. Ich fand ihn im Gespräch mit mehreren Fliegern.

»Herr Engelhard«, sprach ich ihn an. »Wenn ich Sie kurz sprechen dürfte.«

Er sah mich mit hochgezogenen Brauen an. Ich bemerkte ein Zögern. Aber er wandte sich von seinen Gesprächspartnern ab, und wir traten einige Meter zur Seite.

»Wir werden heute nicht starten, Fräulein Paulus. Ich habe Besuch.«

»Ich möchte Ihnen ein Angebot machen.«

Ein Ausdruck der Überraschung huschte über sein Gesicht. »Da bin ich aber gespannt.«

»Ich habe gehört, dass sowohl Ihr Arbeitgeber als auch der Betreiber dieses Flugplatzes sich über Einnahmen freuen.«

»Wie lautet das Angebot, von dem Sie sprachen?«

»Ich helfe Ihnen, Einnahmen für Ihre Unternehmung zu erzielen. Wir veranstalten einen Wettkampf. Ich komme für die Kosten auf, den Aufbau des Parcours und so weiter, und präsentiere mich den Luftfahrern mit meiner Erfindung. Die Startgebühren und die Eintrittsgelder verbleiben ganz beim Unternehmen *Flugmaschine Wright GmbH* und der Flug- und Sportplatz GmbH. Sie können Ihre Flugkunst zeigen und sich mit anderen messen.«

»Wo ist der Haken?«

»Wenn Sie den Wettkampf verlieren, bilden Sie mich unverzüglich aus.«

Die Veranstaltung fand an einem Samstag im Mai statt. Wir hatten reichlich plakatiert und für das Schaufliegen geworben. Johannisthal war schon ein Jahr nach seiner Eröffnung eine Institution in der Fliegerei. Es fiel nicht schwer, Teilnehmer zu finden.

Der Parcours bestand aus bodennahen Korridoren, die die Luftfahrer durchfliegen mussten. Oder sie starteten um die Wette: Wer die Strecke am schnellsten zurückgelegt hatte, gewann.

Wie erhofft fand sich reichlich Publikum ein, sowohl auf den Tribünen als auch vor dem Zaun. Ich hatte Frieda eingespannt, damit sie mir beim Aufbau meines Präsentationsstandes half. Sie freute sich, etwas Handfestes zu tun zu haben. Ihr Dasein als Ehefrau langweilte sie, zumal die Kinder, abgesehen von der zwölfjährigen Christine, allesamt aus dem Haus waren. Friedas älteste Tochter Valerie lebte weiterhin in London, sie hatte einen Sohn geboren und schlug den Lebensweg ihrer Mutter ein. Die Söhne hatten sich zum Militär gemeldet und dienten der Flotte.

Paul Engelhard stolzierte durch die Menge, schüttelte Hände und parlierte. Er gefiel sich in der Rolle des Gastgebers, auch wenn er kaum etwas zur Ausrichtung beigetragen hatte. Ich ließ ihn gern gewähren.

Mein Plan war riskant. Engelhard war ein guter und mutiger Flieger. Er hatte als einer der ersten Männer Flugunterricht bei Orville Wright bekommen und bildete sich zu Recht etwas auf dieses Privileg ein. Doch er war nicht der Einzige, der gut fliegen konnte. Neben ihm gab es zahlreiche, ebenfalls sehr talentierte Piloten. Ich setzte darauf, dass sie ihm die Grenzen seiner Möglichkeiten aufzeigen würden. Ohne Einsatz kein Gewinn.

Der entscheidende Wettkampf bestand aus einem Parcours, den die Piloten absolvieren mussten. Er bestand aus langen Stangen, die mit weitem Abstand im Boden steckten und die die Piloten im Flug umrundeten. Engelhard trat gegen seinen Freund Robert Thelen an, der ebenfalls bei Richard von Kehler und seiner *Flugmaschine Wright GmbH* unter Vertrag stand und mit dem er gut betuchten Herren Flugunterricht in Sankt Moritz gab. Außerdem starteten Emile Jeannin, den alle »Mimi« nannten, aus dem Reichsland Elsass-Lothringen und ein Däne namens Knud Thorup. Es ging weniger um die beste Zeit oder den elegantesten Flugstil. Die Flugmaschinen waren fragil und ihre Steuerung war, als balanciere man ein rohes Ei auf der Handfläche. Ziel war es, überhaupt ins Ziel zu kommen, möglichst ohne größere Blessuren.

Engelhard hatte sich den letzten Startplatz ausbedungen. Die Spannung sollte bis zum Schluss aufrechterhalten werden. Sollte er gewinnen, würde ihm außerdem der Jubel der Zuschauer direkt beim Zieleinflug zuteil.

Thelen startete als Erster. Er flog mit einem Wright-Doppeldecker. Mit ordentlichem Knattern erhob er sich in die Luft, das Publikum applaudierte. Auf meinem Platz neben der Tribüne spürte ich die Anspannung unter den Zuschauern. Die Menge begleitete jede Bewegung auf dem Flugfeld mit Raunen, Murmeln, Aaaaahs, Oooohs und Fingerzeigen.

Thelen schaffte es kaum bis zur ersten Kurve, dann ging er hoppelnd nieder. Sein Flug verendete buchstäblich an einer Markierung.

Als Nächster startete Thorup. Er besaß ebenso wie ich eine Blériot-Maschine. Sie schwankte merklich in der Luft.

Er kam einige Meter weiter als Thelen, riss sich jedoch bei einer Bodenberührung den linken Flügel ab und landete holpernd in einem Gebüsch.

Meine Hoffnung lag nun auf Mimi Jeannin. Er hatte erst vor Kurzem einen Dauerflugrekord von zwei Stunden aufgestellt. Er fuhr auch Rennen in Automobilen und war bekannt für seinen sicheren Umgang mit den Maschinen. Der kleine Elsässer besaß einen eleganten Eindecker, der einen weitaus windschnittigeren Eindruck machte als Blériots Konstruktion, und ich ärgerte mich, dass ich mich vor dem Kauf nicht nach Alternativen umgesehen hatte. Der Rumpf des Flugzeugs war schmal, langgezogen und ähnelte einem Ruderboot. Im Gegensatz zur Blériot-Konstruktion besaß Jeannins Maschine eine umschlossene Führerkabine, und auch der Motor war besser geschützt.

Er winkte den Zuschauern zu und stieg ein. Ein Assistent warf mit kraftvollem Armschwung die Propeller an, der Motor startete, Jeannin rollte die lange Gerade entlang und hob ab. Sogar der Laie erkannte, dass seine Maschine weitaus stabiler in der Luft lag als die Thorups, und die Spannung des Publikums war mit Händen zu greifen. Jeannin flog einen Bogen zum Anfang des Parcours und umrundete alle Markierungen mit solch einer Leichtigkeit, dass man sich wunderte, warum sich die Konkurrenten so schwertaten. Unter dem Applaus der Menge ging er vor der Zuschauertribüne nieder, lupfte beim Aussteigen seine Mütze und verbeugte sich. Ich triumphierte innerlich und applaudierte in meiner Freude enthusiastischer, als es aus Respekt gegenüber meinem Fluglehrer angebracht war.

Nun war Engelhard an der Reihe. Seine Körperhaltung verriet Anspannung. Sein Blick suchte mich, und als er mich fand, verschränkte ich die Arme vor dem Körper. Ich nickte ihm lächelnd zu. Ich wusste, was in ihm vorging. Er musste unter allen Umständen unversehrt ins Ziel kommen – und selbst dann brauchte es noch ein weiteres Konkurrenzfliegen zwischen ihm und Mimi Jeannin, um den Sieger zu ermitteln. Seine Chancen standen schlecht.

Er bestieg sein Flugzeug – ebenso wie Thelen flog er einen Wright-Doppeldecker – und rollte zum Startpunkt. Schon auf den ersten Metern in der Luft war offensichtlich, dass er diesen Wettbewerb nicht gewinnen würde. Zwar hielt er die Maschine stabiler als Thelen und Thorup, doch der Rumpf kippte immer wieder in kleinen Bewegungen nach links und rechts. Ein Gefühl der Genugtuung erfüllte mich. Er würde mir Flugunterricht geben müssen, wann immer es die Wetterbedingungen hergaben, und zwar bevorzugt.

Engelhard näherte sich der ersten Kurve – und nahm sie erfolgreich. Er holte dabei weiter aus als Jeannin. Aber er blieb in der Spur. In der zweiten Kurve passierte es dann. Der Rumpf kippte, eine Flügelspitze berührte die Erde, der Rumpf senkte sich. Der Propeller bohrte sich in den Rasen. Die Zuschauer schrien auf. Wie von einem Katapult wurde Engelhard aus dem Sitz geschleudert. Die Maschine überschlug sich mehrfach. Der Körper Paul Engelhards krachte gegen eine Pylone. Und blieb liegen.

Ich raffte meinen Rock und rannte über den Platz.

Dutzende Männer spurteten ebenfalls los. Als ich bei ihm ankam, war er bereits von einer Schar umringt. Gleichzeitig trafen Sanitäter mit einer Trage ein. Mit Hilfe ihrer Ellbogen verschafften sie sich Platz.

»Ist er bei Bewusstsein?«, fragte ich einen Mann mit Pilotenmütze.

Er zuckte mit den Schultern.

Jemand drehte sich um und sagte: »Er bewegt sich nicht.«

»Der ist hinüber«, hörte ich einen anderen.

»Schade um ihn.«

Ich tat es den Sanitätern gleich und drängelte mich durch die Traube von Männern. Sie hatten Engelhard auf den Rücken gedreht und zogen ihm ein Augenlid hoch. Ein Sanitäter betastete seinen Nacken, seine Arme und seinen Brustkorb. Er legte eine Hand an die Seite seines Halses.

Dann sagte er zu seinem Kameraden: »Wir laden ihn auf.«

Sie legten die Trage neben Engelhard.

»Lebt er?«, fragte ich.

Der Sanitäter musterte mich von oben nach unten.

»Sind Sie seine Frau?«

»Ich gehöre zum Veranstalter«, erklärte ich.

»Soweit ich feststellen kann, atmet er«, antwortete der Sanitäter.

»Wo bringen Sie ihn hin?«

»Kommt drauf an, wie weit wir mit ihm kommen.«

»Bringen Sie ihn in die Charité«, sagte ich. »Ich besorge ein Automobil.«

Wieder raffte ich meine Röcke und rannte zurück zu den Tribünen. Die Situation war unübersichtlich. Die Hälfte der Zuschauer verharrte auf ihren Plätzen. Die andere Hälfte hatte sich über das Flugfeld verstreut. Jungen und junge Männer sammelten Bruchstücke des verunglückten Doppeldeckers ein und machten sich mit ihnen davon.

Ich lief zur Ehrentribüne und fand, wen ich suchte.

»Wir brauchen Ihr Automobil«, sagte ich ohne jede Begrüßung.

Georg von Tschudi nickte. »Das habe ich mir gedacht. Können Sie fahren?«

Ich starrte ihn an. »Gott bewahre!«, antwortete ich. »Ich wüsste nicht einmal, woher.« Ich kam immer mit der

Bahn nach Johannisthal – oder mietete eine Droschke. Inzwischen kannte ich die Strecke von Dahlem nach Johannisthal leidlich. Den Weg in die Charité würde ich aber niemals finden.

»Mein Fahrer wartet immer am Westtor«, sagte der Flugplatzdirektor. »Schicken Sie die Sanitäter dorthin. Ich komme nach.«

Als der Wagen Johannisthal verließ, verharrte ich in Schockstarre. Sie hatten Engelhard in den Fußraum vor die Rückbank gewuchtet. Er stöhnte leise. Ich wertete das als gutes Zeichen. Als sie nun über das Feld davonholperten, hingen seine Unterschenkel aus dem offenen Automobil heraus und wippten bei jeder Bodenwelle auf und ab. Einer der Sanitäter hockte mit angezogenen Füßen über ihm, von Tschudi und der Fahrer thronten vorne. Sicher hatte Engelhard große Schmerzen. Das hatte ich nicht gewollt. Dennoch fühlte ich Triumph. Wenn er wiederhergestellt war, würde er mich unterrichten müssen.

Engelhard brauchte vier Monate, um sich von dem Unfall zu erholen. Er hatte sich das Becken gebrochen, außerdem einen Arm. Sein Schädel und seine Rippen waren in Mitleidenschaft gezogen. Aber alles in allem hatte er Glück im Unglück gehabt.

Ich ließ ihm Blumen und Genesungswünsche ins Hospital schicken. Er ließ mir seinen Dank ausrichten.

Im September desselben Jahres stand ich ihm wieder gegenüber. Auf dem Flugplatz Johannisthal war es windstill. Er sah mir mit festem Blick in die Augen.

»Da sind wir also«, sagte er.

»Da sind wir«, antwortete ich.

Seine Kiefer mahlten, doch sein Blick war neutral. Weder Abneigung noch Feindseligkeit spiegelte sich darin.

Wir hatten vereinbart, dass ich Stunden bekam, sooft das Wetter es zuließ. Nur, wenn der Kaiser sich meldete, wollten wir eine Ausnahme machen. Wettschulden waren Ehrenschulden.

»Bitte«, sagte Engelhard und deutete auf den Sitz des Doppeldeckers, der vor uns stand. Ich kletterte auf die Sitzschale und brachte mich in Position. Wie bei den Ballonaufstiegen trug ich Pluderhosen, die in Stiefeln steckten. Mein Haar hatte ich unter einen Hut gestopft, den ich mit einem Tuch unter meinem Kinn festband.

Als ich ihm entgegentrat, hatte ich kurz den Impuls verspürt, mich bei ihm zu entschuldigen. Doch das kam nicht infrage. Eine Entschuldigung hätte mir eine Mitschuld an dem Unglück zugewiesen. Tatsächlich aber war er aus freien Stücken auf mein Angebot eingegangen. Er hatte sich auf einen Wettkampf eingelassen, hatte ihn verloren und war dabei verunglückt. Das passierte. Er hätte eine genauso gute Leistung wie Mimi Jeannin abliefern können. Der Unfall lag allein in seiner Verantwortung.

»Ich werde Sie zunächst wieder mit Trockenübungen langweilen«, sagte Engelhard, der schräg vor mir auf der Wiese stand. »Unsere letzten Stunden sind zu lange her.«

Er erklärte mir noch einmal die Funktion der Pedale und der beiden Knüppel, die ich links und rechts von meinem Sitz ergriff, und belehrte mich über die Unwägbarkeiten der Luftströmungen. Dann warf er den Motor an. Die Maschine knatterte, dass mir der Schädel dröhnte. Das Gestell vibrierte. Ich umklammerte fest die Knüppel.

»Füße nach vorn! Knüppel zu Ihnen!«, schrie Engelhard mir zu und zeigte mir pantomimisch, was das Dröhnen des Motors an Worten verschluckte.

Ich tat wie geheißen. Die Maschine setzte sich in Bewegung und holperte über das Flugfeld. Ich drückte die

Pedale und zog stärker an den Knüppeln. Weder sah noch hörte ich Engelhard in meinem Rücken. Ich zog und drückte weiter, und mit einem Mal machte die Maschine einen Hopser. Sie hob tatsächlich ab! Welch erhabenes Gefühl!

Mir wurde schwummrig. Vor Schreck und Freude verriss ich den linken Knüppel. Das Flugzeug fuhr einen Bogen und senkte sich zur Seite. Der Motor verstummte.

»Stopp! Stopp! Stopp!«, hörte ich Engelhards Stimme hinter mir. »Sind Sie des Wahnsinns?!«

Ich drehte mich um und sah ihn auf mich zurennen – oder wie auch immer man es nennen konnte. Es war eine Mischung aus Humpeln, Hopsen und Laufen. Sein Gesicht war zu einer Grimasse verzerrt.

»Sie sollten erst mal nur fahren!«, herrschte er mich an. »Fah–ren!«

Keuchend blieb er neben dem Flugzeug stehen und beugte sich vornüber, die Hände auf die Oberschenkel gestützt. Ich blickte auf ihn hinab. Er war in meinem Alter und ein durchaus hübscher Kerl. Seine Gesichtszüge waren vornehm, die Nase spitz und fein, der Körper drahtig.

»Die Maschine macht, was sie will«, antwortete ich.

»Genauso wie Sie! Dass ihr Weiber nie tut, was man euch sagt!«, schimpfte er. »Noch mal von vorn! Und diesmal, ohne abzuheben. Pedale, Knüppel und langsame Fahrt. Mehr nicht!«

Er warf den Motor an, und diesmal hielt ich mich zurück.

»Na bitte«, sagte er, als ich nach einer Rundfahrt über den Flugplatz wieder bei ihm ankam. »So langsam wird es. Das reicht für heute.«

Ich stieg aus dem Gestell des Doppeldeckers. Ein Pfeifen füllte meine Ohren. Mein Allerwertester schmerzte von dem Gerüttel. Wie hielten die Männer es bloß in diesen Maschinen aus? Gegen die Stille einer Ballonfahrt, den lautlosen Aufstieg, das sanfte Gleiten und den Frieden in der Höhe, war das Sitzen in diesem Apparat ein Höllenritt.

»Wir sehen uns morgen wieder«, sagte Engelhard. »Dann dürfen Sie abheben.«

Im Herbst und Winter wehte oft ein frischer Wind. Schneidend kam er von Osten herein, nur selten ließ er die Möglichkeit zum Aufstieg. Engelhard, so mein Eindruck, spekulierte darauf, dass ich eine Pause einlegte, denn selbst in den wenigen Momenten der Windstille war es auf dem Platz bitterkalt. Aber ich legte wollene Beinkleider an und stopfte mich obenrum mit dick gewebtem Tuch aus. Ein Kopftuch schützte meine Ohren. Lederne Handschuhe ließen kaum Wind durch. Leider war der Flugplatz die meiste Zeit über vereist, sodass ich die tatsächlichen Unterrichtsstunden an einer Hand abzählen konnte. Erst im März begann es schließlich zu tauen. Die Wiese verwandelte sich zunächst in Matsch. Erst als Krokusse aus der Erde lugten und eine längere Trockenperiode für akzeptable Verhältnisse sorgte, konnten wir mit dem Unterricht fortfahren. Ich hob inzwischen zuverlässig vom Boden ab und war in der Lage, den Apparat in der Luft zu halten. An manchen Tagen konnte ich so etwas wie Kurven fliegen. Doch meine Fähigkeiten verbesserten sich nur schleppend. Was an einem Tag gelang, verbockte ich am nächsten. Ich sah Engelhard seine Ungeduld an, wenn er mich unterrichtete. Er wollte mit mir fertig werden und seine Zeit sinnvoller verbringen. Aber wir hatten eine Abmachung, und ich bestand darauf, dass er sie einhielt.

Im Frühjahr unterbrach ich den Unterricht, reiste zurück nach Frankfurt und stieg wieder mit dem Ballon auf. Felix stand mir gegen ein kleines Entgelt zur Seite. Es war schön, ihn wiederzusehen und mit ihm über alte Zeiten zu sprechen. Die Nachfrage nach meinen Auftritten hatte allerdings merklich nachgelassen. Meine Nummer wirkte betulich und altbacken gegen die Hasardeure in ihren Motorflugkisten. Zudem war ich nicht mehr das junge, attraktive Ding, das um die Jahrhundertwende so viel Publikum angelockt hatte. Gleichwohl lohnte es sich für mich noch, an meinem Geschäft festzuhalten. Die Menschen wollten es den Motorpiloten nachtun und die Welt von oben sehen, allerdings mochten sie nicht gleich auf ihr zerschellen. Ich erhöhte also die Anzahl der Passagierfahrten und reduzierte die Absprünge mit dem Fallschirm. Das kam mir auch gesundheitlich zupass. Die harten Landungen in Bäumen, Zäunen und auf Dächern setzten mir mehr und mehr zu, und ich spürte, dass mir der Mut abhandenkam, die zahlreichen Risiken weiterhin auf mich zu nehmen. Manchmal, wenn ich auf dem Korbrand saß, ergriff mich eine wilde Furcht, und ich war mir selbst fremd. Wie oft hatte ich mich schon abgestoßen und war in die Tiefe gefallen? Dreihundert Mal? Vierhundert? Warum hatte ich plötzlich Angst? War es meine Erfahrung, die Summe meiner Erlebnisse, die mich wissen ließ, was alles passieren konnte? Oder war es meine heraufschleichende Gebrechlichkeit? Wenn ich erwachte und mich erhob, spürte ich morgens nun Gliedersteife. Auch das Treppensteigen fiel mir nicht mehr so leicht, und ich hatte an Gewicht zugelegt, ohne dass ich mehr aß.

Es war ein sonniger Tag Anfang Juni, als ich nach einer Unterrichtsstunde das Wort an Engelhard richtete.

»Sie wirken vollständig wiederhergestellt«, sagte ich zu ihm, während wir vom Flugfeld in Richtung des Hauptgebäudes gingen. »Ich erinnere mich noch, wie Sie in unserer ersten Unterrichtsstunde nach dem Unglück hinter mir herhüpften wie ein lahmes Pferd.«

»Nur manchmal schmerzt die Hüfte noch«, erwiderte Engelhard. »Aber ansonsten geht es mir sehr gut.«

Die Flugstunde war wieder einmal wenig zufriedenstellend verlaufen. Seit einem Monat hatte ich das Gefühl, keinerlei Fortschritte zu machen.

»Ich habe mich noch nicht dafür bedankt, dass Sie Ihren Teil unserer Abmachung so diszipliniert einhalten«, sagte ich.

Er nickte schmallippig. »So gehört es sich für einen Ehrenmann.«

Im Vergleich zum Herbst war er kompakter, kerniger geworden. Er hatte mehr Kraft als nach seinem Unfall, war athletischer. Wir erreichten das lang gestreckte Bauwerk, in dem sich das Eingangstor befand, das die Tribünen und Verkaufsbuden beherbergte.

»Darf ich Sie auf einen Kaffee und eine Limonade einladen?«, fragte Paul Engelhard.

»Gern«, antwortete ich.

Er begleitete mich zu einem Schalter, in dem ein junger Bursche Getränke und Gebäck an die Luftfahrer, Mechaniker und die Laufkundschaft verkaufte. Auf dem Flugplatz war jeden Tag Betrieb, der Imbissbetreiber fuhr inzwischen ein Automobil und hatte drei Angestellte.

Die Getränke in der Hand, setzten wir uns auf die unterste Bank der Zuschauertribüne.

»Ihr Winkelzug nötigt mir noch heute Respekt ab«, sagte Engelhard, nachdem wir beide den ersten Schluck genommen hatten.

»Was meinen Sie?«, fragte ich.

»Die List, mit der Sie an Ihre Flugstunden gekommen sind. Sie sind wahrlich mit allen Wassern gewaschen.«

»Es war keine List. Es war ein Geschäft.«

»Und wenn ich gewonnen hätte?«, fragte Engelhard.

»Wir wissen beide, dass das nicht passiert wäre.«

Er schwieg und schlürfte Kaffee aus seinem Becher. Unser Verhältnis konnte man als sachlich und professionell bezeichnen. Nie hatten wir uns bislang länger als nötig unterhalten. Wir waren aber stets freundlich zueinander.

Engelhard räusperte sich. »Sie …«, er zögerte. »Sie sind eine beeindruckende Frau.«

Ich hob eine Augenbraue und sah ihn an. »Wie kommen Sie plötzlich darauf?«

»Ich gebe Ihnen trotzdem nicht gern Stunden«, sagte er rasch.

Ich versuchte, keine Reaktion zu zeigen. Das hatte ich in Verhandlungen mit Männern gelernt: niemals zu früh aus der Reserve locken lassen.

»Wenigstens verhalten Sie sich trotz Ihres Widerwillens professionell«, entgegnete ich und ergänzte: »Mittlerweile.«

»Eine kraftvolle Flugmaschine, gesteuert von einer Frau – das passt in meiner Vorstellung nicht zusammen«, entgegnete Engelhard schulterzuckend. »Außerdem gibt es geschicktere Schüler als Sie.«

Damit hatte er leider recht. Der Motorflug bereitete mir mehr Schwierigkeiten, als ich es mir eingestehen wollte. Es war knifflig, die Kiste in der Waagerechten zu halten. Es fühlte sich an, als arbeitete ich *gegen* die Luft, nicht mit ihr. Jeder Flug war ein Kampf gegen die Elemente – anders als beim Aufstieg mit dem Ballon, wenn ich eins mit der Natur wurde und die Luft mich trug, wenn ich mir im Sprung ihren Widerstand zunutze machte und mit dem Schirm zur Erde glitt. Der Motorflug hingegen erschien mir wie Gewalt an der Natur. Das Dröhnen der Maschine, das Wummern, Rütteln und Knattern, das Beben und Vibrieren ließen mich verkrampfen, äußerlich wie innerlich. Im Lärm des Motors war ich nicht mehr in der Lage, meine eigenen Gedanken zu hören. Während ich mir im Ballon näher war als irgendwo sonst, konnte ich mich, wenn ich im Gestell des Doppeldeckers saß, nicht spüren – und weil ich mich nicht spüren konnte, war ich nicht in der Lage, den Apparat sinnvoll zu steuern. Immer wieder verriss ich unter Anspannung die Steuerknüppel. Meine Wut über mein Unvermögen machte es nicht besser.

»Haben Sie mal daran gedacht aufzuhören?«, fragte Engelhard.

»Mit den Flugstunden? Das kommt nicht infrage.« Die Motorfliegerei fühlte sich an wie eine übermächtige Gewalt, aber ich war bereit, sie zu zähmen.

»Ich habe Sie immer bewundert«, sagte Engelhard. Seine grünen, leicht mit Grau gemischten Augen blickten mich fest an. »Sie sind der gleiche Jahrgang wie ich. Während ich als Marineoffizier diente und zur See fuhr, stiegen Sie in Europa auf. Mit Ehrfurcht habe ich Ihre Auftritte verfolgt. Einmal, in Scheveningen, wohnte ich sogar einem bei. Sie fielen ins Wasser und mussten gerettet werden. Als von Kehler mir sagte, ich solle sie unterrichten, und als Sie dann leibhaftig vor mir standen, wusste ich nicht, wie ich mich verhalten sollte.«

»Also entschieden Sie sich, mich zu ignorieren.«

»Ich war unsicher – wie begegnet man jemandem, den man stets bewundert hat?«

»Sie waren hochnäsig und abweisend«, sagte ich.

»Manchmal ist es das Gleiche.«

Ich trank den letzten Schluck Kaffee. In der Ferne braute sich eine Wolkenfront zusammen. Vielleicht das erste Sommergewitter dieses Jahres.

»Ich mache mich auf den Weg nach Hause«, sagte ich.

»Wir sehen uns übermorgen, gleiche Zeit«, erwiderte Engelhard.

Meinen Becher ließ ich stehen. Er würde ihn wegräumen.

Ab diesem Tag machten wir es uns zur Gewohnheit, nach dem Unterricht noch bei einem Getränk beisammenzusitzen. Anfangs waren unsere Gespräche dürftig, die Themen überschaubar. Doch allmählich wurden sie, ohne dass wir es merkten, mit jedem Mal persönlicher. Ich erfuhr, dass Engelhards Vater als Generalmajor in der preußischen Armee gedient hatte. Er verstarb, als der Sohn siebzehn war. Paul Engelhard trug seinen Namen Emil als zweiten Vornamen. Die Erwartungen des Vaters lasteten schwer auf ihm. Der Tod hatte daran nichts geändert. Seine Mutter und sein Onkel ließen keinen Zweifel daran, dass auch Paul zur Armee gehen sollte. So trat er nach dem Gymnasium eine Karriere bei der Marine an, wurde Korvettenkapitän und schließlich Inspekteur des Deutschen Schulschiff-Vereins.

»Dass Sie im Matrosenanzug auftreten, gereicht unserer Marine zur Ehre«, sagte Paul, wie ich ihn nun nannte.

»Das Kleidungsstück unserer Zeit«, erwiderte ich. »Die Leute mögen es. Wenn es mir mehr Zuschauer brächte, würde ich allerdings auch in einem Elefantenkostüm abspringen.«

»Gehören Sie zu den Menschen, die es kaum abwarten können, dass wir ins Feld ziehen?«

Es war nur eine Frage der Zeit, dass ein Krieg ausbrach. Ich sah ihm mit Gelassenheit entgegen, denn ich hatte keinen Zweifel, dass wir ihn gewinnen würden. Wir hatten ein schlagkräftiges Heer. Tirpitz hatte die Flottenrüstung der Kaiserlichen Marine weit vorangetrieben. Kreuzer, Torpedoboote, Großkampfschiffe und sogar U-Boote ankerten vor der deutschen Küste und warteten nur darauf, gegen Großbritannien zum Einsatz zu kommen. Die Deutschen waren begierig, ihre wirtschaftliche und wissenschaftliche Vormachtstellung in Europa militärisch zu untermauern, und ich musste zugeben, dass auch ich mich diesem Gefühl nicht gänzlich entziehen konnte.

Ich zuckte mit den Schultern. »Wenn es so weit ist, werde ich jedenfalls meinen Beitrag dazu leisten, dass wir siegreich sind.«

»Ich habe Ihren Fallschirm auf der Ausstellung gesehen«, sagte Paul. »Eine solide Konstruktion. Haben Sie schon erwogen, ihn den Luftschiffertruppen anzudienen?«

Ich schüttelte den Kopf. »Ich denke nicht, dass dort große Geschäfte zu machen sind.«

»Die Luftschiffer haben eine Versuchsabteilung. An die könnten Sie sich wenden.«

»Die Luftfahrt ist aber doch nicht relevant für die Kriegsführung. Diese wackeligen Kisten«, ich deutete auf den Doppeldecker, in dem ich Unterricht nahm, »sind nicht tauglich für einen Krieg.«

»Noch nicht«, antwortete Paul. »Deshalb konzentrieren sich die Luftschiffer auf Aufklärungsballons. Die lassen sie steigen, um einen Überblick über das Gefechtsgeschehen zu erlangen. Das ist doch Ihr Metier, oder?«

»Schon«, sagte ich. »Aber bewegen sich die Truppen dazu nicht zu schnell? Im Feld müssen Sie den Wasserstoff selbst herstellen oder über weite Strecken herantransportieren. Bis der Ballon gefüllt ist, aufsteigt und wieder heruntergezogen wird, bis die Späher von dem berichten, was sie gesehen haben, und die Truppen sich neu formieren, ist die Schlacht längst beendet.«

Paul zuckte mit den Schultern. »Ich würde an Ihrer Stelle dennoch mal dort anklopfen. Die Luftfahrt wird sich weiterentwickeln. Ich kann mir gut vorstellen, dass die Truppen über kurz oder lang Rettungsschirme benötigen. Spätestens wenn unsere Kisten weniger wackelig sind. Auf dem Schiff haben wir ja auch Rettungsboote.«

Ein Eindecker, wie Mimi Jeannin ihn geflogen hatte, näherte sich dem Flugfeld. Er konnte nicht hier gestartet sein, denn die Maschine war mir gänzlich unbekannt. Inzwischen waren mir die Männer, die sich hier herumtrieben, und ihre Flugkisten wohl vertraut. Eindecker und Doppeldecker waren gut auseinanderzuhalten, und das Verhalten in der Luft war bei jedem Gerät einzigartig.

Paul und ich saßen schweigend da, unsere Becher in den Händen, und sahen dem unbekannten Piloten beim Anflug zu. Plötzlich geriet die Maschine ins Trudeln. Heftig schwankte sie von links nach rechts. Der Motor setzte wiederholt aus. Das Flugzeug sackte ab. Paul und ich erhoben uns. Dann plötzlich: Stille. Nur ein Schrei durchbrach die Luft. Der Propeller der Maschine stand still. Die Maschine drehte sich in wildem Kreiseln um sich selbst. Zu meiner großen Freude sah ich, dass der Pilot aus dem Sitz gesprungen war. Ein Schirm öffnete sich. Ich schlug die Hände vor den Mund und machte vor Aufregung einen Hopser. Paul ergriff meinen Arm. Seine Hand suchte meine und drückte sie fest.

»Er hat deinen Schirm!«, rief er aus. »Nicht zu fassen!«

Die Maschine wirbelte in sicherem Abstand über unsere Köpfe hinweg und zerschellte hinter uns im Gesträuch. Der Pilot hingegen landete auf der Weite des Flugfelds.

Wir sahen uns an – da lagen wir uns schon in den Armen.

»Heiliges Kanonenrohr!«, rief Paul und hielt mich an den Schultern vor sich. »Du hast ein Menschenleben gerettet!«

Ich konnte meine Freude kaum fassen. Er hatte recht:

Ich hatte dem Piloten mit meiner Erfindung das Leben gerettet! Da küsste mich Paul.

»Was soll das!«, fuhr ich ihn an.

Er ließ sofort seine Hände sinken und trat einen Schritt zurück. Sein Gesicht war wie versteinert. »Käte, ich …«, stammelte er. »Es kam über mich.«

Mein Blick ging zu dem Piloten, der irgendwo auf dem Flugfeld lag. Ich raffte meinen Rock und lief über die Wiese. Als ich keuchend bei ihm ankam, standen schon ein Dutzend Männer um ihn herum. Ich drängte mich hindurch. Der Mann wälzte sich auf dem Boden. Sein Unterschenkel stand unnatürlich ab. Aber er hatte überlebt.

»Was stehen Sie sich hier die Beine in den Bauch!«, herrschte ich japsend die Umstehenden an. »Schaffen Sie eine Trage herbei und bringen Sie Ihren Kameraden in ein Hospital! Er braucht ganz offensichtlich Ihre Hilfe!« Manchmal war es mir ein Rätsel, wie das Reich mit solchen Mannsbildern den Krieg gegen Frankreich gewinnen konnte.

Zwei Burschen rannten los. Ich beugte mich zu dem Verletzten hinab.

»Mein Name ist Käte Paulus«, sagte ich. »Ich gratuliere Ihnen zu Ihrem mutigen Absprung.«

Ein Lächeln huschte über sein schmerzverzerrtes Gesicht. »Die Erfinderin des Paulusschirms?«

»Genau die.«

Er schloss die Augen.

»Hee!«, rief ich und klopfte ihm auf die Wange. »Reißen Sie sich zusammen.«

Er sah mich an. »Danke«, sagte er. Dann verlor er das Bewusstsein.

ablegen können. Dazu trug bei, dass Paul eine Liebelei mit einer jungen Frau aus dem Ort begonnen hatte. Seltsamerweise fand ich ihn dadurch noch einmal attraktiver.

Die Kühle des Spätnachmittags senkte sich auf den Platz herab, als wir uns mit einem Kaffee in der Hand auf die Tribüne setzten.

»Manchmal ist mir, als müsste ich bald sterben«, sagte Paul, nachdem wir eine Weile schweigend nebeneinandergesessen hatten. »Als sei der Unfall im vergangenen Jahr nur ein Testlauf dafür gewesen.«

»Red keinen Unsinn«, sagte ich. »Wie kommst du denn auf so was?«

»Hattest du manchmal das Gefühl, dass es bald vorbei ist? Wenn du dort oben warst und dich hinunterfallen ließest?«

Mir kamen die Zeiten in den Sinn, in denen ich aufstieg, um dem Tod möglichst nah zu sein. In denen es mir egal war, ob ich lebte oder starb. In denen ich nichts dagegen gehabt hätte, wenn ich auf der Erde zerschellte und endlich vereint wäre mit meinem Kind und meinem Geliebten.

»Fürchtest du dich vor dem Tod?«, fragte ich, ohne auf seine Frage einzugehen.

»Ich müsste mich nicht fürchten, oder?« Er sah mich an. »Ich habe erlebt, wie es sein wird, wenn ich sterbe. Es war eine Sekunde der Gewissheit, in der ich auf den Platz zustürzte und wusste: Jetzt ist es vorbei. Dann wurde es auch schon dunkel. Die Schmerzen kamen erst, als ich wieder bei Sinnen war. Ich müsste also keine Angst haben. Und doch habe ich sie.«

»Die Angst wird dich vor einem Absturz bewahren.«

Er drehte den Becher in seinen Händen. Dann sagte er: »Wenn du es sagst, wird es wohl stimmen.«

Es stimmte nicht. Paul starb nur drei Monate später. Es war der 29. September 1911. Er befand sich auf einem Übungsflug mit einem Wright-Doppeldecker über unserem Flugplatz in Johannisthal. Er wurde dreiundvierzig Jahre alt. Ich war an dem Tag in Frankfurt. Die Nachricht erreichte mich per Telegramm.

Ich weinte in einem Ausmaß, das mich selbst überraschte. Ich weinte um unsere Gespräche auf der Tribüne, die innig und vertraut gewesen waren. Ich weinte um die Motorflugstunden mit ihm. Nie wieder würde er unten auf der Wiese stehen und in wilden Gesten zu mir hochwinken, damit ich die Pedale sanfter oder kraftvoller trat. Nie wieder würde er, aufgebracht über mein Unvermögen, aufstampfen und unflätige Worte zu mir heraufbrüllen. Nie wieder würde er sich danach bei mir entschuldigen und Besserung geloben, woraufhin wir lachten, weil wir beide wussten, dass die nächste Unterrichtsstunde genauso verlaufen würde. Ich weinte auch aus Wut über Pauls Dummheit, keinen Rettungsschirm dabeigehabt zu haben – und über mein Versäumnis, ihm keinen gegeben zu haben. Ich hätte ihm einfach einen in die Hand drücken sollen mit dem Hinweis, ihn anzulegen, wenn er in die Luft ging. Ich weinte um die verpasste Möglichkeit, Paul näher kennenzulernen, als Mensch, als Lehrer – und noch mehr um meine schwindenden Chancen, jemals wieder einen Mann zu treffen, bei dem ich das tun wollte. Ich weinte darum, dass mir alle Menschen aus den Händen glitten, sobald ich sie liebgewann: Hermann, mein Sohn, mein nicht geborenes Kind, und auf gewisse Weise auch Max, den ich zwar verlassen hatte, dessen Warmherzigkeit mir aber dennoch fehlte. In meiner in Selbstmitleid mündenden Trauer weinte ich sogar um meine Begegnung mit dem Grafen von Siebeck, ich trauerte um Irma und Alwin und weinte darum, voraussichtlich niemals mehr Schutz, Sicherheit und Geborgenheit zu erfahren.

»Ich verstehe ja, dass man traurig ist, wenn jemand stirbt, den man kannte«, sagte Mutter. »Aber ich dachte immer, er wäre so abweisend zu dir gewesen.«

Ich antwortete nicht. Ich hatte nie mit ihr über Paul gesprochen, und auch nie über die Leere, die mein Leben als Luftfahrerin mit sich brachte, die Sehnsucht nach Umarmung und Fürsorge. Nur mit Frieda sprach ich gelegentlich darüber. Sie teilte meine Gefühle, wenngleich aus anderen Gründen.

Ich kannte mich gut genug, um zu wissen, was ich tun musste, um den Kummer um Paul zu bewältigen. Dennoch erschien es mir, als potenzierte sich das Gefühl des Verlustes mit jedem Menschen, der aus meinem Leben verschwand. Ich unternahm wieder Märsche, so wie Mutter und Irma es einst mit mir gemacht hatten. Mit jedem Schritt wuchs meine Dankbarkeit dafür, Paul gekannt zu haben. Gleichzeitig reifte in mir die Überzeugung, dass ich vollständig in die Reichshauptstadt übersiedeln wollte. Im kommenden Jahr würde dort die nächste Luftfahrzeugausstellung stattfinden. Die Zukunft der Nation lag in Berlin.

Kaum war der Entschluss gefallen, tat ich, was ich nach Willys Tod gelernt hatte: Ich stürzte mich in die Arbeit. Ich ging in die Werkstatt und verpackte alle Werkzeuge und Materialien in Kisten. Es waren Hunderte. Sobald ich eine Wohnung für Mutter und mich gefunden hatte, würde ich ein Fuhrunternehmen damit beauftragen, sie nach Berlin zu transportieren. Ich würde mir in der Nähe Räumlichkeiten suchen und eine Ballon- und Fallschirmwerkstatt betreiben. »Werkstatt Käte Paulus« sollte auf einem Schild an der Tür stehen.

Ein weiterer Entschluss reifte in mir: Ich würde meine

letzte Ballonfahrt unternehmen. Ich war zweiundvierzig Jahre alt, so alt wie Paul. Vielleicht war sein Tod ein Zeichen, dass ich meine Füße auf der Erde behalten sollte. Ich würde meine Ballons zu einem wohltätigen Zweck verschenken und auch die Blériot-Maschine weggeben.

Mir fiel Pauls Ratschlag wieder ein, mich mit der Versuchsabteilung der Luftschiffer in Verbindung zu setzen und ihnen meinen Rettungsschirm anzubieten. Vielleicht waren sie auch an meiner Expertise als Ballonfahrerin interessiert. Meine Erfahrung brauchte keinen Vergleich mit der militärischer Luftfahrer zu scheuen.

Es sollte mein dritter Neuanfang im Leben werden – und mein letzter.

REINICKENDORF

Ich halte inne. Die Schmerzen stürmen durch mich hindurch wie wilde Pferde. Sie trampeln über mich, zertreten mich mit ihren Hufen, reißen mir die Gedärme heraus. Ich verliere das Bewusstsein.

Dann reißt es mich wieder hoch. Ich beuge mich über den Bettrand und übergebe mich in meinen Nachttopf. Schweres, dunkles Blut färbt die Schüssel. Atemlos bleibe ich über der Bettkante hängen. Ich schließe die Augen. Schwindel treibt mich im Kreis. Mein Kopf summt.

Mit zitternder Hand taste ich nach meinem Wasserglas, stoße dagegen. Es fällt hinab auf den Dielenboden und rollt unters Bett. Meine Kehle brennt. Mein Mund ist pelzig und trocken. Ich will fort von hier.

Als ich Hans Dorow und Hanna wahrnehme, liege ich auf dem Rücken. Auf meinem Nachtschrank steht ein frisches Glas. Der Geschmack in meinem Mund ist verschwunden. Nur die Trockenheit ist geblieben. Ich höre die beiden in der Wohnung rumoren. Klopfen. Bürstenstriche. Jemand fegt. Tellerklappern. Türenschließen. Meine Augen sind schwer. Ich gleite fort. Zerrissene Szenen tauchen auf. Die Werkstatt in Frankfurt. Der brennende Ofen. Die raue Decke vor dem knisternden Feuer. Dann: oben im Ballon. Der Stand unsicher, die Kühle der Luft. Die Werkstatt in Berlin: Unmengen an Stoff. Das Rattern der Nähmaschinen. Der Hunger. Absturz. Ich falle. Es ist kalt. Wind zerrt an mir, reißt. Etwas streift meinen Körper. Wird es ein Fallen sein, wenn der Tod mich mitnimmt? Oder ein Aufstieg?

Ich kenne beides, und wenn ich wählen dürfte, würde ich den Aufstieg wählen, das Gefühl, wenn es hinaufgeht, diese Mischung aus Anspannung und jauchzender Freude, die immer ruhiger, immer unaufgeregter wird, bis sie in einer stillen Glückseligkeit endet, wenn mich nach den Wolken der Friede des Himmels umarmt. Das Bewusstsein wird trübe. Was bleibt, ist Leichtigkeit. So möchte ich, dass es endet. Ich stelle es mir vor wie bei Süring, Berson und Schrötter, die mit ihrem Ballon *Preussen* aufstiegen, bis sie bewusstlos wurden. Es muss gleichzeitig spannend und erhebend gewesen sein, aufregend und beruhigend.

Stimmen im Flur. »Es geht zu Ende.«

Schwärze. Nichts als Schwärze.

Dann Murmeln. Schritte. Ich öffne die Augen.

Hans Dorow tritt ein. »Schön, dass Sie wach sind«, sagt er. Seine Augen sind gerötet.

Bin ich das, bin ich wach? Ich möchte etwas sagen. Nur ein Krächzen entweicht meinem Mund. Ich möchte den Arm heben, aber er ist zu schwer. Mit einem Blick und einer Kopfbewegung bedeute ich ihm, sich zu setzen. Er nimmt sich einen Stuhl und lässt sich an meiner Seite nieder. Dann führt er das Wasserglas zu meinem Mund. Ich trinke einen kleinen Schluck, spüre aber, dass mein Magen rebelliert. Ich bedeute ihm, das Glas wegzustellen.

»Welcher Tag ist heute?«, bringe ich heiser hervor.

»Sie waren drei Tage im Delir. Wir haben Donnerstag.«

»Sie sehen schlecht aus.«

»Ich will Sie nicht mit meinen Befindlichkeiten belasten.«

Ich schnaufe.

Er stößt ein müdes Lachen aus. »Ihr Atmen hat immer noch Autorität«, sagt er. Er blickt auf seine Hände. Seine Finger sind feingliedrig, seine Haut ist von Altersflecken übersät. Er beherrscht das Orgelspiel und hat auch eine schöne Singstimme. Als ich noch spazieren ging, hörte ich beides manchmal und setzte mich vor die Kirche, um zu lauschen. Seit ich nach dem Krieg alles verloren habe, ist mir nicht viel geblieben, und seit die Krankheit mein Leben beherrscht, noch weniger.

»Mein Freund Eugen Ehrlich«, sagt er schließlich. »Sie haben seinen Sohn getötet. Gestern, als die Familie aus dem Strandbad kam. Sie haben das Kind genommen und totgeschlagen.« Dem Pfarrer treten Tränen in die Augen. Er wischt sie mit dem Handrücken fort.

»Das«, flüstere ich heiser, »tut mir leid.«

»Seine Frau und die drei anderen Kinder mussten zusehen«, fährt Dorow mit schwacher Stimme fort.

»Wer hat das getan? Und warum?«

»Drei Burschen. Sie haben der Familie aufgelauert. Nationalsozialisten. Fräulein Paulus, Sie haben keine Ahnung, welche Stimmung dort draußen herrscht. Der Junge war behindert. Zurückgeblieben. Er war ein guter Junge, immer fröhlich. Ein Geschenk Gottes.«

»Warum haben die Männer das getan?«, flüstere ich und räuspere mich. »Gab es einen Grund?«

Wieder Dorows müdes Lachen. »Kann es einen Grund geben, ein Kind totzuschlagen? Er ist zu ihnen hingelaufen. Manfred war so rein, so unbedarft. Er ist zu jedem hingegangen, hat alle angelacht.«

»Das kann doch nicht alles gewesen sein.«

»Wir leben in Zeiten, in denen es ausreicht, wenn ein behindertes Kind Freude am Leben hat.«

»Aber die Männer werden doch dafür belangt werden? Selbst in diesen Zeiten habe ich Zweifel«, hauche ich, »dass es geduldet wird, ein Kind zu töten. Selbst wenn es schwachsinnig ist.«

Dorow zuckt mit den Schultern. »Die Täter wurden nicht einmal festgesetzt. Nach einem Verhör hat man sie gehen lassen, während mein Freund sich anhören musste, dass er froh sein soll, dass er sich nicht mehr um den Jungen kümmern muss. Er sei undeutsch und eine Schande gewesen.«

Die Trauer des Pfarrers steigert sich jetzt zu Wut. »Was sind das für gottesverachtende Verbrecher!«, schimpft er. »Wie können sie es wagen, die Schöpfung infrage zu stellen! Der Junge war ein Segen für sein Umfeld. Ein fröhliches Kind, das nur Liebe und Freude in sich trug.«

Es ist entgegen allem, was man annehmen könnte, aber der Tod des Jungen und die Wut des Pfarrers wecken Lebensgeister in mir. Es ist, als übertrage sich seine Energie auf meinen müden Geist. Oder ist es nur das Gefühl, noch gebraucht zu werden, das mich weckt? Es ist lange her, dass mich jemand aufgesucht hat, weil er Trost und Zuspruch benötigte.

Hans Dorow ist aufgestanden und läuft nun im Zimmer umher. Er reißt ein Taschentuch aus seiner Hose und schnäuzt sich. Er wischt sich unter der Nase entlang, dass sie sich hin und her biegt.

»Was kann ich nur tun? Ich bin ein einfacher Kirchenmann. Ich sehe, wie sich dieses Land verändert. Die Uniformen, die Fackelmärsche, der Hass auf Kommunisten, auf Juden, auf Kranke. Wo wird das enden?«

»Ist es aber nicht auch so, dass die Zeiten so gut sind wie lange nicht?«, wende ich ein. »Die Menschen haben Arbeit. Sie haben bezahlbare Wohnungen, bekommen einige freie Tage im Jahr. Die Kriminalität ist gesunken. Nach der Kränkung des letzten Krieges und der Jahre der Entbehrungen geht es den Menschen gut. Jede gute Zeit hat auch ihre schlechten Seiten.«

Dorow schnaubt. »Sie müssten es doch besser wissen«, sagt er. »War es damals nicht genauso? Das Reich war auf dem Zenit seiner Leistung. Erst kamen die Aufmärsche, die Uniformen, und dann der Krieg.«

»Jeder Krieg dient jemandem«, sage ich.

Das bringt ihn noch mehr zur Weißglut. Ein Krieg diene nur denen, die kleinen Geistes seien, tobt er, den Mächtigen und Gierigen, den Tyrannen und Barbaren. Der Mensch solle seine Feinde lieben, den Frieden suchen und ihm nachjagen, so wolle es die Bibel, und so habe die Geschichte es gelehrt. Vor Gott seien alle Menschen gleich, auch die Kranken und die Heiden. Nächstenliebe kenne keine Rassen und keine Religionen.

»Was haben wir im Krieg gehungert«, fährt er fort. »Erst haben wir Rüben, dann unsere Schuhsohlen gegessen. Ist es das, was die Nationalsozialisten wollen?«

Er setzt sich wieder an meine Seite. Seine Rückenschmerzen scheinen kuriert, so rabiat, wie er sich bewegt. »War die Stimmung damals auch feindselig?«, fragt er. »Wurden seinerzeit auch unschuldige Kinder totgeschlagen? Ich kann mich nicht daran erinnern.«

Ich schüttele den Kopf. »Wir wollten den Krieg«, antworte ich. »Aber wir waren keine Menschenverächter.«

So wie ich es ausspreche, werde ich gewahr, wie widersinnig diese Aussage ist. Kann man einen Krieg gutheißen und gleichzeitig dem Menschen zugewandt sein? Es ist paradox, aber so war es. Wir waren begeistert, geradezu berauscht von der Welt, von ihrer Vielfalt und ihren Möglichkeiten. Wir wollten sie erobern, aber nicht zerstören. Wir wollten sie unterwerfen, aber nicht vernichten. Ich erinnere die Völkerschauen, die stattfanden, das Zurschaustellen der fremden Lebensweisen in den Kolonien. Wir haben nichts für sie empfunden, für die Menschen, die uns dort präsentiert wurden, die Neger mit ihrem krausen Haar, den exotischen Gewändern, den hängenden Brüsten und durchstoßenen Lippen. Wir wären aber auch niemals auf die Idee gekommen, sie zu töten.

Dorow lehnt sich im Sessel zurück. Es scheint, als habe er sich wieder im Griff.

»Manfred war mein Freund«, sagt er. »Mein kleiner Freund. Es ist, als hätte ich einen Kameraden verloren. Wie soll ich der Familie nur beistehen? Ich kann den Verlust ja selbst kaum fassen.«

»Manchmal braucht es niemanden, der Ratschläge erteilt«, antworte ich. »Sie müssen nicht stärker sein als die, die trauern. Es genügt, wenn Sie sie in ihrer Trauer wahrnehmen.«

»Sie haben so viel verloren in Ihrem Leben. Wie steht man das durch?«

»Ich habe das Leben immer als Arbeit verstanden. Mein Vater, meine Mutter, sie mussten sich alles erkämpfen, immer durchhalten. Auch der Tod ist Arbeit – für die, die am Leben bleiben. Der Tod will uns alle haben. Er will uns zermürben. Es ist unsere Aufgabe als Überlebende, uns nicht zu früh von ihm kleinkriegen zu lassen. Das ist der Zweck unseres Daseins: am Leben bleiben. Nicht mehr und nicht weniger.«

»Das ist kein Trost.«

»Der Mensch kann sich nur selbst ein Trost sein«, sage ich. »Trost kommt niemals von außen. Deshalb gibt es die Hoffnung, die in uns wächst und die wir nähren. Wenn Sie mich fragen, hat Ihr Herrgott uns Menschen die Hoffnung nur geschenkt, damit wir nicht alle sofort wieder sterben.«

»Sie übersiedelten damals mit großer Hoffnung nach Berlin«, sagt Dorow.

»Ist das eine Aufforderung, Ihnen von meinen Jahren hier zu erzählen?«, frage ich.

»Falls ich überhaupt in der Position bin, einen Wunsch an Sie zu richten: Lenken Sie mich bitte ab, Fräulein Paulus.«

So erzähle ich mein Leben zu Ende.

KRIEG

Die Zeiten damals waren ähnlich den heutigen – und doch anders. Sie waren laut und nervös, aufgeladen vom Glanz der Produktivität und auch vom Lärm und Dreck, den sie hervorbrachten. Die Nation war stolz auf das, was sie zu leisten vermochte. Gleichzeitig fühlte sie sich vom Nachbarn Frankreich verachtet und gegenüber der Kolonialmacht Großbritannien zurückgesetzt. Berlin war das Zentrum dieses Gefühls, eine beeindruckende Hauptstadt, das Maß aller Dinge, das Herz des Reichs und gleichzeitig sein tiefster Sündenpfuhl.

Mutter war überfordert von diesem Ort. Am liebsten wäre sie den ganzen Tag über daheim geblieben, in unseren vier Wänden, in denen niemand sie anrempelt, anschreit oder ihr Nippes andient, wo sie fern ist vom Lärm der Motoren und Fabriken, dem Klingeln der Straßenbahnen, den Betrunkenen in den Kneipen, den Gaunern in den Gassen und den Straßenmädchen vor den Tanzbars.

»Wie hältst du das nur aus?«, fragte sie mich in regelmäßigen Abständen. »Dort hinauszugehen und dich an dieser Stadt zu erfreuen? Es ist grauselig hier.«

Mit meinem Entschluss, nach Berlin zu übersiedeln, hatte ich sie gewaltsam aus dem Vertrauten gerissen. Erst hier offenbarte sich mir, wie durch und durch Hessin sie war und wie wenig sie hierher passte, in die Rasanz der Großstadt und in den preußischen Pomp. Bislang hatte ich gedacht, ein Mensch könne überall glücklich sein, wenn er nur mit sich zufrieden ist und Menschen um sich hat, die er liebt. Aber Mutter lehrte mich, dass man einen Menschen nicht überallhin verpflanzen kann, sondern dass das Wesen der Heimat in uns schlummert, uns prägt und uns in unseren Empfindungen leitet.

Mutters Unwohlsein übertrug sich sowohl auf ihre Handlungen als auch auf unser Zusammenleben. Sie wurde zusehends missgelaunt.

»Wo auch immer ich hingehe, überall rattert und pfeift es. Ich nehme das Pfeifen sogar mit ins Bett!«, jammerte sie.

Sie litt unter Schlafstörungen, weil, wie sie sagte, ein hohes Klingeln sie daran hindere, zur Ruhe zu kommen. Es sei, als fahre ihr eine Straßenbahn durch den Kopf. Sie bekam Weinkrämpfe und brach über der kleinsten Anstrengung zusammen.

Ich schickte sie zu einem Arzt, der sie eingehend untersuchte und ihr Neurasthenie attestierte, eine Erschöpfung der Nerven. Er verordnete ihr verschiedene Kräuter und riet ihr, sich in länger werdenden Episoden mit der Außenwelt zu konfrontieren, um eine Gewöhnung herbeizuführen. Eine Behandlung mit Strom, der Überreizung nachweislich neutralisierte, lehnte Mutter ab.

Dabei waren wir gar nicht ins Zentrum gezogen, sondern nach Reinickendorf, einen Ort jenseits der nordwestlichen Stadtgrenze Berlins. Dort befand sich der neu errichtete Luftschifferhafen und mit ihm die Luftschifferversuchsabteilung. Reinickendorf hatte eine hervorragende Bahnverbindung in die Hauptstadt. In den Fabriken malochten viele Arbeiter, die von überallher anreisten.

Wir kamen in einem der neu errichteten Mietshäuser unter. Im Gegensatz zu den anderen Bewohnern, die mit mehreren Familien, mindestens aber mit mehreren Generationen, auf einer Etage hausten, mieteten wir eine Wohnung für uns allein. Sowohl Mutter als auch ich hatten ein eigenes Schlafzimmer, außerdem besaß die Wohnung eine Küche und einen behaglichen Salon, den ich mit einem großzügigen Sofa, einer Kommode und einem Vertiko einrichtete sowie einem Sekretär, an dem ich Schreibarbeiten verrichtete. Ich kaufte Teppiche. Mutter nähte Vorhänge. So stellte sich schnell Gemütlichkeit ein. Die Wohnung war deutlich komfortabler als unsere alte in Frankfurt. Sie hatte Strom und fließendes Wasser, wurde zentral beheizt und verfügte über ein eigenes Bad mit Klosett. Frieda hielt die Wohnung für proletarisch, aber ich fühlte mich wohl.

Ich griff Pauls Idee auf, meinen Rettungsfallschirm bei den Preußischen Luftstreitkräften vorzustellen. Schon seit Längerem stieg ich nicht mehr auf. Ich schrieb mehrere Briefe an die Oberste Heeresleitung, erhielt aber nur eine knappe, harsch formulierte Absage. Dass man mich nicht einmal vorsprechen ließ, machte mich wütend. Das Feldflugwesen wurde mehr und mehr vergrößert. Im Jahr 1913 waren die Luftstreitkräfte fünf Bataillone groß. Man war der Meinung, dass Luftschiffe wie die des Grafen von Zeppelin es den Streitkräften ermöglichen würden, den Gegner auch hinter den Kampflinien zu bombardieren. Der kommandierende General ließ entsprechende Apparate bauen und veranstaltete Manöver. Auch den Einsatz von Flugzeugen verfolgte man. Sie waren weniger tragfähig und unsicherer im Betrieb als Luftschiffe, bedurften dafür aber keiner gasgefüllten Hülle. Das machte die Logistik deutlich einfacher. Überdies gab es eine Ballonzentrale, die sich um die Feldaufklärung kümmerte, Wetterkunde betrieb und vor feindlichen Fliegern warnte. Ich war überzeugt, dass mein Rettungsschirm gebraucht wurde.

Es war eine glückliche Fügung, dass ich im Sommer 1914

Richard von Kehler traf. Der Mann, in dessen Unternehmen ich einst die Motorflugausbildung genossen hatte, lief mir in Reinickendorf über den Weg, als ich Besorgungen machte. Mit einem Korb voller Möhren und Kartoffeln stand ich neben ihm an einem Marktstand, er in Uniform, ich in meinen Alltagskleidern. Zunächst erkannte ich ihn nicht, denn in Johannisthal hatte ich nicht oft mit ihm zu tun gehabt. Zudem war er Zivilist gewesen. Die Uniform verlieh ihm Schneid. Ich sprach ihn an.

»Herr von Kehler«, sagte ich. »Es ist mir eine Freude, Sie wiederzusehen.«

Er schaute auf mich herab. Er war einen ganzen Kopf größer als ich. In seinen Augen sah ich Verwunderung, dann machte sich ein Lächeln auf seinem Gesicht breit.

»Fräulein Paulus, sind Sie es?«, fragte er.

»Genau die«, antwortete ich. »Was verschlägt Sie hierher in den Norden? Sind Sie nicht mehr in Johannisthal?«

»Ich bin in den Militärdienst zurückgegangen«, sagte er. »Wie man wahrscheinlich sieht.«

»Die Uniform steht Ihnen ausgezeichnet«, erwiderte ich, denn ein Kompliment hatte in der Konversation mit einem Mann noch nie geschadet. »Haben Sie noch einmal vielen Dank«, fügte ich an, »dass Sie mir damals den Unterricht ermöglicht haben.«

»Nun«, erwiderte er. »Den haben Sie sich eher selbst organisiert, wenn ich die Ereignisse richtig erinnere, oder? Welch ein Verlust, dass Ihr Lehrer nicht mehr unter uns ist. Haben Sie die Ausbildung zur Motorfliegerin nach seinem Absturz eigentlich fortgesetzt?«

Ich verneinte und deutete auf seine Uniform. »Haben Sie das Unternehmertum aufgegeben?«

»Der Kaiser braucht fähige Männer. Die *Flugmaschine Wright GmbH* habe ich aufgelöst.«

»Dann sind Sie bei den Luftschiffertruppen?«, fragte ich.

Er hob den Arm und deutete in Richtung der Kaserne. »In der Inspektion, als Hauptmann der Reserve. Ich unterstütze die Versuchsabteilung und koordiniere die notwendigen Mittel für die Aufklärung.«

Ich war wie elektrisiert. Er war genau der Mittelsmann, den ich brauchte. »Könnten Sie sich vorstellen, sich näher mit mir zu unterhalten? Ich habe etwas, das den Männern im Feld dienlich sein kann.«

Er zögerte. Dann sagte er, mit Blick auf meinen Korb: »Möhren?«

Ich lachte. »Wenn Sie meinen, dass Möhren dienlich sind, spreche ich mit Ihnen auch über Möhren. Ich meine allerdings meinen Rettungsschirm, den ich bereits auf der *Internationalen Luftschiffahrt-Ausstellung* vorgestellt habe und der dort Hunderte Abnehmer fand. Erinnern Sie sich an den Piloten, der in Johannisthal niederging, während sein Flugzeug ins Feld stürzte? Das war meine Erfindung.«

Nun veränderte sich sein Gesichtsausdruck. »Das klingt tatsächlich interessant. Wie wäre es mit dem kommenden Freitag? Ich lade Sie zu einem Mittagessen ein, und Sie können mir mehr über Ihren Schirm berichten. Kommen Sie gegen zwölf zum Kasernentor.«

Fiebrig kehrte ich nach Hause zurück. Ich ließ alles stehen und liegen und verschwand ohne Umwege in meiner Werkstatt im Innenhof. Dort lagerten meine Materialien, die Ballons, meine Zeichnungen des Rettungsschirms und die Modelle, die wir vor fünf Jahren auf der Ausstellung in Frankfurt vorgeführt hatten. Bis spät in den Abend hinein ordnete ich die Dinge und überlegte mir, wie ich das Gespräch angehen sollte.

In den zwei Tagen bis zu unserem Treffen litt ich an Schlaflosigkeit. Gemeinsam mit Mutter schlich ich in der

Wohnung umher. Gegenseitig hörten wir unsere Betten quietschen, während wir uns von einer Seite auf die andere wälzten. Tagsüber holte ich Informationen über von Kehler ein. Ich suchte Kontakt zu Frieda, die wiederum Franz bemühte, fuhr noch einmal nach Johannisthal und sprach mit dem Flugplatzdirektor Tschudi. Dann war Freitag. Ich entschied mich für eine nüchterne Tunika und einen schmalen Rock. Die Röcke waren jetzt kürzer als noch zur Jahrhundertwende und nicht mehr so ausladend, Korsetts waren weitgehend aus der Mode. Ich kam gut mit den schlichten, geraden Schnitten zurecht. Sie waren praktisch und schmeichelten meiner Figur.

Ich wartete am Tor, wie von Kehler es mir aufgetragen hatte, und blickte jeden Entgegenkommenden erwartungsvoll an. Doch der Offizier ließ auf sich warten. Ich hatte nur wenige Unterlagen eingesteckt, um nicht zu viel mit mir herumschleppen zu müssen. Damenhandtaschen waren nicht darauf ausgelegt, viel zu transportieren, und die Mitnahme eines Gepäckstücks kam mir unpassend vor. Um zwanzig nach zwölf hielt ein Automobil neben mir. Jemand stieß von innen die Tür auf.

»Bitte entschuldigen Sie die Verspätung«, hörte ich eine Stimme aus dem Dunkel. »Steigen Sie ein.«

Ich blickte in den Wagen. Dort saß, auf der Rückbank hinter seinem Chauffeur, Richard von Kehler. Ich schlüpfte hinein und fiel ungalant neben ihn auf den Sitz.

»Ich hatte Sie zu Fuß erwartet«, sagte ich.

»Ich habe leider kurzfristig Termine hereinbekommen«, antwortete er. »Wir werden nur eine Runde um den Block fahren können. Aber so sind wir wenigstens ungestört.«

Der Fahrer fuhr an und hupte sogleich, weil ein Fuhrwerk unversehens in eine Seitenstraße einbog. Mir wurde leicht flau im Magen, denn ich hatte heute noch nichts gegessen. Schließlich hatte von Kehler mir ein Mittagessen versprochen.

»Was möchten Sie mir zeigen?«, fragte er.

Ich holte die Zeichnung des Rettungsschirms sowie ein Miniaturmodell aus meiner Handtasche. Von Kehler wollte danach greifen, aber ich behielt beides bei mir und bedeckte es mit meiner Hand.

»Bevor ich es Ihnen zeige«, sagte ich, »würde ich gern mehr über die militärische Luftfahrt erfahren.«

Von Kehler zog seinen Arm zurück. »Das tut mir leid«, entgegnete er kühl. »Die Informationen unterliegen der Geheimhaltung.«

Ich ließ mich nicht einschüchtern. »Sie setzen auf Luftschiffe, nicht wahr? Parseval, wenn ich das richtig beobachte. Ich habe die Konstruktionen bereits aufsteigen sehen. Beeindruckend. Sind Sie auch am Bau beteiligt?«

»Sie haben sich kundig gemacht«, sagte von Kehler. »Hätte ich mir denken können, nachdem ich weiß, wie Sie an Ihren Flugunterricht gekommen sind.«

»Es ist kein militärisches Geheimnis, dass Herr von Parseval die Geschäfte der Luftfahrzeug-Gesellschaft gemeinsam mit Ihnen führt. Man kann es im Handelsregister einsehen. Wie viele Luftschiffe haben Sie bereits für die preußische Armee gebaut?«

»Wir konzentrieren uns auf den Verkauf von Lizenzen der Parseval-Modelle. Ich halte den Bau von Flugzeugen für spannender.«

»Denken Sie«, fragte ich, »dass Flugzeuge zu einem Sieg beitragen werden, wenn es zum Krieg kommt? Mir erscheinen die Apparate unsicher.«

»Mit Verlaub, Fräulein Paulus. Nicht immer liegt es an der Konstruktion, wenn die Maschine nicht tut, was sie soll. Wenn ich die Worte Ihres Lehrers richtig erinnere, sagte er nach einer Ihrer Flugstunden zu mir, dass Sie die einzige Frau bleiben würden, die er jemals unterrichte, so untalentiert wie Ihr Geschlecht sei.«

Obwohl Paul mir selbst gesagt hatte, was er von meinen Motorflugkünsten hielt, fühlte ich mich bloßgestellt. Aber jetzt war nicht der richtige Moment, diesem Gefühl nachzugeben.

»Damit mag er recht gehabt haben«, erwiderte ich gepresst. »Aber auch kundigeren Piloten als mir passieren Unfälle. Was wird erst geschehen, wenn sie hinter feindlichen Linien fliegen? Und was ist eigentlich mit den Ballonführern, wenn sie abgeschossen werden?«

»Sie sterben«, antwortete von Kehler. »So etwas passiert im Krieg.«

Das Auto hatte die Jungfernheide umfahren und näherte sich nun wieder der Kaserne.

»Drehen Sie noch eine Runde«, wies von Kehler den Fahrer an.

Der nickte kaum merklich und schaute weiter konzentriert nach vorne. Ich fragte mich, welche Gespräche er schon gehört hatte und was für ein Mensch man sein musste, um sich bei nichts, was man erfuhr, etwas anmerken zu lassen.

Von Kehler zog eine Taschenuhr aus dem Revers und ließ sie aufschnappen. »Sie haben noch fünfzehn Minuten, Fräulein Paulus. Dann habe ich den nächsten Termin. Noch habe ich nicht erfahren, wie Sie den Luftstreitkräften behilflich sein möchten.«

Ich reichte ihm die Zeichnung meines Rettungsschirms. Er nahm sie, hielt sie ein Stück von sich weg und studierte sie.

»Was macht den Schirm besonders?«, fragte er.

Ich zeigte ihm das Modell. Es sah aus wie die Puppe

eines Schmetterlings. Mit spitzen Fingern hielt ich es zwischen uns.

»Der Schirm befindet sich in einer Tasche. Wenn Sie an der Leine ziehen« – ich tat es – »löst sich der Verschluss des Pakets, und der Schirm entfaltet sich in Sekundenschnelle. Luft greift unter den Stoff, und der Soldat gleitet sicher zu Boden.«

Von Kehler nahm mir das Modell aus der Hand und untersuchte es.

»Wie packt man den Schirm so zusammen?«, fragte er.

»Darf ich?« Ich deutete auf den Stoff in seiner Hand.

Er gab mir den Miniaturschirm zurück, und ich legte ihn zwischen uns auf dem Sitz aus. Dann schlug ich mehrmals die Kappen ineinander, rollte ein Paket, zog es fest und stopfte den Stoff zurück in die Tasche.

»Probieren Sie es selbst«, sagte ich. »Ziehen Sie an der Schnur.«

Von Kehler zog an der Leinenschnur, die aus dem Paket hing, und der Schirm öffnete sich erneut.

Ich beobachtete sein Gesicht. Aber es gab keine Auskunft über seine Gefühle. Er war ein guter Verhandler.

»Legen Sie es noch einmal zusammen«, sagte er. Doch ich ignorierte seine Bitte und holte stattdessen eine weitere Skizze aus meiner Handtasche, die ich ihm reichte.

»Das ist die Zeichnung meiner Ballonhülle«, erklärte ich. »Ich habe die Hülle fünfzehn Jahre lang verbessert und bei mehreren hundert Aufstiegen erprobt. Sie ist reißfest und vollständig gummiert, sodass Wasserstoff nur langsam entweicht. Die Beobachter können damit über Stunden in der Luft bleiben.«

Unser Wagen hatte den Luftschiffhafen ein weiteres Mal umrundet und fuhr erneut auf den Damm zur Kaserne ein. Diesmal wies von Kehler den Fahrer nicht an weiterzufahren. Wir steuerten schnurstracks auf die Gebäude der Luftstreitkräfte zu.

»Ich habe nun meinen nächsten Termin«, sagte von Kehler. »Darf ich die Skizzen und das Modell mitnehmen und den Ingenieuren der Versuchsabteilung zeigen?«

Ich nickte. »Die Zeichnungen können Sie haben«, sagte ich. Ich hatte mit dem Wunsch gerechnet und für diesen Zweck Kopien angefertigt. »Das Modell ist jedoch Geschäftsgeheimnis.«

Der Wagen hielt vor dem Kasernentor. Der Fahrer stieg aus, ging um das Automobil herum und öffnete mir die Tür. Ich sah von Kehler in die Augen.

»Sie erreichen mich in der Gotthardstraße zwei«, sagte ich. Dann stieg ich aus.

Ich war zufrieden mit dem Gespräch.

Dann brach der Krieg aus. Erst war es nur ein Gerumpel zwischen Wien und Sarajevo. Aber die Spannung zwischen den Mächten war groß. Aller Welt war klar, worauf es hinauslief. Ein eiserner Ring umschloss das Deutsche Reich. Wir waren eingepfercht zwischen unserem Erzfeind Frankreich, dem gedemütigten Russland und Großbritannien, mit dem wir uns in ein ruinöses Wettrüsten begeben hatten. Unser einziger Verbündeter, Österreich-Ungarn, trat nach dem Attentat auf seinen Kaiser in den Krieg mit Serbien ein. Was blieb uns übrig, als unseren Freunden Unterstützung zu gewähren und gleichzeitig die Initiative zu ergreifen, in eine bessere Lage zu kommen? Die deutsche Nation lechzte nach einer Klarstellung der Verhältnisse. Am 1. August erklärte das Deutsche Reich seinem Nachbarn Russland den Krieg, tags darauf marschierten wir in Luxemburg ein. Die Spannung im Volk entlud sich in Jubel. Endlich würde eine neue, angemessene Ordnung kommen, die unserer Tüchtigkeit gerecht würde, würde die Unruhe verschwinden, die Europa seit einem Jahrzehnt umtrieb.

Auch ich nahm den Kriegsbeginn mit Erleichterung zur Kenntnis. Krieg ist nicht nur Zerstörung, sondern auch ein Werkzeug des Fortschritts. Nach den Kämpfen würde der Kontinent stabiler sein als zuvor, würde dem militärischen ein wirtschaftlicher Sieg folgen. Gespannt lauschte ich den Nachrichten von der Westfront. Nicht, dass ich schlechte Erfahrungen mit den Franzosen gemacht hätte: Bei meinen Auftritten in ihrem Land waren sie in der Mehrheit freundlich gewesen. Aber als Nation waren sie mir unheimlich. Es war richtig, sie in die Schranken zu weisen, ehe ihr Bündnis mit dem fragilen, getriebenen Russland uns zu sehr in die Zange nahm.

Ausgerechnet von Franz, Friedas Mann, dem Eisenbahningenieur, vernahm ich Skepsis. Das verwunderte mich, denn eigentlich war er ein glühender Verfechter des Fortschritts. In den vergangenen Jahren hatte er nicht nur zur Modernisierung der Schienenwege in der Hauptstadt beigetragen. Auch die Eisenbahngesellschaften in den Kolonien hatten ihn angefragt, um sie bei Projekten zu unterstützen. Allerdings war er nie nach Afrika gereist, sondern hatte nur aus deutschen Landen heraus bei der Herstellung der Bahnschwellen und Querstreben beraten. »Die Briten haben mir gereicht«, war seine Meinung. »Ich muss nicht noch zu den Negern ziehen.«

Als nun der Krieg ausbrach, gab er sich überraschend reserviert.

»Franz sagt, der Krieg werde in einem Desaster enden«, sagte Frieda bei einem Kaffee auf der Terrasse in Dahlem. Ich fuhr regelmäßig hinaus zu ihr, um das Neueste zu erfahren, denn sie war besser informiert als ich, dank Franz' Beziehungen in die hohen Ministerien. »Er befürchtet«, fuhr sie fort, »dass die moderne Maschinerie zu Hunderten und Tausenden von Toten führen wird.«

Ich runzelte die Stirn. Sicherlich: Die Waffen waren andere als in unserem letzten Krieg gegen Frankreich. Aber wir waren eine starke Nation. Das Heer war bereits auf halbem Weg nach Paris.

»Ich gebe ihm recht, dass die Kriegstechnik eine andere sein wird als noch vor vierzig Jahren«, entgegnete ich. »Dennoch sind wir es, die über die stärkste Rüstungsindustrie des Kontinents verfügen. Das wird Ergebnisse zutage fördern.«

»Das Einzige, was ich hoffe, ist«, fuhr Frieda fort, »dass meine Jungen heil nach Hause kommen. Ich habe so schreckliche Angst um sie.«

»Das kann ich dir nachfühlen«, sagte ich. »Aber du kannst doch auch stolz sein, dass sie unserem Vaterland dienen. Mich erstaunt, dass ausgerechnet Karl sich freiwillig zum Militär gemeldet hat. Wilhelm ist ein Draufgänger, bei ihm wundert es mich nicht. Aber hast du Karl nicht mal als Feingeist bezeichnet?«

»Wilhelm möchte sich beweisen. Er hat Kraft und war immer schon ein Kämpfer. Er hat nur darauf gewartet, in die Schlacht zu ziehen. Karl hingegen …«, sie seufzte. »Ich glaube, er läuft vor sich selbst davon.«

Karl war ein weibischer junger Mann. Schon als Kind war er eher der Kunst und Ästhetik zugeneigt gewesen als dem Rangeln mit gleichaltrigen Kameraden. Stundenlang saß er über Büchern, zeichnete und gab sich der Musik hin.

»Karl wird an der Rohheit des Krieges zerbrechen«, sagte Frieda mit bebender Stimme. »Und Wilhelm wird in der Schlacht umkommen.«

Ich legte meine Hand auf ihre. »Warte ab«, entgegnete ich. »Wenn es so weitergeht, marschiert das deutsche Heer bald siegreich in Paris ein. Vor Jahresende sind die beiden wieder zu Hause.«

Tränen flossen nun über ihre Wangen. »Franz verschanzt sich nur noch in seinem Arbeitszimmer«, brach es unter Schluchzen aus ihr heraus. »Dabei habe ich ihn noch nie so sehr gebraucht wie jetzt.«

Ich stand auf und schloss sie in meine Arme. Es kam mir komisch vor, eine erwachsene Frau zu halten und zu wiegen. Aber es schien mir das Richtige.

»Was ist mit Valerie, jetzt, wo der Krieg ausgebrochen ist?«, fragte ich. »Wird sie hierher in ihre deutsche Heimat kommen? Ich stelle es mir schwierig für sie vor, in Großbritannien zu bleiben, als Deutsche. Im Frieden geben sich die Briten als vornehmes Volk. Im Krieg hingegen zeigt sich ihre Unbarmherzigkeit.«

Frieda tupfte sich Tränen von den Wangen. »Ihr Mann hat ihr untersagt, weiterhin Kontakt zu uns zu halten«, antwortete sie. »Er hat von ihr verlangt, dass sie sich entscheiden muss, zu wem sie hält.« Sie kramte in ihrer Rocktasche und holte einen zerknitterten Brief hervor. »Hier«, sagte sie und gab mir das Papier. »Da steht es.«

Ich las dort, wo sie ihren Finger hinhielt.

Ich liebe Euch über alles. Aber noch mehr liebe ich meine Kinder. Es tut mir unendlich leid. Aber ich werde in London bleiben und Euch erst wieder schreiben, wenn der Krieg vorüber ist. Möge der Herrgott uns beistehen in diesen Zeiten und uns bald wieder zusammenführen.

Als ich Frieda am späten Nachmittag verließ, brachte sie mich noch zur Straßenbahn und winkte mir hinterher. Es schmerzte, sie dort stehen zu lassen. Eine einsame Frau – obwohl sie mehr Familie hatte als ich.

Es schien, als sollte sich Franz' Vorhersage bewahrheiten. Der anfängliche Durchmarsch der deutschen Truppen geriet bald ins Stocken und kam bis zum Winter zum Erliegen. Ein rascher Sieg war nicht mehr in Sicht.

Auch an der Heimatfront wurde die Lage zunehmend ungemütlich. Die Preise für Brot, Butter, Getreide und Kartoffeln stiegen ins Unermessliche, ehe die Politik einen Riegel vorschob und Höchstpreise festlegte. Das Angebot war allerdings weiterhin knapp, weshalb Mutter und ich unsere Vorräte rationierten: nicht mehr als ein Glas Eingewecktes pro Woche, am Abend nur dünne Suppe und sparsame Verwendung von Fett. Im Februar 1915 wurden die ersten Brotkarten ausgegeben. Mehr als dort draufstand, bekam man nur unter der Hand – und auch das kaum. Zwei Kilo Brot pro Woche mussten reichen, um satt zu werden.

»Wie gut, dass wir es gewohnt sind zu wirtschaften«, sagte Mutter. Sie gab ihr Bestes, die Lebensmittel zu strecken, verlängerte die Suppe und schnitt die Brotscheiben dünn.

Seit Kriegsbeginn litt sie mehr denn je unter Schlafstörungen. Dennoch wirkte sie ausgeglichener. An das Klingeln in ihrem Kopf habe sie sich gewöhnt, sagte sie. »Solange ich das höre, weiß ich wenigstens, dass ich noch lebe.«

Die schwierige Lage, das Beschaffen von Lebensmitteln und der beschwerliche Alltag gaben ihr einen neuen Lebenssinn. Täglich durchquerte sie das Viertel auf der Suche nach etwas Essbarem. Sie erkundete Geschäfte, kam mit Nachbarinnen ins Gespräch und tauschte sich mit ihnen über die Möglichkeit aus, ins Umland zu fahren, zu den Höfen und auf die Felder. Der Krieg half ihr, Anschluss zu finden. Not schweißt zusammen.

Ich suchte mehrmals den Kontakt zu den Luftschiffern, doch vergebens. Man ließ mich nicht vor. Die vielversprechende Begegnung mit Richard von Kehler war nur eine Seifenblase gewesen. Lediglich einmal gelangte ich aufs Kasernengelände, in Begleitung eines hilfreichen Zivilbeamten, der mich erkannte und Bewunderung für mich übrighatte. Doch von Kehler war nicht vor Ort, und ein anderer Ansprechpartner war nicht abkömmlich.

Den wahrhaftigsten Einblick ins Kriegsgeschehen bekam ich über die Briefe von Karl und Wilhelm Krauss, deren Inhalt Frieda mit mir teilte. Die Schilderungen ihrer Söhne versetzten sie jedes Mal in einen Gefühlsrausch. Sie weinte vor Freude, wenn ein Schreiben von der Front kam. Denn es war der Beweis, dass ihre Söhne noch lebten. Gleichzeitig stürzte es sie in tiefe Verzweiflung. Karls Briefe waren dabei ausführlicher als Wilhelms – und bedrückender. In ausufernden Worten schilderte er das Trommelfeuer in den Schützengräben, er berichtete vom Tod der Feinde, seiner Kameraden und der Pferde, von Verstümmelung, Kälte und Not. Sein Bruder Wilhelm gab sich martialischer, er sprach vom Gas, das den Feinden den letzten Atemzug nahm, und von der Verwesung als einem Geruch des nahenden Sieges. Doch wenn man die Briefe seines Bruders neben seine legte, lasen sich auch die Worte des Kampfeslustigen wie ein Zeugnis der Hoffnungslosigkeit.

Es war nach der zweiten Schlacht in Flandern – Frieda und ich saßen gerade über einem der Briefe –, als ein Automobil vor der Villa in Dahlem hielt. Vor uns lag zwar Gebäck, aber auch Frieda und Franz fehlte es trotz guter Beziehungen am Nötigsten. Die Kekse waren hart und trocken, Zucker enthielten sie nur wenig.

Der Soldat, der die Halle betrat, stellte sich als Gefreiter vor und verlangte zu meiner Überraschung nicht nach

Frieda, sondern nach mir. »Ihre Frau Mutter teilte mir mit, dass Sie hier zu finden seien«, trug er vor. »Ich soll Sie in die Kommandantur der Luftschiffertruppen bringen.«

»Wer schickt Sie?«, fragte ich.

Er blickte etwas unsicher zu Frieda. »Das erfahren Sie vor Ort.«

Auf der Fahrt von Dahlem in den Norden gingen mir zahllose Gedanken durch den Kopf. Als Grund für das Ersuchen kam nur von Kehler infrage. Was, wenn die Streitkräfte nun endlich Fallschirme von mir haben wollten? Konnte ich sie produzieren? Wie sah es mit der Materialversorgung aus? Wo sollte ich sie schneidern? Unsere Wohnung würde zu klein sein. Nur die Werkstatt im Hinterhof bot ausreichend Platz, zumal ich meine Ballons und Schirme den Luftschiffertruppen übergeben hatte, auf dass sie diese historischen Relikte in Ehren halten mochten. Es war schmerzhaft für mich gewesen, mich von alldem zu trennen, was über zwanzig Jahre lang mein Leben ausgemacht hatte. Allerdings würde ich nie wieder aufsteigen, und die Dinge einlagern zu lassen war unnütz und vor allem kostspielig. Meinen sentimentalen Gefühlen konnte ich auch ohne diese Mengen an Material nachhängen. Nur einige Modelle und Skizzen bewahrte ich noch auf. Sie lagerten im Vertiko in der Diele.

Der Wagen passierte das Kasernentor, fuhr durch einen Torbogen und hielt vor einer doppelflügeligen Tür. Der Fahrer geleitete mich hindurch und führte mich in ein großzügiges Büro, in dem zwei Herren auf mich warteten. Einer von ihnen war Richard von Kehler.

»Fräulein Paulus«, sagte er. Wir begrüßten uns mit Handschlag. »Schön, Sie wiederzusehen. Darf ich Ihnen meinen Vorgesetzten vorstellen? Oberstleutnant von der Groeben.«

Der Mann neben ihm, ein kräftiger Offizier mit Schnauzbart, reichte mir ebenfalls die Hand. Seine Miene war ernst, aber freundlich.

»Sind Sie gut durch die ersten Kriegsmonate gekommen?«, fragte von Kehler.

»Wir müssen alle ein wenig zurückstecken, denke ich«, antwortete ich.

»Wohl wahr«, brummte von der Groeben.

»Sie können sich sicherlich denken, warum wir hier sind«, sagte von Kehler. »Es geht um Ihren Rettungsschirm.«

Ich hatte damit gerechnet. Aber es jetzt aus seinem Mund zu hören war mir eine besondere Freude. Aber Richard von Kehler wirkte angespannt. Er war reservierter als bei unserem Gespräch im Auto. Sein Blick war strenger, die Körpersprache straffer.

Ich nahm Haltung an. »Unser Gespräch ist fast ein Jahr her«, erwiderte ich distanziert, obwohl es in mir jubilierte. Aber es war besser, wenn ich meine Gefühle nicht zeigte. »Gibt es nach all der Zeit einen bestimmten Anlass, dass Sie mich nun sogar holen lassen?«

Von der Groeben räusperte sich. »Der Abschuss einiger Artilleriebeobachter lässt Ihr Handwerk in neuem Licht erscheinen.«

Aus Karls Briefen wusste ich, wie zermürbend der Stellungskrieg in Frankreich war. Über Wochen kauerten die Männer in den Schützengräben, in ihren eigenen Exkrementen und mit dem Gestank der Toten, feuerten Gewehrsalven ab und verschanzten sich. Krankheiten grassierten. Der Kampf fand nicht mehr in der Bewegung statt, sondern im Ausharren. Der Einsatz schweren Geräts, das Maschinengewehrfeuer, die Bomben und Kanonen hatten den berittenen Dragoner ersetzt.

Das Heer nutzte Ballons, platzierte Späher darin und

ließ sie hinter die feindlichen Linien blicken. Man musste sich Vorteile zu verschaffen wissen, wo kein Durchkommen war. Ein Ballon, der aufstieg, war allerdings sichtbar. Der Feind schoss ihn ab, und der Späher fiel wie ein Stein zu Boden.

»Sie hatten zu Kriegsbeginn aber doch sicherlich vorgesorgt, oder?«, fragte ich mit festem Blick auf Richard von Kehler. »Ist ein anderer Lieferant ausgefallen?«

Der Angesprochene blickte auf seine Schuhspitzen. Die Verluste saßen von Kehler und von der Groeben im Nacken, ich sah es ihnen an. Vor Kurzem war ein neuer Mann zum Chef des Feldflugwesens ernannt worden, ein Generalmajor namens Hermann von der Lieth-Thomsen. Ihm unterstanden nun die Inspektionen des Luftschifferwesens und des Fliegerwesens. Da neue Besen bekanntlich gut kehrten, waren die beiden Offiziere wahrscheinlich angehalten, sich eine rasche Lösung für die Verluste einfallen zu lassen. Ich bemühte mich, ahnungslos zu wirken. Nichts ist eine stärkere weibliche Waffe als vorgetäuschte Naivität.

»Unsere Versuchsabteilung ist stets auf der Suche nach Verbesserungen«, sprang der Oberstleutnant für seinen Kameraden von Kehler in die Bresche. »Ihre Konstruktion erscheint uns einen Blick wert.«

Er bat mich, sie zu erläutern, und ich kam der Bitte nach. Da ich jedoch mein Modell nicht dabeihatte, konnte ich ausschließlich Worte bemühen. Von der Groeben nickte und stellte Fragen zur Funktionsweise und zum verwendeten Material. Er schien vom Fach zu sein. Am Ende meiner Ausführungen fragte er: »Welchen Preis rufen Sie für einen Rettungsschirm auf?«

Ich wusste die Zahl aus dem Stand. Bevor ich bei Richard von Kehler vorgesprochen hatte, hatte ich die Kosten für

Schirm, Tasche und Verpackungssack kalkuliert. Ich vermutete jedoch, dass die Einkaufspreise für Seide, Leinen und Garne seither gestiegen waren. Darüber hinaus waren die Ausgaben für meine Lebenshaltung inzwischen höher als vor Kriegsbeginn und damit auch die Lohnkosten, die ich in jeden Schirm einkalkulieren musste.

»Da Sie mich direkt von einer Landpartie in Ihre Inspektion gefahren haben«, entgegnete ich, »habe ich die Preise nicht parat. Ich lasse sie Ihnen im Laufe der Woche zukommen.«

»Gehen Sie von einer Abnahmemenge von zunächst hundert Schirmen aus«, sagte von der Groeben.

Noch am selben Abend durchsuchte ich meine Unterlagen nach den Berechnungen aus dem Vorjahr. Im Salon, in der Schublade meines Schreibtisches, fand ich die Übersicht der Materialien, die ich für die Herstellung eines Rettungsschirms benötigte: sechzig Meter Stoff, inklusive Verschnitt und Breitendifferenzen, zweihundert Meter Band zu einem Zentimeter und zwanzig Meter Band zu vier Zentimetern, außerdem fünf Kilo Halteseile, vier Rollen Garn und Schnur zum Bewickeln der Spleiße. Ich hatte auch den Lohn fürs Zuschneiden, Herrichten, Nähen und Spleißen kalkuliert. Die Tasche und der Verpackungssack benötigten zusätzliches Material. Insgesamt kamen für das Zubehör noch mal einige Meter Leinen- und Flügelstoff hinzu.

Ich nahm mir ein leeres Blatt Papier und berechnete zunächst den Lohn. Gebeugt saß ich über meinen Aufzeichnungen. Die Miete, die Mutter und ich für unsere Wohnung bezahlten, war gleich geblieben. Aber die Werkstatt im Hof würde mehr kosten, da ich sie nun durchgehend heizen würde, um darin zu arbeiten. Überdies waren die Lebensmittelpreise gehörig angestiegen. Es würde außerdem klug sein, Rücklagen zu bilden. Ich verdoppelte also die Lohnkosten. Offen war, wer die Rettungsschirme fertigen sollte. Wenn ich allein produzierte, war ich in der Lage, am Tag einen Schirm herzustellen. Ich musste also ungefähr einhundert Tage durcharbeiten und in dieser Zeit nichts anderes tun – dann würde ich den Großteil innerhalb eines Monats liefern können. Ich vermutete, dass die Luftschiffer die Schirme so schnell wie möglich haben wollten. Vielleicht konnte Frieda mir zur Hand gehen. Mutter einzubeziehen würde hingegen mehr Arbeit bereiten als Hilfe sein. Außerdem musste sie mir den Rücken freihalten, für Nahrungsmittel anstehen und aus dem, was sie erwarb, etwas kochen. Wenn ich das auch noch tun müsste, würde ich viel Zeit verlieren.

Am nächsten Tag telegrafierte ich mehreren Leinen- und Tischtuchfabriken und bat sie um die aktuellen Preise für Stoffe. Schon nach wenigen Stunden erhielt ich Antwort, und es war, wie ich es erwartet hatte: Die Kosten für Material waren gehörig gestiegen. Die sechzig Meter Stoff für den Schirm kosteten mich mehr als 500 Reichsmark. Insgesamt kam ich auf einen Preis von fast 1000 Mark pro Schirm. Die Zahl beunruhigte mich. Ich konnte mir nicht vorstellen, dass die Luftschiffer eine vierstellige Summe akzeptieren würden. Natürlich konnte ich bei den Lohnkosten Abstriche machen und auch meinen einkalkulierten Gewinn schmälern. Aber was nutzte es mir, wenn ich am Ende draufzahlte?

Ich marschierte zur Kaserne und ersuchte Richard von Kehler um ein Gespräch. Als ich ihm den Preis von einhunderttausend Reichsmark für die Rettungsschirme nannte, fuhr er sich mit der Hand übers Gesicht und sagte: »Das ist horrend.«

»Ich weiß«, entgegnete ich. »Es ist mir nicht daran gelegen, Sie aufs Kreuz zu legen oder mich zu bereichern. Auch ich möchte, dass unser Vaterland siegreich ist. Gleichwohl benötige ich das Geld zum Leben und zum Produzieren.«

Er sah mich lange und eindringlich an. Sein Blick verriet, dass die Versuchsabteilung den Preis zahlen würde, wenn es sein musste. Dennoch suchte er nach einem Ausweg, seinem Vorgesetzten eine andere Zahl vorzulegen als die, die ich ihm präsentierte.

»Woher beziehen Sie die Leinen und Stoffe?«

»Aus einer Leinen- und Tischzeugfabrik in Bielefeld«, antwortete ich. »Kisker. Sie haben den besten Preis geboten.«

»Möglicherweise ist es günstiger, wenn wir das Material einkaufen. Ich lasse über unsere Beschaffungsstelle fragen, ob wir einen bestehenden Vertrag mit einer solchen Firma haben.«

So kam es. Der Rahmenvertrag, den die Luftschifferzentrale mit dem Lieferanten abschloss, drückte den Preis deutlich. Die Kosten für einen Rettungsschirm fielen um etwas mehr als ein Viertel. Als von Kehler mich einbestellte und mir darüber Bescheid gab, lag der Vertrag mit dem Lieferanten aufgeschlagen auf dem Tisch. Ich warf einen Blick darauf und sah, dass die georderte Menge mehr als einhunderttausend Dezimeter betrug.

»Sie haben eine Großbestellung aufgegeben?«, fragte ich und deutete auf die Zahl. »Für unsere einhundert Schirme benötigen wir nicht einmal einen Bruchteil davon.«

Richard von Kehler schob hastig die Seiten zusammen. Dann sagte er: »Wir gehen davon aus, dass wir weit mehr als einhundert Rettungsschirme benötigen werden, bis wir den Krieg gewinnen.«

Es tat gut, mich in die Arbeit zu vertiefen. Die Welt draußen war voller Not, Kälte und Entbehrungen. Täglich standen die Menschen frierend um Lebensmittel an. Vor den Läden, auf den Bürgersteigen und in den Hauseingängen saßen die ersten Frontheimkehrer, einarmig, zitternd und mit leerem Blick. Die Todesanzeigen häuften sich. Die Angst der Mütter um ihre in den Krieg gezogenen Söhne war allgegenwärtig. Ihr Weinen drang durch die Nachbarschaft, wenn wieder einmal ein Brief eingetroffen war. Ich hatte manch harte Zeit durchgemacht in meinem Leben, ich hatte getrauert und gekämpft, hart gearbeitet und war viele Male am Tod vorbeigefallen. Man mochte annehmen, dass die Nebenwirkungen des Krieges mir deshalb nicht so sehr zusetzten. Aber das Gegenteil war der Fall: Ich war empfindsamer denn je. Es war, als hätten die Jahre der Selbstbehauptung mich weicher statt härter gemacht; als blättere die Beherrschung, die mich durch die Zeit getragen hatte, von mir ab wie Putz von einer Fassade. Zum Vorschein kam das verwundbare Mädchen, das ich einst war.

Frieda kam aus Dahlem und half mir bei den Zuschnitten. Sie war froh um die Ablenkung, die ich ihr bot, und sie genoss unser Beisammensein, auch wenn wir die meiste Zeit schweigsam nebeneinanderher arbeiteten. In ihrem Zuhause fühlte sie sich nicht mehr wohl. Franz zog sich mit jeder Woche, die seine Söhne an der Front kämpften, mehr und mehr zurück. Friedas Angst um die beiden Jungen wuchs ins Unermessliche. Bisweilen, wenn ich Absprachen zu meinen Rettungsschirmen tätigte, fragte ich Richard von Kehler nach der Situation in Frankreich. Er antwortete stets zurückhaltend, und bei dem wenigen, was er mir anvertraute, bemühte er sich, zuversichtlich zu klingen. Ich spürte jedoch, dass er voller Sorge war. Die Deutschen steckten fest. Sie hockten im Schlamm und in der Kälte der Champagne. Die Verluste waren enorm. Das Material verschliss und mit ihm die Menschen.

Karl und Wilhelm schrieben weiterhin Briefe. Karl erzählte wortreich und geradezu lyrisch von dem Abgrund, in den er blickte. »Die Kugeln singen ein eigenartiges Lied, wenn sie über das Feld sausen«, las Frieda mir neulich vor. »Die Luft schwingt und erzittert, ein Kanon erklingt. Es ist, als gäben sie ein Konzert für jene, die sie töten, und jene, die sie verschonen.«

Wilhelms Schreiben wurden hingegen immer kürzer. Er war kein Mann großer Worte, und inzwischen fehlten sie ihm gänzlich. Stenografisch gab er Auskunft über seinen Zustand. Der letzte Brief, den Frieda erhielt, sagte nur: »Liege bei Damvillers. Kein Fortkommen. Wenig Hoffnung. Bleibe dennoch aufrecht.«

»Wenn er nicht erschossen wird, erschießt er sich selbst«, sagte Frieda eines Nachmittags. Bereits seit dem Morgen saßen wir über Stoffen und Nähmaschinen. Unsere Hände waren kalt, rau und blutig. Gegessen hatten wir einen Kanten Brot und einen Teller Suppe. Ein Feuer knisterte im Ofen, doch es zog gehörig durch die Ritzen des großen Tores. Unsere Nacken schmerzten. Mit Tee hielten wir uns warm.

Gestern hatten wir die bestellten einhundert Rettungsschirme ausgeliefert. Aber bereits eine Woche zuvor, als wir noch nähten, hatte die Inspektion der Luftschiffer weitere dreihundert geordert. Ich musste mir etwas einfallen lassen. Ich brauchte weitere Nähmaschinen und Personal.

»Warum hängst du nicht einfach Zettel an die Bäume?«, fragte Mutter, als sie uns das Abendessen brachte. »Ich treffe jeden Tag alleinstehende Frauen, deren Männer im Krieg sind. Sie wären froh über eine warme Mahlzeit und ein paar Mark Verdienst.«

Am nächsten Tag notierte ich auf handgeschriebenen Zetteln mein Anliegen und meine Adresse. Mutter verteilte sie im Viertel. Sie kannte die Plätze, an denen sich die Kriegswitwen aufhielten – und jene Frauen, die noch voller Hoffnung auf die Rückkehr ihrer Männer warteten. Schon am Nachmittag standen die Bewerberinnen im Hof Schlange. Einige von ihnen waren zerlumpt und fahrig. Andere hingegen wirkten patent und zupackend. Die Zerlumpten berührten mich ebenso wie die Wackeren. Alle strömten sie eine intensive Verzweiflung aus, die mich an meine Eltern erinnerte. Ich dachte an die Zeit zurück, als sie mich als Tagelöhner durchgebracht hatten, an wechselnden Wohnorten, immer darauf bedacht, mich zu behüten.

Die Flehenden und Jammernden sortierte ich sofort aus. Sie waren zu labil und zu anfällig für Krankheiten. Sie taugten nicht als verlässliche Arbeiterinnen, die Zeitdruck trotzen und schwere Arbeit verrichten mussten. Die Schweigenden waren sicherlich nicht minder verzweifelt, aber ich bildete mir in Hinblick auf meine eigene Geschichte ein, dass es ihnen besser gelang, ihre Situation zu bewältigen. Wo die Labilen sich bereits dem Schicksal ergaben, begriffen sich die Zähen noch als Handelnde. Ich wählte fünf Frauen aus, die gefestigt wirkten. Ihre Namen waren Else, Sarah, Ida, Minna und Margarethe. Einigen der Fortgeschickten gefiel es nicht, dass ich ihnen mit Sarah eine Jüdin vorzog. Aber das war mir einerlei. Ihr Mann diente dem Reich, und was zählte, waren Fleiß, Beharrlichkeit und Lernwille.

Während ich mich um die Frauen kümmerte, widmete sich Frieda der Beschaffung einer weiteren Nähmaschine. Ich besaß vier, davon zwei betagte, die wir nun entstaubten. Zwei Frauen würden am Zuschneidetisch arbeiten.

Wir brauchten also lediglich eine weitere Maschine. Ich bezahlte sie vom Gewinn meiner ersten Lieferung. Nach einer Woche traf sie ein, und tags darauf kamen die Arbeiterinnen. Nach zwölf Tagen konnten wir, obwohl ich die Frauen erst anlernen musste, die nächsten einhundert Rettungsschirme versenden.

Erschöpft sank ich an dem Abend aufs Sofa in der Küche, während Mutter für den nächsten Tag Kartoffeln vorkochte. Richard von Kehler hatte dafür gesorgt, dass wir zusammen mit der Seide, dem Leinen und dem Garn auch Grundnahrungsmittel erhielten, mit denen wir die Näherinnen ernähren konnten. Ich war ihm dankbar dafür, denn die Mahlzeiten, die Mutter täglich zubereitete, hielten die Arbeitsmoral hoch und würden dafür sorgen, dass ich niemals arm an Arbeitskräften werden würde, selbst wenn eine der Frauen ausfiel.

»Du bist eine tüchtige Frau«, sagte Mutter, während sie die Kartoffeln schrubbte und in einen Topf mit Wasser fallen ließ. Sie verzichtete darauf, sie zu schälen, um nichts zu verschwenden. »Ich hatte Angst, dass wir es nicht durch diese Zeit schaffen.«

»Wir haben Rücklagen.«

»Die uns nicht nützen, wenn es nichts zu kaufen gibt. Und wer weiß, was sie noch wert sind, sollten wir den Krieg verlieren.«

»Glaubst du tatsächlich, dass wir den Krieg verlieren könnten?«, fragte ich. Obgleich ich mir einbildete, dank der Briefe der Krauss-Brüder und der Gespräche mit Richard von Kehler einigermaßen einschätzen zu können, wie es um die Truppen des Reiches stand, war mir noch nie in den Sinn gekommen, dass wir diesen Krieg verlieren konnten.

Mutter antwortete nicht.

Am nächsten Tag brachte der Postbote einen handbeschrifteten Umschlag vorbei. Meine Post bestand im Wesentlichen aus Korrespondenz mit den Luftschiffertruppen. Unter die Briefe mischten sich ab und zu Schreiben meiner Versicherung oder der ein oder anderen Flugzeugmeisterei, die an meinen Produkten interessiert war. Andere Absender gab es jedoch kaum. Jegliche Repräsentationsaufgabe war zum Erliegen gekommen, und auch die Briefe von Bewunderern, die zwar zaghaft, aber immer noch regelmäßig eingetroffen waren, blieben seit Kriegsbeginn aus.

Ich saß an meinem Schreibtisch und nahm den Brief zur Hand. Absender war ein gewisser Franz Hamann.

Sehr geehrtes Fräulein Käte Paulus,

auf diesem Wege teile ich Ihnen mit, dass mein Kamerad Max Angermann am Zweiten Weihnachtstage des Jahres 1915 im Feldlazarett bei Vimy seinen Verletzungen erlag. Auf dem Sterbebett bat er mich, Ihnen den beigelegten Umschlag zukommen zu lassen. Diesem Wunsch komme ich hiermit nach.

Hochachtungsvoll,
Franz Hamann, Obergefreiter

Eine heiße Welle überrollte mich und schlug über mir zusammen. Das Papier in meiner Hand begann zu zittern. Zehn Jahre war es her, dass er mich aus dem Baum geklaubt hatte. Acht Jahre, dass ich das letzte Mal bei ihm lag, ihm in die Augen blickte und ihn danach für immer verließ. Es war keine große Liebe gewesen, aber dennoch: Ich hatte ihn aus tiefstem Herzen gerngehabt. Und ich hatte ein Kind von ihm erwartet.

Ich nahm den Umschlag und zog einen weiteren heraus. Auf ihm stand, in leicht kindlicher Schrift »Käte Paulus, Berlin«. Er hatte also gewusst, dass ich nicht mehr in Frankfurt wohnte. Er hatte mein Leben verfolgt. Ich zog den Brief heraus.

Mein liebes Kätchen,
wenn Du diesen Brief in der Hand hältst, bin ich fürs Vaterland gefallen. Es ist unwirklich, diesen Satz zu schreiben, aber so wird es sein. Ich möchte diese Welt nicht verlassen, ohne noch einmal mit Dir gesprochen zu haben. Am liebsten täte ich es von Angesicht zu Angesicht, mit meiner Stirn an Deiner und einer Hand auf Deiner Seite. Aber das ist nicht möglich, und so versuche ich es in dieser Form. Ich war nie ein Poet, also sieh es mir nach, wenn meine Zeilen unbeholfen klingen. Sie kommen von Herzen.

Du sollst wissen, dass Du mich auf all meinen Wegen begleitet hast, auch an die Front. Gern wüsste ich, warum Du mich damals verlassen und nie mehr aufgesucht hast. Doch es ist mir nicht vergönnt, und vielleicht ist es auch anmaßend, das zu verlangen. Du wirst Deine Gründe haben. Ich hatte oft den Drang, Dich ein weiteres Mal aufzusuchen, noch einmal zu Deiner Werkstatt zu fahren oder Dich bei einem Auftritt abzupassen und Dich zu fragen. Aber ich wusste nicht, ob ich Deine Antwort ertragen würde – und empfand die Vorstellung zudem erniedrigend. Also ließ ich es.

Zwei Jahre nach Deinem Fortbleiben traf ich mit Charlotte eine tüchtige, freundliche und herzenswarme Frau. Ich heiratete sie. Wir bekamen Kinder, und ich wurde ein glücklicher Vater. Nie jedoch konnte Charlotte Dich und Deinen Geist ersetzen und die gleichen Gefühle in mir erwecken, wie Du es tatst. Ich liebe sie dafür, dass sie mir unsere Kinder schenkte, und fühle mich fürchterlich ihr gegenüber, aber in meinem Herzen liebe ich Dich.

So werde ich sterben, ohne Dich noch einmal in den Armen zu halten und Dir adieu zu sagen. Leb wohl, mein liebes Kätchen. Ich wünsche Dir von Herzen nur das Beste und bin immer an Deiner Seite. Mögen wir uns im Ewigen Leben wiedersehen.

Dein Max

Es gibt Momente, in denen die Welt stehen bleibt und das Denken erstarrt. Im Herzen zerbricht etwas, langsam und knackend. Man spürt, wie der Schmerz sich ausbreitet, vom Zentrum des Körpers hinein in die Gliedmaßen und hinauf in den Kopf, der zu dröhnen beginnt und sich mit Hitze füllt, während ein Schauder über den Rücken läuft. Ich saß da, den Brief in der Hand. Ich spürte mein Herz schlagen. Im Hintergrund tickte eine Uhr.

Schon lange war Max nicht mehr Teil meines Lebens. Aus Max' Worten sprach großer Schmerz. Ich sah ihn in seinem Hof auf der Bank sitzen und warten, dass mich eine Droschke vorfährt. Ich sah ihn in der Küche an seinem Esstisch. Im Schlafzimmer. Beim Spaziergang in den Feldern. Ich erinnere seine Hand an meiner Wange und seinen Atem in meinem Gesicht. Ich atmete tief ein und stellte mir Charlotte vor; ich sah sie als kleine, kräftige Frau neben ihm liegen, ihr langes Haar auf dem Kissen, an ihrer Brust ein Kind. Eine Familie hatte einen wundervollen Vater verloren. Einem warmherzigen Mann war es nicht vergönnt heimzukehren. Ich empfand tiefen Kummer.

»Etwas Besonderes in der Post?«

Ich zuckte zusammen und drehte mich um. Mutter stand in der Tür.

»Habe ich dich erschreckt?«, fragte sie. »Vor der Werkstatt stehen zwei Herren vom Militär. Sie wollen zu dir.«

Ich faltete den Brief zusammen, schob ihn unter einen Stapel Papier und erhob mich.

»Haben sie gesagt, was ihr Anliegen ist?«, fragte ich.

Mutter schüttelte den Kopf. »Sie haben nur nach dir geschickt.«

Ich warf mir einen Mantel über und stieg die Treppe ins Erdgeschoss hinab. Es war kalt im Hausflur. An den Fenstern zeichneten sich Eisblumen ab. Es wurde Zeit, dass der Frühling kam.

Als ich zur Haustür hinaustrat, lief ich in Richard von Kehler, der rauchend auf der Eingangstreppe stand. »Huch!«, entfuhr es mir, als ich gegen ihn stieß. Ich geriet ins Wanken.

»Fräulein Paulus!« Er fasste mich am Arm.

Meine Ferse rutschte von der letzten Stufe. Reflexhaft griff ich nach einem Geländer, das nicht da war. Doch von Kehler hatte mich fest in der Hand und zog mich auf die Füße.

»Bitte entschuldigen Sie«, sagte er. »Ich stehe hier wirklich ungeschickt. Aber im Hof pfeift der Wind.«

»Nichts passiert«, sagte ich. »Was kann ich für Sie tun?«

»Gibt es einen Ort, an dem wir in Ruhe sprechen können?«

Ich sah erst zur Werkstatt, in dem sechs Frauen Rettungsschirme nähten, und dann das Haus hinauf zu meiner Wohnung, in der Mutter bestimmt mit den Vorbereitungen für das Mittagessen angefangen hatte. Ich stutzte. Hatte sie nicht gesagt, dass zwei Männer auf mich warteten?

»Wo ist Ihr Begleiter?«, fragte ich von Kehler.

»Ich habe ihn zu Ihren Damen geschickt, damit er sich ein Bild davon macht, ob sie ordnungsgemäß produzieren.«

Seinem Tonfall konnte ich nicht entnehmen, ob von Kehler es tatsächlich vonnöten hielt, meine Produktion zu überwachen, oder ob er seinen Kameraden nur hatte loswerden wollen.

»Lassen Sie uns am besten spazieren gehen«, sagte ich. »Weder in der Werkstatt noch in meiner Wohnung sind wir allein. Ich hole mir nur eben einen Schal.«

Ausstaffiert mit Schal, Mütze, Handschuhen und Stiefeln kam ich wenige Minuten später wieder hinunter in den Hof, und wir gingen hinaus auf die Straße. Der Wind trieb kleine, harte Tropfen in unsere Gesichter. Ich zog die Mütze tiefer in die Stirn und den Schal über die Nase. Falls uns jemand beobachtete, konnte er nun nicht mehr erkennen, mit wem Richard von Kehler unterwegs war.

Wir marschierten die Gotthardstraße hinunter und bogen auf den Friedhof ab. Als wir die ersten Gräber passierten, sagte von Kehler: »Wir wollen die Westfront wieder in Bewegung bringen. Aber es wird viele Verluste geben.«

»Noch mehr Verluste?«, entfuhr es mir.

Er sah mich mit hartem Blick an. Dann fuhr er fort: »Wir werden in Kürze eine neue Offensive starten. Die Vorbereitungen laufen bereits. Wir rechnen mit heftigen Gefechten und einem hohen Materialverschleiß. Die Truppen brauchen allen Nachschub, den wir bekommen können. Wie groß sind ihre Kapazitäten, Fräulein Paulus?«

»Ich soll Ihnen mehr Schirme liefern?«

»So viele, wie Sie können. Und möglicherweise auch Ballons. Später.«

»Darüber haben wir bislang noch nicht gesprochen«, entgegnete ich. »Ich habe keine Kenntnis über Militärballons.«

»Sie waren hundertfach dort oben«, sagte von Kehler und deutete in den Himmel. »Unsere Beschaffer werden

Ihnen ein Dokument zukommen lassen, in dem die Maße und die Ansprüche an das Material stehen. Wenn Sie etwas an den Ballons ändern möchten, ändern Sie es. Zunächst benötigen wir aber vor allem Rettungsschirme. Unsere Späher fallen vom Himmel wie Steine.«

Ein Eichhörnchen huschte vor uns über den Weg und verschwand zwischen zwei Gräbern. Der Schneegriesel ließ langsam nach. Ich schob meine Mütze etwas zurück.

»Ich werde sehen, was ich tun kann«, sagte ich. »Aber ich brauche eine Zusage von Ihnen, dass Sie sämtliche Kosten für meine Investitionen tragen. Schriftlich.«

»Bekommen Sie.«

Er griff in seine Manteltasche, ließ ein Zigarettenetui aufschnappen und hielt es mir hin. Ich schüttelte den Kopf. Wir blieben kurz stehen, er zündete sich eine Zigarette an. Dann gingen wir weiter.

»Sie werden Personal brauchen«, sagte Richard von Kehler. »Nicht wahr?«

»Reichlich.«

»Ich besorge Ihnen die Stoffe. Für die Näherinnen müssen Sie selbst sorgen. Achten Sie darauf, nicht den Eindruck entstehen zu lassen, dass unsere Soldaten in Not sind. Sie fertigen die Schirme und Ballons, weil wir den Truppen die bestmögliche Ausstattung gewähren. Die Näharbeiten der Frauen sind ihr Beitrag zum Sieg des Deutschen Reiches.«

»Selbstverständlich«, presste ich heraus, aber meine Gedanken waren sofort bei Max und gingen weiter zu Karl und Wilhelm Krauss, die in diesem Moment vielleicht schon nicht mehr lebten. Was hatte der Krieg bereits aus ihnen gemacht? Würden sie das Leben noch genießen können, wenn sie zurückkämen? Oder würden sie gebrochene Männer sein, die das Grauen bis in die Träume verfolgte?

Wir nahmen die nächste Biegung in Richtung Heimat,

gingen an ausladenden Eichen vorbei, unter Fichten hindurch und auf den Ausgang zu. Auf den Grabsteinen standen die Namen vieler Kinder, einiger Alter. Zwischen ihnen frisch ausgehobene Gruben für die Gefallenen.

»Haben Sie Familie?«, fragte ich Richard von Kehler.

Er rauchte mehrere Züge, bis er sagte: »Eine Frau und drei Kinder. Zwei Buben und ein Mädchen.«

»Geht es ihnen gut?«

»Ich sehe sie nicht sehr oft«, antwortete er. Er sprach die Worte ruckartig, als müsste jedes einzelne von ihnen erst über seine Lippen springen.

Ich nickte. »Werden Sie noch an die Front müssen?«

Er warf die Zigarette auf den Boden und trat sie aus. »Möglich.«

Die kalte, schneeschwere Luft legte sich wie ein Schleier auf mein Gesicht.

»Haben Sie Angst zu sterben?«, fragte ich, ohne ihn anzusehen. Dass von Kehler mich ins Vertrauen gezogen und mir von einem geplanten Angriff erzählt hatte, hatte eine Grenze des Sagbaren verschoben. Plötzlich fühlte ich eine Nähe, die wir vorher nicht hatten.

»Ein Soldat stirbt nicht. Er fällt.«

»Haben Sie Angst zu fallen?«

Er blieb stehen, die Hände in den Manteltaschen. Beide blickten wir geradeaus, auf den sich schlängelnden Weg, der zur Kapelle führte.

»Wenn Sie es genau wissen wollen«, sagte er und sah auf seine Stiefelspitzen. Dann hob er den Kopf, schaute in den Himmel und kniff die Lippen zusammen. »Ich weiß, wie es dort draußen ist, in den Schützengräben, in der Kälte, im eigenen Unrat. Ich lese alle Berichte. Ich habe die Krüppel gesehen, die zurückkehren. Zitternde Männer, die sich einnässen, wenn jemand zu laut die Tür schließt. Bevor ich so einer werde, laufe ich in den Geschützhagel der Feinde. Ich habe eine Heidenangst. Das können Sie mir glauben.«

Ich nickte und sah ihm in die Augen. Sie waren blau. Sein Blick war weich.

Er drehte sich zum Ausgang. Mit strammen Schritten marschierte er zur Straße. »Kommen Sie«, sagte er. Seine Stimme war lauter, als sie hätte sein müssen. »Ich muss zurück ins Büro.«

Es war einfach, mehr Näherinnen zu finden und anzustellen. Wie schon beim ersten Aufruf standen sie auch dieses Mal Schlange. Ich legte dieselben Kriterien an wie zuvor. Die Frauen durften nicht zu verhärmt sein, mussten arbeiten können und zuverlässig sein. Eine gewisse Intelligenz schadete auch nicht, denn Verschnitt und andere Dummheiten konnte ich mir nicht leisten.

Ich wählte fünfunddreißig Frauen aus und achtete darauf, dass unter ihnen acht waren, die ich für Führungsaufgaben einsetzen konnte. So musste ich mich nicht um alle von ihnen gleichzeitig kümmern, sondern konnte Aufgaben abtreten. Die Frauen sollten sich in Gruppen organisieren: Zuschnitt der Stoffe, Nähen der Schirme in jeweils zwei Kolonnen, Herstellung der Taschen und Verpacken der Fallschirme in ebendiese. Jede Gruppe bekam eine Frau, die ihr vorstand, und eine Frau, die sie vertrat. Die Vorsteherin organisierte, wann welche Arbeiterinnen anwesend waren, kümmerte sich um ihr Wohlbefinden, den Nachschub an Material und die Übergabe an den jeweils nachfolgenden Arbeitsschritt.

Meine bisherigen Lieferpflichten gegenüber dem Luftschifferbataillon hatten sich aus den Angeboten hergeleitet, die ich Richard von Kehler vorgetragen hatte. Die aktuellen Anforderungen waren jedoch weitaus umfangreicher als die bisherigen, sodass der Abschluss eines Vertrages ratsam war. Ich verhandelte ihn nicht mit von Kehler, sondern mit seinem Vorgesetzten von der Groeben, der sich als ehrbarer, aber zäher Verhandlungspartner erwies. Wir einigten uns darauf, dass ich 500 Reichsmark für jeden gelieferten Schirm bekam und für diese Summe auch die Unteroffiziere des Ersten Bataillons in der Handhabung und Verpackung des Schirms unterrichtete. Der Kontrakt untersagte mir, Fallschirme ins Ausland zu liefern. Im Gegenzug durfte die Ersatzabteilung der Luftschiffer bis zur Erteilung des Gebrauchsmusterschutzes allerdings von niemand anderem als von mir Fallschirme beziehen. Sollten die Luftschiffer späterhin die Anfertigung der Fallschirme nach meinen Plänen und Abmessungen selbst vornehmen, würden sie mir eine Lizenzgebühr von hundertfünfzig Mark für jeden Schirm zahlen müssen. Die Summe von 500 Mark pro Schirm war zwar knapp. Dennoch war ich zufrieden mit dem, was ich erreicht hatte. Der Lohn der Näherinnen war pro Schirm geringer, als ich für mich kalkuliert hatte, und von Kehlers Lebensmittellieferungen sparten uns Ausgaben. So kam ich mit dem Geld gut hin.

Nachdem von der Groeben seinen Teil erledigt hatte, traf ich auch weiterhin mündliche Absprachen mit Richard von Kehler. Er war ein Mann der Tat und beschaffte mir alles, was ich benötigte: Tische und Nähmaschinen, Kohle zum Heizen, außerdem Regale zur Lagerung der Garne, Leinen, Riemen und Spleiße. Sogar zwei Kreidetafeln ließ er liefern und schickte Männer, die sie aufhängten. Auf eine schrieb ich tagesaktuell unseren Produktionsfortschritt, auf der anderen notierten wir die Materialien, die zur Neige gingen.

Als zum ersten Mal alle vierzig Frauen, die nun für mich arbeiteten, anwesend waren, als sie in meiner Werkstatt saßen, als drückten sie die Schulbank, als ihre Nähmaschinen surrten und die Scheren klapperten, überkam mich ein wohliges Gefühl. Welch großartiges Unterfangen! Ich half den Soldaten an der Front und gab Frauen in der Heimat Arbeit. Hermann wäre stolz, mich hier zu sehen. Einundzwanzig Jahre war er nun schon tot, genauso lange, wie ich gelebt hatte, bevor ich ihn kennenlernte.

Natürlich konnte Mutter nun nicht mehr für alle kochen. Ich bat sie, sich so viele Frauen zu suchen, wie sie brauchte, um unsere Mahlzeiten zuzubereiten. Im Gemeindehaus gab es eine Kantine, die sie nach Rücksprache mit dem Pfarrer mit Beschlag belegte. Der Pfarrer, jung und geschäftstüchtig, überließ uns die Kantine unter der Bedingung, dass jeden Tag Reste für noch mal so viele Menschen übrig blieben. Damit speiste er die Armen seiner Gemeinde. Weil es zu viele gab, durfte jeder Kostgänger nur einmal pro Woche kommen. Er führte genau Buch über seine Schafe. Es waren vor allem Frauen, Kinder und Alte. Kam eine von ihnen mal nicht, klemmte er sich unter den Arm, was er an Brot und Wurst finden konnte, suchte sie auf und sah nach dem Rechten. Oft waren die Frauen mit ihren Kindern aufs Land gezogen, zu Verwandten, auf der Suche nach Nahrung und Beistand. Bei den Alten fand er Sieche und Kranke vor, bisweilen auch Tote, gestorben an Auszehrung, Fieber oder Schwindsucht. Richard von Kehler schickte aus der Kaserne Lebensmittel ins Gemeindehaus, aber nur so viel, wie die Köchinnen an einem Tag verarbeiten konnten, damit sie kein Lager anlegen mussten, in das Hungrige nachts einbrachen.

Mein Tag begann früh und endete spät. Ich kümmerte mich um alles, was nicht mit Zuschnitt und Näharbeiten zu tun hatte, und selbst dabei musste ich oft genug eingreifen. Ich kam nicht umhin, jeden Arbeitsgang eigenhändig zu kontrollieren und die Frauen immer wieder im Verpacken und im Gebrauch des Fallschirms zu unterweisen. Andernfalls würden weiterhin deutsche Soldaten wie Steine vom Himmel fallen, wenngleich aus anderen Gründen als bislang. Es gab Nächte, in denen ich nur wenige Stunden Schlaf fand.

Dass meine Arbeit Früchte trug, erfuhr ich erstmals im April des Jahres 1916, sechs Monate nachdem ich den ersten Rettungsschirm für die deutschen Truppen hergestellt hatte. Ein Brief der Luftschiffer traf ein – in ihm ein Umschlag mit meinem Namen und der Adresse der Kaserne in Reinickendorf. Er stammte von einem jungen Offizier.

Sehr geehrtes Fräulein Paulus,
im Namen meiner Kameraden bedanke ich mich aufs Herzlichste für Ihre Arbeit. Ihr Fallschirm hat zwei Soldaten, die mir persönlich bekannt sind, das Leben gerettet. Man spricht von vielen weiteren. Wir haben hier rückhaltloses Vertrauen in Ihr Wirken, nicht zuletzt wegen Ihrer reichen Erfahrungen in der Luftfahrt. Mir ist wichtig, dass Sie das wissen.
Hochachtungsvoll
Reichert, Fähnrich

Welch Freude, solch ein Schreiben zu bekommen! Ich eilte sogleich in die Werkstatt, in der wie jeden Tag die Nähmaschinen ratterten, stieg auf ein Podest und mahnte mit erhobenem Arm, die Arbeit einzustellen. Feierlich trug ich die Sätze des Fähnrichs Reichert vor. Mit jedem Wort erhellten sich die Gesichter der Frauen. Als ich geendet hatte, fielen sie sich jauchzend in die Arme. Ich hängte den Brief an einer der Tafeln aus, sodass jede der Frauen ihn noch einmal selbst in Augenschein nehmen konnte.

Während ich damit beschäftigt gewesen war, die Herstellung der Fallschirme zu koordinieren, blieb Frieda in Dahlem. Franz ging es zusehends schlechter. Er befand sich in einem beklagenswerten Zustand. Wann immer er keine Verpflichtungen hatte, verabschiedete er sich ins gemeinsame Schlafzimmer, zog die Vorhänge zu und dämmerte im Bett vor sich hin.

»Er schläft nicht«, erzählte mir Frieda. »Er liegt da und starrt an die Decke.«

Zwar arbeite er noch, aber es schien, als benötige er all seine Kraft dafür, als könne er bei der Arbeit gerade noch Haltung bewahren, ehe er daheim zusammenbrach.

»Ein Möbelstück ist nützlicher als mein Mann«, echauffierte sich Frieda. Mehrmals ließ sie Schimpftiraden auf ihn niedergehen, weil er sich nicht kümmerte, weder um die immer schwieriger werdende Lebensmittelbeschaffung noch um Arbeiten am Haus.

Sein Zustand hatte ganz offensichtlich keine körperlichen Ursachen. Vielmehr schien es eine tiefe Tristesse zu sein, die ihm die Energie raubte. Ich erkannte mich in seinem Gebaren wieder, denn nach dem Tod des Lattemännchens hatte ich ebenso empfunden. Ich riet Frieda, ihn zu Spaziergängen zu überreden. Es gelang ihr jedoch nicht, ihm Bewegung abzutrotzen.

»Wenn er sich überhaupt äußert«, sagte sie, »fährt er mich an. Er ist schon immer ein brachialer Mann gewesen, aber solche Schimpfwörter habe ich noch nie über mich ergehen lassen müssen!«

Zum Glück funktionierte das Fernsprechnetz zwischen Reinickendorf und Dahlem zuverlässig, sodass wir Kontakt halten konnten und ich Frieda auf diesem Wege eine Stütze sein konnte, wenn sie nicht bei mir in der Werkstatt war. Als ich mich jedoch eines Tages, es war fast Sommer, mich wie jeden Dienstag mir ihr verbinden ließ, ging sie nicht ans Telefon. Stattdessen nahm eine Hausangestellte ab.

Sie sagte nur zwei Sätze: »Bitte kommen Sie. Es ist ein großes Unglück geschehen.«

Ich brach sofort auf.

REINICKENDORF

Es war mir eine große Freude damals«, sagt Hans Dorow. »Sie haben nicht nur Soldaten das Leben gerettet, auch Menschen an der Heimatfront konnten dank Ihrer Arbeit den Krieg überstehen. Jeden Tag haben wir vierzig Menschen mit Essen versorgt, Kranke und Sieche, Frauen und Kinder, darunter auch Juden und Krüppel. Was ist nur aus dieser Welt geworden, in der ein einzelnes Menschenleben nichts mehr zählt?«

Wie ich den Pfarrer dasitzen sehe im Sessel neben meinem Bett, die Haare zerrauft, Tränensäcke unter den Augen und die Hände faltig, erinnert er äußerlich kaum noch an den jungen Mann, der seine Kantine gegen unser Versprechen eintauschte, auch für die Armen seiner Gemeinde zu kochen. Seine Haare sind schütter, und der Rückenschmerz hat ihn leicht gebeugt. Aber im Innern ist er noch immer ein aufrechter, kämpferischer Mann.

»Ich habe damals nicht darüber nachgedacht«, sage ich. »Mir ging es um die Soldaten im Feld und darum, etwas Nützliches in die Welt zu bringen. Dass ich damit auch den Menschen in Berlin Nahrung und Hilfe gab, war nicht mein Antrieb. Hätte es den eigentlichen Zweck nicht gegeben, hätte ich mich nicht aufgeopfert.«

»Der Herrgott macht keinen Unterschied zwischen jenen, die das Gute erkämpfen, und denen, die ihm nur den Weg bereiten.«

Natürlich hatte es mir damals ein gutes Gefühl gegeben, die Arbeiterinnen glücklich zu sehen. Ihre Tatkraft und Geschäftigkeit, die meine Unternehmung begleiteten, ihre Treue und das Wissen, dass sie am Abend einigermaßen satt nach Hause gingen, verschafften mir Freude und Genugtuung. Doch mehr noch als Gemeinsinn begleitete Eitelkeit die Produktion. Ich wusste, dass es keine besseren Schirme gab als meine, dass meine Erfindung zudem gebraucht wurde und Gutes bewirken würde. Hätten die Luftschiffer sie weiterhin nicht gewollt, hätte ich sie vielleicht irgendwann dem Feind angeboten, allein aus Trotz und Wut über den Hochmut des deutschen Offizierskorps.

»Reichen Sie mir etwas zu trinken«, bitte ich Dorow. »Damit ich mit meiner Erzählung fortfahren kann. Wir sind fast am Ende.«

Er führt mir das Glas zum Mund, eine Hand unter meinem Kinn wie bei einem Kind. Ich trinke in kleinen Schlucken. Dann kehren wir zurück ins Jahr 1916.

HUNGER

In der Krauss'schen Villa herrschte eine dumpfe Stille, als ich eintraf. Sonst ertönte immer von irgendwoher ein Geräusch, ein Klopfen, ein Hämmern oder ein Fegen, das Klappern eines Eimers, Klavierspiel, Schritte auf der Treppe oder die Stimmen der Bediensteten. Aber das Haus fühlte sich an wie mit Watte gefüllt. Die Stille dröhnte in den Ohren. Ich wusste sofort, dass jemand gestorben war.

Das Mädchen, das mir öffnete, sprach nicht. Es wies lediglich mit einem Arm in Richtung Salon.

Ich legte Mantel, Mütze und Handschuhe ab und ging, wohin sie deutete. Die Teppiche verschluckten meine Schritte. Während ich sonst stets das Gefühl hatte, auf ihnen zu federn, fühlte es sich jetzt an, als wollten sie mich verschlucken.

Die Türen des Salons waren geschlossen. Ich schob sie auseinander und trat ein. Halb saß, halb lag sie auf dem Canapé, und zuerst dachte ich, dass Frieda es wäre, die gestorben sei. Aber dann wandte sie mir den Kopf zu. Ein schwaches Lächeln huschte über ihr Gesicht.

»Käte«, sagte sie. »Setz dich.«

Ich hockte mich zu ihr ans Fußende.

»Sie sind tot«, flüsterte Frieda und begann sogleich zu weinen. Es war nicht das erste Weinen heute. Ihre Augen waren gerötet, ihre Haut war fleckig und aufgequollen. Doch noch fanden sich Tränen, noch war die Trauer in ihr nicht stumpf, sondern heiß und wühlend.

»Beide?«, fragte ich.

»Alle drei.«

Ein Schlag durchfuhr mich. »Alle drei?«, wiederholte ich ihre Worte und fragte: »Franz?«

»Gleich nachdem der Brief kam, hat er sich in die Bibliothek zurückgezogen. Er hat sich erschossen.«

Sie weinte nun hemmungslos und schrie mich an: »Erschossen! Der Feigling hat sich einfach erschossen!« Speichel hing in Fäden an ihren Lippen. Ihr Gesicht war eine Grimasse.

Ich war fassungslos. Wut stieg in mir auf. Wie konnte er es wagen, seine Frau im Stich zu lassen! In einem Moment, in dem sie ihn am meisten brauchte!

»Wo ist Christine?«, fragte ich.

Friedas jüngste Tochter war gerade zwanzig geworden und besuchte eine private Kunstakademie. Ebenso wie ihr Bruder Karl war sie der Musik und der Malerei zugeneigt und zeigte erstaunliches Talent im Anfertigen von Porträts. Frieda förderte die Begabung ihrer Tochter, und selbst Franz hatte zugesagt, statt Energie in eine Eheschließung zu investieren, zunächst ihre Ausbildung zu finanzieren. Ich kannte die junge Frau nur flüchtig – zu selten waren wir uns begegnet. Sie trieb sich viel in Berlin herum, mitunter auch in Amüsierkneipen, und ich würde nicht die Hand dafür ins Feuer legen, dass sie noch unberührt war.

»Sie ist seit drei Tagen nicht nach Hause gekommen«, sagte Frieda. »Sie weiß nichts von alldem.«

Auf dem Tisch neben Friedas Canapé lag ein Papier. Ich griff danach. In Maschinenschrift stand dort zu lesen:

Nach harten und schweren Gefechten unterziehe ich mich heute meiner schrecklichen Pflicht. Schweren Herzens teile ich Ihnen mit, dass Ihre beiden Söhne Wilhelm und Karl Krauss in Feuerstellung bei Verdun gefallen sind. Sie erhielten ein Begräbnis im Kampfgebiet.

Unterschrieben war die Mitteilung von einem Hauptmann von Kiesow. Ich legte das Papier wieder beiseite.

»Wo habt ihr Franz hingebracht?«, fragte ich.

»Er liegt noch in der Bibliothek.«

Mir grauste. »Er liegt dort noch?«

»Seit gestern Nachmittag.«

Sogleich meinte ich, den metallischen Geruch von Blut in der Nase zu haben. Aber das war Unsinn. Wir waren viel zu weit weg von der Bibliothek, als dass ich die Leiche hätte riechen können.

Ich hatte selbst einen Mann und einen Sohn verloren und wusste, wie sich die ersten Tage danach anfühlten. Ob es etwas anderes war, wenn der Tod mit Ankündigung kam? Frieda hatte gehofft, dass ihre Söhne zurückkehrten. Aber sie hatte geahnt, dass die Wahrscheinlichkeit ihres Todes größer war. Wie verhielt es sich mit Franz? Erst hatten sein aufbrausender Charakter und seine lockere Hand ihre Ehe belastet, zuletzt war seine Schwermut eine Bürde gewesen. Wie sehr konnte man um solch einen Mann trauern? Frieda hatte Franz einst geheiratet, voller Hoffnung; es musste etwas an ihm gegeben haben, das sie angezogen hatte. Jetzt stand sie vor dem Nichts, ohne Einkommen und mit nur zwei Töchtern, eine fern beim Kriegsfeind in Großbritannien, die andere auf Abwegen in Künstlerkreisen.

Ich ging hinaus in die Halle und rief nach dem Personal. Das Mädchen, das mir die Tür geöffnet hatte, erschien.

»Wo sind die anderen?«, fragte ich sie. »Die Zugehfrauen, der Koch, der Gärtner?«

Das Mädchen antwortete so leise, dass ich sie nicht verstand.

»Sprich lauter, Kind!«

»Fort«, sagte die junge Frau, leise und mit gesenktem Blick.

»Was heißt ›fort‹?«, bohrte ich nach. »Haben die Leute ihre Arbeitsstelle unerlaubt verlassen?«

»Sie … also … wegen …«, stotterte sie.

»Sieh mich an, wenn ich mit dir rede!«, herrschte ich sie an.

Sie blickte auf. Sie war fast noch ein Kind. Ihre Wangen waren weich und rosig und die Augen strahlend blau. Sie zitterte.

»Reiß dich zusammen«, sagte ich. »Ich will dir doch nichts Böses. Aber sag mir in Herrgottsnamen, was sich hier zugetragen hat.«

»Der gnädige Herr. Er ist in die Bibliothek hinauf«, stammelte sie. Für den Satz brauchte sie eine Ewigkeit, und sie sprach so leise, dass es nur ein Flüstern war. »Ein Schuss fiel. Die gnädige Frau ist hochgelaufen und hat sogleich das Bewusstsein verloren. Wir haben sie in den Salon getragen. Da liegt sie seither.«

»Und das Personal? Wo sind sie alle?«

»Als sie hörten, dass der gnädige Herr …«, sie holte Luft. »… dass er verschieden ist … und dass auch seine Söhne … dass die gnädige Frau nun allein sein wird … sie haben mitgenommen, was sie finden konnten.«

Mir ging ein Licht auf. »Das Personal hat seine Herrschaften ausgeraubt und sich dann aus dem Staub gemacht?«

Sie senkte den Blick und nickte.

»Aber du bist geblieben«, sagte ich.

»Die gnädige Frau war immer gut zu mir. Ich …«, sie schluckte. »Ich konnte das nicht.«

Ich legte ihr eine Hand auf die Schulter. »Das hast du

gut gemacht. Der Herrgott wird es dir vergelten. Wie heißt du?«

»Elisabeth.«

»Schau, Elisabeth. Wir brauchen einen Sargtischler. Geh in den Ort und such einen. Ich kümmere mich derweil darum, dass dein Dienstherr ein angemessenes Begräbnis erhält.«

Fünf Tage nach seinem Tod beerdigten wir Franz bei Dunkelheit, still und ohne Pomp. Es hatte ein kleines Vermögen gekostet, den Pfarrer zu überreden, ihm den kirchlichen Segen zukommen zu lassen. Ich verachtete ihn dafür.

Frieda war nur ein Schatten ihrer selbst. Ich holte sie zu mir nach Reinickendorf. Sie erhielt eine Kammer im Gemeindehaus. Mutter klopfte jeden Morgen an ihre Tür und zwang sie aus dem Bett, bis sie eines Morgens von selbst in der Küche erschien. Sie half beim Kartoffelwürfeln und Bohnenschnippeln, beim Brotbacken und bei der Ausgabe der Mahlzeiten. Erstaunlicherweise besserte sich ihr Gemütszustand rasch. Erst war sie teilnahmslos und füllte die Teller, ohne den Arbeiterinnen in die Augen zu sehen. Aber schon bald erwachte wieder etwas in ihr. Ihr Kopf hob sich. Sie erwiderte Blicke und antwortete in mehr als zwei Worten auf Fragen. Das bestärkte mich in meiner Überzeugung, dass das Genesen der Seele im Wesentlichen davon abhängt, wie sehr ein Mensch gebraucht wird.

Besondere Freude machte es ihr, Kinder zu verköstigen. Ich erlaubte meinen Arbeiterinnen, ihren Nachwuchs mit in die Werkstatt zu bringen, solange er sich ruhig verhielt oder im Hof spielte. Bis zum zehnten Lebensjahr durften die Kinder außerdem mitessen. Danach wurden sie allerdings zu hungrig, als dass wir sie mit durchbringen konnten.

Frieda strich jedem Kind über den Kopf, wenn sie ihm

seine Schüssel reichte. Ich sah, dass es ihr schwerfiel, dieses trotz der Umstände blühende Leben zu ertragen. Gleichzeitig schien es ihrem Dasein einen Sinn und Lebensmut zu geben.

Das Dienstmädchen Elisabeth schickte ich zu den Näherinnen. Sie lernte rasch und war pflichtbewusst. Die Arbeit mit Nadel und Faden lag ihr zwar nicht. Aber sie war geschickt an der Schere und zeigte ein Verständnis für Abläufe. Schon nach wenigen Wochen verstand sie sich aufs Zuschneiden und übernahm das Verpacken der Rettungsschirme.

Je länger der Krieg dauerte, umso schwieriger wurde die Materialbeschaffung. Meine Frauen verarbeiteten zwanzigtausend Meter Seide in der Woche. Die Fabrikanten hatten allerdings zunehmend Engpässe, sodass wir an manchen Tagen auf Bettkattun zurückgreifen mussten. Der leinwandartig gewebte Stoff war weiterhin gut zu bekommen und eignete sich ebenso wie Seide für die Fertigung der Schirme. Allerdings war er bunt bedruckt, teils mit Röschen, teils mit Ranken. Es würde bei den Soldaten für Heiterkeit sorgen, wenn die Schirme ankamen.

Auch die Nahrungsmittel wurden zunehmend knapper. Die Lieferung an Kartoffeln wurde immer kleiner, Fleisch und Wurstwaren erhielten wir gar nicht mehr. Dafür bekamen wir Steckrüben. Anfangs bemühte sich Mutter noch, in jeden Eintopf Kartoffeln unterzumischen. Aber auch das ging bald nicht mehr. So aßen wir Rüben. Schon bald hingen sie uns zum Halse heraus. Es gab Suppe aus Rüben, Brot aus Rüben und Marmelade aus Rüben. Auch die Kohlen wurden uns rationiert, obwohl der Winter streng war. Zwischen November und März gab es kaum einen Tag, an dem es nicht schneite. Das Thermometer kam nur selten über zehn Grad minus hinaus. Ein eisiger Wind fegte durch die Straßen und drängte sich durch die Kleidung hinein in den Körper, wo er in der Tiefe unserer Glieder ein Frösteln hinterließ, das niemals verschwand, egal wie sehr wir den Ofen anheizten und wie warm die Suppe war, die wir zu uns nahmen. Die Kälte und der Hunger wanderten vom Körper in unsere Seelen und fraßen uns von innen auf wie Parasiten. Sie nagten unsere Freude, unser Glück, unsere Hoffnung und unsere Sehnsüchte bis auf die Knochen ab.

Es war in diesen Tagen an mir, mit gutem Beispiel voranzugehen. So war ich selbst meine fleißigste Mitarbeiterin; jeden Morgen ging ich vor Sonnenaufgang in die Werkstatt. Ich widmete mich der Korrespondenz, kontrollierte die Arbeit vom Vortag und überlegte mir, welcher der Frauen ich ein Lob aussprach und welche ich tadeln wollte. Wenn ich lobte, sorgte ich dafür, dass es möglichst viele Frauen mitbekamen. Wenn ich rügte, tat ich es mit gesenkter Stimme, aber scharfem Tonfall. Die Frauen sollten merken, dass ich ihre Arbeit eng führte und viel verlangte. Gleichzeitig war meine Aufmerksamkeit das, was sie als Wertschätzung empfanden.

Je kälter der Winter und je größer der Hunger wurde, desto mehr Zusammenhalt musste ich schaffen. Ich war nun fast fünfzig Jahre alt. Ich beschönigte die Situation nicht, malte aber auch nicht den Teufel an die Wand. Was ich leisten konnte, konnten auch die Jungen leisten. Ich musste es nicht aussprechen, damit sie es verstanden. Stets erklärte ich, was ich entschieden hatte und wie ich handelte, und solange mein Handeln meinen Worten folgte, kämpften die Frauen mit mir an der Heimatfront. Die Loyalität des Menschen hört erst da auf, wo Taten fehlen.

Bisweilen kam Richard von Kehler vorbei und erkundigte sich nach unserem Befinden. Er ließ es als Fürsorge erscheinen, aber ich wusste, dass er sich vergewissern wollte, dass ich noch liefern konnte. Jedes Mal brachte er Briefe aus dem Feld mit.

»Sie genießen rückhaltloses Vertrauen bei den Soldaten«, sagte von Kehler, als er mir wieder einmal einen Stapel auf den Tisch legte. »Die Männer sind voll des Lobes. Sie sind stolz, Material zu bekommen, das ein Experte selbst erprobt hat.«

»Expertin«, erwiderte ich.

Er hob eine Braue, sagte aber nichts.

»Die Dilettanten«, fuhr ich fort, »die Ihnen zulieferten, bevor ich es tat, sind niemals selbst abgesprungen. Es ist kein Heldentod, wenn tapfere Männer daran sterben, dass ihre Kameraden an der Heimatfront versagen.«

Richard von Kehler schaute mir fest in die Augen. »Kommen die Zahlungen pünktlich?«

Ich bejahte. Im Versprechen, die Ernährung seiner Bevölkerung fortwährend zu sichern, zeigte sich das Reich zwar wortbrüchig. Seine monetären Außenstände beglich es jedoch verlässlich.

Auch wenn es kaum mehr etwas zu kaufen gab, beruhigte mich das vorhandene Kapital – und erlaubte es mir, die Soldaten an der Front nicht nur mit Rettungsschirmen, sondern auch durch die Mittel zu unterstützen, die ich dafür erhielt. Seit Beginn des Krieges investierte ich in jede Anleihe, die das Reich herausbrachte. Es gab mir ein gutes Gefühl, das Meine zum Sieg beizutragen, mich an den Kosten des Krieges zu beteiligen. Nur hier zu sitzen und zu frieren erschien mir nicht ausreichend. Außerdem garantierten die Anleihen eine Verzinsung von fünf Prozent. War der Krieg erst einmal gewonnen, würde ich dreifach profitieren: durch den Ruf, den ich als vaterlandstreue Unternehmerin erworben hatte, durch meine Einnahmen aus den Geschäften und durch die Reinvestition dieses Geldes in den Kredit, den ich unserem Kaiser gab.

Mutter war kritisch. Wir gerieten in Streit darüber. Sie warf mir Naivität vor. Ihre Zweifel am deutschen Sieg waren mittlerweile massiv.

»Hat dich der Tod der Krauss-Buben nichts gelehrt?«, herrschte sie mich an. Wie zu fast jeder Tageszeit stand sie auch jetzt in der Küche und rührte in einem Topf. Was sie kochte, schmeckte zusehends grausig. Aber es war nicht ihre Schuld.

»Karl und Wilhelm sind nur zwei von Tausenden, wenn nicht gar Millionen junger Männer, die im Feld sterben«, fuhr sie fort. »Jeden Tag sehe ich ihre Mütter in den Straßen. Ihr Kummer macht sie zu alten Frauen. Als wäre der Hunger nicht genug.«

»Bald wird es vorbei sein. Dann kehren die Söhne heim«, entgegnete ich.

»Blind vom Gas und irr vom Grauen, das sie gesehen haben.«

»Es ist unsere Pflicht, an den Sieg zu glauben«, sagte ich. »Die Niederlage beginnt dort, wo Zweifel bestehen.«

»Ich bin dieses Jahr siebzig geworden«, antwortete sie trotzig. »Niemand schreibt mir vor, woran ich zu glauben habe. Auch nicht der Kaiser.«

Ihre Haare waren dünn und die Hände steif von der Arbeit. Sie schlurfte, wenn sie ging, und wenn sie etwas vom Boden aufhob, brauchte sie lange, um wieder hochzukommen. Aber man sah ihr auch an, dass unsere finanzielle Verfasstheit ihr zu einem Leben ohne Sorgen verholfen hatte. Ihr Blick war fest. Sie strahlte Ruhe und Würde aus. Selbst jetzt im Krieg, in Zeiten des Mangels, bewahrte sie Größe. Wenn sie die Straße hinab zum Gemeindehaus ging, nickten die Menschen ihr zu. Die Frauen schenkten ihr Gehör, und auch die Kinder, selbst die frechsten Bengel, fügten sich, wenn sie etwas sagte.

»Niemand schreibt dir vor, woran du glauben sollst«, erwiderte ich. »Ich frage mich nur, wie es sein kann, dass du nicht hinter dem Reich stehst.«

Sie drehte sich zu mir um und stemmte die Hände in die Hüften. Sud tropfte vom Kochlöffel auf den Boden. »Ich stehe nicht hinter dem Reich?« Zornesfalten gesellten sich zu den Furchen auf ihrer Stirn. »Was tue ich denn seit mehr als einem Jahr? Das Kochen! Die Armenspeisung! Ohne mich würden deine Frauen schon längst nichts mehr für die Front nähen. Aber inzwischen sind alle Verlierer! Die Franzosen, die Briten, die Russen und auch die Deutschen. Es ist einerlei, wer gewinnt. Es ist so viel Blut geflossen. Ich möchte im Frieden sterben, nicht im Krieg.«

Seit ihrem Geburtstag sprach Mutter häufig vom Tod, obwohl sie, abgesehen von ihrer Gebrechlichkeit, keinerlei Anzeichen von Krankheit oder Siechtum zeigte. Es musste eine andere, für mich unsichtbare Kraft sein, die ihre Gedanken immer wieder auf ihr Lebensende lenkte.

Ich fühlte mich wie eine ungehörige Zehnjährige. Natürlich hatte sie recht: Ohne ihren Einsatz wären mir die Frauen schon längst von der Stange gegangen.

»Trotzdem begreife ich nicht, dass du nicht wenigstens auf einen Sieg hoffst«, sagte ich kleinlaut. Zum ersten Mal fühlte es sich allerdings an, als spreche mein Mund etwas aus, nur damit mein Herz daran glaubte.

Irgendwann schmolzen sie die Kirchenglocken ein. Allerorten fehlte es an Material, an Stoffen, Erzen und Metallen. Als die bronzenen Glocken durch die Straßen gefahren wurden, weil man kriegswichtiges Werkzeug aus ihnen fertigen konnte, zogen die Männer ihre Mützen und die

Frauen bekreuzigten sich. Mit den Glocken fuhren Glaube und Hoffnung aus der Stadt.

Meine Arbeiterinnen waren in Sorge. Nun wurden auch Halbwüchsige des Jahrgangs 1900 für den Kriegsdienst herangezogen. Die Jungen erhielten eine Schnellausbildung, übten schießen und marschieren. Dann wurden sie an die Front geschickt. Ihre Mütter blieben verzweifelt zurück. Von Kummer gebeugt saßen sie an ihrem Arbeitsplatz, geschüttelt von Weinkrämpfen. Den zitternden Händen gelang kaum eine gerade Naht. Ich versuchte, sie mit dem Gedanken zu beruhigen, dass ihre Arbeit zum Überleben ihrer Kinder und der Kinder anderer Frauen beitrug. Aber meine Worte beruhigten sie nicht. Ich war versucht, sie heimzuschicken, bis sie wieder einsatzfähig waren. Doch das Alleinsein würde sie nur noch mehr in Trübsal stürzen. Hier hatten sie eine Aufgabe und konnten sich gegenseitig eine Stütze sein.

Die meisten Frauen im Reich arbeiteten nun. Sie schufteten in der Rüstungsindustrie, fuhren Straßenbahnen, arbeiteten als Schreibkräfte in Behörden, pflegten Kranke und Verwundete oder arbeiteten in den Kriegsküchen.

Wohl dem, der Verwandtschaft auf dem Land hatte. Wer konnte, floh ins Brandenburgische und weiter fort, in die Arme einer Großfamilie. Diejenigen, die in der Stadt blieben, reisten hinaus in die Dörfer in der Hoffnung auf Lebensmittel. Frauen, Kinder und Greise fuhren in vollgestopften Eisenbahnzügen, gerüstet mit Taschen, Körben und Rucksäcken, hinaus aus Berlin, um die Ersten zu sein, die etwas ergatterten. Die Hoffnung war groß, die Enttäuschung auch. Nicht alle bekamen, was sie brauchten, und wer so glücklich war, Kartoffeln, Rüben oder Milch heimzutragen, traf nicht selten auf Gendarmen, die alles gleich wieder beschlagnahmten.

Die Zeitungen waren voll mit Todesanzeigen. Tausendfach starben Väter, Söhne, Brüder, Onkel und Neffen an der Front. An der Heimatfront grassierten Schwäche und Durchfall und rafften die Menschen dahin. Aber nicht nur die Toten bewegten die Menschen. Immer mehr Invalide kehrten aus dem Krieg zurück, Blinde, Verstümmelte und solche, die an der Seele deformiert waren. Eines Nachts erwachte ich von Schreien. Ein Mann saß in der Mitte der Straße, das Gesicht erhellt von einer Laterne, und rief Unverständliches in die Dunkelheit hinein. Die Polizei kam und führte ihn ab. Solche Ereignisse häuften sich. Manche Männer bekamen das große Zittern und sanken nieder, wo sie sich gerade befanden, ohne Kontrolle über ihren Körper. Sie nässten ein wie Kinder und schämten sich anschließend unsäglich. Andere wurden stumpf im Geiste und in der Seele, starrten vor sich hin oder wurden wütend. Mit den verbliebenen Gliedmaßen schlugen sie auf Frauen und Kinder ein – und auf jeden, der sich ihnen in den Weg stellte.

Der Hunger tat sein Übriges. Auch ich konnte an manchen Abenden an nichts anderes denken als an den Geruch eines Bratens, an das Gefühl von Kartoffelstampf im Mund, an den Geschmack eines Butterkuchens. Mein Bauch schmerzte, dass ich kaum in den Schlaf kam, ich fror und geriet in ein Delir aus Schmerz und Wahn. Erinnerungen fluteten mein Hirn. Ich wähnte mich mit Hermann vor dem Ofen oder mit dem Lattemännchen auf einer Wiese, ein Sommertag, das Kind tollte umher. Sekunden später hielt ich ihn in den Armen, schlaff, blass und kalt. Ich erwachte schreiend.

Die Erinnerungen ans Ballonfahren waren mir eine Zuflucht. Wenn mein Magen bohrte und mich die Gedanken an Essen übermannten, stieg ich in einen Ballon und fuhr in den Himmel auf. Ich spürte den Druck in den Ohren und die Kühle auf der Haut. Ich sah die Stadt unter mir, die Felder, die Höfe. Mal war ich allein im Korb. Bisweilen begleitete mich Hermann. Auch Max stieg mal zu, obwohl ich ihn nie mit in den Himmel genommen hatte. Oft weinte ich, wenn ein Gedanke meine Seele rührte. Aber es war nur die Überforderung, die mich übermannte, nicht die Erinnerung. Wie sollten wir es schaffen zu überleben? Wir waren am Ende unserer Kräfte. Doch wenn ich am nächsten Tag aufstand, wenn das Zwielicht des Wintermorgens durch die Fenster drang, ich die Eisschicht durchschlug, die sich über Nacht in meiner Waschschüssel gebildet hatte, und meine Hände ins Nass tauchte, kehrte die Kraft zurück. Ich wusch mir die Müdigkeit aus den Augen und ging an die Arbeit.

Es war schon wieder wärmer, die ersten Bäume trugen Blätter, als Richard von Kehler eines Tages durchs Hoftor trat. Er war mager geworden. Seine Wangen waren eingefallen, die Augen lagen in tiefen Höhlen. Die letzte Rasur war einige Tage her. Er zog sein Schiffchen.

»Fräulein Paulus«, begrüßte er mich. »Schön, Sie zu sehen.«

Ich trat auf ihn zu, und wir schüttelten uns die Hand. Offenbar konnte ich meine Überraschung über sein Äußeres nicht gut genug verbergen, denn er sagte: »Es war ein harter Winter.«

Ich nickte und erwiderte: »Es war für niemanden leicht.«

»Hoffen wir, dass das Frühjahr uns neue Kräfte bringt.«

Die Wintermonate hatten ihn nicht nur äußerlich verändert. Sein Blick war weicher geworden, seine Bewegungen waren weniger zackig. Seine Stimme war nicht nur müder, sondern auch sanfter als zur Zeit unseres Kennenlernens.

»Was führt Sie her?«, fragte ich.

Richard von Kehler griff in die Innentasche seiner Uniformjacke, zog einen Umschlag hervor und überreichte ihn mir.

»Wir hätten es gern feierlicher gemacht«, sagte er. »Aber vielleicht freuen Sie sich auch ohne Gloria.«

Der Umschlag war offen. Ich griff hinein und holte ein festes Papier heraus. Eine feine Linie fasste die Schrift ein. In großen Buchstaben stand dort »Besitzzeugnis« und darunter:

Auf allerhöchsten Befehl seiner Majestät des Königs bezeugt die Generalkommission in Angelegenheiten der Königlich Preußischen Orden hierdurch, dass seine Majestät dem Fräulein Käte Paulus, Fabrikantin der Fallschirme, das Verdienstkreuz für Kriegshilfe zu verleihen geruht haben.

Von Kehler griff ein zweites Mal in seine Uniformtasche und zog ein Kästchen hervor. Er klappte es auf und hielt mir das achtspitzige Kreuz hin, gefertigt aus Feinzink und geprägt mit der Inschrift »Für Kriegshilfsdienst«.

Ich nahm es in die Hand.

»Vor drei Tagen wurden in Verdun zehn Fesselballone abgeschossen«, erklärte Richard von Kehler. »Dank Ihrer Fallschirme konnten sich alle Besatzungen in Sicherheit bringen.«

Ich begann zu zittern und spürte, wie mir die Tränen kamen. Vor meinem inneren Auge sah ich Bilder junger Männer, die in den Krieg zogen, ich sah Karl und Wilhelm Krauss, ich sah die Söhne meiner Näherinnen und war angefüllt von Glück. Zehn junge Männer hatten dank meiner Arbeit überlebt. Für einen kurzen Moment war ich versucht, dem Offizier um den Hals zu fallen. Aber ich bewahrte die Contenance und wischte mir nur mit dem Handrücken die Tränen von den Wangen.

»Ich danke Ihnen sehr herzlich«, sagte ich. »Das bedeutet mir viel. Lassen Sie uns hineingehen und die frohe Kunde den Frauen überbringen, die an diesem Wunder mitgewirkt haben.«

Die Näherinnen nahmen die Botschaft mit Freude auf. Viele lagen sich in den Armen. Einige weinten. Solch eine Nachricht hatte es gebraucht. Alle waren sie müde vom Winter, vom Hunger, von der Angst um ihre Männer und Söhne an der Front, von der Kälte und einem Unterfangen, das zunehmend aussichtslos erschien. In den rüstungswichtigen Fabriken legten die Männer und Frauen, geschwächt und wütend vom Hunger, in diesen Tagen ihre Arbeit nieder und traten in Brotstreiks ein. Zu Tausenden gingen sie auf die Straße, weil sie trotz Lebensmittelkarten keine Zuteilung erhielten und nach stundenlangem Anstehen leer ausgingen. Hier hielten sie treu zu mir.

Auch Richard von Kehler blieb nicht unberührt von der Freude der Frauen. Er legte mir eine Hand auf die Schulter und flüsterte: »Gut gemacht.«

»Besorgen Sie uns lieber etwas zu essen, wenn Sie wollen, dass es hier weitergeht«, flüsterte ich zurück.

»Ich sehe, was ich tun kann«, antwortete er matt.

Aber die Rationen an Rüben, Fett und Kartoffeln, die Mutter und Frieda für ihre Küche erhielten, wurden kleiner statt größer. Offenbar konnte er nichts tun. Nur zweimal erhielten wir eine Handvoll Mettwürste, die wir in den Eintopf schnitten. Jede Frau und jedes Kind bekamen zwei Stücke Wurst. Danach hatten wir noch mehr Hunger.

Das Material ging immer mehr zur Neige. Wir erhielten kaum noch brauchbare Stoffe. Seide war schon lange nicht mehr darunter. Hinzu kam, dass nicht nur die Stoffmenge uns Sorgen machte. Auch die Konfektion des Materials schwankte nun. Die Stoffe variierten derart in ihrer Breite, dass es unmöglich wurde, mit einundsiebzig Quadratmetern pro Schirm auszukommen. Wir produzierten Verschnitt, den wir nicht weiterverwenden konnten, den ich aber bezahlen musste. Ich schrieb an die Luftschiffertruppe und ersuchte um eine Anpassung der Kalkulation. Doch statt die Vergütung zu erhöhen, kürzten sie mir ersatzlos die Lizenzgebühr, die ich bislang für die Verwendung meiner Gebrauchsmuster erhalten hatte. Ich kürzte daraufhin den Lohn der Näherinnen und reduzierte meinen Gewinn auf null. Die Arbeiterinnen nahmen es klaglos hin.

Trotz der prekären Lage investierte ich weiter in Kriegsanleihen. Nur so konnten wir einen Zusammenbruch des Reichs verhindern. Ich fürchtete mich inzwischen regelrecht vor einer Niederlage. Was würde eine Welt uns bringen, wenn die Franzosen und die Briten über uns herrschten, wenn wir uns Russen beugen mussten und keine Verbündeten mehr hatten? Die einst so stolze Nation lag am Boden, und es fühlte sich an, als läge mein Leben neben ihr. All die Arbeit, die ich in die Schirme gesteckt hatte, das Herzblut, mit dem ich aufgestiegen war. Im Matrosenanzug war ich vom Himmel gefallen, als Tribut an die kaiserliche Flotte. Was bedeutet das alles noch, was war mein Schaffen wert, wenn es sich nicht in der Geschichte fortschrieb? Ich fühlte mich heimatlos und ohne Zuversicht.

Über den Sommer versuchten wir, so viel als möglich einzuwecken. Doch der Winter 1917/1918 wurde nicht besser als der vorangegangene. Wir hungerten und froren. Wir nähten mit klammen Fingern, den eigenen Atem vorm Gesicht, und schlüpften abends in eisige Betten, geschmiegt an die Liebsten, die uns geblieben waren.

Zu Jahresbeginn gingen Tausende und Abertausende

von Menschen auf die Straße, Metallarbeiterinnen, Frauen aus Munitionsfabriken, aus großen Werken und kleinen Betrieben. Ihre Wut und ihre Verzweiflung entluden sich in lauten Protesten. Dichter Nebel lag über der Stadt, als sich die ersten Gruppen versammelten und vor dem Hoftor vorbeizogen. Wütend marschierten die Menschen zu Plätzen und Festsälen, forderten eine schleunige Herbeiführung des Friedens und ausgiebige Nahrungsmittelversorgung. »Frieden, Freiheit, Brot!«, schallte es aus ihren Mündern. Es war mir schleierhaft, woher sie die Kraft nahmen.

Ich schloss das Tor und sperrte die Welt aus. Wir konzentrierten uns auf die Fallschirme, führten die Arbeiten fort, nähten und packten. Ich wollte das alles nicht hören, nicht sehen, es sollte mich nicht berühren. Der Takt der Produktion gab den Takt meines Herzens vor und hielt mich am Leben.

Mutter war immer mit einem Ohr am Tor, um die Geschehnisse auf der Straße zu beobachten. Was mich erschöpfte, gab ihr Energie. Ich wusste, dass sie auf ein Ende des Krieges hoffte, und empfand Wut angesichts der Wucht, mit der das Geschehen diese alte Frau elektrisierte.

Als die Polizei die Versammlungslokale räumte, nahmen die Proteste zunächst ein Ende. Später hörte ich, dass zahlreiche Männer, die an den Aufmärschen beteiligt waren, an die Front geschickt wurden. Doch tatsächlich machten die Demonstrierenden nur Pause.

»Ich glaube nicht, dass es noch lange gut geht«, sagte Frieda eines Tages, als ich sie in der Küche des Gemeindehauses besuchte. Am Morgen hatte sie einen Karren mit Lebensmitteln in den Hof gezogen. Sie war mager, und ihre Haare waren vollends ergraut, aber sie wirkte wach und tatkräftig.

»Was meinst du?«, fragte ich, während ich ihr beim Waschen der Kartoffeln zur Hand ging.

»Überall gründen sich Arbeiterräte. Auch die Soldaten tun sich zusammen«, erklärte sie. »Niemand möchte mehr Krieg haben.«

»Wir müssen durchhalten«, sagte ich knapp.

»Ich verstehe nichts von Politik«, fuhr Frieda fort. »Ich verstehe nichts von dem, was die Sozialdemokraten wollen, und ich habe keine Ahnung, was nötig ist, um wieder in Ruhe und Frieden zu leben. Ich weiß nur, dass wir aufhören müssen, unter allen Umständen siegen zu wollen.«

»Wir brauchen stabile Verhältnisse«, entgegnete ich.

»Glaubst du, ein neu erstarktes Kaiserreich ist das Richtige, um uns Frieden und Wohlstand zurückzubringen? Der Kaiser hat uns in den Krieg geführt.«

Ich ließ mein Messer sinken und blickte Frieda an. »Willst du etwa, dass wir in einer Arbeiterrepublik leben? Dass Bolschewisten an die Macht kommen, wie in Russland?«

»Seitdem ich allein lebe, habe ich viel nachgedacht«, sagte Frieda. »Ich glaube, dass wir eine gerechtere Welt brauchen. Eine Welt, wie die Suffragetten sie schon damals gefordert haben, als wir noch in London wohnten. Frauen und Männer, Arbeiter und Bürgertum, wir können nur zusammenleben, wenn wir die Möglichkeit haben, uns nach Kräften an der Errichtung einer Gesellschaft zu beteiligen. Denkst du nicht, dass deine Näherinnen die Möglichkeit haben sollten, ebenso gut zu leben wie wir?«

Selbstverständlich war ich für eine gerechte Entlohnung und für die Möglichkeit, aus der Armut aufzusteigen. Nichts anderes hatte ich in meinem Leben gemacht. Aber würde es uns Stabilität bescheren, wenn alle alles durften, wenn es keine natürliche Ordnung mehr gab?

Ich setzte gerade zu einer Erwiderung an, als Frieda fortfuhr: »Du brauchst nicht zu antworten. Die Frage war eine Provokation. Natürlich brauchen wir eine Ordnung. Niemand sollte geschenkt bekommen, was er nicht mit seiner Hände Arbeit errungen hat. Was mich stört, ist der Dünkel, mit dem Kaiser und Adel uns den Frieden vorenthalten. Warum können sich diese Männer nicht eingestehen, dass sie verloren haben?«

»Weil eine Niederlage politische und wirtschaftliche Konsequenzen hat«, antwortete ich. »Es geht um den Verlust von Reichsgebieten, um Kriegsschulden und um Reparationen. Wir können nicht einfach die Waffen niederlegen, ohne uns über Jahrzehnte unter das Joch der Siegermächte zu begeben. Oder glaubst du, dass der Franzose Mitleid mit uns hat, nachdem wir sein Land belagert und seine Söhne umgebracht haben? Er wird frohlocken und uns erniedrigen, so weit er kann.«

»Es geht nur noch um Stolz, Käte. Wenn es in einer Sache um nichts mehr geht, geht es immer noch um Ehre. Diese Männer, die dort sitzen, die den Krieg beenden könnten, können es nur nicht ertragen, gedemütigt zu werden.«

Sie hatte recht, das musste ich mir eingestehen: Es wurde Zeit, dass dieser Krieg endete. Wir hatten keine Kraft mehr. Aber wie würde ein Frieden aussehen? Wie hoch durfte der Preis sein? Ich wusste nicht mehr, woran ich glauben sollte, was ich hoffen sollte und was ich mir wünschte. Meine Welt war aus den Fugen geraten. Ich fühlte mich verloren.

Einige Tage später zeichnete ich die achte Kriegsanleihe und gab dem Reich damit einen weiteren Kredit für seine Rüstungsausgaben.

Ich machte weiter, immer weiter. Mein Leben war zu einer Abfolge mechanischer Handlungen geworden. Was hätte ich auch anderes tun sollen? Wir mussten produzieren, ich hatte einen Vertrag. Ich musste durchhalten, damit die Frauen durchhielten.

Morgens in der Früh stand ich um halb fünf auf, wusch mich, ging hinab in den Hof und sah nach dem Rechten. Ich kehrte das Pflaster, auch wenn es nichts zu kehren gab, oder schob Schnee und Eis beiseite. Ich öffnete die Pforte, damit die Frauen eintreten konnten. In der Werkstatt sah ich mir die Produktion des Vortages an, überprüfte die Nähte, die Spleiße und die Leinenführung. Fehlerhaftes legte ich der Vorarbeiterin auf den Tisch. Schirme, die meiner Prüfung standhielten, legte ich bereit zum Verpacken. Ich zählte die Pakete, die an diesem Tag rausgehen würden, und trug sie in mein Buch ein. Dann die Korrespondenz: Briefe, Rechnungen, Kooperationsanfragen. Gegen halb sieben kamen die ersten Frauen. Kurze Wortwechsel. Dann ließ ich sie mit der Arbeit allein und ging hinauf in die Wohnung, um nach Mutter zu sehen.

Nachdem man sie dreimal auf dem Weg zur Gemeindeküche bedrängt hatte, begleitete ich sie nun jeden Tag. Wir wohnten in einem ordentlichen Viertel. Aber die Zeiten waren rau, und die Anzahl derer, denen der Hunger, die Kälte und die Hoffnungslosigkeit den Verstand raubten, nahm zu. Auf den Straßen saßen immer mehr Bettler, Gesindel trieb sich in den Gassen herum, aber selbst diejenigen, die guten Willens und reinen Herzens waren, waren dünnhäutig. Mit über siebzig war Mutter fragil. Ein Rempler genügte, und sie landete auf dem Pflaster. Sie wäre nicht die erste Alte, die sich dabei das Becken oder einen Schenkel bricht und nicht mehr aufsteht. Inzwischen verdingten sich selbst kleine Kinder. Knirpse, die mir gerade mal bis zur Hüfte gingen, ließen sich dafür bezahlen, dass sie des Nachts vor einem Laden ausharrten, in Lumpen gehüllt, damit ein Erwachsener kurz vor Öffnung ihren Platz in der Schlange übernehmen konnte. Wer etwas zu essen fand, presste es an sich und huschte nach Hause, damit niemand es ihm aus den Armen riss.

Die Not erschuf Szenen, die sich mir ins Gedächtnis brannten. Einmal, es war am Ende des Winters, sah ich auf dem Rückweg vom Gemeindehaus drei Frauen, die sich um einen toten Hund balgten. Eine hatte die Hinterläufe, eine andere die Vorderbeine und die dritte den Kopf. Sie zerrten an dem Tier, bis es entzweiriss. Dann rannten sie mit ihren Stücken nach Hause. Ein anderes Mal wurden Mutter und ich Zeuge, wie ein Pferd, ein dürrer Klepper, am Straßenrand verendete und eine Meute von Menschen sich auf den Kadaver stürzte. Zerlumpte Gestalten stürmten aus den umliegenden Häusern, bewaffnet mit Küchenmessern, und schlugen sich um die besten Stücke. Unter Geschrei stießen sich die Leute zur Seite, die Gesichter zu Grimassen verzerrt. Wer kein Fleisch ergatterte oder zu ängstlich war, sich in das Tohuwabohu aus Menschen und Messern zu begeben, kam mit Schalen und Töpfen und fing das Blut auf. Besudelte Frauen drückten sich Fetzen von Fleisch an die Brust und rannten davon. Am Ende lag nur noch das Skelett des Pferdes da, ausgeweidet und abgenagt.

»Wir werden alle zu Tieren«, murmelte Mutter.

Gelegentlich erinnerte ich mich an die Wohltat, die mir einst die Spaziergänge bereitet hatten. Dann raffte ich mich auf, schob mein Fahrrad aus dem Schuppen und fuhr hinaus in die Jungfernheide. Es tat gut, mit jedem Pedaltritt alles hinter mir zu lassen. Für einen Moment, für einige Stunden, fühlte ich mich frei, fühlte ich mich wie Miss Polly bei einem ihrer Aufstiege.

Es wurde Frühjahr. Die Natur erwachte, das Grün spross, die Insekten machten sich auf die Suche nach Nektar. Während der Mensch seine Welt in Blut und Trümmer verwandelte, während der Tod allgegenwärtig war, fuhr die Natur mit aller Kraft fort mit ihrem unbändigen Leben. Über Wochen war ich nicht in der Lage, diesen Gegensatz zu verarbeiten. Der Fahrtwind umwehte mein Gesicht und wirbelte durch mein Haar. Ich spürte die Geschwindigkeit, fühlte Leichtigkeit. Sowie ich die Enge der Straßen verlassen hatte, flog ich an Sträuchern und Bäumen vorbei, als gebe es keinen Krieg und kein Elend. Wie trunken wandelte ich durch die immer üppiger wachsenden Wiesen und Wälder, sog ihren Duft ein und fühlte doch weiterhin die Kälte, die nach dem Winter in meinem Körper verblieben war, wie ein pulsierendes Geschwür.

Je weiter wir in den Sommer hineinlebten, desto mehr war es mir ein Trost zu spüren, dass nichts auf dieser Erde wirklich ein Ende hat, dass aus dem Tod immer wieder Neues erwächst. Die Blumen, die Früchte, die Sträucher – sie zehrten von den Überbleibseln des Vorjahres. Was gestern gestorben war, lebte in der Flora des Heute weiter und nährte Tier und Mensch. Alles würde sich irgendwann zum Guten wenden. Unsere Welt würde wieder erblühen, so wie sie vergangen war. Das Leben bestand aus Schmerz und Anstrengung, aber auch aus Zuversicht. Irgendwann würden wir wieder vor vollen Tellern sitzen, lachend, und uns vor Glück in die Arme fallen.

Im Herbst zeichnete sich bereits ab, dass ein Ende des Krieges nah war. Am 9. November des Jahres 1918, fast auf den Tag genau drei Jahre nach meinem Vertragsschluss mit dem Luftschifferbataillon I in Reinickendorf, titelte schließlich die *Berliner Zeitung*: »Der Kaiser hat abgedankt!«

Der Krieg war verloren.

Am selben Tag erreichte mich ein Schreiben der Beschaffungs-, Annahme- und Lagerverwaltung für Luftschiffergerät, datiert auf den 7. November:

Mit dem heutigen Tage kündige ich Ihnen den Auftrag auf Lieferung von Sprungfallschirmen Bestellzettel Nr. 69L. Der Empfang des Schreibens ist mir sofort zu bestätigen und mitzuteilen, dass Sie von der Kündigung Kenntnis genommen haben.

Unterzeichnet hatte das Schreiben ein Mann namens Lohbach, Rittmeister der Reserve.

Lange saß ich mit dem Brief in den Händen da und weinte hemmungslos. Was ich über viele Monate in mir verschlossen hatte, floss aus mir heraus, die Kälte, die Ausweglosigkeit, die Verzweiflung.

Ich spürte Erleichterung. Wir hatten es geschafft, es war vorbei. Wie viele Menschen waren verhungert, wie viele verstümmelt und krank am Gemüt? Mit der Erleichterung kamen aber auch Leere und Sorgen. Ich hatte keine Aufträge mehr, meine Frauen keine Arbeit. Bei dem Gedanken, vor sie zu treten und ihnen sagen zu müssen, dass es vorbei war, dass ich ihnen keinen Lohn mehr zahlen konnte, schnürte es mir die Kehle zu.

Ich brauchte drei Anläufe, um meine Wohnung zu verlassen und in die Werkstatt zu gehen. Schweren Schrittes, eine Hand am Geländer, in der anderen den Brief des Rittmeisters, stieg ich die Treppe hinab. Die ersten Näherinnen traf ich im Hof. Sie lachten und gestikulierten. Als sie mich sahen, verstummten sie und eilten an ihren Arbeitsplatz.

Ich betrat das Hofgebäude, drei Frauen rutschten vom Zuschneidetisch und nahmen Aufstellung. Mit jedem Meter, den ich näher an meinen Tisch trat, versammelten sich die Näherinnen an ihren Plätzen, bis schließlich alle an ihrem Platz standen, stramm wie Primanerinnen auf dem Lyzeum. Ich hob den Blick und sah in die Runde. Die Frauen waren blass und ausgezehrt. Aber ihre Augen funkelten wie lange nicht.

»Meine Damen«, setzte ich an.

Füße scharrten. Ein Räuspern.

»Der Krieg ist zu Ende«, fuhr ich fort. »Das Kaiserreich ist Geschichte.«

Von der Straße waren Lärm und Geschrei zu hören.

»Mit dem Krieg –«, sagte ich und fühlte, wie mir eine unsichtbare Hand den Hals zudrückte. Bleiern lagen die Worte in meinem Magen, steckten in meiner Kehle und wollten nicht hinaus. »Mit dem Krieg«, setzte ich noch einmal an, »endet Ihr Anstellungsverhältnis hier in meiner Fallschirmmanufaktur. Die Luftschiffer haben unseren Liefervertrag gekündigt. Es werden keine Rettungsschirme mehr benötigt.«

Weiterhin Stille. Sie hatten damit gerechnet.

»In den vergangenen Jahren haben Sie Großes geleistet, meine Damen. Sie haben unseren Soldaten das Leben gerettet, haben dem Kaiser und dem Vaterland gedient. Unter Hunger und Entbehrungen haben Sie hier vermessen, zugeschnitten, genäht und verpackt. Es gab Tage, an denen uns die Eiseskälte den Lebensmut nahm, an denen wir vor Schwäche kaum arbeiten konnten. In Ihren Augen habe ich gesehen, wie schwer es Ihnen fiel, Ihre Pflicht zu tun. Sie haben Männer, Brüder und Söhne verloren. Und doch waren Sie alle immer hier. Dafür danke ich Ihnen von Herzen.«

Ein Schluchzen drang aus den hinteren Reihen. Elisabeth, das Krauss'sche Hausmädchen, hielt sich die Hände vors Gesicht. Die Arbeiterin neben ihr, eine Frau in den Dreißigern mit strähnigem Haar, aber vollen Lippen und anmutigen Bewegungen, legte ihr den Arm um die Schulter.

Irene trat vor. Sie war die Älteste unter den Näherinnen, eine gelassene, zuverlässige Frau. Sie war bereits Großmutter, auch wenn ihr Haar erst wenige graue Strähnen zeigte.

»Wenn Sie erlauben, Fräulein Paulus«, sagte sie.

Ich nickte ihr zu.

»Ich denke«, fuhr sie fort, »dass ich für alle hier spreche, wenn ich sage: Wir sind es, die Ihnen dankbar sein müssen, Fräulein Paulus. Nur dank Ihrer Erfindung und Ihres Einsatzes konnten viele von uns den Krieg überleben.«

Die Frauen nickten und murmelten.

»Wir haben uns oft gefragt«, sagte Irene, »wie Sie es geschafft haben, aufrecht zu bleiben. Ich bin nur eine einfache Frau, ein Mensch mit schwachem Willen und schlichtem Verstand. Ich habe drei Kinder und zwei Enkel verloren und wollte schon nicht mehr weiterleben. Aber jeden Morgen, wenn ich kam, standen Sie hier an Ihrem Tisch, redlich und voller Hingabe. Wenn es Sie nicht gegeben hätte, Ihren Mut und Ihre Kraft, hätte ich mir ein Dach gesucht, von dem ich hinabgesprungen wäre. Sie haben nicht nur Soldaten das Leben gerettet. Auch vielen von uns.«

Ein einzelnes Klatschen erklang. Dann ein zweites und ein drittes, bis alle Frauen mir applaudierten. Ich konnte nicht mehr an mich halten und verbarg mein Gesicht in den Händen. Der Versuch, meine Schluchzer zu unterdrücken, machte mein Ringen um Fassung nur unmöglicher. Ich drehte mich um, damit niemand sah, wie mir die Tränen über die Wangen rannen. Ich spürte eine Hand auf meiner Schulter und sah auf. Elisabeth war zu mir gekommen und nahm mich in den Arm. Das kleine Mädchen der Krauss' hielt mich, und ich spürte: Auch die Frauen hatten mich getragen. Ich fühlte, wie mich eine weitere Hand berührte. Noch eine. Und noch eine.

Später erfuhr ich, dass an diesem Tag fünfzehn Aufständische in Berlin starben. Ein Generalstreik war ausgerufen worden, Fabrikarbeiter hatten den Flugplatz Johannisthal besetzt. Vom Balkon des Schlosses aus wurde die Gründung der Republik verkündet. Fünf Tage später nahm die Königliche Oper Unter den Linden den Spielbetrieb wieder auf.

REINICKENDORF

Siebzehn Jahre ist das nun her. Ich kann mich kaum mehr an Details aus dieser Zeit erinnern. Gab es Momente, in denen ich glücklich war? Wie habe ich meine Abende verbracht? Ich erinnere mich kaum an einzelne Tage, an einzelne Erlebnisse und Szenen, im Guten wie im Schlechten. In den Jahren zuvor hatte ich gelernt, das Gepäck, das das Leben mir aufbürdet, gut zu verstauen und nicht wieder hervorzuholen. Verdrängung ist, was uns über Wasser hält.

»Ihre Mutter und Frieda«, fragt Hans Dorow. »Wo waren die beiden, als Sie den Frauen das Ende der Produktion verkündeten?«

»Ich weiß es nicht. Vielleicht in der Gemeindeküche.«

Er schüttelt den Kopf. »Wir hatten schon seit Tagen keine Lieferung mehr bekommen. Ich weiß noch, wie verzweifelt ich war. Die Menschen standen Schlange vor dem Tor, und ich machte mir Gedanken, mit welchen Worten ich vor sie treten sollte. Ihre Mutter und Frieda hatten einen Tag zuvor das letzte Mehl verbacken, und ich habe ihnen gesagt, dass sie erst wieder zu kommen brauchten, wenn es neue Lebensmittel gibt.«

Teile meines Lebens waren verschwunden, hatten sich aufgelöst, waren tief im Lagerraum der Erinnerungen deponiert und verbargen sich dort vor mir. Ich weiß von Menschen, denen es nicht gelang, die Türen zu diesem Raum zu schließen. In dunklen Nächten krochen ihre Erinnerungen durch die Ritzen, setzten sich in ihren Gedanken und Gefühlen fest und trieben die Menschen in eine wahnhafte Angst, die im Schwachsinn oder in der Alkoholsucht mündete. Auch mir waren zwischendurch Erinnerungen in den Sinn gekommen. Aber ich hatte es immer geschafft, sie mit Strenge und Disziplin wieder zurück auf ihren Platz zu verweisen.

Die Zeit, die folgte, war nicht einfach. Der Krieg war vorbei, und immer noch starben Menschen. Zu Tausenden lagen sie im Fieber, husteten Blut und Schleim. Ihr Gesicht wurde fleckig, ihre Hände schwarz. Die Stadt hob Gräber aus, in die sie die Armen hineinwarf. Wer die Seuche überlebte, war monatelang geschwächt. So auch ich. Über Wochen lag ich danieder. Selbst als es mir besser ging, fühlte ich mich matt. Mutter blieb auf wundersame Weise verschont. Aber Frieda starb – in ihrer Villa in Dahlem. Das Mädchen Elisabeth überbrachte mir die Nachricht. Nach Ende des Krieges waren die beiden in das große Haus gezogen, Elisabeth brachte einen jungen Mann mit in den Haushalt, der sich um das Handwerkliche kümmerte. Schon bald war das Mädchen guter Hoffnung.

»Der Tod Ihrer Freundin«, sagte Hans Dorow. Offenbar hing er den gleichen Gedanken nach wie ich. »Es tut mir leid, dass ich Ihnen keine Stütze war. Es gab so viel Leid in dieser Zeit.«

»Die Zeit ist nie wieder gut geworden.«

NACH DEM KRIEG

Wir überlebten die Krankheit, anders als Zehntausende andere in Berlin. Die Seuche raste durch die Stadt und nahm die Schwachen mit. Ich wickelte die Fallschirmmanufaktur ab. Der Vertrag von Versailles verbot es dem Land, Luftstreitkräfte zu unterhalten. Die Flugzeuge des Reichs wurden verschrottet. Mein Leben fiel in sich zusammen.

Die Sachwerte lagerte ich ein. Das rettete Mutter und mich vor der Verarmung. Alle paar Wochen versetzte ich eine Nähmaschine, einen Arbeitstisch, Stühle, einen Schrank oder allerlei Kleinwerkzeuge, bis schließlich nichts mehr da war. So gelang es mir, uns fünf Jahre lang über Wasser zu halten.

Lebensmittel waren weiterhin schwer zu bekommen. Hinzu kam, dass das Geld immer weniger wert war. Butter, Brot, Speck und Kartoffeln kosteten erst Hunderte, dann Tausende von Mark. Wenn wieder einmal das Gerücht von einem Lager umging, stürmten die Menschen los, mit Hämmern und Besen, um es zu plündern. Ich habe nie von einem erfolgreichen Raubzug gehört. Allerdings gab es jene, die Zugang zu ausländischem Geld hatten: Beamte, Reisende, Korrespondenten oder Leute aus dem Dunstkreis von Wechselstuben. Sie kauften Häuser, Wohnungen, Schmuck und Pelze, manchmal auch Stoffe oder Paletten von Kaffee, Zucker und Konserven. Was sie an sich rafften, versteckten sie in ihren Villen, ließen es bewachen und gaben nichts her.

Wie zuvor im Krieg fuhren die Menschen aufs Land, versuchten zu tauschen, was sie besaßen, oder plünderten gleich die Felder. Einige kamen von solch einer Reise nicht mehr zurück: Nachdem die Polizei begonnen hatte, Kartoffelfelder zu überwachen, fielen kurz darauf die ersten Schüsse. Ich weiß von einer meiner ehemaligen Näherinnen, dass sie nicht mehr heimkehrte. Eine andere hielt in ihrer Wohnung Hühner und brachte Mutter und mir ab und zu zwei Eier vorbei.

Reinickendorf wurde eingemeindet und gehörte bald zu Groß-Berlin. Trotz des Elends wuchs die Stadt weiter. Männer kehrten aus dem Krieg zurück, die Menschen suchten Arbeit. An den Straßenecken bettelten Alte und Kriegsversehrte. Kinder liefen barfuß durch die Straßen, gingen ohne Schuhe und Mantel zur Schule. Allerorts gab es Unruhe. Immer wieder kam es zu Aufständen, mal erhoben sich die Rechten, mal die Linken, mal waren es die Verzweifelten, die sich auflehnten. Ich hielt mich zumeist im Haus auf, verließ die Wohnung nur, um Lebensmittel zu beschaffen. Das war anstrengend genug. Stundenlang stand ich an, mehrmals wurde ich in Rangeleien verwickelt. Zu Hause brauchte ich Zeit, um Kraft zu schöpfen. Überdies nahm Mutters Pflege einen immer größeren Raum ein. Das Kriegsende hatte ihr die Lebensaufgabe genommen. Sie baute schnell ab. Erst waren es kleine Aussetzer, Erinnerungslücken und gedankliche Fehler, denen ich keine Bedeutung beimaß. Geschirr, das sie im Bad verräumte, oder ein Haufen Wäsche, den sie reglos betrachtete, weil sie nicht mehr wusste, wie man Leibchen faltete. Zu meinem Glück wurde sie nie bösartig. Sie behielt immer ihr liebevolles Wesen. Vier Jahre nach Kriegsende starb sie.

Die Anleihen, die ich während des Krieges gekauft hatte, waren nichts mehr wert. So erhielt ich, nachdem ich all mein Hab und Gut versetzt hatte, eine schmale Rente, von der ich bis heute lebe. Manchmal wurde ich für kleine Auftritte gebucht, durfte eine Rede halten, Artikel für Frauenzeitschriften verfassen oder bei Flugvorführungen auf einer Tribüne sitzen. Und mit der Zeit wurde ich eine sieche Frau. Das für mich anzunehmen hat lange gedauert. Eigentlich bin ich niemals damit fertig geworden. Würde mich einer fragen, wer ich bin, würde ich sagen: Ich bin Käte Paulus, Luftakrobatin, Unternehmerin und Erfinderin des lebensrettenden Paketfallschirms.

REINICKENDORF

Die Geschichte ist zu Ende erzählt. Ein Leben ist zu Ende erzählt. Ich kann mich nicht mehr im Hier und Jetzt halten, es ist, als fließe ich davon, als treibe ich fort. Ich sehne mich danach zu schweben. Ich gehöre nicht mehr in diesen Raum, in diese Welt, in diesen Körper. Ich möchte nirgendwo sein und doch überall.

»Der Herr segne und behüte dich. Er lasse sein Angesicht leuchten über dir und sei dir gnädig.«

Ich freue mich auf das, was mich erwartet. Ich werde frei sein von der Last meiner Vergangenheit, von der Mühsal der Gegenwart und von der Verantwortung für die Zukunft. Ich kann das Leben nun ausatmen.

»Er hebe sein Angesicht über dich und gebe dir Frieden.« Der Pfarrer steht auf. »Ich verabschiede mich jetzt von Ihnen, Fräulein Paulus.«

Ich bedeute ihm mit einem Blick, dass es mir recht ist. Es ist Zeit zu gehen. Ich habe alles erzählt, alles abgelegt. Es ist in guten Händen. Der Ballon wird mich hinaufziehen. Hochgefühl. Ein Jauchzen. Ich höre das Knarzen des Trapezes. Ich spüre die Leinen in meinen Händen, Hermann in meinem Rücken. Dennoch scheint das Sterben kein Aufsteigen. Es ist auch kein Fallen. Es ist beides und doch nichts. Ein Hauch. Leicht sein. Fließen. Ich bin nur noch meine Seele – und eine leise, stille Freude.

Im Gehen dreht sich Dorow noch einmal um.

»Mit Gott«, sagt er.

NACHWORT

Dieses Buch erzählt das Leben von Katharina Paulus – die sich selbst nur »Käte« (ohne »h«) nannte –, der Luftschifferin und Erfinderin des Paketfallschirms. Die Geschichte ist erfunden, und doch entspricht sie dem, was geschehen sein könnte.

In Vorbereitung aufs Schreiben habe ich Paulus' Nachlass gesichtet. Er wird in der Universitätsbibliothek Johann Christian Senckenberg in Frankfurt am Main verwahrt. Er enthält Korrespondenzen, Fotos, Ehrungen und Zeitungsausschnitte, außerdem kaufmännische Kalkulationen zur Fallschirmherstellung und den Vertrag mit dem Kriegsministerium aus dem Jahr 1915. Überdies liegen dem Nachlass einige mit Schreibmaschine geschriebene, autobiografische Seiten bei. In ihnen fasst Paulus die wesentlichen Stationen ihres Lebens zusammen und erzählt Begebenheiten aus ihrer Zeit als Ballonfahrerin und Fallschirmspringerin. Die Anekdoten umfassen jeweils nur wenige Sätze und haben Stummfilmhumor: Paulus landet auf Dächern und Bäumen, im Meer vor Scheveningen und reißt in Budapest einen Kandelaber mit.

Wie Katharina Paulus als Mensch war, lässt sich aus ihren Aufzeichnungen schwer herauslesen. Dieses Buch ist deshalb reine Fiktion. Nur die Daten ihres Lebens stehen fest: Ihr Geburtsdatum und das Datum ihres ersten Aufstiegs sind bekannt, ebenso das Todesdatum Hermann Lattemanns und das ihres Sohnes. Bei ihren Ballonfahrten und den Fallschirmabsprüngen gibt es Ungenauigkeiten.

Wann und wo Paulus zum Beispiel das letzte Mal aufstieg, weiß man nicht. Ich habe das Ereignis ins Jahr 1913 verlegt, das ist das Wahrscheinlichste, und ich habe sie in Berlin aufsteigen lassen.

Katharina Paulus lebte bis zum Tod ihrer Mutter mit ihr zusammen. In einem Aufsatz über Paulus wird eine Freundin namens Frieda erwähnt, mehr ist jedoch nicht bekannt. Insofern ist die Figur der Frieda frei erfunden, ebenso der Aufstieg von Paulus in Wimbledon. Andere Aufstiege sind hingegen verbürgt, etwa der Aufstieg in Scheveningen, die Landung im Telegrafenmast eines Landadeligen und der niedrigste Aufstieg in Düsseldorf.

Ob Hermann und Katharina Angestellte hatten, ist nicht bekannt. Der Umfang ihrer Unternehmungen und der organisatorische Aufwand der Aufstiege lassen allerdings darauf schließen, dass Paulus wie eine Unternehmerin gehandelt hat. Die Herstellung und Instandhaltung der Ballons und der Fallschirme, die Weiterentwicklung der Technik, die Herstellung des Wasserstoffs, der Transport des Materials, das Marketing, die Akquise und die kaufmännische Abwicklung erforderten Arbeitskraft, die ein Mensch allein kaum stemmen konnte.

Dass Paulus in der Zeit des Ersten Weltkriegs vierzig Näherinnen beschäftigte, hat sie selbst dokumentiert. In ihren Aufzeichnungen schreibt sie: »Mit 40 Frauen habe ich wöchentlich 20000 Meter Seide verarbeitet.« Weiter sagt sie, dass sie »7000 Fallschirme und eine Anzahl Ballonhüllen für die gesamten Luftstreitkräfte« gefertigt habe.

Auch der Pfarrer Hans Dorow wird in einem Aufsatz über Paulus erwähnt. Er soll sie vor ihrem Tod regelmäßig besucht haben.

Wie die Verbindung zur Luftschifferabteilung der preußischen Armee zustande kam, ist unbekannt. Vielleicht ist

Paulus dort einfach vorstellig geworden – oder hat Briefe versendet. Oder es ist so geschehen, wie ich es beschrieben habe. Im Vertrag zwischen der Luftschifferinspektion und Paulus steht deutlich »von Kehler« als Name des Mannes, der das Schriftstück freigab. Wahrscheinlich war dies Richard Karl Theodor Traugott von Kehler (1866–1943), ein Offizier und Flugzeugbauer mit familiärer Tradition in der preußischen Verwaltung. Vor dem Ersten Weltkrieg gründete er in Johannisthal das Unternehmen *Flugmaschine Wright GmbH* und war gemeinsam mit August von Parseval Geschäftsführer der *Luftfahrzeug Gesellschaft mbH*, die einige wenige Parseval-Luftschiffe herstellte. Von Kehlers Unternehmen *Flugmaschine Wright GmbH* hatte den Flugpionier Paul Engelhard unter Vertrag, bei dem Katharina Paulus von 1910 bis 1911 Motorflugunterricht nahm – tatsächlich mit wenig Erfolg. Als die *Flugmaschine Wright GmbH* 1913 nach einem Patentrechtsstreit aufgelöst wurde, übernahm Richard von Kehler als Hauptmann der Reserve Aufgaben im Stab der Luftschiffertruppen. Möglicherweise kannte er Katharina Paulus also als Schülerin seines ehemaligen Unternehmens – und möglicherweise kam so der Kontakt zwischen ihr und den Luftschiffertruppen zustande. Wie alles andere kann es aber auch ganz anders gewesen sein. Denn zu Richard von Kehler und allen weiteren Namen, die in den militärischen Dokumenten zu lesen sind, gibt es heute keine Akten mehr: Die Schriftstücke der Luftstreitkräfte des Ersten Weltkriegs sind gemeinsam mit dem Schriftgut der preußischen Armee bis auf wenige Ausnahmen 1945 im Heeresarchiv in Potsdam verbrannt.

Die Antwort auf die Frage nach Paulus' Charakter und ihrer Haltung, ob sie kriegsfreudig und kaisertreu war, ist offen. Nach der Beschäftigung mit ihr denke ich: Sie war ein Kind ihrer Zeit. Ich sehe in ihr eine Opportunistin: Im Geiste des beginnenden 20. Jahrhunderts stieg sie in einem Matrosenanzug auf – in Anlehnung an die Flottenbegeisterung des Landes. Sie profitierte vom Technikenthusiasmus und der Sehnsucht nach wagemutigen Vorbildern. Sie nutzte ihre Chancen beim Verkauf ihrer Fallschirme und profitierte vom Krieg – zumindest, bis die Wirtschaftskrise einsetzte und ihr Vermögen auffraß. In meiner Vorstellung war sie nicht leidenschaftlich politisch, aber dennoch eine Nationalistin. Sie wird stolz gewesen sein auf die fortschrittliche Nation, in der sie lebte.

Paulus wohnte in der Gotthardstraße in Berlin-Reinickendorf. Am Haus Nummer 105 befindet sich eine Gedenktafel. In der Nähe liegt sie auch begraben: auf dem Friedhof der evangelischen Dankeskirche in Wedding in einem Ehrengrab des Landes Berlin.

DANKSAGUNG

Ich danke Katharina Dittes für das Lektorat und die Begleitung zu diesem Buch, und ich danke Daniel Mursa, dass er an das Exposé geglaubt hat. Überdies danke ich Stefanie Opitz und Claire Funke für die Unterstützung bei der Recherche, Marcus Weber für sein physikalisches Wissen und Charlotte Jahnz für historische Einordnung. Ich danke Roman Köster für technikhistorische Hintergründe und den Hinweis auf die Bibliothek des Deutschen Museums. Darüber hinaus gibt es all die Menschen in meinem Leben, die nicht direkt mit dem Entstehen des Buches zu tun hatten, die mich aber stützen, mir in meinem Leben zur Seite stehen, mich auf meinen Wegen begleiten und mich zum Lachen bringen. Sie seien an dieser Stelle nicht alle aufgezählt. Ihr wisst, dass ihr gemeint seid.